Das Buch

Diese Sammlung mit Kurzgeschichten präsentiert mystisch-romantische Gruselstorys im beliebten Stil der Erfolgsautorin Barbara Erskine.

In einem Haus, in dem vor fünfzig Jahren ein Mord stattgefunden hat, hört jemand Stimmen aus der Vergangenheit; eine Frau wird erschossen und ist doch nicht tot; eine junge Frau findet ein geheimnisvolles Schmuckstück, das einst ihrer Großmutter gehörte und von deren großer Liebe erzählt; ein Mädchen trifft einen Flötenspieler aus einer anderen Zeit. Geheimnisvolle Erzählungen, die bewegen, packen, unterhalten und verzaubern.

Die Autorin

Barbara Erskine studierte mittelalterliche Geschichte und schrieb sich mit ihren spannenden Frauenromanen in die internationalen Bestsellerlisten. Sie lebt mit ihrer Familie abwechselnd in Wales und auf einem alten Landsitz nahe der Küste von Essex.

BARBARA ERSKINE

DAS GESICHT IM FENSTER

Aus dem Englischen
von Waltraud Götting

WILHELM HEYNE VERLAG
MÜNCHEN

HEYNE ALLGEMEINE REIHE
Nr. 01/10985

Die Originalausgabe
DISTANT VOICES II
erschien 1996 bei HarperCollins Publishers, London

Umwelthinweis:
Das Buch wurde auf chlor- und säurefreiem
Papier gedruckt.

Deutsche Erstausgabe 12/99
Copyright © 1996 by Barbara Erskine
Copyright © der deutschsprachigen Ausgabe 1999
by Wilhelm Heyne Verlag GmbH & Co. KG, München
Printed in Germany 1999
Quellenverzeichnis: Seite 301
Umschlagillustration: Kevin Tweddell
Umschlaggestaltung: Nele Schütz Design, München
Satz: Buch-Werkstatt GmbH, Bad Aibling
Druck und Bindung: Ebner Ulm

ISBN 3-453-16088-6

http://www.heyne.de

Inhalt

Vorwort 9

Stimmen der Vergangenheit 11

Der Entenjäger 29

Frost 48

OBE 61

Inselschatten 75

Der Spielzeugsoldat 97

Das Schicksal des Phönix 119

Rosmarin und Thymian 139

Eine Familienangelegenheit 150

Catherines Katze 260

Das Gesicht im Fenster 286

Quellenverzeichnis 301

Zum Gedenken an
›Uncle Stuart‹

STUART ERSKINE BIRRELL
1887 – 1916
einen Geistesverwandten

Vorwort

Als 1990 meine erste Kurzgeschichtensammlung unter dem Titel *Begegnungen* erschien, ging ich eigentlich nicht davon aus, daß man mich bitten würde, einen zweiten Band zusammenzustellen. Um so mehr Spaß hat es mir gemacht, für *Distant Voices* neue Geschichten zu schreiben und aus meinen älteren Arbeiten die besten und geeignetsten herauszusuchen.

Nach wie vor schreibe ich gern Kurzgeschichten. Sie sind für mich das spritzige Sorbet zwischen den Gängen eines üppigen Romanmenüs. Sie beleben und kitzeln den Gaumen. Sie befriedigen die Lust des Autors und des Lesers auf einen heimlichen Blick in die Schatten oder ins Licht. Sie sind fesselnd, irritierend, unheimlich oder amüsant.

Wie in *Begegnungen* habe ich thematisch sehr unterschiedliche Texte zusammengestellt, deren ältern aus zwei Jahrzehnten meiner schriftstellerischen Arbeit stammen. Damit es meinen Lesern leichter fällt, die Sammlung in ihrem Zusammenhang zu betrachten, möchte ich zu einigen der Geschichten ein paar erklärende Worte voranstellen. So sind drei von ihnen, nämlich *A Test of Love*, *To Adam a Son* und *Flowers for the Teacher*, eher bodenständig romantische Erzählungen, die den Trend des Publikums zum Realismus in den frühen siebziger Jahren spiegeln, während andere wie *Witchcraft for Today* und *When the Chestnut Blossoms Fall* eine mystischere Welt heraufbeschwören, in der uns die romantische Liebe mit einem Anflug von Ironie begegnet.

Natürlich dürfen Gespenstergeschichten nicht fehlen – und für zwei von ihnen hat mir mein eigener Garten den

Anstoß gegeben. *Frost* basiert auf einer traurigen Geschichte um ein inzwischen glücklicherweise abgerissenes Treibhaus in diesem Garten, die mir meine Großmutter erzählt hat; die Idee zu *Rosemary and Thyme* kam mir, als ich an einem Vormittag im Frühling in meinem Kräutergarten Unkraut jätete.

Mit *Catherines Cat* habe ich eine der Ängste meiner Kindheit begraben (oder vielleicht doch nicht ganz?), die mich viele Monate lang verfolgt und das Zubettgehen zur Qual für mich gemacht hat – den Koffer auf dem Schrank.

Der Geschichte *The Duck Shoot Man* liegt ein Erlebnis zugrunde, das ich hatte, als ich auf der Reise nach Edinburgh mit meiner Mutter und meiner Großmutter in Lindisfarne übernachtete.

Dance Little Lady (ein reines Fantasieprodukt!) entstand in den forschen achtziger Jahren; *The Toy Soldier* (eine Spielzeugfigur, die wir in unserem Häuschen gefunden hatten, stand dafür Pate) in den behäbigeren Neunzigern, dem Jahrzehnt der blumigeren Erzählungen und der Rückbesinnung.

Und dann sind da noch all die anderen Geschichten, die in den verschiedensten Zeiten, an den verschiedensten Schauplätzen spielen, und deren jede – ob in einer mystischen oder irdischen Welt angesiedelt – von ihrer ureigenen Atmosphäre erfüllt ist.

Drei der Erzählungen sind länger als die anderen. *Dance Little Lady*, *A Familiy Affair* und *Watch the Wall* sind ihrem Umfang nach fast schon Novellen – zwei Kurzkrimis und eine romantische Historienerzählung –, etwas zum genüßlichen Schmökern.

Wie lang sie auch sein und von was sie auch handeln mögen, hoffe ich jedenfalls, daß Sie beim Lesen ebenso viel Spaß haben werden, wie ich ihn beim Schreiben hatte.

Stimmen der Vergangenheit

Der Schlüssel ließ sich nur schwer im Schloß drehen, und die Tür war verzogen. Es dauerte ein paar Sekunden, bis sie dem Druck nachgab und Jan vom sonnenüberfluteten Eingangspodest aus blinzelnd einen Blick in das dunkle Haus werfen konnte.

Sie hatte den Wagen auf der unkrautüberwucherten Kiesauffahrt geparkt und ein eigenartiges Unbehagen gespürt, als sie ausgestiegen war und die graue Steinfassade gemustert hatte.

»Gehen Sie und schauen Sie sich um, meine Liebe. Lassen Sie sich Zeit, soviel Sie wollen.« Mit diesen Worten hatte ihr David Seymour bei ihrer ersten Begegnung am Vortag den schweren Eisenschlüssel in die Hand gedrückt. »Ich möchte, daß Sie einen Eindruck bekommen, wie es früher war.« Er lächelte, und dabei überzog sich sein gutmütiges Gesicht mit einem Netz tiefer Falten, die sein anfängliches Mißtrauen Lügen straften. »Dann können wir uns unterhalten. Später.«

Sein Enkel Simon war bei ihm. »Simon ist Architekt. Ein kluger Junge«, hatte der alte Mann ihn liebevoll vorgestellt. Simon war groß und blond und hatte die gleichen durchdringenden Augen wie sein Großvater. Aber während der Ältere aussah wie ein Bussard mit lauernd eingezogenen Schultern, glich sein jüngeres Ebenbild bis zu der scharfen, gebogenen Nase hin einem Adler. Er hatte Jan zur Begrüßung die Hand entgegengestreckt, aber die Art, wie er sie taxierte, war alles andere als wohlwollend gewesen. Klug mag er ja sein, urteilte sie spontan, aber auch feindselig, abweisend und, so vermutete sie, hierher bestellt, um darüber zu wachen, daß sie seinem Großvater nicht zu nahe trat.

Von allen Personen, die sich an jenem verhängnisvollen Abend vor fünfzig Jahren hier aufgehalten hatten, war an David Seymour am schwersten heranzukommen. Und ohne ihn würde sie gar nichts erreichen. Schließlich war er der Ehemann.

Auf diesen Teil der Recherche hatte sie sich besonders gefreut. Mit den Beteiligten reden, ihre Erinnerungen vergleichen, die Stücke des Puzzles zusammenfügen. Aber es war schwieriger, als sie es sich vorgestellt hatte. Einige der damals Anwesenden hatten das, was vor fünfzig Jahren passiert war, verdrängt. Die Erinnerungen schienen auch nach dieser langen Zeit noch zu schmerzlich. Eine neugierige Journalistin, die in der Vergangenheit stocherte, war das Letzte, was sich die meisten von ihnen wünschten.

Sie trat zögernd in die Dunkelheit des Hauses und blieb stehen. Es roch muffig und feucht. Die Fußböden waren mit einer Staubschicht bedeckt, und Spinnweben hingen wie feine Girlanden vor dem Fenster am Treppenabsatz. Sie blickte durch den Flur zur Treppe auf, die in weichem Bogen zum Licht anstieg und sich zum nächsten Stockwerk hin aus ihrer Sicht verlor.

Dort mußte sie gestürzt sein.

Hinter ihr knarrte die Tür. Wind kam auf. Sie hörte das Rauschen in den Blättern der Eichen, die die lange Auffahrt säumten, und ein Schauder durchlief sie. Fast wünschte sie, sie wäre nicht allein gekommen. »Sei nicht albern.« Der Klang ihrer Stimme störte die vollkommene Stille des Hauses, aber es war eine willkommene Störung. Jan nahm ihr kleines Diktiergerät aus der weichen ledernen Schultertasche.

»Montag, der vierte«, sprach sie mit fester Stimme in das Mikrophon des Geräts. »Ich bin gerade in The Laurels angekommen und ich stehe in der Diele. Das Haus ist leer und offensichtlich schon seit langer Zeit unbewohnt. Soweit ich sehen kann, gibt es hier keine Möbel oder ähnliches.«

Sie wandte sich einer Tür zu ihrer Linken zu und öffnete sie. Der Raum dahinter war leer; durch die Ritzen am Rand der Fensterläden drang diffuses Licht herein, grünlich gefiltert vom Efeu, der sich an der Außenmauer hochrankte. Der Parkettboden war zerkratzt und kreuz und quer mit längst getrockneten Matschspuren überzogen.

»Das muß das Wohnzimmer gewesen sein. Sehr geräumig. Wunderschön. Stuckdecken, Kandelaber, eine kunstvoll gearbeitete Kamineinfassung«, murmelte sie in ihr Diktiergerät. Ich höre mich an, ging es ihr nicht ohne einen Anflug von Selbstironie durch den Kopf, wie eine Immobilienmaklerin, die das Exposé für ein besonders begehrenswertes Objekt ausarbeitet.

Die Stille im Haus war fast greifbar. Sie schaltete das Gerät aus, schlenderte gemächlich durch den Raum und ließ seine Atmosphäre auf sich wirken. Waren sie hier versammelt gewesen, hatten geplaudert, getrunken und geraucht, als es passiert war? Das Abendessen war zu Ende gegangen, darin waren sich alle einig. Und die Damen hatten sich zurückgezogen. Aber was war danach geschehen? John Miltons Aussage zufolge hatten sie sich im Wohnzimmer versammelt, und irgend jemand hatte sich bereit erklärt, zu singen. Sarah Courtney erinnerte sich, daß die Männer bei ihrem Port saßen, während die Frauen sich noch im oberen Stockwerk die Nase puderten. Stella war als erste fertig und war allein nach unten gegangen ...

Jan trat wieder in den Flur hinaus und ließ den Blick über die Treppe schweifen. »Die Treppe ist bequem und elegant geschwungen«, sprach sie leise in ihr Diktiergerät. Das glattpolierte Geländer fühlte sich fast warm an, als sie leicht mit der Hand darüber fuhr. »Stella lag verkrümmt am Fuß der Treppe, als die Gäste, aufgeschreckt durch ihren Schrei, aus dem Wohnzimmer und vermutlich auch aus dem Schlafzimmer gestürzt kamen. Damals wurde allgemein angenommen, daß sie Selbstmord begangen hatte. Erst vier Jahre später, als der Krieg zu Ende war, wurde auf Betreiben des Mannes, der behauptete, ihr Liebhaber gewesen zu sein, der Vorwurf des Mordes laut.«

Jan begann langsam die Treppe hinaufzusteigen. Auf halbem Weg blieb sie wie angewurzelt stehen. Sie hörte etwas. Anstelle der lastenden Stille des Hauses war jetzt irgendwo in der Nähe leises Stimmengemurmel zu vernehmen. Sie hatte den Treppenabsatz fast erreicht. Peinlich berührt sah sie erst oben und dann nach unten zurück. David Seymour hatte ihr versichert, daß das Haus unbewohnt war. Sie spürte, wie ihr Herz hämmerte. Aber das war ja albern. Sie hatte die Erlaubnis, sich hier aufzuhalten.

Hausbesetzer? War es das? Hatten sich Hausbesetzer hier eingenistet? Unsicher, wie sie sich verhalten sollte, stieg sie, das Diktiergerät krampfhaft umklammernd, auf Zehenspitzen das letzte Stück der Treppe hinauf und sah sich vorsichtig im oberen Korridor um. Einige Türen standen offen; die Räume dahinter waren alle unmöbliert.

Das Stimmengewirr war lauter geworden. Ab und zu hörte man Gläserklirren und das Klappern von Besteck auf Porzellan. Es klang so, als wäre irgendwo im Haus eine Dinnerparty im Gange. Sie drückte sich mit dem Rücken an die Wand und blickte blinzelnd in die Diele hinunter, wo sie die Tür erkennen konnte, die dem Wohnzimmer gegenüber lag. Sie war geschlossen. Warum hatte sie sich in diesem Raum nicht umgeschaut? Hatte sie in ihrer Ungeduld, einen Blick auf die Treppe zu werfen, die Tür übersehen? Wie auch immer, sie war jedenfalls heilfroh, daß sie nicht in den Raum geplatzt war, denn von dort schienen die Geräusche zu kommen. Nur raus hier. Das war ihr einziger Gedanke. Raus hier, bevor dich jemand sieht.

Sie holte tief Luft und hielt den Atem an, als sie leise die

Treppe hinunterschlich. Plötzlich wurde ihr überdeutlich bewußt, daß Stella genau hier gestorben war.

Je näher sie dem unteren Treppenabsatz kam, um so leiser wurden die Geräusche. Allmählich schien es ganz still in der Diele. Die Eingangstür stand einen Spaltbreit offen, nichts hatte sich verändert, seit sie ihren Rundgang begonnen hatte. Auf dem staubigen Fußboden zeichnete sich ein schmaler Lichtstreifen ab. Wie eigenartig, daß die Geräusche im oberen Stockwerk lauter gewesen waren.

Plötzlich hob sie den Kopf. Sie konnte Zigarrenrauch riechen. Dann lachte ganz in der Nähe ein Mann laut auf. Erschrocken fuhr sie herum, aber es war niemand zu sehen. Ihr Mund fühlte sich trocken an, als sie das Diktiergerät ausschaltete und in die Tasche steckte. Dann schlich sie sich auf Zehenspitzen weiter zum Eßzimmer und hielt die Luft an, als sie sich der Tür näherte, die, wie sie jetzt sah, nicht ganz geschlossen war. Vorsichtig schob sie sich heran. Wieder vernahm sie das Stimmengemurmel. Und gedämpftes Gelächter. Roch den Tabak. Als sie das Ohr an den Türspalt legte, schwollen die Stimmen und das Gelächter unvermittelt zu voller Lautstärke an.

Sie saßen um einen rechteckigen Tisch – vielleicht ein Dutzend Personen – nein, jetzt sah sie es deutlicher, es waren ausschließlich Männer, und sie drängten sich alle um das eine Ende des Tischs. Dicke Rauchschwaden hingen in der Luft. Alle Anwesenden trugen einen Smoking.

Erschrocken fuhr Jan zusammen, als sie hinter sich ein Geräusch vernahm. Das Herz klopfte ihr bis zum Hals. Sie hörte Schritte auf dem Treppenabsatz.

»David, Liebling …« Die Stimme hatte einen hohen, klaren Klang. Als wäre die Sprecherin aufgeregt. Das Rauschen von Röcken, das Klappern schneller Schritte und plötzlich – grauenhaft – ein durchdringender Schrei.

Jan erstarrte, sie hielt sich krampfhaft am Türrahmen in ihrem Rücken fest. Deutlich hörte sie es, – das Geräusch eines Körpers, der die Treppe hinunterstürzte, aber da war nichts. Absolut nichts. Die Staubschicht auf der Treppe war, abgesehen von ihren eigenen Fußspuren, unberührt.

Hastig drehte sie sich um und starrte auf die Tür des Eßzimmers. Dahinter war es jetzt vollkommen still. Ihr Herz hämmerte so laut, daß sie meinte, man müsse es im ganzen Haus hören, als sie vorsichtig die Hand nach der Klinke ausstreckte und die Tür dann mit einem Ruck aufriß. Das Eßzimmer war leer. Es gab keinen Tisch darin. Keinen Zigarrenrauch. In dem Raum roch es nach nichts anderem als nach modriger Feuchtigkeit.

Erst als sie im Auto saß und zum Haus zurückblickte, wagte sie wieder zu atmen. Sie warf ihre Handtasche auf den Beifahrersitz, verriegelte hastig die Tür, ließ den Kopf auf das Lenkrad sinken und blieb eine Weile einfach so sitzen. Sie zitterte am ganzen Leib.

David Seymour hatte ihr eigenhändig Kaffee eingeschenkt, und seine Hände hatten dabei trotz seiner vierundneunzig Jahre nicht annähernd so stark gezittert wie ihre. »Sie kommen gerade von The Laurels?« Er sah mit einem merkwürdig unbewegten Blick auf sie herunter. »Meine liebe Miss Haydon, es tut mir wirklich furchtbar leid, daß Sie sich so erschreckt haben. Ich versichere Ihnen, dort hält sich niemand auf. Mein Enkel kümmert sich für mich um das Haus. Er war erst vor wenigen Tagen dort.«

»Ich hätte nicht so zu Ihnen kommen sollen.« Allmählich spürte sie die Wirkung des starken Kaffees. David Seymour war ein alter Mann, und die Erinnerungen an das Haus mußten auch ohne ihre wüsten Gespenstermärchen belastend genug für ihn sein!

Er nahm ihr gegenüber Platz und schüttelte den Kopf. »Ich bin froh, daß Sie es getan haben. Zu wem sonst sollten Sie auch gehen?« Er griff nach dem Telefon, das auf einem Tischchen neben ihm stand. »Ich rufe meinen Enkel an. Er soll gleich einmal hinfahren und sich vergewissern, ob niemand widerrechtlich eingedrungen ist.« Seine Stimme war kraftvoll und hellwach. Wie alles an ihm, dachte Jan, während sie sich in die Sesselpolster zurücksinken ließ und dankbar an ihrem Kaffee nippte.

Der eindringliche Blick, den er ihr zuwarf, als er den Hörer auflegte, entging ihr nicht. »Simon kommt zuerst hier vorbei.« Er griff nach seiner Tasse. Dann zögerte er. »Sie sind wirklich fest entschlossen, die Biographie meiner Frau zu schreiben?«

Jan runzelte die Stirn. »Es gibt sehr viele Leute, die sie gern lesen würden. Sie war eine große Künstlerin. Ich bewundere sie schon, solange ich denken kann.«

»Und das gibt Ihnen das Recht, ihre Ruhe zu stören und die alten Geschichten wieder auszugraben?«

Seine Stimme klang so scharf, daß Jan sich erschrocken aufrichtete.

»Es tut mir leid. Ich war der Meinung, Sie hätten nichts gegen das Buch einzuwenden.«

»Würde es denn einen Unterschied machen, wenn ich etwas dagegen hätte?« Er schien sie mit seinem Blick durchbohren zu wollen.

»Nun ja …« Sie zögerte.

»Nein. Natürlich nicht. Mein Widerspruch würde ihnen vermutlich noch mehr Appetit machen. Er würde Ihre Neugier anstacheln. Sie würden wissen wollen, was der alte Kauz zu verbergen hat!« Er starrte sie herausfordernd an.

Sie lächelte verlegen. »Wahrscheinlich haben Sie recht – um ehrlich zu sein.«

Ihre Antwort stellte ihn offensichtlich zufrieden, denn er nickte. »Gut. Tun Sie es. Glauben Sie denn, daß ich sie umgebracht habe?« Sie zuckte zusammen, so direkt und unvermittelt kam die Frage.

»Ich – nein – natürlich nicht.« Die Verlegenheit war ihr deutlich anzuhören.

»Da gibt es kein ›natürlich nicht‹, meine Liebe. Sie müssen nach Indizien suchen. Sie müssen Ihre Recherchen gründlich und unvoreingenommen führen.«

»Aber man hat Sie nie unter Anklage gestellt.«

»Nein.«

»Und Sie haben Ihre Frau geliebt.«

Ein weicher Ausdruck trat in seine Augen. »O ja, das tat ich. Ich habe sie angebetet.«

»Und sie hatte keine Affäre …«

»Meinen sie wirklich nicht?« Sein Blick schien in diesem Moment nach innen gekehrt, als suchte er dort ein Bild, das längst verblaßt und unscharf geworden war. »Sie war eine lebensprühende, gesellige und liebenswerte Person – und sie war einsam. Ich war so lange fort. Es war Krieg.«

Jan biß sich auf die Unterlippe. »Dann stimmt es also, was in dieser amerikanischen Zeitschrift stand?« Der Artikel, der erst vor wenigen Monaten erschienen war, hatte an alte Erinnerungen angeknüpft und behauptet, das Kind, das Stella damals erwartete, sei das Produkt einer außerehelichen Beziehung gewesen.

»Das habe ich nicht gesagt.« Sie merkte, wie sehr er litt. »Ich wußte nicht, ob ich noch Kinder zeugen konnte; ich war im Krieg verwundet worden. Aber dieser Amerikaner war schon lange weg, und Stella war vor allem eines: sie war immer ehrlich. Sie versicherte mir, daß er ihr nichts bedeutet hatte, und ich habe ihr geglaubt. Ich wußte nicht, daß er so viele ihrer Bilder mitgenommen hatte …«

»Sicher ist dem keine Bedeutung zuzumessen.« Seltsamerweise hatte sie das Gefühl, ihn trösten zu müssen. »Vielleicht wollte er sie in ihrem Namen verkaufen oder eine Ausstellung organisieren …«

»Vielleicht.« Er seufzte. »Der Sturz war ein Unfall. Ein

furchtbarer, entsetzlicher, tragischer Unfall. Sie hätte niemals Selbstmord begangen. Dessen bin ich mir sicher. Und doch, woher soll ich es so genau wissen? Woher soll ich je wissen, was wirklich mit dem Kind war?« Er holte tief Atem, und als er sie ansah, hatten seine Augen einen fast flehenden Ausdruck. »Sie werden sich Ihr eigenes Bild von der Wahrheit machen, und ich bin überzeugt, daß Sie die richtigen Schlüsse ziehen.«

Sollte das heißen, daß sie entscheiden sollte? Daß sie die Wahrheit für ihn herausfinden mußte? Jan biß sich auf die Lippen. Der alte Mann seufzte wieder, ein Laut tiefster Erschöpfung, der ihr das Herz zerriß.

»Im Grunde bin ich froh, daß es so gekommen ist«, fuhr er nach einer Weile des Schweigens fort. »Simon versucht mich seit Jahren davon zu überzeugen, daß ich mich den Gerüchten stellen und mir überlegen muß, was aus dem Haus werden soll. Es gleicht einem Sturmvogel, eine Büchse der Pandora. Wenn sich Hausbesetzer eingenistet haben, was ich bezweifle, ist es an der Zeit, dort reinen Tisch zu machen. Ich hatte gehofft, daß Simon irgendwann heiratet, dann könnte er in dem Haus wohnen, aber für eine Person ist es einfach zu groß.« Wieder trat eine kurze Pause ein. »Stella hätte etwas gegen Hausbesetzer gehabt. Sie hat das Haus geliebt, wissen Sie. Ihre schönsten Bilder sind dort entstanden.« Schwer auf die Sessellehnen gestützt, erhob er sich. »Haben Sie ihr Atelier gesehen?«

Jan schüttelte den Kopf. »Ich fürchte, ich habe das Haus ziemlich schnell verlassen.«

Der alte Mann lachte verschmitzt. »Sie haben Fersengeld gegeben, was? Ich kann Ihnen keine Vorwurf daraus machen. Auch ich selbst fand das Haus immer ziemlich unheimlich, aber Stella hat ja ständig Leute um sich versammelt. Es war nie still bei uns. Außer wenn sie malte, oder wenn sie vorgab zu malen …« Es wandte sich abrupt ab. Einen Augenblick lang fragte sich Jan, ob er lautlos vor sich hinweinte. Seine Schultern zuckten verräterisch, und sie hätte ihn liebend gern getröstet. Aber im selben Moment straffte er sich und trat unter sichtlicher Anstrengung ans Fenster.

Jan hatte das Auto ebenfalls gehört, das vor dem Haus vorgefahren war. Sie wartete aufmerksam ab, während sich David Seymour der Tür zuwandte.

Simon kam gleich mit den ersten Worten zur Sache. »Wenn Sie meinen Großvater aufgeregt haben ...«

»Nein, Simon!« Herrisch fiel der alte Mann seinem Enkel ins Wort. »Sie hat nichts dergleichen getan. Ich habe ihr erlaubt, sich in The Laurels umzusehen. Und ich möchte, daß sie Stellas Biographie schreibt. Das alles ist schon so lange her. Es wird niemandem mehr weh tun ...«

Simon wandte heftig den Kopf. »Aber Großvater ...«

»Genug.« Mit einem Seufzer ließ sich der Alte wieder in seinen Sessel fallen. »Ich möchte, daß du ihr alles erzählst, was sie wissen möchte. Und fahr bitte mit ihr hinaus und sieh nach dem Rechten dort.« Sein Lachen ging in ein krampfhaftes Husten über. »Sie glaubt, daß sich jemand widerrechtlich im Haus aufhält. Sie hat Stimmen im Eßzimmer gehört.«

Sie gingen zu Simons Wagen. Jan, die seine Feindseligkeit spürte, war ihm nur widerstrebend aus dem Haus gefolgt. »Es tut mir leid, daß ich mich Ihnen in dieser Weise aufdränge«, sagte sie, während sie den Sicherheitsgurt einschnappen ließ. »Sie haben vermutlich Besseres zu tun, als so mir nichts dir nichts in der Gegend herumkutschieren zu müssen.«

»Wenn wirklich Leute im Haus sind, muß etwas unternommen werden«, entgegnete er. Dann schaltete er schwungvoll in den ersten Gang und fädelte sich in den Verkehr ein. »Wie lange waren Sie im Haus?«

»Nur ein paar Minuten.«

»Aber Sie haben niemanden gesehen?«

Sie zögerte. Wie hätte sie ihm sagen können, was sie gesehen hatte? »Nein.«

»Und die Haustür war verschlossen?«

Sie nickte. »Ich hatte den Eindruck, daß sie seit Ewigkeiten niemand mehr aufgeschlossen hat.«

»Ich habe die Schlüssel zur Hintertür. Wenn wirklich Fremde im Haus sind, vermute ich, daß sie diesen Weg genommen haben. Soweit ich weiß, besitzt außer Großvater niemand mehr einen Schlüssel zur vorderen Haustür.«

»Erinnern Sie sich an Ihre Großmutter?« Jan warf ihm einen neugierigen Blick zu.

Er stieß ein freudloses Lachen aus. »Wohl kaum. Sie ist lange vor meiner Geburt gestorben.«

»Natürlich. Verzeihen Sie.«

»Haben Sie ihr Selbstporträt gesehen? Das Bild, das in der Stadtgalerie hängt?«

Jan nickte. »Sie war sehr schön.«

»Ja.« Er bog auf die Umgehungsstraße ab, wo kaum noch Verkehr herrschte, so daß er den Wagen beschleunigen konnte. »Wahrscheinlich haben Sie vor, Ihr Buch rechtzeitig als Highlight zu der Werkausstellung herauszubringen, die anläßlich ihres fünfzigsten Todestages geplant ist.«

»Es wird ein Erlebnis sein, so viele ihrer Bilder vereint zu sehen.«

»Sogar die aus den Vereinigten Staaten werden dabei sein«, bemerkte er kühl. »Wir sind gleich da.«

Er lenkte den Wagen zur Hinterseite des Hauses, wo sie ausstiegen und sich umsahen. Das Haus lag so verlassen da wie vorher. Kein Lebenszeichen war zu hören, als Simon den Schlüssel hervorholte und die Hintertür aufschloß.

»Hier ist jedenfalls niemand.« Er ging in die Küche voraus. Jan blickte sich nach allen Seiten um. Ein Eichenschrank, ein Tisch, Stühle, ein großes Spülbecken, ein verrosteter Herd. Es war offensichtlich, daß hier niemand mehr gekocht hatte seit jenem Tag, als David Seymour nach der Beerdigung seiner Frau aus dem Haus gegangen war und die Tür hinter sich abgeschlossen hatte, um zu seiner Einheit zurückzukehren.

Ihr war ganz flau im Magen vor Nervosität. »Vielleicht haben sie ihr Lager in einem anderen Teil des Hauses aufgeschlagen.«

»Vielleicht.« Simon zog eine Taschenlampe aus seiner Jackentasche, schaltete sie aber nicht ein. Jalousien und Fensterläden ließen so viel Licht herein, daß sie genug sehen konnten, als sie langsam die Runde durch das Erdgeschoß machten. Vor der Eßzimmertür blieb er stehen. »Aus diesem Zimmer haben Sie die Stimmen gehört?« Seine Hand lag auf der Klinke.

Sie nickte. Ihr war natürlich klar, was sie dort erwartete. Nur Staub und Spinnweben schmückten den Raum, der einst in so lebendigem Glanz erstrahlt war. »Wahrscheinlich denken Sie, ich bin im Begriff, den Verstand zu verlieren?«

Er lachte. Plötzlich erschien ihr seine Miene gar nicht mehr so unnahbar. »Nein. Mehr als ein Dutzend Leute haben dasselbe gehört und gesehen wie Sie.«

Sie starrte ihn entgeistert an. »Sie meinen, Sie wußten davon – von den Dingen, die ich gesehen habe? Sie wußten davon? Ihr Großvater wußte darüber Bescheid?«

Er nickte. »Geister. In den Mauern gefangene Erinnerungen. Wer weiß. Keiner der Dorfbewohner würde sich auch nur in die Nähe des Hauses wagen. Was uns nur recht ist.« Er schloß die Tür wieder. »Kommen Sie, ich zeige Ihnen Stellas Atelier.«

Ohne sie zu Wort kommen zu lassen, kehrte er entschlossenen Schritts zur Küche zurück und ging zu der

Tür hinaus, durch die sie gekommen waren. Sie mußte fast rennen, als sie ihm über die hohe Wiese, die einmal ein gepflegter Rasen gewesen war, und durch niedriges, inzwischen wildwucherndes Buschwerk zu einem strohgedeckten Haus folgte, das einen kleinen schilfbewachsenen Teich überblickte. Er zog den Schlüssel hinter einem moosüberzogenen Stein hervor. »Ich habe keine Ahnung, warum nie jemand versucht hat, in dieses Haus einzudringen. Aber es sieht so aus, als seien Stellas Geheimnisse hier immer noch gut aufgehoben«, bemerkte er nüchtern. Dann trat er zur Seite und ließ Jan den Vortritt. »Hat Ihnen mein Großvater nichts von diesem Haus erzählt?«

Sie schüttelte den Kopf und sah sich mit großen Augen um.

Das Atelier reichte bis an den Rand des Wassers; durch seine großen Fenster erfüllten Himmel, Trauerweiden und gekräuselte Wellen den Raum mit einer wahren Orgie des Lichts. Alles, was Stella zum Malen gebraucht hatte, war noch an Ort und Stelle: Staffeleien, Leinwände, Farben, Skizzenblöcke, deren Seiten sich in der feuchten Luft gewellt hatten und zusammengeklebt waren; ein uraltes Sofa mit einem grünseidenen Überwurf, dessen Fransen auf den Boden hingen und schwarz waren vom Moder; Vasen mit Blumen, die vor einer Ewigkeit vertrocknet und zur Unkenntlichkeit verblaßt waren; auf dem Tisch zwischen einem Wust von Pinseln, Stiften und hart gewordenen Farbtuben ein Strohhut.

Jan mußte schlucken, ihr Hals war wie zugeschnürt. »Es ist, als hätte sie den Raum erst vor wenigen Minuten verlassen.«

»Er würde nicht zulassen, daß jemand auch nur ein Stück anrührt.«

Sie nahm einen Spatel vom Tisch. Das Klümpchen trockener Farbe an seiner Schneide stimmte genau mit der Farbe im Vordergrund des Bildes auf der Staffelei überein.

»Was glauben Sie, hat sich in jener Nacht wirklich hier abgespielt?« Nachdenklich blickte sie auf den Teich hinaus. Ein Stockentenpaar kam herbeigeschwommen; um ihre geschmeidig paddelnden Füße bildeten sich diamantene Wellenkreise auf der Wasseroberfläche.

»Das weiß niemand so genau.«

»In der amerikanischen Zeitschrift stand, jemand habe sie hinuntergestoßen, es sei Mord gewesen« Sie wandte sich ihm zu. Er war ein sehr gutaussehender junger Mann, Stellas Enkelsohn, mit ihrem Teint und ihrer Haarfarbe, wenn man dem Porträt in der Galerie glauben konnte, auch wenn er die Nase seines Großvaters geerbt hatte. »Es hieß, sie sei von einem anderen Mann schwanger gewesen. Von einem Amerikaner.«

Simon runzelte die Stirn. »Großvater hätte die Zeitschrift verklagen sollen. Aber er wollte es nicht. Er wollte mit diesem Artikel nichts zu tun haben. Wahrscheinlich dachte er, die Leute würden ihn schnell wieder vergessen, und man würde Stella in Frieden ruhen lassen.«

»Und statt dessen kam ich daher.«

»Statt dessen kamen Sie daher.«

»Er hat Sie gebeten …«

»Ihnen alles zu erzählen, ich weiß.« Er war zum Fenster hinübergeschlendert und blickte hinaus. Sein Schatten fiel über den Boden bis zu dem grünen Sofaüberwurf. Mit einem Seufzer begann er zu sprechen: »Sie wissen wahrscheinlich von dem Brief. An den amerikanischen Soldaten. Und daß er so viele ihrer Skizzen und Bilder in die Staaten geschickt hat. Das hat den Gerüchten natürlich in gewisser Weise Nahrung gegeben.« Er drehte sich zu ihr um. »Was, glauben Sie, haben Sie dort gehört? Im Haus?«

»Leute? Ein Tonband? Ein Radio? Echos? Gespenster?« Sie spürte, daß sie eine Gänsehaut bekam, obwohl es warm war im Atelier. Der Geruch von Ölfarbe, Leinöl und Terpentin hing plötzlich schwer im Raum.

»Haben sie eine Frau lachen hören?«

»Ja, das stimmt.«

»Und klang ihre Stimme fröhlich?«

»Ich habe gehört, wie sie seinen Namen rief. Sie klang freudig erregt. Und dann hörte ich sie fallen.« Sie verstummte. Sie hatte die Stimme gehört, aber wo war David Seymour gewesen? Unten im Eßzimmer bei den anderen, oder war er plötzlich hinter ihr auf dem Treppenabsatz aufgetaucht? Sie kaute nachdenklich auf der Unterlippe. Nein. Die Stimme hatte eindeutig glücklich geklungen. »Ich glaube, daß es ein Unfall war. Ich glaube, sie wollte, daß ich es weiß. Haben Sie auch ihre Stimme gehört?«

Er nickte. »Die Leute haben sich, glaube ich, auf dieser letzten Dinnerparty gut amüsiert. Es herrschte eine ausgelassene Stimmung. Stella und Großvater, John und Sarah, die Daniels und Peter Cockroft. Es war Krieg. Die Lebensmittel waren rationiert. Viele junge Leute hatten sich an die Front gemeldet, so viele ihrer Freunde waren ums Leben gekommen, aber Großvater hatte man nach einer schweren Kriegsverwundung ausgemustert. Er war in Sicherheit, und er hatte sich von seinen Verletzungen erholt. Sie waren alle da, und sie waren glücklich. Nach der Geburt meines Vaters hatte Stella immer auf ein zweites Kind gehofft, aber es kam keins. Dann war Großvater plötzlich wieder zu Hause, und sie wurde schwanger. Sie feierten ein Fest. Es war der glücklichste Tag ihres Lebens.« Simon wandte sich vom Fenster ab und sah Jan ins Gesicht. »Ich stelle Vermutungen an. Nein, es ist mehr als das. Ich bin fast sicher, daß es sich so abgespielt hat. Großvater vertraut Ihnen. Er mag Sie, und ich glaube, als er hörte, daß Sie im Haus etwas gesehen – und gehört haben, wußte er, daß *sie* Ihnen auch vertraut. Nur nette Menschen können ihr Lachen hören …« Er verstummte abrupt, als er sah, daß sich ihre Augen mit Tränen gefüllt hatten. »Oh, Miss Haydon – Jan – es tut mir leid, ich wollte Sie nicht aus der

Fassung bringen.« Er kramte in seiner Jackentasche und zog ein Taschentuch hervor. Ein paar Farbkleckse waren darauf zu sehen.

Jan trocknete sich die Augen. »Sie malen auch?« Sie kam sich plötzlich ziemlich albern vor.

»Ein wenig. Wenn ich nur die Hälfte ihres Talents geerbt hätte, würde ich mich sehr glücklich schätzen.« Sachte führte er sie zum Sofa. »Setzen Sie sich einen Moment. Atmen Sie tief durch.«

»Wie kann er auch nur daran denken, das Haus zu verkaufen?«

»Er kann es nicht. Nicht wirklich. Wenn er es wollte, hätte er es schon vor Jahren verkaufen können. Nach der gerichtlichen Anhörung meldete er sich wieder an die Front, obwohl er noch nicht wieder vollständig genesen war – ich glaube nicht, daß sie ihm allzu viele Fragen gestellt haben – damals wurde jeder Mann gebraucht. Soweit ich weiß, hat er das Haus nie wieder betreten, aber ich glaube, er liebt es im Grunde immer noch. Und im Haus selbst muß es viele glückliche, aber auch traurige Erinnerungen geben. Sie haben hier so vieles zusammen erlebt. Abgesehen davon – spüren Sie es nicht? Sie ist hier …« Er deutete auf die Staffelei. Das angefangene Bild, das darauf stand, war ebenfalls ein Selbstporträt, im edwardianischen Stil, nur wenige Details fertig herausgearbeitet: das Gesicht kraftvoll, glücklich, sprühend vor Leben; der funkelnde Schmuck am Hals und an den Handgelenken; ihre Hände; der Fächer aus Straußenfedern …

Nachdem er sie zum Sofa geführt und sich neben sie gesetzt hatte, lag sein Arm immer noch um ihre Schultern. Sie zitterte ein wenig. Die Sonne war weitergewandert, und ihre Strahlen fielen nicht mehr übers Wasser in das Atelier. Der Raum war jetzt von einem grüngefleckten, unruhigen Licht erfüllt.

»Wenn sie nur mit uns reden würde«, nahm er den Faden wieder auf. »Wenn sie uns ein Zeichen geben würde. Irgend etwas, damit Großvater wüßte, daß das Kind von ihm war. Es ist eine so traurige Geschichte, aber dann müßte sich Großvater nicht länger mit diesem furchtbaren Zweifel herumquälen und wüßte ein für allemal, daß es ein Unfall war; daß sie nicht den geringsten Grund hatte und haben konnte, sich umbringen zu wollen.«

Jan lächelte. »Was für ein Zeichen könnte das sein?« Das war nun wirklich weit von einer unvoreingenommenen Recherche entfernt, aber sie fand es plötzlich schön, seinen Arm zu spüren, der jetzt so leicht und sanft hinter ihr auf der Sofalehne ruhte.

»Ich weiß es nicht. Sie könnte etwas verändern. Etwas sagen. Das überlasse ich ihr. Was immer sie will.« Ein Lächeln erhellte seine Miene. »Hören Sie, ich habe Großvater versprochen, Sie zur Teezeit zurückzubringen. Er möchte Ihnen ihre Briefe und Tagebücher geben.«

»Dann muß er mir wirklich vertrauen.«

Simon nickte ernst. »Das habe ich Ihnen ja gesagt. Er möchte, daß endlich die ganze Geschichte ans Licht kommt. Er sagt, daß er zu alt wäre, als daß man ihn noch hängen würde …«

»Aber damit gibt er ja zu …«

»Nein. Er gibt gar nichts zu, außer daß er Stella mehr geliebt hat als das Leben selbst.« Simon erhob sich. Er streckte ihr die Hand entgegen. »Kommen Sie, gehen wir zum Haus zurück.«

Einen Augenblick lang rührte sie sich nicht von der Stelle, dann stand sie widerwillig auf. Ihr Blick verweilte noch eine Sekunde auf dem Gesicht, das ihr von der Staffelei entgegensah, dann folgte sie ihm ins Freie.

An der Hintertür des Hauses blieb sie stehen. »Kann ich noch einmal hineingehen und einen Blick in das Speisezimmer werfen?«

»Natürlich.« Er trat einen Schritt zur Seite, und sie ging

vor ihm her durch die Küche und in die Diele hinaus. Die Tür zum Speisezimmer stand ein wenig offen, ein Lichtstreifen fiel auf den Dielenfußboden.

Sie vernahmen beide die Musik. Glen Miller. Und das Stimmengewirr, das Gelächter. Das Klappern von Messern, Gabeln und Tellern; sie konnten den Zigarrenrauch riechen, und über allem schwebte ein kaum merklicher Hauch von Ölfarbe.

Jan wurde plötzlich bewußt, daß sie nach Simons Hand gegriffen hatte. Sie zitterte, aber sie konnte der Versuchung nicht widerstehen, näherzutreten. Und während sie sich vorsichtig, Schritt für Schritt an das Speisezimmer herantasteten, wurde der festliche Lärm im Raum immer lauter. Jetzt stiegen ihr auch andere Gerüche in die Nase. Essen. Der Duft des eifersüchtig gehorteten Kaffees. Wein. Das Parfüm einer Frau. Simons Hand mit der einen festhaltend, streckte sie die andere Hand aus und stieß die Tür ein Stückchen weiter auf.

Der Raum dahinter war vollkommen leer.

In die tönende Stille hinein stieß sie einen leisen Seufzer der Enttäuschung aus.

Simon war es, der den zarten Flaum einer Straußenfeder entdeckte, die sanft schaukelnd auf das blanke Parkett hinunterschwebte.

Der Entenjäger

Die Sonne ging über den Bergen am Horizont in einem goldenen Flammenmeer unter, aber Harriet Cummins hatte dem Naturschauspiel entschlossen den Rücken gekehrt. Sie beobachtete statt dessen durch die Windschutzscheibe des stehenden Wagens, wie sich das Wasser allmählich in gekräuselten Wellen von der vor ihr liegenden Straße zurückzog.

»Bemerkenswert«, murmelte sie, an ihre Freundin Cathie Hamden gewandt die ängstlich auf dem Beifahrersitz kauerte. »Man sollte nicht meinen, daß ausgerechnet an der Stelle zuletzt Land zu sehen ist, wo wir halten. Die Straße muß hier tiefer liegen als der Meeresspiegel oder so.«

»Ich finde trotzdem, wir sollten besser noch warten, meine Liebe.« Cathie beäugte mißtrauisch den feuchtglänzenden Schlick und die Straße, die sich durch die Wattlandschaft schlängelte. Ein Schwarm Enten watschelte unbekümmert über den Damm, ohne sich darum zu scheren, wo die Grenze zwischen festem Grund und trügerisch aufschäumender Schlammschicht verlief.

»Unsinn. Ich fahre jetzt los.« Harriet löste entschlossen die Handbremse, bevor sie die Zündung einschaltete. Auf diese Weise kam der Wagen schon etwas ins Rollen, bevor der Motor zu knatterndem Leben erwachte. »Ich frage mich«, fuhr sie ein wenig boshaft fort, »ob wir noch genügend Benzin haben, um auf die andere Seite zu kommen. Wäre es nicht schrecklich, wenn uns die Flut erwischen würde und wir in einen dieser Rettungskörbe klettern müßten?«

Wie nicht anders zu erwarten, stieß Cathie einen spitzen Schreckensschrei aus. Harriet lächelte in sich hinein, aber selbst sie hob sorgenvoll den Kopf, als sie am ersten

Pfosten mit einem der geflochtenen Rettungskörbe vorbei-
fuhren.

Sie stellte fest, daß Cathie kerzengerade neben ihr saß
und sich mit beiden Händen am Rand des Armaturenbretts
festklammerte – so, wie sie eigentlich immer dazusitzen
pflegte, wenn Harriet ihr klappriges altes Auto auf mehr
als siebzig Stundenkilometer zu beschleunigen versuchte,
was sie ständig tat, selbst auf der kurzen Hauptstraße ihres
Heimatorts. Unbekümmert trat sie das Gaspedal durch.
»Törichtes altes Weib«, murmelte sie verächtlich vor sich
hin. In ihren Augen war Cathie mit ihrem frischen, rosigen
Gesicht und dem immer noch blonden Haar alt, obwohl
sie, fünfundsechzigjährig, immerhin drei Jahre jünger war
als sie selbst.

Der Motor kam, wie so oft, vorübergehend ins Stottern,
was kein Wunder war bei seinem kränkelnden Innenle-
ben, und Harriet schloß die Hände fester um das Lenkrad,
ohne das gequälte Stöhnen zu ihrer Linken zu beachten.
Die Reifen wirbelten einen feinen Sprühregen auf, und in
dem irritierenden, schräg einfallenden Abendlicht war es
manchmal schwierig zu erkennen, wo der Weg verlief.
Das stetig zurückweichende Wasser überzog die Straße
mit einem Geflecht silbrig schimmernder Reflexe.

Als sie den sicheren Boden der sanft ansteigenden In-
selstraße erreicht hatten, hielt Harriet den Wagen kurz an,
und sie blickten mit Erleichterung auf den Weg zurück,
der in Schlangenlinien durch das Watt führte. Die Ebbe
war weit fortgeschritten, und an manchen Stellen begann
der Damm in der kühlen Seebrise bereits zu trocknen.

Harriet beugte sich ohne ein Wort der Entschuldigung
über ihre Freundin und begann im Handschuhfach zu
kramen. »Wo ist die Adresse? Ich will so schnell wie möglich zu unserer Pension und ein Bad nehmen.« Straßen-
karten und Bücher wurden ohne Umstände auf den Wa-
genboden gefegt.

Cathies Lippen wurden schmal. »Ich glaube, du wirst feststellen, daß du sie in deine Handtasche gesteckt hast, meine Liebe«, murmelte sie schließlich, und ihre Stimme klang dabei fast, als wollte sie um Verzeihung bitten.

»Blödsinn. Warum sollte ich so etwas tun?«

Cathie lächelte gequält. »Weil du gesagt hast, ich würde sie sonst garantiert verlieren.« Sie sah zu, wie Harriet nach dem ramponierten Lederbeutel auf der Rückbank griff, den sie stolz als Handtasche bezeichnete. Natürlich befand sich der Zettel mit der Wegbeschreibung darin.

»Ahem!« Das gereizte Räuspern war das Höchste an Entschuldigung, was Harriet je zustande bringen würde, das Glitzern in Cathies Augen das äußerste Zeichen ihres Triumphs.

Der Wagen setzte sich ruckelnd wieder in Bewegung, und sie machten sich auf einem der verzweigten Sträßchen auf den Weg zum einzigen Dorf der Insel. Die Pension war nicht schwer zu finden. Am Ende einer Reihe weißgetünchter Fischerkaten gelegen, stach der moderne, beige und rot gestrichene Bungalow wie ein Fremdkörper ins Auge. Neben dem Gartentor hing an einer Querstrebe ein Schild, auf dem in verschnörkelten Buchstaben der Name zu lesen war: *Castleview*.

Harriet parkte den Wagen mit der Beifahrerseite dicht an der üppigen Hecke, ließ sich in ihrem Sitz zurücksinken und blickte blinzelnd zum Haus auf.

»*Castleview*, so so.« Sie verrenkte den Hals, um zu sehen, ob der Anblick hielt, was der Name versprach. »Hoffentlich ist es in Ordnung. Man weiß es nie, wenn man von zu Hause aus bucht. Also, worauf wartest du noch?«

»Ich kann auf dieser Seite nicht aussteigen, meine Liebe.« Cathie drehte sich ein ganz klein wenig und rutschte einen halben Zentimeter näher, um zu demonstrieren, daß sie gewillt wäre, über die Handbremse zu klettern, sobald Harriet ihren Platz geräumt hatte.

Ein leises Lächeln zuckte um Harriets Lippen. Einen Augenblick lang war sie versucht, Cathie die Kletterpartie machen zu lassen, dann erbarmte sie sich aber doch. Mit großem Getue ließ sie den Motor noch einmal an, setzte ein Stück zurück, wartete, bis ihre Beifahrerin ausgestiegen war und fuhr den Wagen dann wieder dicht an die Hecke heran. Endlich stieg sie selbst steifbeinig auf der Fahrerseite aus.

Die Luft war würzig: eine kühle, salzige Abendbrise, die vom Meer her wehte, vermischt mit den schweren, süßen Düften der Hecken. Harriet sog vernehmlich die Luft ein und gönnte sich mit zufriedenem Lächeln einen Blick auf die zerrissenen, im letzten Schein der Sonne rotgolden gesäumten Wolken über den Inselbergen.

Dann wandte sie sich dem Bungalow zu, der vor ihnen lag.

»Ich begreife nicht, wieso sie hier eine solche Scheußlichkeit hinstellen durften«, bemerkte sie säuerlich und zupfte ihre Tweedjacke über den gutgepolsterten Hüften glatt. Ihre rechte Braue war vor Empörung fast bis zum Haaransatz hochgeschossen.

Cathie, die genau wußte, was das zu bedeuten hatte, leckte sich nervös über die Lippen.

»Du hast recht, es wirkt irgendwie unpassend«, versuchte sie ihr Glück.

Aber Harriet hatte das Gartentor schon geöffnet und marschierte über den betonierten Weg auf das Haus zu. Auf halbem Weg blieb sie stehen.

»Sieh dir diesen Garten an.« Ihre Worte schienen weniger an Cathie gerichtet, als in das klare Blau des Abendhimmels hinein gesprochen zu sein. »Geometrisch angelegt! Könnte von ein städtischer Angestellter mit dem Lineal entworfen haben.«

Aus unerfindlichen Gründen hegte Harriet einen unerbittlichen Groll auf sämtliche städtischen Angestellten dieser Welt. In ihren Augen waren sie schuld an so gut wie allen unerfreulicheren Erscheinungen des 20. Jahrhunderts.

Mit einer unwilligen Geste deutete sie auf die gepflegten Salbeibeete und den kurzgeschorenen Rasen. »Weißt du«, bemerkte sie in einem bühnenreifen, weit tragenden Flüsterton, »ich würde mich nicht wundern, wenn sie hier fliegende Enten über dem Kamin hängen hätten.«

»Schh!« Cathie warf einen gequälten Blick auf die schweren Spitzengardinen und gestatte sich dann den Luxus, flüchtig zu überlegen, warum man sich hier, mit diesem großen Vorgarten und einer vollkommen verlassenen Straße, die auch noch hinter einer hohen Hecke verborgen lag, die Mühe gemacht hatte, Gardinen aufzuhängen.

Harriet drückte auf den Klingelknopf und mußte ein Kichern unterdrücken, als ein pompöses Glockenspiel die Stille zerriß. »Vielleicht können wir in eins der Cottages umziehen«, zischte sie, während irgendwo im Haus ein Hund zu bellen begann. Cathie lächelte nervös und drückte ihr Blondhaar in Form, als sich hinter der Tür Schritte näherten.

Die Hausherrin, Mrs. Cosby, war eine kräftige Person mit geröteten Wangen und jovialem Wesen. Sie strahlte wohlwollend, während sie ihre Gäste durchs Haus führte, um ihnen ihre Zimmer zu zeigen. »Im Moment habe ich keine Gäste außer Ihnen und einem Herrn, der wegen der Vögel hier ist«, erklärte sie munter. »Die Saison ist im Großen und Ganzen vorbei, sobald die Kinder wieder in die Schule müssen, wissen Sie.«

Mit energischem Schwung stieß sie eine Tür auf. Dahinter lag ein kleines Zimmer, das mit einem Einzelbett, einem blauen Korbsessel und einem Frisiertisch möbliert war. Harriet warf einen Blick auf das Fenster. Die Spitzengardine bedeckte nur die untere Hälfte, ein Hinweis darauf, daß dies die Rückseite des Hauses war, wo in fünfzehn Metern Entfernung eine dichte Kirschlorbeerhecke die Sicht versperrte. Harriet wägte im Geist blitzschnell die Chancen ab. »Du nimmst am besten dieses hier«, murmelte sie Cathie über die Schulter zu.

Cathie nickte dankbar.

Harriets Zimmer lag auf der anderen Flurseite. Sie stieß einen erleichterten Seufzer aus, als die Tür offen war. Ihre Rechnung war aufgegangen. Die Halbgardine aus zarter Spitze gab den Blick frei auf eine meilenweite Wattlandschaft, über der sich in der Ferne reglos und majestätisch die Burg erhob.

Harriet gab sich Mühe, ihr breites Lächeln nicht allzu deutlich zu zeigen.

»Der Herr hat das Zimmer nebenan«, erklärte Mrs. Cosby. »Und das Sie-wissen-schon-was befindet sich gegenüber, dort.« Geziert deutete sie auf eine Tür, an der ein kleines Messingschild verkündete: ›Hier ist ES.‹

Cathie sah, wie es um die Mundwinkel ihrer Freundin zu zucken begann und schickte insgeheim ein Stoßgebet zum Himmel, daß sie sich die Bemerkung, die ihr offensichtlich auf der Zunge lag, verkneifen würde.

»Wir haben leider…«, ergriff Harriet das Wort und fuhr dann zu Cathies unendlicher Erleichterung fort: »…unser Gepäck im Wagen gelassen. Ich hatte gehofft, daß Ihr Mann eventuell … in unserem Alter fällt einem das Tragen nicht mehr so leicht, wissen Sie.« Sie musterte Mrs. Cosby eindringlich. Die Frau war ungefähr in Cathies Alter, vielleicht ein oder zwei Jahre jünger.

»Oh, ich bin verwitwet. Ich dachte, das hätte ich Ihnen in meinem Brief mitgeteilt.« Mrs. Cosby tappte zielsicher in die Falle. »Aber machen Sie sich keine Gedanken, ich wage zu behaupten, daß ich Ihr Gepäck tragen kann. Und wenn mir ein Stück zu schwer ist, wird Mr. Danway sicher so freundlich sein, es hereinzuholen, wenn er zurückkommt.«

»Mr. Danway?« Mit besitzergreifendem Schwung hatte Harriet ihre Jacke aufs Bett geworfen.

»Mein anderer Gast. Ein Sonderling, aber sehr ruhig. Macht keinerlei Umstände. Nun, meine Damen, Tee gibt es normalerweise um sechs, aber da Sie spät angekommen sind, mache ich heute eine Ausnahme von dieser Regel. Nur dieses eine Mal.« Ihre Miene hatte plötzlich einen strengen Ausdruck angenommen. »Er ist in zehn Minuten fertig, wenn es Ihnen recht ist?«

Sie wartete die Zustimmung ihrer beiden Gäste nicht ab.

Harriet sah ihr nach, bis sich die Tür hinter ihr geschlossen hatte. Und im nächsten Moment kam der erwartete Ausbruch. »*Hier ist ES*, also wirklich! Ob sie wohl weiß, daß es ein Wort wie ›Toilette‹ gibt, was meinst du?« Sie setzte sich auf das Bett und wippte versuchsweise auf der Matratze.

»Nicht so laut, meine Liebe. Es ist übrigens gleichzeitig ein Badezimmer. Ich habe nachgesehen.«

Cathie trat ans Fenster, hob die Gardine und genoß ein wenig sehnsüchtig den Blick.

»Hast du einen Schraubenzieher?«

Cathie zuckte zusammen und drehte sich ängstlich um. »Wozu?«

»Um das Schild abzuschrauben natürlich. Nein? Ich bin sicher, wir haben einen im Auto. Na, komm schon. Hilf mir wenigstens, die Gardine abzuhängen.«

»Das kannst du nicht machen.«

»Wer sollte mich daran hindern?« Harriet stand da und gab Anweisungen, während Cathie sich abmühte, den Haken der Gardinenstange von der Schraube zu lösen, an der er befestigt war. Als sie es endlich geschafft hatte, ging ihr Atem schwer. Die Stange fiel zur einen Seite des Fensters herunter, so daß die Gardine wie ein schwerer Brautschleier auf dem Fußboden schleifte. »Mrs. Cosby wird hoffentlich nicht beleidigt sein.«

»Warum sollte sie?« Harriet ließ sich schwer auf den

Stuhl vor der Frisierkommode fallen und rieb sich mit dem Zipfel ihres Taschentuchs, den sie zuvor mit Spucke befeuchtet hatte, über das Gesicht. »Sie kann froh sein, daß ich ein bißchen Licht hereinlasse!«

Fünf Minuten später rief sie der Gong in den Gemeinschaftsraum. Vier Tische waren, jeweils zwei und zwei, in Reih und Glied angeordnet. Nur zwei davon waren gedeckt; einer für eine Person, einer für zwei.

Umständlich nahmen die beiden Frauen Platz. Harriet warf einen Blick in die Teekanne und roch an deren Inhalt. »Ich habe es ja gewußt. Wir hätten unseren eigenen Tee mitbringen sollen. Ich bin gespannt, was sie uns auftischen wird.« Sie warf einen Blick auf den zweiten gedeckten Tisch. »Sie hat ihn gezwungen, auf uns zu warten, die alte Hexe. Ich wette, er sitzt normalerweise um diese Zeit schon im Pub.«

Cathie hatte sich bereits von dem gut gefüllten Toastständer bedient und war eifrig damit beschäftigt, ihr Brot zu buttern, als die Hausherrin mit einem schweren Tablett erschien. Sie hatte Hunger, und nicht einmal Harriets hämische Bemerkungen über ihr Gewicht – Cathie war gut und gern fünf Kilo leichter – hätten ihr an diesem Abend den Appetit verderben können.

»Wird Ihr anderer Gast mit uns zusammen essen?« fragte Harriet spitz, während Mrs. Cosby begann, das Mitgebrachte vom Tablett auf ihren Tisch zu stellen.

»O ja, das nehme ich doch an«, erwiderte sie munter. »Ich habe gerade gehört, wie er zur Tür hereingekommen ist.« Sie warteten schweigend, bis sie in die Küche zurückgekehrt war, dann beugte sich Cathie über den Tisch. »Glaubst du, sie hat etwas mit ihm?« flüsterte sie mit einem verschämten Grinsen.

Harriets Braue zuckte in die Höhe. »Die Frau muß so alt sein wie du, wenn nicht älter!«

Cathie war vor den Kopf gestoßen. »Hör mal, Hattie,

selbst in meinem Alter ...« In diesem Augenblick ging die Tür auf, und sie verstummte.

Ein Mann trat ein. Er war groß und kräftig gebaut, hatte kantige Züge und struppiges Haar – ein Mann Ende der Vierzig vielleicht. Als er die beiden Frauen sah, blieb er abrupt stehen, dann ging er wortlos weiter zu seinem Tisch.

»Guten Abend. Mr. Danway.« Harriets Stimme hallte laut und deutlich durch den Raum.

Seine Schultern strafften sich, dann drehte er sich halb zu ihrem Tisch um und nickte in ihre Richtung. Er wählte seinen Platz so, daß er mit dem Rücken zu ihnen saß und schob wie beiläufig sein Gedeck von der anderen Seite des Tischs zu sich herüber.

»Auch gut!« Harriet gab sich keine Mühe, ihre Stimme zu dämpfen.

Cathie runzelte die Stirn. Sie fand sowohl sein als auch ihr Verhalten peinlich und war erleichtert, als Mrs. Cosby mit einem zweiten Tablett auftauchte. Die Wirtin war offensichtlich schon vertraut mit Mr. Danways wortkargem Wesen, denn sie machte nicht einmal den Versuch einer Unterhaltung, während sie die Platten auf seinen Tisch stellte. Schließlich wandte sie sich an die beiden Frauen.

»Haben wir alles, was wir brauchen? Kann ich noch irgend etwas für Sie tun, meine Damen?«

Ein Hund war ihr in großen Sprüngen durch die offenstehende Tür gefolgt, rannte jetzt schnurstracks auf Cathie zu und wedelte erwartungsvoll unterwürfig mit dem Schwanz. Geschmeichelt, daß er sie auserkoren hatte, tätschelte sie ihm den Kopf.

»Das ist Rudi«, erklärte Mrs. Cosby eifrig. »Er stört Sie hoffentlich nicht. Ein furchtbar liebesbedürftiger Kerl.« Ihr Blick ruhte einen Moment lang voller Rührung auf dem Hund.

»Ich glaube«, bemerkte Harriet frostig, »uns wäre es lieber, wenn Sie ihn nicht ins Eßzimmer lassen würden.

Nicht wahr, meine Liebe?« Sie warf Cathie einen scharfen Blick zu, und die zog hastig und schuldbewußt die Hand von dem Hundekopf zurück, der sich liebevoll sabbernd an ihre Knie drängte.

Hund und Hausherrin verschwanden, und sie setzten die Mahlzeit schweigend fort. Von Zeit zu Zeit warf Harriet einen finsteren, vielsagenden Blick auf den Rücken des Mannes. Da sie völlig mit ihren Gedanken beschäftigt zu sein schien, nutzte Cathie die Gelegenheit und nahm sich einen Nachschlag von der Würstchenplatte. Im Raum war es still bis auf das Klappern von Messern, Gabeln und Tellern; die große Wanduhr über dem Kamin war um zehn nach elf stehengeblieben.

Als Mr. Danway seinen Stuhl zurückschob und die Zeitung beiseite legte, in der er gelesen hatte, zuckten die beiden Frauen nervös zusammen. Cathie starrte angestrengt in die Zuckerdose, von der sie sich eben hatte bedienen wollen.

Er blieb einen Augenblick an ihrem Tisch stehen und blickte wortlos auf sie herunter, dann wandte er sich abrupt zum Gehen und knallte die Tür hinter sich zu.

Cathie stellte fest, daß ihre Knie ein klein wenig zitterten. »Was für ein *sonderbarer* Mensch«, bemerkte sie und griff nach ihrer Teetasse.

»Hast du seine Augen gesehen?« Harriets Stimme hatte einen fast bewundernden Beiklang. »Sie sind gelb wie Topase. Verrückt.«

»Glaubst du, er ist ...« Cathie zögerte einen Augenblick, als wagte sie es nicht, das Wort auszusprechen, »... naja, *normal*?«

»Für mich sah er ganz bestimmt nicht so aus. Denk daran, heute nacht deine Tür abzuschließen, meine Liebe. Ich werde es jedenfalls tun.« Der Schauder, der Harriets robusten Körper durchfuhr, war nicht gänzlich gespielt.

Cathie legte Messer und Gabel beiseite. Ihr war unversehens der Appetit vergangen. Bedauernd sah sie auf das

Würstchen hinunter, das noch auf ihrem Teller lag, und tröstete sich mit dem Gedanken, daß der Hund es wahrscheinlich bekommen würde.

Die beiden Frauen kehrten in Harriets Zimmer zurück, das in stillschweigender Übereinkunft zu ihrem Hauptquartier ernannt worden war. Keiner der beiden Frauen war danach zumute, sich noch in die steiflehnigen Sessel vor der stehengebliebenen Wanduhr zu setzen – keine fliegenden Enten daneben oder darüber, wie Harriet fast mit Enttäuschung zur Kenntnis genommen hatte.

Die Tür des benachbarten Zimmers stand halb offen.

»Ich muß mal aufs Klo!« verkündete Harriet absichtlich so laut, daß es auch außerhalb ihres Zimmers zu hören sein mußte. Sie wandte sich zur Seite und überquerte den Flur, den Blick unverwandt auf die Tür des Nachbarzimmers geheftet.

Plötzlich blieb sie wie angewurzelt stehen. Cathie sah, wie ein Ausdruck äußersten Entsetzens in ihre Augen trat, bevor sie nach kaum merklichem Zögern die Tür mit der Aufschrift *Hier ist ES* aufriß und dahinter verschwand.

Fünf nervenaufreibende Minuten stand Cathie unschlüssig da. Einerseits wollte sie die Tür nicht zumachen, für den Fall, daß Hilfe gebraucht wurde, andererseits wollte sie aber auch ihren Platz nicht verlassen, falls … nun ja, für alle Fälle eben. Aber angenommen, er kam gerade jetzt und sah sie hier stehen? Diese Vorstellung jagte ihr eine Gänsehaut über den Rücken.

Endlich hörte sie das wohltuende Geräusch der Wasserspülung, und Harriet trat wieder auf den Flur. Sie schloß die Zimmertür hinter sich, lehnte sich dagegen und atmete tief durch.

»Er hat ein Gewehr.«

»Was?« Cathies Stimme wurde schrill.

»Er hat ein Gewehr. Es liegt auf dem Bett. Ich habe es gesehen.«

Sie schauten sich einen Moment lang schweigend an. In Harriets Augen funkelte eine unerklärliche, unterdrückte Erregung.

»Was sollen wir tun?« hauchte Cathie mit zittriger, kaum hörbarer Stimme, und Harriet zuckte, vermutlich zum ersten Mal in ihrem Leben ratlos die Schultern.

»Glaubst du, *sie* weiß Bescheid? Glaubst du, er hat sie irgendwie in seiner Gewalt?« Harriet löste sich zögernd von der Tür und setzte sich auf ihr Bett. Sie hatte weiche Knie, reckte aber herausfordernd das Kinn in die Höhe, um sich vor Cathie keine Blöße zu geben.

Als Cathie diese Möglichkeit in Erwägung zog, wurden ihre Augen groß. »Er hatte ein unangenehmes Gesicht; im höchsten Maße unangenehm.« Das war die kritischste Bemerkung, die sie sich je über das Äußere eines anderen Menschen erlaubt hatte.

»Zu allem fähig, würde ich sagen.« Harriet vergaß sich so weit, daß sie sich nervös mit der Zungenspitze über die Lippen fuhr. »Glaubst du, er ist irgendwo ausgebrochen?«

»Das hätten wir in der Zeitung gelesen.«

»Nicht unbedingt. Vielleicht wollten sie vermeiden, daß sich in der Bevölkerung Panik ausbreitet.«

Irgendwo in der Nähe wurde vernehmlich eine Tür zugeschlagen. Die beiden Frauen fuhren heftig zusammen. Cathie eilte zum Fenster. Der Vorgarten lag dunkel und verlassen da. Hinter der niedrigen, windzerzausten Hecke am Ende des Gartens erstreckten sich Salzwiesen und Felder zum dunkel schimmernden Meer hinunter. Die Dämmerung war weit fortgeschritten, und der Wind frischte auf. Von einem knorrigen Apfelbaum in der Ecke des Gartens wurden ein paar Blätter herübergeweht, die dicht vor ihrem Gesicht an die Scheibe flatterten. Sie zuckte zurück, zog die Vorhänge fest zu und kehrte, nachdem sie sich vergewissert hatte, daß auch kein Spalt mehr offenstand, zu ihrem Platz auf der Bettkante zurück.

In diesem Moment hörten sie die schweren Schritte im Flur. Jemand klopfte energisch an die Tür.

Angstvoll klammerten sich die beiden Frauen aneinander. Harriet erhob sich, nahm alle Würde zusammen und schritt zur Tür.

»Wer ist da?« Ihrer Stimme war höchstens ein ganz kleines Beben anzuhören.

»Danway.«

Sie schloß die Augen und schluckte. »Was wünschen Sie, Mr. Danway?«

»Ich habe Ihnen die Koffer heraufgebracht. Ihnen und der anderen Dame. Soll ich sie hier vor der Tür abstellen?«

Eine Welle der Erleichterung breitete sich in Harriets Miene aus. »Ja, bitte, Mr. Danway. Das ist sehr liebenswürdig von Ihnen.«

Sie lauschten den beiden Schlägen, als er die schweren Koffer auf den Boden stellte, seinen lauten Schritten und dem Knall, mit dem seine Tür ins Schloß fiel. Dann öffnete Harriet ihre Tür ganz vorsichtig einen Spalt breit.

Sie zerrte die beiden Koffer ins Zimmer und warf die Tür wieder zu. »Und was jetzt?«

»Ich brauche meinen Koffer in meinem Zimmer, meine Liebe«, bemerkte Cathie. »Er denkt doch wohl nicht, daß wir uns ein Zimmer teilen?«

»Ich glaube nicht, daß er sich auch nur einen Gedanken darüber gemacht hat«, entgegnete Harriet säuerlich. »Geh schon. Nimm ihn und renn hinüber. Ich gebe dir Deckung.« Sie wußte selbst nicht recht, was sie sich mit diesem Angebot möglicherweise einbrockte, aber es schien ihr in dieser Situation einfach angebracht.

»Ich kann nicht rennen. Der Koffer ist schwer.«

»Dann zieh ihn eben.«

»Was meinst du, sollen wir schlafen gehen?«

»Ich habe nicht vor, mir die ganze Nacht um die Ohren zu schlagen. Schließ deine Tür ab.«

Harriet begann die Müdigkeit eines langen Tages zu spüren. Sie war fast dreihundertfünfzig Kilometer gefahren, nur um festzustellen, daß im Zimmer neben dem ihren ein – erwiesener oder potentieller – bewaffneter Verbrecher logierte; wen wunderte es also, daß sie völlig erschöpft war? Sie sah Cathie nach, die ihren Koffer quer durch den Flur schleppte und in ihrem Zimmer verschwand, dann schloß sie mit einem Seufzer die Tür und drehte den Schlüssel um.

An diesem Abend ereignete sich nichts Nennenswertes mehr. Sie gelangte unbehelligt ins Bad und wieder in ihr Zimmer zurück, wo sie sich mit einem Buch ins Bett legte und das kleine Transistorradio einschaltete, um sich die Nachrichten anzuhören. Als die Nachrichten kamen, war darin keine Rede von einem Gefängnisausbruch irgendwo, und sie schaltete, halb erleichtert, halb enttäuscht, das Gerät ab. Hercule war der Lösung dicht auf der Spur; sie fing an, auf dem Daumennagel zu kauen und blätterte immer schneller um, je mehr sich die Geschichte ihrem Höhepunkt näherte.

Und dann hörte sie es. In der nächtlichen Stille ihres Zimmers vernahm sie ganz schwach das Geräusch einer Bewegung nebenan. Sie ließ ihr Buch auf die Bettdecke sinken und lauschte angestrengt. Ja, da war es wieder. Ein Scharren und Klopfen. Jetzt Schritte. Eine Schublade wurde aufgezogen – unverkennbar, dieses Geräusch –, dann ein gedämpftes Husten.

Sie zog die Bettdecke bis zum Kinn hoch und konzentrierte sich darauf, sich keinen Laut entgehen zu lassen. Der Wind war noch stärker geworden. Sie hörte das Rascheln und Ächzen in den Hecken, und irgendwo schlug ein Zweig rhythmisch gegen eine Fensterscheibe.

Plötzlich konnte sie es nicht länger ertragen, nicht zu wissen, was vor sich ging. Sie glitt aus dem Bett , schaltete die Nachttischlampe aus und schlich sich, zitternd in der

Dunkelheit, auf Zehenspitzen zum Fenster. Dort schob sie den Vorhang zur Seite und lugte hinaus. Draußen war es stockfinster, bis auf den fahlen Lichtfleck, der aus dem Nachbarfenster, seinem Fenster, auf den Rasen fiel.

Sie wartete, in der Hoffnung, seinen Schatten zu sehen, aber bis auf die Geräusche, die das geschäftige Treiben nebenan bezeugten, rührte sich nichts. Schließlich erlosch das Licht, und alles war still. Sie hielt den Atem an.

In der Ferne, irgendwo im Watt, ertönte der unheimliche Schrei eines Ziegenmelkers. Ein einsamer Laut, der über dem endlosen Seufzen des Meeres schwebte. Sie strengte wieder ihre Ohren an, konnte aber kein Quietschen von Bettfedern aus dem Nebenzimmer hören. Hatte er sich schlafen gelegt, oder war er noch auf und lauschte wie sie in die Dunkelheit? Ohne die Vorhänge wieder zu schließen, kehrte sie zu ihrem alten Eisenbett zurück und schlüpfte todmüde unter die Decke. Sie fühlte sich ungeheuer angespannt und hätte sich liebend gern eine Tasse warme Milch geholt. Aber das ging leider nicht in einem fremden Haus, selbst wenn sie den Mut aufgebracht hätte, einen Fuß aus ihrem Zimmer zu setzen.

Endlich döste sie ein.

Sie wurde wach, als der Hund irgendwo am anderen Ende des Hauses wütend zu bellen begann. Stocksteif, die Finger in die Bettdecke gekrallt, lag sie auf dem Rücken und starrte mit klopfendem Herz nach oben. Dann ließ sie ängstlich den Blick wandern. Der Mond stand jetzt groß und voll am Himmel. Seine farblosen Strahlen strömten durch das Fenster herein und tauchten die Tür und die gegenüberliegende Wand in ihren bleichen Schein. Unwillkürlich fiel ihr Blick auf den Türgriff. Hatte er sich bewegt? Ihre Hände fuhren zum Mund, und so starrte sie wie gebannt auf die Tür und wagte kaum zu atmen.

Dann hörte sie es wieder. Ein leises Geräusch von nebenan. Er bewegte sich. Sie richtete sich verstohlen auf einen Ellbogen auf und tastete nach ihrem Reisewecker. Halb vier. Aus dem Nachbarzimmer waren leise Schritte zu hören, dann ein Quietschen und ein leises Scheppern. Er war auf. Er ging im Zimmer umher.

Sie stellte den Wecker wieder auf den Nachttisch, ließ sich ins Kissen zurücksinken und lauschte angestrengt. Eine Wolkenbank schob sich vor den Mond, und sie schloß einen Moment lang die Augen.

Er hatte das Gewehr an sich genommen und stand nun aufmerksam lauschend hinter seiner Tür. Der Hund hatte sich beruhigt, und das ganze Haus schien zu schlafen. Er prüfte noch einmal, ob das Gewehr geladen war, dann schulterte er seinen Proviantbeutel, öffnete vorsichtig die Tür und spähte in den Flur hinaus.

Da stand die alte Frau im Quadrat des einströmenden Mondlichts und erwartete ihn. Es war diese nervöse blonde Person, die Jüngere von beiden. Sie stand da in ihrem rosaroten Flanellnachthemd und hatte die Arme ausgebreitet, als wollte sie ihm den Weg versperren.

Harriet hatte ihre Tür einen winzigen Spalt geöffnet. Als sie durch die Ritze spähte, stockte ihr der Atem, denn dort stand, milde lächelnd, die Füße weiß im Mondlicht, Cathie in ihrem Nachthemd. Was tat sie da? Warum bewegte sie sich nicht? Wandelte diese alberne Person etwa im Schlaf?

Harriet sah den Mann mit wutverzerrtem Gesicht in seiner Tür stehen und wollte einen warnenden Ruf ausstoßen, aber Cathie schien nicht zu bemerken, daß sie ihm im Weg war, und Harriet brachte keinen Laut über die trockenen Lippen. Ihre Kehle war wie zugeschnürt vor Angst.

Dann geschah es. Der Mann setzte sich entschlossen in Bewegung. Er versuchte, Cathie beiseite zu schieben, aber sie rührte sich nicht von der Stelle, sondern sah ihn nur freundlich an, immer noch dieses aufreizend alberne Lächeln im Gesicht. Er schob noch einmal, sie stemmte sich gegen ihn, und die beiden Gestalten begannen sich in lautlosem Kampf auf dem Flickenteppich über den blankpolierten Dielen zu umkreisen.

Plötzlich löste sich ein Schuß. Es war kein lauter Knall. Gerade so laut, daß Harriet zusammenfuhr; das Herz schlug ihr bis zum Hals. Dann sah sie das Blut. Cathie lächelte immer noch, aber auf ihrem Nachthemd breitete sich ein Blutfleck aus. Blut tropfte auf den Teppich und auf den blanken Fußboden und bildete schwarze, feuchtglänzende Lachen im silbrigen Mondlicht.

Wie in Zeitlupe hob Cathie die Hände an die Brust, verwundert sah sie an sich herunter und sank, immer noch mit einem Ausdruck der Verwunderung in die Knie. Harriet wollte schreien. Sie wollte etwas sagen. Sie wollte wegrennen.

Aber wie angewurzelt stand sie da, bis sich der Mann umdrehte und sie anstarrte, das Gesicht eine ausdruckslose Maske, und jetzt kam endlich Bewegung in sie. Außer sich vor Angst wich sie einen Schritt zurück, schlug die Tür zu und ließ sich schweißgebadet dagegen sinken. Der Schlüssel. Wo war der Schlüssel? Hier hatte es doch einen Schlüssel gegeben?

Mit fliegenden Fingern tastete sie das Schloß ab, und endlich fand sie den Schlüssel – es gelang ihr, ihn umzudrehen. Sie zerrte hastig den Stuhl heran, der vor dem kleinen Tisch gestanden hatte, und klemmte ihn unter den Türgriff, dann rannte sie zum Fenster und schloß die Vorhänge im Angesicht des grausamen Mondes.

»Cathie!« brach es aus ihr hervor. »Cathie!«

Sie hörte Schritte vor ihrer Tür und erstarrte. Er lauschte an ihrem Schlüsselloch. Hastig fuhr sie herum, aber ohne den Mondschein war es stockdunkel im Raum. Sie wagte nicht, sich zum Lichtschalter zu tasten.

Ihr schienen Stunden zu vergehen, in denen sie wartete

und kaum zu atmen wagte, bis sie endlich haltlos zitternd zum Bett schlich und sich darauf setzte. Sie hatte Angst, die Tür zu öffnen. Aber wenn Cathie nun noch lebte? Wenn sie einen Arzt brauchte? Sie sah wieder diesen sich ausbreitenden blutroten Fleck auf dem Flanellnachthemd vor sich und schloß gequält die Augen. Es war genau über dem Herzen gewesen.

Sie mußte eingenickt sein. Als sie die Augen aufschlug, war es draußen taghell. Einen Moment lang wunderte sie sich über das Gefühl tiefer Trauer, das von ihrem ganzen Körper Besitz zu ergreifen schien. Dann fiel es ihr wieder ein. Sie quälte sich aus dem Bett, schlich zur Tür und lauschte. Im Haus war alles still. Sie schluckte krampfhaft, aber schließlich straffte sie sich resolut und begann sich eilig anzukleiden. Ihre Finger waren steif und ungeschickt vor Kälte, aber sie war jetzt fest entschlossen, gewappnet im sicheren Schutz ihres Tweedkostüms den Tatsachen ins Auge zu blicken, denen sie sich stellen mußte. Am Ende fuhr sie sich sogar flüchtig mit der Bürste durch die weißen Locken.

Schließlich war sie bereit. Vorsichtig schloß sie die Tür auf und lauschte dabei angestrengt. Sie mußte ihren ganzen Mut zusammennehmen, um die Tür zu öffnen, dann spähte sie in den Flur hinaus.

Es lag keine Tote dort. Der Fußboden glänzte sauber. Alles war so, wie es am Abend ausgesehen hatte, bevor sie zu Bett gegangen war. Erleichtert seufzte sie auf. Mrs. Cosby mußte Cathie gefunden haben. Vielleicht hatte man sie bereits im Krankenwagen fortgebracht.

Harriet straffte die Schultern und machte sich leise auf den Weg zum Gemeinschaftsraum. Der irritierende Duft von gebratenem Speck wehte ihr durch den Flur entgegen. Mit einem Schaudern stieß sie die Tür auf. Wie am Vorabend waren zwei Tische gedeckt, einer für eine Person, einer für zwei. An letzterem saß jemand.

»Hallo, meine Liebe.« Cathie drehte sich zu ihr um. »Ich habe heute früh an deine Tür geklopft, aber du hast wohl noch fest geschlafen.«

Harriet starrte sie mit offenem Mund an.

»Ist alles in Ordnung mit dir, meine Liebe?« Cathies Miene drückte Besorgnis aus. »Komm, iß eine Schüssel Cornflakes. Ich bin von der Seeluft schon heißhungrig.«

Harriet trat mit unsicheren Schritten an den Tisch und ließ sich auf den Stuhl sinken. Ihre Augen hingen unverwandt an Cathies Busen, der von einer blaßgelben Strickjacke verhüllt wurde.

Cathie gönnte ihr ein liebenswürdiges Lächeln. »Nimm dir Kaffee, meine Liebe. Dieser nette Mr. Danway kommt auch bald. Er ist zur Entenjagd hier, weißt du. Er ist schon in den frühen Morgenstunden aus dem Haus gegangen. Erstaunlich, daß du ihn nicht gehört hast.« Dann beugte sie sich vertraulich über den Tisch. »Weißt du was, Hattie? Ich hatte heute Nacht einen furchtbar albernen Traum. Ich habe geträumt, er wäre in dein Zimmer eingedrungen und hätte dich erschossen! Heute morgen war ich völlig außer mir, bis mir klar wurde, daß es nur ein Traum war.« Sie kicherte leise vor sich hin, während Harriet auf dem Stuhl zusammensank. »Wahrscheinlich lag es an dem Gewehr. Ich Dummkopf. Wollen wir später zum Strand hinuntergehen und Muscheln sammeln, meine Liebe?« fuhr sie in unbekümmertem Plauderton fort. »Es wird ein herrlicher Tag werden.«

Mit zitternder Hand griff Harriet nach ihrer Serviette und verdrängte schuldbewußt diesen leisen Anflug der Enttäuschung, der beim Anblick von Cathies stämmiger Gestalt über sie gekommen war. »Du hast wahrscheinlich gestern abend zu viele Würstchen gegessen«, murmelte sie in einem Ton, der ihrer gewohnten schroffen Art schon wieder sehr nah kam. »Wie kann man nur etwas so Albernes träumen!«

Frost

Der Maschendrahtzaun schimmerte rötlich in der aufgehenden Sonne. Amanda warf einen Blick aus dem Fenster auf das kahle Viereck aus Erde und Bauschutt, das eines Tages ihr Garten sein würde, und seufzte. Sie wandte sich vom Fenster ab, setzte sich an das Fußende des Betts und blickte sich im Zimmer um. Klein, funktional und neu, genau wie der Garten. So neu, daß man die frische Farbe, den Lack und den scharfen Geruch frisch gesägter Dielen noch riechen konnte.

Im Nachbarhaus weinte das Baby, wie es dies die ganze Nacht über sporadisch getan hatte. Das gedämpfte Schimpfen und die leisen Radioklänge, die von der anderen Straßenseite herüberwehten, unterstrichen die Stille in ihrem eigenen Haus.

»Wir brauchen etwas Eigenes, Neues; ein Haus, in dem vor uns noch niemand gewohnt hat! Ich will kein Haus aus zweiter Hand! Ich will kein Haus, in dem noch die Träume und Alpträume anderer Menschen stecken.« Mit einem Schwall von Argumenten hatte Andrew wie immer alle ihre Einwände weggefegt, und ihr Traum von einem alten, strohgedeckten Cottage mit Rosenbüschen neben der Haustür war angesichts seiner Begeisterung zerronnen, war als hoffnungslos romantisch und unrealistisch abgetan worden.

Und da waren sie nun, frisch verheiratet, gerade umgezogen, nüchtern und praktisch, und Andrew war wie immer früh zur Arbeit gegangen und hatte sie allein gelassen, vor sich den langen, leeren, ereignislosen und einsamen Tag.

»Du wirst bald einen Job finden und ein paar Leute

kennenlernen. Geh einfach herum und klopf an die Türen.« Für ihn war das so einfach. Er hatte es bereits getan, hatte sich über Autos, Sport, das Fernsehprogramm und die Vorzüge und Nachteile der verschiedenen Pubs in der Gegend unterhalten. Auf ihr eigenes Klopfen hatte sie nichtssagendes Lächeln, kaum verhohlene Ungeduld, Kindergeschrei und ein paar hastig ausgetauschte, der Hektik des Tages abgerungene belanglose Worte geerntet.

Schließlich erhob sie sich und trat wieder ans Fenster. Die Sonne war jetzt ganz aufgegangen und verbreitete ein hartes, unerbittliches Licht. Hinter dem Maschendrahtzaun lag das, was von dem alten Vorstadtgrundstück übrig war, auf dem ihre kleine ›Jungmanager-Siedlung‹ entstanden war. Das graue Herrenhaus war längst verschwunden, durch ein Feuer zerstört, wie sie gehört hatte; aber ein kleiner Rest des alten Besitzes war noch erhalten und reizte ihre Neugier, denn dort, hinter dem hohen, sanft schaukelnden Gras und den moosbewachsenen Apfelbäumen sah man Lichtreflexe der Sonne auf Glas. Sie war schon etliche Male um den ganzen Block gelaufen und hatte den Eingang zu dem alten Grundstück gesucht, aber ohne Erfolg. Es schien eine vergessene Enklave zu sein, eine herrenlose, aus dem Gedächtnis gestrichene Parzelle inmitten der geometrischen Straßen, der kleinen roten Ziegeldächer und der gepflegten Rasenflächen. Der vergessene Garten lockte sie. Er war alt; er war romantisch; er war das Ziel ihrer Träume. Eines Tages, dessen war sie gewiß, würde sie den Eingang finden und über das alte Grundstück wandern, das sich vor all dem Neuen verbarg.

Nichts hatte darauf hingedeutet, daß dieser Tag heute gekommen war, nicht die leiseste Ahnung hatte ihr gesagt, daß der Wunsch plötzlich mit unwiderstehlicher Macht über sie hereinbrechen würde. Eben noch hatte sie in der Stille ihres Schlafzimmers gestanden und dem Weinen des

Babys gelauscht, und im nächsten Augenblick stürmte sie, von der Überzeugung getrieben, daß sie herausfinden mußte, was hinter dem Maschendrahtzaun lag, die Treppe hinunter.

Niemand sah sie. Sie warf einen Blick auf die Reihen ordentlicher Fenster zurück, die fast ausnahmslos züchtig verhängt waren mit gerafften und dekorativ gerüschten Gardinen, dann setzte sie, ohne lange nachzudenken, einen Fuß auf den Betonsockel, in dem der hohe Zaun verankert war, hielt sich am oberen Rand des Maschendrahts fest und zog sich darüber. In den gepflegten Häusern hinter ihr richteten die Mütter ihre Kinder für die Schule her, fütterten ihre Babys, machten die Betten und suchten nach den Wagenschlüsseln, um zum Supermarkt zu fahren, der so weit weg war, daß man ihn zu Fuß nur schwer erreichen konnte. Niemand sah aus dem Fenster. Es gab noch keine Gärten, die man hätte bewundern können. Einige Hausbesitzer hatten Fertigrasen ausgelegt, den es meterweise zu kaufen gab; zwei hatten dünne kleine Bäumchen – Birken und Trauerweiden – gepflanzt. Niemand kümmerte sich um das verwilderte, unkrautüberwucherte Grundstück hinter dem Maschendrahtzaun. Und wer einmal einen Blick darauf warf, fragte sich höchstens, warum es keinen Käufer gefunden hatte.

Amanda blieb einen Augenblick stehen und registrierte erstaunt, wie kalt der morgendliche Tau war, der durch die Hosenbeine ihrer Jeans drang. Sie sog hörbar die Luft ein, so überrascht war sie. Mit einem Blick über die Schulter betrachtete sie den Zaun, über den sie geklettert war und der ihr von dieser Seite, mit den verhangenen Fenstern im Hintergrund, sehr hoch vorkam. Ein Schauder durchlief sie. Plötzlich hatte sie Angst, gesehen zu werden, und rannte geduckt durch das hohe Gras auf die Apfelbäume zu. Bromberranken und Disteln rissen am Stoff ihrer Hose, sie spürte die glitschige Nässe in ihren Schuhen, die Kletten, die in ihrem Haar hängenblieben, aber sie lief weiter, bis man sie von den Häusern aus nicht mehr sehen konnte und nur noch die Stille des Gartens um sie war.

Dann erst blieb sie stehen und wartete, bis sich ihr Atem beruhigt und ihr Herz aufgehört hatte, wie wild zu hämmern; am Ende, als auch das Klopfen in ihren Ohren sich gelegt hatte, ließ sie den Frieden und die Schönheit des Gartens auf sich wirken und in ihre Seele eindringen. Gemächlichen Schritts wanderte sie jetzt, da sie sicher war, daß niemand sie sehen konnte, umher, sah um sich und lauschte dem melodischen Lied eines Zaunkönigs, der sich trippelnd in dem Efeu einer alten grauen Gartenmauer versteckte. Eine Amsel beäugte sie mißtrauisch aus dem Wipfel eines Apfelbaums und verlor dann das Interesse an ihr, warf sich in die Brust und begann zu singen, ein Lied, das zu einer weit tragenden, trällernden Klangkaskade anschwoll.

Reglos und verzaubert lauschte sie dem Gesang, während aus der Ferne, von den städtischen Tennisplätzen in der Celadon Road – wahrscheinlich früher auch einmal ein Teil dieses Geländes –, das rhythmische Geräusch in ihr Bewußtsein drang, das entsteht, wenn ein Ball auf den Schläger trifft. Sie rührte sich nicht von der Stelle, bis die Amsel ihren Gesang beendet hatte, mit dem Schwanz wippte und davonflog. Dann tauchte sie tiefer in das Dickicht des Gartens ein.

Sie sah den alten Mann, bevor er sie entdecken konnte. Er entfernte sich, einen Korb voller Blumen im Arm, gemächlichen Schrittes von ihr und verschwand hinter einer Biegung. Erschrocken und ein wenig verlegen wich sie in den Schutz des Brombeergestrüpps zurück und sah in die Richtung, aus der er gekommen war.

Das halb verfallene, unscheinbare Gewächshaus stand vor einer hohen Backsteinmauer. Die Scheiben waren zum größten Teil zerbrochen, was noch vom Glas übrig war,

war blind vor Schmutz und mit Flechten bewachsen. An den hölzernen Verstrebungen war die Farbe aufgeworfen und abgeblättert, sie bildeten nur noch bruchstückhafte Rahmen für die spitzen Glasfragmente, die sie hielten. Das war also das Glas gewesen, das sie von ihrem Schlafzimmerfenster aus gesehen hatte; das Glas, von dem die Strahlen der aufgehenden Sonne reflektiert wurden. Sie schlich sich näher heran und spähte ins Innere. Woher hatte er die Blumen? Was sie erkennen konnte, war ein verwilderter Weinstock, der sich am Glas hochrankte, hohe Brennesseln, Fette Henne und Nelkenwurz. Vereinzelte Mohnblumen zeigten sich als einzige Farbsprenkel in dem Grün; die Arbeitsplatte war mit Tonscherben und zersplitterten Saatgutbehältern übersät.

An der Hintertür des Herrenhauses präsentierte er den Korb mit Blumen. »Die letzten Chrysanthemen, würden Sie das ihrer Ladyschaft bitte ausrichten?«

»Ihre Ladyschaft wünscht Sie zu sehen.« Die weiße Schürze der Köchin raschelte, und ihr Unbehagen angesichts der eigenen Wichtigkeit war ihren Augen abzulesen, als sie ihn ins Haus winkte.

Er nickte, klopfte sich die Erde von den Sohlen und nahm die Mütze vom Kopf. Die Lady bat ihn häufig ins Haus, wenn es besondere Dinge zu besprechen gab, wenn sie die Blumenarrangements mit ihm plante oder seinen fachkundigen Rat brauchte. Sie liebte Blumen, ihre Ladyschaft. Ein Lächeln spielte um seine Lippen, als er den Fuß auf die glänzend polierten Dielen setzte und auf das Frühstückszimmer zuschritt.

Amanda spähte zur Tür hinein und trat dann ins Innere des Gewächshauses. Mit erschrockenem Krächzen flog ein Vogel auf und flatterte ein paarmal gegen das Glas, bevor er eine Öffnung fand und sich ins Sonnenlicht aufschwang. Sie strich mit der Fingerspitze über eine Werkbank. Erde, die sie durch die Finger rinnen ließ, zerbröselte wie Staub in ihren Händen. Der Inhalt einer verrosteten Tabaksdose klapperte, als wären Nägel darin. Eine zweite Dose war gefüllt mit tauben, vertrockneten Samenhülsen. Nachdem sie sich noch einmal überzeugt hatte, daß der alte Mann nicht wieder aufgetaucht war, schlenderte sie ein Stück weiter in das Gewächshaus hinein und genoß die Wärme, den Geruch der trockenen Erde, das Summen einer Biene, die sich unter das Glas verirrt hatte. Die Sonne war inzwischen höher gestiegen. Die Schatten waren kürzer geworden. Der Tau war verdunstet. Es versprach ein heißer Tag zu werden.

Ein eigenartig süßlicher Geruch stieg ihr in die Nase. Unangenehm. Sie schnupperte mit einem plötzlich aufsteigenden Ekelgefühl. Es roch nach Verwesung. Als sie ziellos mit der Hand über die mit Gerümpel bedeckte Arbeitsplatte fuhr, stieß sie auf ein noch halb volles Päckchen Zigaretten. Die Zigaretten darin waren staubtrocken. Sie runzelte die Stirn. Sie lagen wohl schon seit Jahren vergessen hier herum. Ihre Hand ruhte einen Moment darauf und bewegte sich dann weiter. Unwillkürlich lief ihr eine Gänsehaut über den Rücken.

»Wir werden dieses Jahr leider keine Blumen im Gewächshaus haben, Bates.« Sie saß mit dem Rücken zum Tisch, die Hand mit der Feder, an der die Tinte bereits zu trocknen begann, in der Luft, und gönnte ihm einen Augenblick der knapp bemessenen Zeit ihres ausgefüllten Tages. »Wir werden die Heizungsanlage nicht in Betrieb nehmen.«

»Eure Ladyschaft?« Er wußte nicht, was er dazu sagen sollte.

»Das ist alles, Bates.«

»Aber die Orchideen, Eure Ladyschaft. Der Frost …«

»Es tut mir leid, Bates. Es wird keine Orchideen mehr geben.« Die Gründe gingen ihn nichts an; um keinen Preis sollten die Dienstboten etwas von ihren Ängsten, ihren Sorgen und ih-

rer Verbitterung erfahren. Sie sah seinem Gesicht genau an, was in ihm vorging: zuerst die Bestürzung, dann das Begreifen, dann die gequälte Ungläubigkeit. »Das ist alles, Bates.« Mehr konnte sie nicht sagen. Sie spürte ja dieselbe Qual hinter der Fassade des hohen Rüschenkragens ihrer Seidenbluse und der langen hellschimmernden Perlenkette. In der Schreibtischschublade, nur ein paar Zentimeter von ihrer Hand entfernt, brannte der Stapel Spielschuldpapiere wie Feuer. Reginald war in diesem Augenblick im Garten. Er schmollte. Wenn sie den Kopf ein klein wenig zur Seite neigte, konnte sie ihn dort draußen sehen. »Es tut mir leid, Mama.« Das war alles, was er gesagt hatte. »Es tut mir leid, Mama.«

Sie schloß die Augen und holte lang und tief Luft.

»Sie können jetzt gehen, Bates«, erklärte sie.

Plötzlich stieg Amanda Tabakgeruch in die Nase. Erschrocken blickte sie sich in der Erwartung um, den alten Mann hinter sich zu sehen, aber sie war immer noch allein. Im Gewächshaus war es jetzt sehr warm geworden. Sie fuhr sich mit einem Gefühl des Unbehagens mit der Hand an den Blusenausschnitt und wandte sich wieder der Tür zu. Dort steckten mit aneinandergelehnten Stielen eine Schaufel und ein Rechen in der Erde. Eine Winde hatte sich um die beiden Griffe geschlungen und verband sie miteinander.

»Sie hat es Ihnen also gesagt.« Die Köchin empfand einen Anflug von Mitgefühl für den alten Mann, aus dessen Gesicht alle Farbe gewichen war. Er starrte sie ausdruckslos an. »Heute morgen hat sie zwei der Hausmädchen entlassen«, fuhr sie fort, als könnte sie ihn mit dieser Neuigkeit trösten.

Er schüttelte verloren den Kopf. »Die Orchideen. Sie werden eingehen.«

Sie zuckte die Schultern. »Es sind doch nur Blumen.«

Er hatte hellblaue Augen, die Iris so klar wie der Himmel. Sie *waren jetzt blicklos und mit Tränen gefüllt. Hilflos trat die Köchin einen Schritt zurück.*

»Es wird Frost geben. Ich kann es riechen.« Die Stimme des alten Mannes brach.

Sie schüttelte den Kopf. »Die Pferdewetten sind daran schuld. Mr. William hat gehört, wie sie gestern abend gestritten haben. Seine Schulden gehen in die Tausende. Das alles wäre nicht passiert, wenn seine Lordschaft noch am Leben wäre.« Sie schüttelte wieder den Kopf und wandte sich dann zum Gehen. Es hatte keinen Sinn, dem armen Alten den ganzen Rest der Geschichte zu erzählen. Nicht nur die Orchideen waren verloren. Die halbe Dienerschaft mußte gehen; der Schmuck ihrer Ladyschaft, das Tafelsilber – vielleicht sogar das Haus selbst mußten verkauft werden.

Amanda trat aus dem Gewächshaus ins Freie und gelangte auf einem überwucherten Weg in den ehemaligen Küchengarten. Im Schutz der Mauern, die als Einfriedungen für die Beete hochgezogen worden waren, hatte sich ein tropischer Dschungel entwickelt. Sie wanderte die Wege entlang und entdeckte einen verwilderten Himbeerbusch. Erst jetzt fiel ihr ein, daß sie nichts gefrühstückt hatte. Sie pflückte ein paar Beeren und leckte den süßen Saft von den Fingern.

»Nein!« Unendlicher Schmerz drückte sich in dem Schrei aus, der hinter ihr ertönte.

Sie fuhr herum und starrte angstvoll in das Dickicht. Die Vögel waren verstummt. Auch die rhythmischen Schläge vom Tennisplatz waren nicht mehr zu hören. Nervös eilte sie zurück zu der knorrigen Tanne, die neben dem Gewächshaus aufragte, duckte sich dahinter und lugte um den Stamm herum. Es waren keine Schritte zu hören und auch kein weiterer Schrei. Ihr Herz hämmerte wild gegen die Rippen. Das Ganze machte ihr plötzlich keinen Spaß mehr.

Mit einem Blick über die Schulter stellte sie fest, daß der Maschendrahtzaun von hier aus nicht mehr zu sehen war. Um sie herum nichts als wucherndes Dickicht und hohes Gras, das eine undurchdringliche Mauer um sie bildete. Sie löste sich aus dem Schatten des Baums und warf einen Blick nach rechts. Die Sonne spiegelte sich in einer Glasscheibe des Gewächshauses und blendete sie. Dahinter lag die Wiese, die einmal eine Rasenfläche gewesen war, und hinter dieser der Zaun und ihr Heim.

Zu ihrer Linken kämpfte das Buschwerk – hochbeinige, schmalblättrige Rhododendren, Stechpalmen und Perückensträucher um einen Platz am Licht, darüber breitete eine mächtige Akazie ihren Wipfel aus.

Zögernd ging sie zum Gewächshaus zurück. Hinter sich hörte sie das weiche Gurren einer Taube, das in der Stille anschwoll und wieder verhallte. In diesem Augenblick kam ihr der alte Mann mit schleppendem Schritt entgegen. Sie erstarrte vor Verlegenheit. Wohin sollte sie fliehen, wo sich in der Kürze der Zeit verstecken? Sie biß sich nervös auf die Lippen und harrte der Schimpftirade, die sie als unbefugter Eindringling unweigerlich erwartete.

Doch er ging geradewegs an ihr vorbei, ohne die klaren, vergißmeinnichtblauen Augen nach rechts oder links zu wenden. Den Blick fest auf das Gewächshaus geheftet, humpelte er keinen halben Meter von ihr entfernt den Weg entlang. Ein kalter Luftzug wehte hinter ihm her.

Heute Nacht würde es Frost geben. Es war ein wolkenloser Abend. Das qualmende Feuer erfüllte den Garten mit dem Geruch von brennendem Laub; eine blaue Rauchwolke stieg kerzengerade in die windlose Abendluft auf, während er den Blätterhaufen mit dem Rechen immer höher aufschichtete. Er warf einen Blick über die Schulter zum Gewächshaus, in dessen Wärme hinter funkelnden Scheiben ein Meer von Blüten prangte: milchigzarte Blütenblätter mit einem Hauch von Rosa – samte-

ne, liebevoll gepflegte, köstliche Blüten, mit denen man auf jeder Ausstellung Staat machen konnte. Kein Lüftchen regte sich. Der Mond stand groß und gespensterhaft über den Bäumen am noch blauen Himmel. Bei Einbruch der Dämmerung würde er zum Zenit wandern, und die Grashalme würden sich mit den ersten Eiskristallen überziehen.

Er fuhr sich mit dem Jackenärmel über die Augen und handhabte den Rechen mit noch größerer Anstrengung. Hinter den Fenstern des Hauses tobte erneut ein heftiger Streit zwischen Mutter und Sohn. Ihre Stimmen hallten jetzt durch das ganze Haus. Er hatte ihre Perlen, ihre Diamanten und ihr Silber genommen und für einen Spottpreis verschleudert. Und – schlimmer noch – er hatte ihr ihren Stolz geraubt.

Im Erdgeschoß warteten erschrocken und furchtsam die Williams. Alle anderen hatten das Haus schon verlassen: die letzten Hausmädchen, der Hilfsgärtner, der Kammerdiener seiner Lordschaft. Als Mrs. Williams an diesem Morgen das Frühstückstablett in das Speisezimmer gebracht hatte, war ihre Ladyschaft wie immer am Kopfende des Tischs gesessen, aber es war kein Wort über ihre Lippen gekommen. Ihr Gesicht war kalkweiß, fast durchsichtig vor Erschöpfung, unter ihren Augen hatten sich tiefdunkle Ringe gebildet. Sie hatte vor sich hingestarrt, ohne ein Wort der Begrüßung, ohne Dank oder weitere Anweisung, und Mrs. Williams hatte sich leise zurückgezogen und geweint.

Amanda blickte dem alten Mann mit einem Schaudern nach. War er vielleicht blind? Aber er hätte ihre Gegenwart doch spüren müssen, so dicht, wie er an ihr vorbeigegangen war. Sie konnte jetzt sehen, wie er im Gewächshaus herumhantierte, wie er, gebeugt und mit langsamen, bedächtigen Bewegungen, in dem Gerümpel auf der Arbeitsplatte etwas suchte.

Ganz in der Nähe fing die Amsel wieder zu singen an. Erschrocken fuhr Amanda herum. Als sie sich erneut dem Gewächshaus zuwandte, war der alte Mann nicht mehr zu sehen. Sie registrierte, daß ihr eine Gänsehaut über den Rücken lief, und plötzlich hatte sie es eilig, hier wegzukommen.

Als es dunkel wurde, deckte er das Laubfeuer ab, stellte seine Werkzeuge beiseite und blickte einen Moment lang zum Himmel auf. Der erste Frost zog scharf von Norden her auf. Es würde ein strenger Winter werden. Mit einem Achselzucken wandte er sich dem Gewächshaus zu und trat ein. Er schloß die Tür hinter sich und blieb eine Weile in der samtenen Dunkelheit stehen. Es hing noch ein Rest Sonnenwärme im Raum, aber die Kälte begann sich schon bemerkbar zu machen. Er zündete die Laterne an, stellte sie auf den Arbeitstisch und wartete, bis die Flamme ruhig brannte und die Schatten aufhörten, einen wilden Tanz aufzuführen. Der alte Holzstuhl, auf dem er zu sitzen pflegte, wenn er seinen Tee trank und die Mahlzeit einnahm, die ihm eines der Dienstmädchen zu bringen pflegte, stand neben dem unaufgeräumten Arbeitstisch. Er griff nach dem Zigarettenpäckchen und zog mit zitternden Fingern eine Zigarette heraus. Das Nikotin stieg ihm wohltuend in den Kopf. Ruhe breitete sich in ihm aus. Er saß da und sah zu, wie sich der Rauch vor ihm, in die Höhe kräuselte, während um ihn herum die Temperatur fiel.

Als die Pflanzen die Blätter hängen ließen und der Frost an den ersten Blüten zu nagen begann, warf er die Zigarette weg und kletterte auf den Stuhl. Sein langer Schal bildete eine weiche Schlinge für seinen mageren Hals, als er ihn über den gebogenen Nagel in einer der Deckenstreben schob. Ein freudloses Lächeln spielte um seine Lippen, als er sie festzog. Nur ein alter Truthahn, dessen Stunde endlich geschlagen hatte. Er konnte hören, wie um ihn herum die Pflanzen starben. Sein eigener Tod, ging es ihm durch den Kopf, während er den Stuhl wegstieß, würde weniger schwer sein.

Amanda hielt inne. Sie drehte sich noch einmal zum Gewächshaus um. Von irgendwoher drang der Geruch von brennendem Laub zu ihr. Sie runzelte die Stirn. Es war ein herbstlicher Geruch; aromatisch, rauchgeschwängert, eine Erinnerung an kalte Tage und frostklare Nächte. Sie schauderte wieder, diesmal noch heftiger als zuvor, denn plötzlich spürte sie in der stillen Sommerluft einen Hauch eisiger Kälte.

Der Maschendrahtzaun ragt fast zwei Meter hoch vor ihr auf, ein Hindernis auf dem Weg zu ihrem Heim. Der Sockel, den sie auf dem Hinweg als Absprung benutzt hatte, befand sich auf der anderen Seite. Eine Zeitlang stand sie unter den neugierigen Blicken ihrer Nachbarin, die sie aus einem Fenster im oberen Stockwerk ihres Hauses aus beobachtete, unschlüssig vor dem unüberwindlichen Hindernis. Dann zuckte sie mit einem Lächeln die Schultern und sah sich nach irgend etwas um, das ihr als Kletterstufe dienen konnte.

Von ihrem Schlafzimmerfenster aus konnte sie die Lichtreflexe der Abendsonne auf dem Glas sehen. Der Einfallswinkel der Sonnenstrahlen und auch die Farben hatten sich verändert, aber das Bild war ebenso schön wie am Morgen, nur wärmer, üppiger, voller.

Sie war kaum auf dem kahlen Boden ihres eigenen kleinen Gartenquadrats angekommen und ins Haus geeilt, als ihre Nachbarin, das Baby auf der Hüfte, an die Tür geklopft und sie mit verschwörerischem Lächeln begrüßt hatte. »Ich habe Sie da drüben gesehen. Sie sind mutiger als ich. Ich wollte mir diesen Garten schon seit dem Tag ansehen, als wir hier eingezogen sind.«

Amanda hatte das Gefühl, eine Seelenverwandte gefunden zu haben. Und sie kannte die Geschichte. Sie wußte vom Niedergang des Familienbesitzes, von den Spielschulden, vom Frost und von dem Feuer, das schließlich das Haus zerstört hatte.

»Es gibt keinen Eingang zu dem Garten«, erklärte die

Nachbarin, als sie bei einer Tasse Kaffee zusammensaßen, während das Baby, das sich endlich beruhigt hatte, friedlich zu ihren Füßen spielte. »Mein Mann hat die Grundstückspläne gesehen. Sie haben das Land nach dem Feuer Stück für Stück verkauft – das muß irgendwann in der Zeit zwischen den beiden Weltkriegen gewesen sein –, und dann sind die Besitzer in eine andere Gegend gezogen. Das Restgrundstück gehört noch dem Sohn, oder vielleicht ist es auch der Enkelsohn, aber es hat ihn nie gestört oder ist ihm nicht aufgefallen, daß es keinen Zugang dazu gibt. Es ist unverkäuflich. Man darf es nicht betreten. Weder die Siedlungsgesellschaft noch die Kommune kann etwas damit anfangen.« Sie lächelte Amanda zu. »Ein geheimer Garten – um den sich niemand kümmert. Der geschützt ist. Den niemand zerstören kann.« Sie schwieg einen Moment und fügte dann wehmütig hinzu: »Den niemand liebt.«

»O doch, es gibt jemanden, der ihn liebt.« Amanda erwiderte das Lächeln der anderen und beugte sich herunter, um dem Kind einen Keks zu geben. »Der Gärtner ist noch dort.«

Die Brauen ihrer neugewonnenen Freundin schossen in die Höhe. »Willst du damit sagen …?«

Amanda nickte. »Er kümmert sich immer noch um den Garten. Er paßt darauf auf. Und ich glaube nicht, daß er etwas dagegen hat, wenn wir zwei ab und zu einen Spaziergang darin machen. Ich glaube sogar, daß er es nicht einmal merken würde.«

Es war eine Ironie des Schicksals, die sie gern mit Andrew geteilt hätte, aber das würde sicher niemals möglich sein: das neue Haus neben dem alten Garten; die Träume und Alpträume dort auf der anderen Seite des Zauns, in einem verwilderten Garten, in den nie jemand den Fuß setzte.

OBE

Natürlich waren die Bücher schuld. Sie hatte zwar gehört, daß die Technik angeblich funktionieren sollte, aber sie hatte nicht wirklich daran geglaubt. Nicht aus tiefstem Herzen zumindest.

Die Sache war die, daß ihr die Beschäftigung mit der Theorie Spaß machte. Wem wäre es nicht so gegangen. Es war die reine Fantasterei. Und sie liebte das Zeremoniell, das damit verbunden war. Die Übungen, die Meditation (ein Vorwand, zweimal am Tag zwanzig Minuten lang untätig dazusitzen und es sich ohne jedes Schuldgefühl einfach nur selbstgefällig gutgehen zu lassen), die Requisiten: die Räucherlampe, die Kerze, der Amethyst und, das Beste von allem, obwohl sie natürlich wußte, daß dies nicht der Sinn der Sache war, das Gefühl, ein Geheimnis zu haben, noch dazu eines, das Desmond zutiefst schockieren würde, wenn er es je herausfand.

Sie hatte sich nie in dem Maße in der Gemeindearbeit engagiert, wie sie es eigentlich sollte, aber es war dieser Tage nichts Ungewöhnliches mehr, daß eine Pfarrersfrau einen Job hatte (in ihrem Fall eine langweilige Sekretärinnenstelle), also hatten die Damen der Gemeinde freie Hand, ihren wohltätigen Neigungen nach Herzenslust nachzugehen, und sie selbst beschränkte sich darauf, ihnen möglichst wenig im Weg zu stehen.

Heute abend hatte sie die Absicht gehabt, zum Treffen der Frauengruppe zu gehen; aus diesem Grund hatte sie Desmond nicht zum Krippenspiel begleitet. Das Problem war nur, daß sie jedesmal eine so unglaubliche Erleichterung empfand, sobald er zur Tür hinaus war. Der gute Desmond. Wenn er nur nicht so – so – Pi gewesen wäre!

Als sie ihn kennengelernt hatte, versuchte er sich gerade als Gemüsegärtner. Keine Großgärtnerei, nicht einmal einer dieser Spezialbetriebe für Gemüsepflanzen und Sämereien. Aber das hätte noch kommen können. Mit ihrer tatkräftigen Unterstützung und ihrer Energie wäre das durchaus denkbar gewesen. Aber dann hatte er plötzlich Gott entdeckt. Mit Leib und Seele. Innerhalb von fünf Jahren war er zum Priester geweiht, die kleine Gemüsegärtnerei und das Haus waren vergessen, und sie lebten – nun ja, vielleicht nicht gerade mitten in der City, aber doch in einer eindeutig großstädtischen Umgebung in einem kleinen, modernen Häuschen, das der Kirche gehörte und den stolzen Namen Pfarrhaus führte. Sie wußte bis heute nicht recht, warum sie ihn nicht verlassen hatte. Nein, das stimmte nicht ganz. Sie wußte genau, warum. Sie liebte ihn immer noch. Sie betete ihn sogar an. Und er betete sie immer noch an. Offensichtlich. Wie hätte sie ihn sonst dazu bringen können, all die Dinge zu tun, die sich im Verborgenen unter dem klerikalen Federbett abspielten?

Im Grunde war alles seine Schuld, weil er sie überhaupt erst auf die Idee gebracht hatte. Nach einem besonders aufregenden Intermezzo, als er völlig außer Atem und mit noch tränenfeuchten Augen triumphierend auf ihr lag und ihre Hände auf dem Kissen festhielt, wo sie keinen weiteren Schaden anrichten konnten (wenn man es so nennen wollte), hatte er das Wort geflüstert. Hexe.

Reglos ausgestreckt, mit trügerisch sanftem Blick, hatte Serena zu ihm aufgelächelt.

Das Wort gefiel ihr. Das Bild, das es heraufbeschwor, hatte nichts mit alten Weibern, Hexenbesen und lodernden Scheiterhaufen zu tun. Nicht so, wie Desmond es aussprach. O nein. Es war eindeutig als Kompliment gedacht.

Sie hatte das Buch über Wicka entdeckt, als sie ein Geburtstagsgeschenk für Desmonds Vater gesucht hatte (»Irgend etwas über Golf oder Gartenpflege – da kannst du nichts falsch machen«). Wicka war der Name, unter dem die Hexenkunst heutzutage firmierte. Sie schob sich unauffällig näher an den Tisch heran, auf dem es ausgelegt war. *New Age/Religion/Populärpsychologie* war auf einem Schild zu lesen, das über dem Tisch hing. Neugierig schlug sie das Buch auf. Das Foto, das dort zur Schau gestellt war (der passende Ausdruck, dachte sie, während ihr erst der Atem stockte und gleich darauf ein hörbares, leicht verlegenes Kichern in ihrer Kehle aufperlte), zeigte eine Frau, die abgesehen von einer wunderschönen Kette splitternackt war und einem ebenso nackten Mann gegenüberstand, der zwar keine Halskette, dafür aber augenscheinlich Handfesseln trug.

Eine ganze Weile starrte sie gebannt auf das Bild. Irgendwie erregte es sie, das konnte sie nicht leugnen. Als sie den Kopf hob, sah sie zwei Tische weiter, gottlob mit dem Rücken zu ihr, Stan Eversley vom Kirchenvorstand stehen. Hastig schlug sie das Buch zu und fragte sich peinlich berührt, ob das, was sie gerade erlebte, eine fliegende Hitze war. Ein außerordentlich unangenehmes Gefühl durchflutete ihren Körper und überzog ihre Wangen mit einer unvorteilhaften Röte.

»Mrs. Perkins? Ich dachte gleich, daß Sie das sind.« Er hatte sie also gesehen. Auf die Hitzewelle folgte unversehens ein Kälteschauer der Angst. Sie nahm das nächstbeste Golfbuch zur Hand (hatte es der Buchhändler der Rubrik New Age/Religion zugeordnet, oder war es von einem unachtsamen Kunden an der falschen Stelle abgelegt worden?) und verließ den Laden, ihre unschuldige Neuerwerbung ordentlich verpackt unter den Arm geklemmt.

Sie kaufte kein Buch über Wicka. Natürlich nicht. Auch wenn es in ihren Augen mehr – nun ja, Spaß verhieß, als sie von der Church of England zu erwarten hatte. Was sie dagegen kaufte, war ein Buch über spirituelles Wachstum. Später. Als niemand im Laden war, den sie kannte. Und selbst dann erzählte sie der Verkäuferin noch, es sei ein Geschenk für ihren Neffen. Bald darauf kaufte sie ein Buch über Yoga und eines über Meditation, beides Empfehlungen aus der Literaturliste des ersteren.

Bei Räucherstäbchen zog sie die Grenze. Desmond, ein überzeugter Methodist, wenn es je einen gegeben hatte, wäre beim leisesten Hauch von Räucherwerk außer sich geraten, aber Aromatherapieöle waren der letzte Schrei – sie hatte auch darüber ein Buch gelesen – und konnten, wenn man sie besonnen auswählte, im Rahmen der Meditation durchaus verwendet werden. Der Amethyst hatte ursprünglich in einem der Töpferwarengeschäfte der Gegend als Dekorationsobjekt auf einem Regal gelegen. Er war eigentlich nicht zu verkaufen, aber sie hatte inzwischen gelernt, daß man gegen den Ruf eines Kristalls, der bei einem leben wollte, nichts ausrichten konnte. Glücklicherweise hatte die Ladeninhaberin die einschlägigen Bücher ebenfalls gelesen und war sich dieser Tatsache bewußt, und so wurde zur beiderseitigen Zufriedenheit der Handel perfekt gemacht, und auch von dem Amethyst konnte angenommen werden, daß er außer sich vor Glück war.

Die Gelegenheit, ihr wunderschönes Keramikstövchen und eine Kerze anzuzünden und das Arrangement durch den Amethyst zu vervollständigen, bot sich nicht oft. Sie mußte nicht nur sicher sein, daß Desmond länger fortbleiben würde, die Leute mußten auch glauben, sie selbst sei nicht zu Hause. (Denn obwohl sie wußten, daß sie arbeitete, hielten es die Gemeindemitglieder für ihr gutes Recht, zu jeder Tages- und Nachtstunde an ihre Tür zu klopfen und ihre Zeit in Anspruch zu nehmen, wenn sie zu Hause war.)

Schuldbewußt schaltete sie den Anrufbeantworter ein, löschte alle Lichter im Haus und schlich die Treppe hinauf zu dem winzigen Kämmerchen, das beschönigend als Nähzimmer bezeichnet wurde (nicht von ihr, wie sie jedem verkündete, der es hören wollte). Sie schloß die Tür hinter sich und blieb einen Augenblick lang still stehen, um sich innerlich zu sammeln.

Es fiel ihr immer leichter, sich in meditative Stimmung zu versetzen. Sie hielt sich in dieser Hinsicht für ziemlich talentiert, obwohl sie nicht genau wußte, nach welchen Kriterien man das beurteilte. Fest stand, daß sie lernte, immer tiefer in das einzutauchen, was immer sie antrieb.

Als sie zum ersten Mal das erlebt hatte, was in ihren Büchern als OBE bezeichnet wurde (Out of Body Experience oder außerkörperliche Erfahrung, zur Information für diejenigen unter Ihnen, die in solchen Dingen noch ungeübt sind), wäre sie vor Schreck fast gestorben. Eben noch hatte sie im Lotossitz auf dem Boden gesessen, die Augen geschlossen, den Geist konzentriert, aber frei, die Hände locker mit nach oben gedrehten Handflächen auf den Knien, und im nächsten Moment schwebte sie in einer Ecke des Kämmerchens an der Decke und blickte auf sich hinunter. Mit einem spitzen Schrei war sie wieder in ihren Körper zurückgetaumelt und aufgesprungen, hatte die Tür aufgerissen, war die Treppe hinuntergestürzt und hatte sich in der Küche zur Beruhigung einen ganz und gar unesoterischen Kaffee gemacht. Ihre Hände hatten so gezittert, daß sie den Deckel der Kaffeedose kaum aufbekommen konnte. Zum erstenmal in ihrem Leben hätte sie es begrüßt, Raucherin zu sein. Dann hätte sie wenigstens etwas gehabt, um ihre Nerven zu beschwichtigen. Sie hatte tatsächlich dort an der Decke geschwebt. Es war keine Einbildung, kein Traum, keine Wunschfantasie gewesen. Es war Realität. Wirklichkeit. Durch und durch echt.

Als Desmond nach Hause kam, lag sie zusammengerollt auf dem Sofa und sah sich eine alte *Taggart*-Folge auf Video an. Er warf einen Blick auf den Bildschirm und zog eine leicht angewiderte Grimasse, die sowohl der in Großaufnahme gezeigten blutigen Leiche galt, als auch dem unverständlichen Glasgower Dialekt, in dem erläutert wurde, wie man am besten ein Schlüsselbein durchtrennte. Dann hauchte er ihr einen flüchtigen Kuß auf den Scheitel.

»Ich muß mir den Haaransatz nachfärben lassen, findest du nicht?«

Serena wandte den Blick nicht von der Gestalt im grünen Kittel ab, die das Skalpell führte.

»Wirklich?« Er sah mit gerunzelter Stirn auf sie herunter. »Ich kann nichts Ungewöhnliches entdecken.«

Es war erstaunlich, wieviel sie in diesem Bruchteil einer Sekunde aus der veränderten Perspektive gesehen hatte: den grau werdenden Haaransatz, die unvorteilhaft vorspringende Nase, die manch einer vielleicht abfällig als Zinken bezeichnen würde und die sie so nie wahrgenommen, nie aus diesem Blickwinkel betrachtet hatte – die Spinnweben, die sich um die Glühbirne und den Lampenschirm zogen, und den abgetretenen Fleck auf dem Teppich unmittelbar vor der Tür, der, wenn man auf dem Boden stand – also aus der normalen Perspektive – kaum festzustellen war.

Erst zwei Tage später meditierte sie wieder, und sie konnte sich, wie nicht anders zu erwarten, nicht richtig darauf konzentrieren. Dazu war sie zu angespannt und, um der Wahrheit der Ehre zu geben, zu ängstlich.

Eine Woche später geschah dasselbe jedoch noch einmal, und diesmal stellte sie fest, daß sie an der Decke entlangschweben konnte. Wieder zwei Tage später entdeckte sie zu ihrer eigenen Verblüffung, daß es ihr möglch war durch Wände zu fliegen.

Manchmal übte sie zweimal am Tag, und es dauerte nicht lange, bis sie mit viel Geschick die gewagtesten Manöver beherrschte. Sie brauchte im Grunde nichts weiter zu tun, als sich in Gedanken irgendwohin zu begeben, und schon war sie dort.

Einmal, als sie auf einem ihrer Flüge durch Desmonds Arbeitszimmer streifte, geschah es, daß sie durch den bloßen Gedanken an ihn plötzlich dahin versetzt wurde, wo er sich gerade aufhielt, nämlich in Eversleys Wohnzimmer, wo er steif herumsaß und ungeschickt eine Tasse Kaffee auf den Knien balancierte; auf seiner Unterlippe, dicht am Mundwinkel, klebte aufreizend – wie seine Frau fand – ein Krümel des Plätzchens, das er eben verzehrt hatte. Ach, Des. Für jeden anderen mußte er lächerlich aussehen. Sicher würde er vor Scham im Boden versinken, wenn er es wüßte. Ihm gegenüber saß Jean Eversley auf dem Sofa, die Hände um die Knie geschlungen, den Blick unverwandt auf den Krümel geheftet. Von Zeit zu Zeit wischte sie sich gedankenverloren über die Unterlippe. Irritiert und mit leichtem Stirnrunzeln registrierte er ihr seltsames Verhalten, reagierte aber nicht auf die Signale ihrer Körpersprache, sondern fuhr unbeirrt in seiner Rede fort.

»Jean, meine Liebe. Es ehrt mich, daß Sie sich mir anvertrauen, wirklich. Ich wünschte nur, ich könnte irgend etwas für Sie tun.«

Serena dirigierte sich kraft ihrer Gedanken auf seine Sessellehne. Zaghaft streckte sie einen Finger nach seiner Lippe aus. Desmond runzelte die Stirn. Ein Beben ging sichtbar durch seinen Körper, und er blickte unsicher um sich. »Es tut mir leid, Jean. Irgend etwas ist mir gerade eiskalt den Rücken hinunter gelaufen.« Der Krümel klebte immer noch an seiner Lippe.

Serena spürte das Lächeln, das ihren Mund umspielte. Sie wagte nicht, ihn noch einmal zu berühren. Diese ziemlich fortgeschrittene Technik beherschte sie wohl noch nicht besonders gut und mußte befürchten, unvermittelt hier an Ort und Stelle zu materialisieren. Sie war nicht einmal sicher, ob Jean Eversley sie nicht sehen konnte, denn ihre Augen waren plötzlich riesengroß geworden, und ihre normalerweise blühende Gesichtsfarbe war einer unnatürlichen Blässe gewichen.

Sie hatte sich für unsichtbar gehalten – war es für sich

selbst gewesen, wenn sie in einen der zahlreichen Spiegel zu Hause geblickt hatte und war es offensichtlich für Desmond, der sicher anders auf den Anblick seiner Frau reagiert hätte, die im überheizten Wohnzimmer seines Kirchenvorstands durch die Luft geschwebt kam und sich mit aufreizend übergeschlagenen Beinen auf seiner Sessellehne niederließ –, aber ihre schlimmsten Vermutungen, was Jean betraf, wurden bestätigt, als die Frau eine Sekunde später mit einer Stimme, die nur noch ein brüchig gehauchter Schatten ihres üblichen schrillen Selbst war, sagte: »Können Sie ihn sehen?«

»Ihn?« Desmond runzelte die Stirn. Der ungefähren Richtung ihres Blickes folgend, schaute er Serena direkt an. »Kann ich wen sehen?«

Serenea stieß erleichtert die Luft aus.

»Ihn. Den Geist.«

Desmond schüttelte mißbilligend den Kopf. »Aber, aber, meine liebe Jean. Ihre Nerven sind überreizt.« Er sprang auf und legte der Frau beschwichtigend den Arm um die Schulter. Zu ihrer Zufriedenheit sah Serena, daß sich der Krümel durch die abrupte Bewegung von seiner Lippe gelöst hatte und auf den Teppich gefallen war, wo er niemanden störte. »Es ist der Gedanke an ihren Ärger mit Stan, sonst nichts. Sie sind aufgeregt. Wenn die Dinge erst einmal wieder im Lot sind, werden Sie feststellen, daß es keine Geister gibt.«

»Und was ist mit dem Heiligen Geist?« Jean bebte sichtlich am ganzen Körper, aber sie war nicht zu erschüttern, um auf einen so abwegigen Gedanken zu kommen. Serena zog eine verächtliche Grimasse. Das sah dieser Frau ähnlich.

Aber Desmond meisterte die Lage mit Bravour. Er stieß einen tiefen, ergebenen Seufzer aus. »Das ist nicht dieselbe Art von Geist, Jean.« Er lächelte. »Wie Sie ja zweifellos wissen …«

Er war im Begriff, langweilig zu werden.

Serena dachte sich in ihre eigenen vier Wände zurück.

Als ihr Mann etwa eine Stunde später auf konventionellerem Wege (in einem 87er Vauxhall) nach Hause kam, war Serena damit beschäftigt, Plätzchen zu backen.

»Stan Eversley hat also schon wieder eine Affäre?« Sie lächelte ihm unschuldig entgegen.

»Woher, um alles in der Welt, weißt du das?« Desmond wirkte ehrlich verblüfft. Schließlich hatte Jean es selbst gerade erst herausgefunden.

»Gemeindetratsch.« Schwungvoll schob Serena das Backblech in die Röhre. »Der alte Heuchler! Glaubt er wirklich, daß er damit ungeschoren davonkommt?«

Desmond ließ sich auf einen Stuhl fallen, zog die Teekanne zu sich heran und schüttelte sie prüfend, um zu sehen, ob noch etwas darin war. »Er schafft es doch immer wieder. Jean wird ihm verzeihen. Sie ist vernarrt in diesen albernen alten Kerl.«

Natürlich mußte sie strenge Selbstdisziplin üben. Es ging eindeutig nicht an, daß sie den Gemeindemitgliedern nachspionierte. Oder Desmond. Kein einziges Mal hatte sie den Versuch gemacht, herauszufinden, ob seine Beziehung zu der schönen, frustrierten Dawn Freeling wirklich die spirituelle, priesterliche Fürsorge war, als die er sie beschrieb. Aber die Versuchung war groß.

Als Don French anrief, um zu sagen, daß er wegen einer Migräne nicht zum Treffen in der Pfarrei kommen könne, eilte sie schnurstracks nach oben, schloß sich in der Toilette ein und machte einen raschen Abstecher zu seinem Haus, um zu sehen, wie die Dinge dort wirklich standen. Nur, um ihm ein wenig seelischen Beistand zu geben und ihm den einen oder anderen heilenden Gedanken zu schicken, versteht sich. Da saß er, die Füße auf dem Couchtisch, mit Joseph Porter, dem mißratenen Bruder des Methodistenpfarrers, bei reichlich Bier und einem Fastfood-Curry in seinem Wohnzimmer und sah sich eine *Seven*-Folge auf Video an. Serena war so außer sich vor Empörung, daß sie um ein Haar die Beherrschung verloren hätte. Glücklicherweise hatte die schwungvolle Handbewegung, mit der sie die bereits geleerten und zerdrückten Bierdosen vom Tisch fegen wollte, nur den Effekt, daß sie sich mehrmals wie ein aufgezogener Kreisel um sich selbst drehte. Aber das Schaudern, das Don durchlief, entging ihr nicht. Er richtete sich kerzengerade auf und legte seine Gabel weg. »Joe!« Die Farbe war aus seinem Gesicht gewichen. »Hast du das auch gespürt?«

»Hä?« Joe, der Sohn eines Oxford-Professors, war selbst zu seinen besten Zeiten kein rhetorisches Genie, aber nach einem indischen Hühnercurry brachte er endgültig keinen zusammenhängenden Satz mehr heraus.

»Etwas Kaltes. Ziemlich Unangenehmes.«

»Nö.« Joe sackte nach vorn und griff mit einer tollpatschigen Bewegung nach seiner Bierdose.

Serena konzentrierte ihre ganze Bosheit auf ihn. Sie packte ihn am Handgelenk und zog kräftig daran.

Joe stieß einen Schrei aus. Curry und Bierdosen flogen in alle Richtungen. Er sprang auf, schwang sich mit einem Satz über die Rückenlehne des Sofas und duckte sich dahinter, während Serena den Platz neben Don einnahm und mit erfreulichem Erfolg nur ein einziges Wort flüsterte: »Pfarrei.«

Als sie wieder nach unten kam, wo Desmond, Stan und die anderen Mitglieder des Kirchenvorstands zusammensaßen, klingelte das Telefon. Nach diesem Telefongespräch kam Desmond mit einem Lächeln auf den Lippen zurück. »Don geht es schon wieder besser. Er meint, er kommt doch noch herüber«, verkündete er.

Ihr war bewußt, daß sie damit aufhören mußte. Ihr Gewissen plagte sie zunehmend, und abgesehen davon veränderte sich ihr Wesen merklich, was auch Desmond nicht verborgen blieb. Sie wurde neunmalklug und besserwisserisch – beispielsweise war sie genauestens darüber im Bilde, wann Stan Eversley aufgehört hatte, fremdzugehen, und reumütig wieder in Jeans Bett gekrochen war –, und ihr Benehmen wurde unerträglich. Sie amüsierte sich über Dinge, die niemand außer ihr lustig fand. Es war wie mit diesen bedauernswerten Seelen, die man manchmal scheinbar grundlos vor sich hin kichernd über die Straße laufen sah. Vielleicht hatte ihre Heiterkeit denselben Grund. Vielleicht besaßen sie alle diese Fähigkeit: aus ihrem Körper herauszuschlüpfen und in der Weltgeschichte herumzusausen. Sie hatte es ausprobiert, als Abwechslung vom Gemeindeleben und seinen kleinen Eskapaden. Weltreisen. Sie konnte im Fernsehen eine Reportage über irgendeinen exotischen, fernen und vor allem unglaublich teuren Ort sehen, und schon machte sie einen Abstecher dorthin, um ihn sich persönlich anzuschauen. Und weder Malaria noch Darmbeschwerden drohten.

Aber Geheimnisse können auch zur Belastung werden. Es gab niemandem, mit dem sie ihre Erlebnisse hätte teilen können; die engsten Freundschaften waren allmählich eingeschlafen oder dem Königlich Britischen Postwesen zum Opfer gefallen, nachdem sie mit Des in diese Pfarrei gezogen war, die so weit entfernt lag von ihrem früheren Wohnort, und seither hatte sie nur oberflächliche Bekanntschaften geschlossen. Nie begegnete ihr eine andere astralreisende Seele, nur selten war sie für einen Menschen sichtbar, und wenn dies doch einmal geschah, hatte der Betreffende meist furchtbare Angst.

Mit einer Ausnahme. Sie befand sich in einem grünen, schmalen Tal hoch in der Gebirgslandschaft der Franche-Comté und war in den Anblick des schönsten Wasserfalls versunken, den sie je gesehen hatte, als sie ganz in der Nähe Schritte vernahm. Der Mann, den sie erblickte, war groß und sah auf eine sehr französische Art umwerfend gut aus. Ein ganz klein wenig außer Atem, setzte er sich auf einen Felsblock, um sich von dem anstrengenden Aufstieg zu erholen, und blickte in die regenbogenfarbene Wasserfontäne hinunter. Mit der Dreistigkeit der Unsichtbaren musterte sie ihn interessiert. Er war eindeutig ein Prachtexemplar von einem Mann.

»Nun, Madame, wie gefällt Ihnen der Anblick? Ist es nicht wunderschön?« Er hatte sie nicht direkt angesehen, aber an wen sollten seine Worte gerichtet sein, wenn nicht an sie. Es war niemand außer ihnen da.

Sie war so erschrocken, daß sie das Gebot der Höflichkeit vergaß und, anstatt seine Frage zu beantworten, das Gesicht verzog. »Können Sie mich sehen?«

»Aber selbstverständlich.« Dabei grinste er.

Was man ihm nicht verdenken konnte. Zu Hause war es heiß – jetzt, da es richtig Sommer geworden war –, und sie hatte sich, nur mit Slip und BH bekleidet, in das Nähzimmer zurückgezogen – immerhin noch ein Segen, für den sie jetzt ein kurzes Dankgebet zum Himmel schickte, denn um ein Haar hätte sie dem Bedürfnis nachgegeben, nackt im Haus herumzulaufen!

Trotz ihrer Verlegenheit wehrte sie sich gegen den Impuls, die Arme schützend vor der Brust zu verschränken, aber vergebens. Sie spürte, wie sie rot wurde.

»Sind Sie wirklich echt hier?« Es war eine alberne Frage, geboren aus ihrer hoffnungslosen Konfusion.

»Wir sind beide wirklich echt hier, Madame.«

Sie lachte. »Nicht unbedingt.«

Jetzt wandte er sich ihr zu und sah sie direkt an. Er hatte unglaublich schöne Augen. Sie huschten ein wenig zu routiniert über ihren Körper und begannen ihre Wanderung dann bedächtig von vorn. Wie eine Liebkosung. Sie fühlte, wie sich die Röte in ihrem Gesicht vertiefte.

Lässig erhob er sich, spazierte zum Rand des Abgrunds

und betrachtete den Wasserfall, der das Tal mit einem ohrenbetäubenden Tosen erfüllte. »Sie wollen also andeuten, daß wir beide nicht echt sind, oder es eigentlich nicht sein dürften?«

Der Spott in seiner Stimme war über den Lärm hinweg deutlich zu hören.

»Nein, ich wollte fragen, ob Sie ein Geist sind.« Das klang verrückt, aber es war ja auch eine verrückte Situation.

Er stieß ein herzhaftes Gelächter aus. »Wenn Sie einer sind, bin ich auch einer.«

»Ich bin kein Geist«, fuhr sie empört auf.

»Nein?« Seine Augen funkelten vor Vergnügen. »Aber vielleicht sind Sie ein Gespenst. Wissen Sie, was der Unterschied ist?«

Sie schüttelte den Kopf.

»Ah.« Er pflückte ein paar der zarten glockenförmigen Blüten, die in den Felsspalten wuchsen, und sah auf sie hinunter. »Ich glaube, es kommt darauf an, wie man es betrachtet.« Er lachte kurz auf. »Wir müssen ein andermal wieder herkommen und uns darüber unterhalten.« Dann verstummte er. Seine Augen huschten wieder über sie, und unter seinen Blicken war sich Serena ihrer verblichenen, unspektakulären Unterwäsche qualvoll bewußt, die schon einmal bessere Tage gesehen hatte – Sachen, in denen sich eine Französin nicht einmal tot gezeigt hätte – in denen man eine Französin wahrscheinlich nicht einmal tot *sah*. Er schien es nicht zu bemerken. Seine Zunge fuhr flüchtig über seine Lippen, als er mit wohlwollendem Lächeln auf sie zutrat und mit den Fingerspitzen über ihre Schulter strich, wo er, so zart, daß sie der Hauch eines Schauers überlief, den unkleidsamen Träger beiseite schob.

Die Berührung war nur zu real. Aber sie befand sich doch außerhalb ihres Körpers. Was hatte ihr Körper also hier zu suchen? Er sollte zu Hause sein und ihre Rückkehr erwarten. Und er sollte ganz gewiß kein Interesse für die körperliche Nähe eines Mannes zeigen oder empfinden, so attraktiv dieser Mann auch sein mochte. Schließlich liebte sie Des.

Sie biß sich auf die Lippen. Es war höchste Zeit, hier zu verschwinden.

Bevor sie den Sinn für die Wirklichkeit verlor.

Von Schamgefühl und Anstand ganz zu schweigen.

Er stand jetzt ganz dicht vor ihr. Lächelnd reichte er ihr die Blumen.

Und das war es. Im nächsten Moment saß sie im Lotossitz auf dem Boden des Nähzimmers.

Ihr erster Gedanke war: ›Wie ärgerlich‹, oder so etwas ähnliches. Der zweite: ›Ich muß mir neue Unterwäsche kaufen; wie konnte ich nur zulassen, daß Desmond mich in diesen Fetzen sieht!‹ Und der dritte, etwas abwegige Gedanke, lautete: ›Ich wünschte, ich könnte ihm das alles erzählen!‹

Aber Desmond, das wußte sie, würde kein Verständnis dafür haben.

Wahrscheinlich würde er sie für unzurechnungsfähig erklären.

Wahrscheinlich würde er sie auf dem Scheiterhaufen verbrennen lassen.

Es mußte ihr Geheimnis bleiben, das nur ihr selbst gehörte.

Und dem Franzosen.

Ihr Blick fiel auf den Blumenstrauß, den er ihr gegeben hatte und den sie noch immer in den Händen hielt, und sie fragte sich, was es für Blumen waren. Vielleicht wußte er es. Sie konnte jederzeit dorthin zurückkehren und einen neuen Strauß pflücken. Aber vielleicht besser nicht. Es wäre Des gegenüber nicht fair gewesen!

Mit einem Lächeln erhob sie sich und schlenderte, immer noch in ihrer Unterwäsche, gemächlich die Treppe hinunter.

Inselschatten

Die Reflexe der Sonne fingen sich auf dem Watt und verwandelten den Schlick in geschmolzenes Silber. Von dem grellen Licht geblendet, griff Jill nach der dunklen Sonnenbrille, die sich in ihrem windzerzausten Haarschopf verfangen hatte, und schob sie auf die Nase herunter. Vor ihr her trabte munter der Golden Retriever, reckte die Nase schnuppernd in die Luft und wedelte mit dem buschigen Schwanz. Jetzt roch sie es auch: Kaffee und der Duft von etwas Gebratenem; ein unangenehm eindringlicher Geruch, der die noch nicht durch ein Frühstück besänftigten Geschmacksknospen mit qualvoller Deutlichkeit sensibilisierte. »Collie, bei Fuß.« Sie hatte zu spät bemerkt, daß der Hund sein Tempo beschleunigt hatte. »Collie!«

Aber der Retriever war bereits hinter der niedrigen, baumbestandenen Landzunge verschwunden, und sie war allein am Strand.

Widerwillig fiel sie, die Leine in der Hand, in Laufschritt und stieß ein paar unmißverständliche Beschimpfungen zwischen den Zähnen hervor. Verdammtes Tier! Ungehorsames Biest! Dummkopf! Idiot! Gierschlund! Sie rutschte in dem schlickigen Sand aus, und ein eisiger Windstoß verschlug ihr den Atem. Ein kleines Fischerboot bog tuckernd in die Flußmündung ein; der Motor, der den Wind und das scharfe Klatschen der Wellen übertönte, klang unnatürlich laut. Einen Augenblick lang hörte sie in der Ferne einen Vogel zwitschern, dann verlor sich das Geräusch, vom Wind zerrissen und verweht wie die Wolken.

Hinter der Landzunge verlief das erodierte Kliff flacher

zum Strand hin, und die Bäume, die ihr Herbstlaub schon fast vollständig abgeworfen hatten, waren zum Meer hin geneigt, so daß sich ein realtiv geschützter Ankerplatz gebildet hatte. Vom Deck eines der Boote, die hier noch vor Anker lagen, war eine Planke zum nahen Ufersand ausgelegt worden. Sie kam gerade rechtzeitig, um zu sehen, wie ihr Hund mit wedelndem Schwanz zielstrebig über die Planke trottete und im Innern des Bootes verschwand.

Es war ein verhältnismäßig großes Boot, ein Zweimaster mit schwarz geteertem Kajütaufbau und messinggefaßten Bullaugen. Aus einem Schornstein stieg Rauch auf, der in tanzenden Schwaden davongerissen wurde.

Sie blieb stehen und wartete ergeben auf die Schimpftirade, die auf Collies unerlaubtes Betreten des Schiffs unweigerlich folgen mußte.

Aber es geschah nichts dergleichen. Das Boot lag still da und spiegelte sich in den unruhigen Wellen, die gegen seinen Rumpf klatschten und ihn mit braunem Tang wie mit einem Rüschenrock umgraben.

»Collie!«

Ihr Ruf war nicht so laut, wie er hätte sein können. Es bestand immer noch die leise Hoffnung, daß es ihr gelang, den Hund herauszulocken, bevor ihre Anwesenheit bemerkt wurde.

»Collie, komm sofort her!«

Die Laufplanke, die durch Sonne, Wind und Meerwasser rissig und fahl geworden war, führte in steilem Winkel an Bord. Der Hund mußte ohne Zögern in das Mittelschiff hinuntergesprungen sein. Sie biß sich auf die Lippen. »Collie, verdammtes Tier! Komm zurück!«

Plötzlich stellte sie fest, daß aus dem Schiff Musik herübertönte – leise, vom Wind verwehte, kaum hörbare Klänge – Mönchsgesänge. Gregorianische Gesänge. Sie wußte nicht, warum, aber es hatte eine beruhigende Wirkung auf sie.

Die Flut kam jetzt schneller herein. Sie warf einen Blick auf das Ende der Laufplanke. Es bewegte sich, zeichnete elliptische Muster in den schlickigen Sand, während es sich, auf und ab schaukelnd, lockerte. Plötzlich bemerkte sie, daß auch das Boot selbst sich zu bewegen begann. Es hatte bis jetzt fest auf dem Grund geruht, aber bald würde sich der Rumpf heben und frei aufschwimmen.

»Collie!« Diesmal rief sie aus vollem Hals, und fast im selben Augenblick tauchte ein Kopf hinter dem gegenüberliegenden Rand des Kajütdachs auf. Ein Männerkopf.

Sie konnte sich vor Verlegenheit nicht von der Stelle rühren, als er den Kajütaufbau umrundete und auf sie herunterblickte.

»Der Hund, der gerade mein Frühstück verspeist, gehört demnach Ihnen?« Seine Stimme war tief und melodisch, und es schwang, erstaunlich angesichts dessen, was er gerade sagte, keine Spur von Verärgerung darin. Er war braungebrannt, hatte kurzes, graumeliertes Haar und faszinierend hellblaue Augen. Das verblichene Jeanshemd, das er trug, war fadenscheinig, an manchen Stellen zerrissen und mit Farbklecksen übersät.

»Ich fürchte, ja. Es tut mir wirklich leid. Sie hat mich nicht gehört.«

Er hatte noch kein einziges Mal gelächelt. Jetzt musterte er sie wortlos ein paar Sekunden lang so aufmerksam, daß sie seinen Blick fast als Verletzung ihrer Privatsphäre, ja als körperlichen Angriff empfand und einen Schritt zurückwich. Endlich hellte sich seine Miene ein klein wenig auf. »Sie kommen besser an Bord und holen sie.«

»Vielen Dank«, sagte sie, nicht ohne ein kurzes Zögern. Die Planke war schmal und steil, und die Sohlen ihrer alten Turnschuhe waren glitschig vom Schlick. Sie hielt sich mit einer Hand an der kalten vorspringenden Einfassung des Schiffsrumpfes fest und setzte vorsichtig einen Fuß auf die Laufplanke. Der Mann sah ihr von oben zu.

»Es ist ein bißchen wacklig«, bemerkte sie entschuldigend, als wäre dies eher ihrer eigenen Ungeschicklichkeit zuzuschreiben als der Unzulänglichkeit dieses behelfsmäßigen Zugangs.

»Atmen Sie tief durch und laufen Sie dann schnell los«, riet er ihr und er beobachtete sie mit vor der Brust verschränkten Armen.

»Könnten Sie Collie nicht einfach zu mir herunterschicken?« fragte sie mit einem verlegenen Lächeln und einem ergebenen Achselzucken.

Er seufzte. »Ich fürchte, sie würde nicht auf mich hören.«

Inzwischen war ihr bewußt geworden, daß ihm die Sache Spaß machte, und bei dieser Erkenntnis gab sie sich endlich einen Stoß. Mit vier schnellen Schritten überquerte sie die Planke und sprang zu ihm an Deck. Er hatte sich nicht von der Stelle bewegt. Die Arme immer noch vor der Brust verschränkt, rührte er keinen Finger, um ihr behilflich zu sein.

»Hier entlang.« Er ging zu der Treppe voraus, die als schmaler Niedergang zu der Kajüte hinunterführte. Sie zögerte zum zweiten Mal.

In ihrem ganzen Leben hatte sie nur ein einziges Mal einem Mann vertraut. In der Beziehung zu ihm hatte sie Kraft und Geborgenheit gefunden. Sie hatte ihr alles gegeben, was sie brauchte, um stark, selbstsicher und in ihren eigenen Augen, einem Spiegel der seinen, schön zu sein. Eines Tages war sie sorglos und glücklich nach Hause gekommen, in der vertrauensvollen Erwartung einer Zukunft, in der sie gemeinsam alt werden könnten, und dann hatte sie seine Nachricht gefunden. Der Zauberkreis war nichts als Schall und Rauch gewesen, gesprengt durch eine andere, die sich im Schutz ihrer Arglosigkeit nähergeschlichen hatte. Die Gewißheiten des Lebens waren nicht stabiler als ein Kartenhaus, und plötzlich war sie in ihren eigenen Augen ein wertloses, naives Nichts.

Nur Collie hielt sie noch aufrecht. Die Hündin lag geduldig in ihrem Schoß, ein Teddybär von achtzig Pfund, mit einer warmen, flanellweichen Zunge, die ihr die Tränen von den Wangen leckte. Monate gingen ins Land. Für Außenstehende war sie wieder die alte; nur der Hund wußte Bescheid über die Nächte, in denen sie sich mit Selbstzweifeln quälte, über die Leere in ihrem Innern, über das verlorengegangene Vertrauen in die Menschen. In der Gewißheit, daß sie längst ›darüber‹ hinweggekommen wäre, hatte der Mann sie ein paarmal unbekümmert angerufen, um sich – wie gütig von ihm – zu erkundigen, wie es ihr ginge. Er wußte nicht und interessierte sich vielleicht auch nicht dafür, daß sie nie wieder einem Mitmenschen würde vertrauen können.

Und jetzt stieg sie unter den Blicken eines solchen Mitmenschen in die Höhle des Löwen hinunter, in der sich der einzige Freund befand, den sie in der Welt noch besaß.

»Collie!«

Aus ihrer Stimme klang jetzt Verzweiflung.

Er zog eine Augenbraue hoch. »Warum rufen Sie einen Hund, der offensichtlich ein Retriever ist, eigentlich Collie?« Der Tonfall seiner Frage ließ eine Unterhaltung erwarten, die sich auf dem Begriffsniveau eines dreijährigen Kindes bewegte.

Unwillkürlich mußte sie lachen, und er sah, wie für einen Augenblick Leben in diese tiefgrauen Augen kam, die das schmale, hellhäutige Gesicht mit dem Rahmen dunkler, glatter Haare beherrschten.

»Sie heißt Colleen.«

»Ich verstehe. Ein irischer Hund. Das erklärt alles, würde ich sagen.« Wenn überhaupt ein Funken Humor in seiner Stimme mitschwang, dann war er so herb und zurückgenommen, daß sie ihn kaum wahrnehmen konnte. Er machte auf dem Absatz kehrt und verschwand in der Kajüte.

Während sie wartend stehenblieb, spürte sie die kalte Brise, die ihr unter den Haaransatz im Nacken fuhr. Sie registrierte das Vorrücken der Flut und sah, wie sich die Laufplanke durch die ständige Reibung mit dem festen Boden lockerte, obwohl sie auf dieser Seite an der Reling festgezurrt war.

Aus Sekunden wurden Minuten. Die Stille zerrte an ihren Nerven. Das Band, das noch gelaufen war, als sie den Fuß auf das Schiffsdeck gesetzt hatte, war zu Ende, und es war keine neue Kassette eingelegt worden.

Endlich hielt sie es nicht mehr aus. Einen Fuß nach dem anderen setzte sie vorsichtig auf die steilen Stufen des Niedergangs, während sie sich so krampfhaft am Geländer festklammerte, daß ihre Knöchel weiß hervortraten.

Das erste, was sie sah, war Collie, diese Verräterin, die es sich zu Füßen des Mannes bequem gemacht hatte. Er stand vor einer Staffelei neben einem großen Fenster, das in das Schiffsheck eingebaut war. Selbst von ihrem Standort aus konnte sie erkennen, daß er die Wattvögel gemalt hatte. Die leuchtenden Farben der Brandenten und Austernfischer sprangen ihr verblüffend lebendig von der Leinwand entgegen.

»Kaffee?« Er deutete mit einer Kopfbewegung zum Tisch, wo mitten in einem wilden Durcheinander aus Farbtuben, Pinseln und ungewaschenem Geschirr eine Kaffeekanne aus rotem Email stand. Sie hätte gern ja gesagt, aber die Stimme der Vernunft hielt sie zurück. »Ich glaube, ich habe nicht soviel Zeit. Das Wasser scheint schon zu steigen.«

»Dann eben ein andermal«, sagte er mit einem Lächeln.

Und das war es. Sie legte Collie die Leine an, bedankte sich, entschuldigte sich stammelnd noch einmal, errötete und ging. Wobei sie nicht das Gefühl hatte, daß auch nur eines ihrer Worte in sein Bewußtsein gedrungen war. Er stand neben der Staffelei, die Hände in den Hosentaschen vergraben, den Blick auf die mittlere Distanz konzentriert, wo Meeresströmung und Wind aufeinandertrafen und weiße Schaumkronen über die Flußmündung zur Insel hinaus jagten.

Natürlich ging sie wieder hin. Nicht am nächsten Tag und auch nicht am übernächsten, aber als am Montag die Sonne durch die dunkle Wolkendecke brach und einen scharfen arktischen Nordwind mitbrachte, zog sie ihre Jacke und einen Schal an und begab sich, Collie diesmal an der Leine führend, auf einen Streifzug am Strand entlang.

Das Schiff lag noch am gleichen Platz, aber selbst aus der Entfernung konnte sie erkennen, daß niemand an Bord war. Es machte einen verlassenen Eindruck. Kein Rauch stieg aus dem kleinen Schornstein auf, und am Heck schaukelte kein Dinghi auf den Wellen. Auch die Laufplanke war nicht vorhanden. Sie stand eine Weile da und blickte wehmütig zu dem Schiff hinüber. Es sah irgendwie einsam aus. Die Yachten waren am Wochenende in See gestochen. Der Winter kündigte sich jetzt mit Macht an, und sie hatten die Rückfahrt in ihre sicheren Heimathäfen angetreten, um dort in aller Ruhe den nächsten Frühling abzuwarten. Nur dieses eine Schiff zeichnete sich noch dunkel vor dem Wasser ab. Während es in der steigenden Flut sanft an seinen Haltetauen schaukelte, konnte sie zum ersten Mal seinen Namen erkennen. *Araminta*.

Unwillkürlich drang ein Seufzer über ihre Lippen. Sie stemmte sich gegen den Wind und stapfte, die Hundeleine fest in der Hand, weiter. Die Kälte des Windes, der ihr ins Gesicht blies, erinnerte sie daran, daß es bald Abend sein würde. Sie mußte umkehren. Nach Hause in ihre leere Wohnung zurückgehen, in der sie sich noch nicht einmal mehr die Mühe machte, Blumen aufzustellen.

»Nur noch bis zum Ende der Buhne, Coll!« rief sie aufmunternd dem Hund zu, der kurz den Kopf wandte und mit dem Schwanz wedelte. »Dann gehen wir heim, machen uns ein paar Buttertoasts und werden unappetitlich fett, wir beide.«

Der Hund strahlte sie an. Wenn es ums Essen ging, war er geradezu unheimlich verständig. Gemeinsam umrundeten sie die Bogenlinie des Wassers, stocherten mit dem Fuß, beziehungsweise mit der Nase in angeschwemmtem Tang und anderem Treibgut und machten dann wie auf Kommando kehrt, um den Heimweg anzutreten.

Er kam ihnen über den Strand entgegen, beladen mit einem Rucksack und zwei Einkaufstüten, den Kopf vor dem Wind gesenkt, wie sie es zuvor auch getan hatte. Collie erkannte ihn zuerst. Der Satz, mit dem sie ihm entgegenstürmte, riß Jill die Leine aus der Hand.

Er hob den Kopf, und eine Sekunde lang glaubte sie ein Lächeln in seinen Augen aufblitzen zu sehen. »Na sowas. Dieser Satansbraten von Collie.«

»Hallo.« Sie stellte fest, daß ihr das Lächeln nicht schwerfiel. »Ich dachte, sie hätten ihre Siebensachen gepackt und wären bis zum Ende des Winters verschwunden wie alle anderen.«

»Verweichlichte Landratten, alle miteinander.« Er streifte den Rucksack ab und stellte ihn zusammen mit den Taschen auf den Boden. Jetzt erst bemerkte sie das kleine Beiboot, das er ein Stück weit von der Wasserlinie entfernt unter dem kräftigen Geäst der Bäume zurückgelassen hatte. Er schlang das Haltetau um sein Handgelenk und zog das Boot zum Wasser hinunter. »Möchten Sie morgen zur Insel hinausfahren?«

»Zur Insel?« Verblüfft über die Einladung sah sie an ihm vorbei zur Flußmündung hinüber.

Er begann seine Einkäufe in dem Dinghi zu verstauen und schob die Taschen unter die Ruderbank. »Ich will ein bißchen fotografieren. Die Wettervorhersage ist günstig.

Kalt und klar. Es dürfte windstill werden. Der Hund kann mitkommen, wenn er es schafft, ganz still zu sitzen.«

»Sie meinen, wir fahren mit diesem Ding hier rüber?« Dem Blick, mit dem Jill das winzige Boot betrachtete, war ihr Mißtrauen deutlich anzumerken.

Diesmal verzog er das Gesicht zu einem breiten Lächeln. »Es schwimmt.«

»Vielleicht auch nicht, wenn Collie und ich noch drin-sitzen.«

»Wiegen Sie zusammen mehr als hundertdreißig Kilo?« fragte er mit sarkastisch hochgezogener Braue.

»Natürlich nicht.«

Ihre Entrüstung machte ihm offensichtlich Spaß. Er nickte. »Das hätte mich auch gewundert. Dann sehe ich kein Problem. Ich breche gegen elf Uhr morgens auf. So können wir die Gezeitenströmung nutzen und müssen uns nicht zu sehr anstrengen.« Wieder spielte ein Lächeln um seinen Mund. »Kommen Sie, wenn Sie Lust haben. Wenn nicht, lassen Sie's bleiben.«

Damit kehrte er ihr den Rücken zu und zog das Boot mit dem Bug voran ins Wasser. Innerhalb von Sekunden hatte er sich hineingeschwungen und die Ruder in die Dollen eingelegt. Ohne ein Wort des Abschieds ruderte er los.

Jill sah ihm einen Augenblick lang nach. Allerdings brachte es sie ein wenig aus der Fassung, daß er ihr das Gesicht zugewandt hatte, während er das Beiboot zur *Araminta* lenkte. Er nickte ihr noch einmal zu, das war aber auch schon alles.

Als sie sich zum Gehen wandte, war ihr klar, daß sie nicht den Mut aufbringen würde, mit ihm zur Insel zu fahren.

Am nächsten Tag war sie zehn Minuten vor elf zur Stelle, in einen dicken Pullover und eine Jacke gepackt, das Haar mit einem blauen Seidentuch zusammengebunden, eine Thermoskanne und belegte Brote in einem Brotbeutel über der Schulter. Collie sprang in seiner Freude so aufgeregt vor ihr her, daß Jill ernsthafte Zweifel hatte, ob es wirklich ratsam wäre, den Hund mitzunehmen. Wenn sie nun in tiefem Gewässer kenterten? Bei den herrschenden Temperaturen würden sie innerhalb kürzester Zeit ertrinken.

Er erwartete sie mit dem Dinghi, die Arme verschränkt, den Blick in die Ferne gerichtet. Als der Hund auf ihn zusprang, wandte er sich um und sah ihr mit diesem Anflug eines verschlossenen Lächelns entgegen, das ihr allmählich vertraut zu werden begann. »Schön, daß Sie gekommen sind.«

Seine Kamera und seine Malutensilien lagen, in eine wasserdichte Tasche verpackt, sicher im Bug verstaut. Sie legte ihren Brotbeutel daneben und setzte sich auf die Ruderbank, während Collie es sich mit seligem Grinsen zu ihren Füßen bequem machte. Das Boot lag sehr tief im Wasser mit seiner Last, aber er lenkte es mit ruhigen und mühelosen Ruderschlägen in die Wellen hinaus.

»Sie haben mir nicht gesagt, wie Sie heißen.« Sie mußte ihre Stimme erheben, um den Wind und das Brausen der Wellen zu übertönen.

»Roger.«

Es war klar, daß er nicht mehr preisgeben würde. »Ich heiße Jill.«

Sie redeten nicht. Jill hielt Colleens Leine fest in der Hand, blickte auf das Wasser hinaus und genoß den Wind und die Weite um sich herum. Zu ihrer eigenen Verwunderung stellte sie fest, daß alle Angst verflogen war; ihr Grinsen mußte fast so breit sein wie das des Hundes, dessen Ohren im Wind flatterten, während er dasaß und keinen Muskel rührte.

Sie landeten in einer kleinen, mit verkümmerten Kiefern gesäumten Bucht und zogen das Boot auf den Kies-strand, Collie tollte ausgelassen um sie herum.

Während er seine Kamera auspackte, setzte sie sich auf einen Steinhaufen, bemüht, ihn nicht allzu auffällig zu be-obachten. Die schnellen, sicheren Handgriffe, mit denen er die Objektive zusammenschraubte, seine schlanken Fin-ger, seine kräftigen Handgelenke und der konzentrierte Ausdruck in seinem Gesicht faszinierten sie. Er war das genaue Gegenstück zu Justin, der sie mit seinem über-schäumenden, fröhlichen Temperament überrumpelt, mit seiner Zerstreutheit in Rage versetzt und mit seinem um-werfenden Charme im Sturm erobert hatte.

Schließlich wandte sie sich ab und blickte, die Augen wegen des Winds zusammengekniffen, auf das Meer hin-aus. Die Insel selbst schien eigenartig geschützt. Die Luft war fast mild. Die harzigen Nadelbäume sahen aus, als würden sie im frischen Saft des Frühlings stehen, was sie auf unerklärliche Weise wohltuend fand.

Erst als Colleen sich ängstlich an ihre Beine drückte, wurde sie auf die Gestalt aufmerksam, die zwischen den Bäumen stand. Gewöhnt an das unerschütterliche Bedürf-nis des Hundes nach menschlicher Gesellschaft, runzelte sie die Stirn. Sie wandte sich nach Roger um, aber er hock-te, ganz mit seiner Kamera beschäftigt, im Kies und kram-te in der wasserdichten Tasche nach seinen Filmrollen. Collie schmiegte sich dichter an sie. Entlang der Fellinie, die sich am Rückgrat deutlich abzeichnete, hatten sich ih-re Haare gesträubt, und sie winselte leise.

Jill legte ihr beschwichtigend die Hand auf den Nacken. »Die Insel gehört uns nicht, Mädchen«, flüsterte sie. »An-dere haben auch ein Recht, hier zu sein.«

Roger hatte ihre Worte gehört. Er blickte auf. »Haben Sie etwas gesehen?«

»Da ist jemand, der uns beobachtet. Zwischen den Bäu-men.«

Er zog eine Braue hoch. »Das hätte ich mir fast denken können. Es ist wahrscheinlich jemand aus dem Kloster. Beachten Sie ihn einfach nicht.«

»Aus dem Kloster!« widerholte Jill seine Worte. Ihr Blick wanderte ohne ihr Zutun zu den Bäumen zurück. Die Gestalt stand immer noch ruhig mit verschränkten Armen da, und jetzt wurde Jill auch bewußt, daß es diese reglose Haltung war, gepaart mit der ungewohnten Silhouette der in der Taille gegürteten Kutte, die sie so unheimlich wirken ließ. Darum ließ Collie ein leises, kehliges Knurren hören. Sie hatte noch nie im Leben einen Mönch gesehen.

»Ist es in Ordnung, daß wir hier sind?« fragte sie Roger, als er sich endlich aufrichtete und die Kamera umhängte.

»Wir halten uns von ihrer Seite der Insel fern.« Das offene Lächeln, das er so selten zur Schau trug, ließ seine Miene aufleuchten. »Kommen Sie, gehen wir zu den Klippen hinunter.«

Im Umkreis der Klippen wateten Schwärme von Vögeln im Schlick, ließen sich im seichten Wasser treiben oder pickten suchend mit ihren Schnäbeln im Schlamm und unter Steinen. Jill nahm Collie an die Leine und machte sich zu einem langen Spaziergang über das niedrige Kliff auf, während Roger seinen Beobachtungsstand errichtete.

Der Mönch stand jetzt am Rand des Kliffs und blickte über die Bucht zum Festland hinüber. Jill erstarrte und nahm die Leine fester in die Hand. Sie hätte sich keine Sorgen zu machen brauchen, denn Collie hatte sich mit dem Bauch auf den Boden gedrückt, die Nase auf den Pfoten, das Rückenfell vom Kopf bis zum Schwanz hoch gesträubt. Es war derselbe Mann, da war sich Jill fast sicher – es sei denn, sie sahen alle gleich aus in diesen dunklen, schweren Kutten.

Er drehte sich nicht zu ihr um und gab auch mit keinem

anderen Zeichen zu erkennen, daß er sie bemerkt hatte, und da sie befürchtete, durch ihre Anwesenheit vielleicht ein Schweigegelübde oder seine selbst auferlegte Verpflichtung zur Einsamkeit zu stören, zog sie sich vorsichtig zurück.

Sie wanderte mit Collie durch den Kiefernwald, ständig gefaßt auf eine weitere Begegnung mit einem Mitglied der Bruderschaft, und kehrte schließlich zum Boot zurück. Dort setzte sie sich an einer geschützten Stelle in die Sonne, teilte ihre belegten Brote mit Collie, trank Kaffee und goß für den Hund ein wenig Wasser in ein Plastikschälchen. Sie wußte, ohne daß es ihr jemand gesagt hatte, daß Roger die Zeit vergessen würde, sobald er in sein winziges Versteck zwischen den Klippen geschlüpft war. Es war eigenartig zu sehen, wie unbekümmert die Vögel um das Versteck herumschwirrten und über den flachen Felsen und durch den nassen Sand hüpften.

Die Sonne begann zum westlichen Horizont zu wandern, und ein Kälteschauer durchlief Jill. Die Bäume warfen jetzt lange, schwarze Schatten über den Strand. Sie betrachtete mit wachsender Besorgnis den sich dunkel färbenden Wasserstreifen, den sie mit ihrem Ruderboot überqueren mußten, doch da tauchte er endlich aus seinem Unterschlupf auf, rollte die Plane zusammen und kehrte unter dem warnenden Geschrei der Vögel, die er zuvor aus seinem Versteck beobachtet hatte, zu ihr zurück.

»Wir haben ein belegtes Brot für Sie aufgehoben.«

»Danke.« Er verschlang das Brot mit sichtlichem Heißhunger.

»Konnten Sie gute Bilder machen?«

Er nickte. »Fantastisch. Das Licht war perfekt.« Er nahm den Becher mit Kaffee, den sie ihm anbot, und kraulte geistesabwesend den Hund. In der Ferne hatte eine Glocke zu läuten begonnen.

»Gilt das den Mönchen?« erkundigte sie sich, während sich Collies Rückenfell wieder sträubte.

»Der Ruf zur Abendandacht.« Ein Schauder durchlief ihn. »Kommen Sie. Wir packen besser zusammen. Ich möchte in der Dunkelheit nicht ohne Positionslichter auf dem Wasser sein.«

»Ich wußte nicht, daß es auf der Insel noch ein Kloster gibt«, bemerkte sie, als sie etwa die Hälfte der Bootsstrecke zurückgelegt hatten. Sie hatte die Arme zum Schutz gegen die Kälte um Collies Hals geschlungen; zitternd vergrub sie das Gesicht in seinem dichten Nackenfell. »Ich dachte mich zu erinnern, daß es dort eine Klosterruine gibt.«

»Das stimmt.« Er ruderte mit kräftig ausholenden Bewegungen. »Aus der Zeit Heinrichs des Achten. Wunderschön.«

»Hat man die Ruine teilweise wiederaufgebaut?« Sie blickte über seine Schulter in die Dunkelheit. In der Ferne wirkte die Wasseroberfläche schwer und ölig. Sie hatte etwas Düsteres, Abweisendes.

Er antwortete nicht auf ihre Frage, sondern tauchte die Ruder noch energischer ins Wasser. Unruhe ergriff Besitz von ihr. Was war, wenn sie sich in der Kälte und Dunkelheit hier draußen verirrten?

Er schien ihre Gedanken lesen zu können. »Seien Sie unbesorgt. Wir sind fast da. Ich möchte ungern riskieren, meine Kamera zu verlieren.«

»Vielen Dank!« Ihre Entrüstung war nicht gespielt.

Er lächelte.

Am Strand angelangt, half sie ihm, das Boot an Land zu ziehen und seine Ausrüstung auszuladen. Es war inzwischen fast völlig dunkel geworden. Das Wasser schimmerte unheimlich, und am Himmel funkelte bereits eine Vielzahl von Sternen. Er hob den Kopf.

»Es wird Frost geben heute nacht. Sie gehen jetzt besser nach Hause.«

Einen Augenblick lang fühlte sie sich gekränkt. Sie hatte erwartet, daß er sie noch auf sein Schiff einladen, ihr vielleicht ein Abendessen anbieten würde. Aber warum sollte er? Sie kannten sich ja kaum. »Sie haben recht«, nickte sie. »Es ist eine ganz schöne Strecke bis zum Dorf. Vielleicht sehen wir uns wieder?«

Er lächelte. »Klopfen Sie an mein Schiff, wenn Sie vorbeikommen, dann mache ich ein Frühstück für Sie und den Hund.«

Sie wartete drei Tage. Dann bereitete er ein Frühstück mit Speck und Toast und Eiern von freilaufenden Hühnern vom Bauern oben auf den Klippen und mit echtem Bohnenkaffee, den er im Perkolator auf dem geschwärzten Kocher in der kleinen Kombüse bereitet hatte. Er zeigte ihr die Fotos, und sie war beeindruckt von seinem Können. Gerade als sie sich seine Skizzen von den Brandenten ansah, stellte er ihr die Frage.

»Wo ist Ihr Mann?«

Ihr Blick fiel auf ihre Hand. Sie hatte den Ehering an dem Tag abgenommen, als er sie wegen einer anderen verlassen hatte, aber der verräterische helle Streifen um ihren gebräunten Ringfinger erzählte eine deutliche Geschichte.

»Er hat mich verlassen.«

»Haben Sie ihn geliebt?« Seine Stimme klang merkwürdig hart. Als sie den Kopf hob, sah sie, daß er durch das Fenster zur Insel hinüber blickte.

»Ja.«

»Und Sie lieben ihn immer noch?«

»Ja.« Dann schüttelte sie den Kopf. »Ich bemühe mich, ihn zu vergessen.«

»Tun Sie es nicht!« Als er sich heftig zu ihr umdrehte, war sie erschrocken über den unsäglichen Schmerz in seinen Augen. »Versuchen Sie niemals, sich gegen die Liebe zu wehren. So sehr es auch schmerzen mag, es ist besser als innere Leere.«

Er wanderte mit schnellen, ruhelosen Schritten in der Kajüte auf und ab, als könne er dieser plötzlichen Aufwallung der Gefühle nicht Herr werden. Schließlich blieb er stehen und sagte: »Ich fahre heute nachmittag wieder zur Insel hinaus. Möchten Sie mitkommen? Nur für ein paar Stunden. Ich muß noch das ein oder andere Bild machen; keine Vögel diesmal – nur einfache Aufnahmen vom Wasser und von den Bäumen. Collie würde sich bestimmt freuen.«

Beim Klang ihres Namens richtete sich Collie auf und spitzte die Ohren.

Warum eigentlich nicht? Zu Hause erwartete sie nichts. Kein Kochen, kein Waschen, kein Bügeln. Und auch noch kein Job in Sicht, der ihre einsamen Stunden hätte ausfüllen können.

»Ja, gut. Ich komme gern mit.«

Sie ließ ihn auch diesmal allein seiner Wege ziehen, denn sie spürte, daß er keine Gesellschaft brauchte, daß sie und Collie ihn nur in seiner Konzentration gestört hätten. Statt dessen schlenderte sie wieder zu den Felsen hinunter und wanderte dann die Klippen hinauf zu der Stelle, an der der Mönch gestanden hatte. Es überraschte sie kaum, als sie spürte, wie sich Collie hinter ihr zusammenduckte; sie drehte sich um und sah den Mönch in der Nähe stehen. Wie beim letzten Mal blickte er auf das Meer hinaus. »Es tut mir leid, ich habe Sie nicht gehört.« Verlegen wich sie ein paar Schritte zurück, der Hund dicht an ihren Fersen.

Als sie sich gerade zum Gehen wenden wollte, drehte er sich langsam zu ihr um. Sein Gesicht war im Schatten der Kapuze verborgen, die er tief in die Stirn gezogen hatte, und seine Arme waren vor der Brust verschränkt. Ein paar Sekunden lang stand er so da und sah sie an, dann machte er einen Schritt auf sie zu. Er löste seine Hände aus den langen Ärmeln. Dann brach er ein Kräuterbüschel ab, das aus einer Felsspalte hervorsproß, und bot es ihr an.

Sie streckte die Hand danach aus, und als er keine Anstalten machte, näherzukommen, trat sie einen Schritt auf ihn zu. Collie winselte leise. Sie wagte einen zweiten Schritt und nahm das Zweiglein aus seiner Hand entgegen. Ihre Finger berührten sich nicht.

»Vielen Dank«, sagte sie mit einem Lächeln. Sie konnte sein Gesicht nicht erkennen und spürte, wie eine seltsame Unruhe von ihr Besitz ergriff und ihr eng ums Herz wurde. Mit einer angedeuteten Verbeugung machte er auf dem Absatz kehrt und entfernte sich langsamen Schritts zu den Bäumen hin. Nach wenigen Sekunden hatten ihn die Schatten verschluckt.

Jill sah auf den Zweig hinunter, den sie in der Hand hielt. Es war Rosmarin. Verwundert blickte sie sich nach allen Seiten um. Wie war es möglich, daß hier auf dem kalten, Wind und Wetter ausgesetzten Felsen Rosmarin wuchs? Sie betrachtete die Stelle, an der er den Zweig gepflückt hatte, aus der Nähe. Alles, was sie entdecken konnte, war Stechginster, der sich neben kärglichen Grasbüscheln in den Felsspalten festklammerte.

Nachdenklich wanderte sie zum Boot zurück.

Als Roger auftauchte, ging die Sonne bereits unter. Vor einem schwarzgrün gezackten Himmel warf sie ihren glutroten Schein über das Wasser.

»Morgen wird es einen Sturm geben«, erklärte Roger mit einem Blick auf das Lichterspiel der Sonne.

»Das hat mir der Mönch gegeben.« Jill hielt ihm den Rosmarinzweig entgegen. »Ich glaube, es war derselbe, den wir beim letzten Mal gesehen haben.«

Rogers Blick ruhte einen Moment lang auf dem Zweig in ihrer Hand. Er machte keine Anstalten, ihn zu berühren. Nach einer Weile des Schweigens holte er tief Luft. »Es gibt da etwas, das ich Ihnen sagen muß.« Mit diesen Worten trat er dicht an den Rand des Wassers.

»Es wäre mir lieber, Sie würde es nicht sagen.« Aus irgendeinem Grund wußte sie, daß seine Offenbarung das hauchdünne Band der Freundschaft, das sich zwischen ihnen zu spinnen begann, zerreißen würde. Er runzelte die Stirn und sagte nichts. Aber als sie so schweigend nebeneinander standen, spürte sie bereits, wie die Entfernung zwischen ihnen größer wurde, wie sie sich ausdehnte und sie auseinander zog, bevor sie noch Gelegenheit gehabt hatten, einander näherzukommen.

»Ich bin ein Mörder.« Er sah sie nicht an bei diesen Worten, die sich fast im Wind verloren.

Sie glaubte ihm nicht. Nicht in diesem Augenblick. Ungläubig lachte sie auf – ein hoher, scharfer, falscher Laut, dessen Echo leer durch die Stille hallte.

Jetzt wandte er sich ihr zu. »Sie glauben mir nicht? Mir fällt es selbst schwer. Ich habe es aus Liebe getan – aus der tiefsten, aufrichtigsten Liebe. Ich habe eine Frau getötet – die Frau, die ich geliebt habe –, um sie von Schmerzen zu erlösen, die so grausam waren, daß sie daran verzweifelt ist.« Er holte tief Luft und fand die Kraft, weiterzusprechen. »Sie hatte Krebs, wissen Sie. Er war unheilbar. Es gab nichts, das man hätte tun können. Am Ende«, er zögerte und starrte mit blicklosen Augen vor sich hin, »am Ende war ihr bewußt, was ich tat, und sie war mir dankbar dafür. Ich habe es in ihren Augen gesehen.«

Er wandte sich ab, ging ein Stück am Rand des Wassers entlang und blickte in die sinkende Sonne. »In diesem Land wird eine solche Tat als Mord geahndet. Ich werde von der Polizei gesucht. Wenn sie mich finden, muß ich ins Gefängnis.«

»Roger ...« Sie wußte nicht, was sie sagen sollte, und einen Moment lang blieb sie wie betäubt stehen. Collie war es, die ihm schließlich nachlief, die sich an ihn schmiegte, ihm Trost spendete.

Sanft strich er dem Tier über den Kopf. Dann drehte er sich langsam zu ihr um. »Ich weiß nicht, warum ich Ihnen das alles erzählt habe. Wahrscheinlich, weil ich angefangen habe, Sie zu mögen. Ich könnte Ihnen das nicht antun, und ich könnte es ihr nicht antun.« Er betrachtete sie einen Moment lang nachdenklich. »Werden Sie mich verraten?«

Sie schüttelte den Kopf. »Sie wissen, daß ich das nie tun würde.«

Er nickte. »Ich wollte, daß Sie mit mir zu dieser Insel kommen. Es ist ein besonderer Ort, ein ganz besonderer Ort. Ich war als Kind oft hier. Damals konnte ich die Mönche auch sehen. Kommen Sie«, sagte er dann, indem er sich anschickte, die Uferböschung hinaufzusteigen. »Wir müssen gehen. Es wird bald dunkel.«

Sie sprachen erst wieder, als sie das Festland erreicht hatten. »Wenn Ihr Mann zu Ihnen zurückkommt, Jill, verzeihen Sie ihm. Und wenn er nicht kommt, verzeihen Sie ihm trotzdem. Haß und Bitterkeit sind zerstörerisch.« Ein eigenartiges, ersticktes Schluchzen kam über seine Lippen. »Wer weiß – wenn man an solche Dinge glaubt –, vielleicht bekommen wir eine zweite Chance in einem anderen Leben. Vielleicht auch nicht.« Er stieß einen tiefen, gequälten Seufzer aus. »Kommen Sie mit auf mein Schiff. Ich habe etwas für Sie.«

Es war ein Bild, das die Flußmündung zeigte und im Vordergrund die Insel. Zwischen den Bäumen waren die gotischen Bögen der alten Klosterruine zu sehen.

»Das ist wunderschön, Roger. Vielen Dank.« Sie reckte sich und gab ihm einen Kuß auf die Wange. »Man wird Sie doch hier nicht finden, oder?«

Er zuckte die Schultern. »Ich hoffe es nicht. Ich bin nicht bereit, ins Gefängnis zu gehen.« Diesen letzten Satz sagte er mit einer so ernsten Entschlossenheit, daß sie ein kalter Schauer überlief. »Kommen Sie in ein paar Tagen wieder.« Er sah sie mit einem liebevollen Ausdruck an, dann kniete er sich vor Collie hin und nahm ihren Kopf zwischen die Hände. »Und du, Hund, paß auf deine Herrin auf. Mach sie nicht wieder mit fremden Männern bekannt.«

Als sie über den Strand zurücklief, war es dunkel. An der Spitze der Landzunge drehte sie sich noch einmal um und blickte zur *Araminta* zurück, die sich, nur vom schwachen Lichtschein aus zwei Bullaugen beleuchtet, dunkel vor dem Sternenhimmel abhob. Mit zwei Schritten war sie um die Landspitze gebogen, und das Schiff war nicht mehr zu sehen.

Am darauffolgenden Samstag ging sie wieder hinunter zum Meer. Sie war nicht verwundert, als sie feststellte, daß die *Araminta* verschwunden war. Verloren stand sie am Strand und blickte auf das Meer hinaus. »Was glaubst du, wo er jetzt ist, Collie?« Der Hund brauchte keine Leine an diesem Tag. Auf dem regengepeitschten Strand war weit und breit weder Mensch noch Hund zu sehen, und kein Schiff ließ sich in der Fahrrinne blicken.

Erst im April stattete sie der Insel wieder einen Besuch ab. Justin hatte sie angerufen und hoffnungsvoll angefragt, ob sie nicht um der alten Zeiten willen zusammen irgendwohin zum Picknick fahren könnten. Wenn Collie ein Kind wäre, hätte er Besuchsrecht, hatte er an ihren guten Willen appelliert, und schließlich sei er ja nicht mehr mit einer anderen zusammen. Die andere sei ein Fehler gewesen, eine Katastrophe, ein Moment geistiger Umnachtung, den er bis an sein Lebensende bereuen würde. Als er dann ankam, sprach er zerknirscht davon, was für eine unverzeihliche Dummheit er begangen habe, er berührte ihre Hand, und die Stimme, die sie in ihrem Innern hörte, war Rogers

Stimme. »Wenn Ihr Mann zu Ihnen zurückkommt, Jill, verzeihen Sie ihm.«

Sie bat Justin in die Wohnung und zeigte ihm das neue Bild über dem Kamin. »Dorthin möchte ich fahren.«

»Auf die Insel? Ich war als Kind oft dort.« Schon wieder Rogers Worte. »Es ist ein wundervoller, verzauberter Ort.«

Also mieteten sie ein Boot, und er ruderte hinüber, der Hund im Heck, Jill mit dem Picknickkorb im Bug. Es war ein herrlicher Tag – strahlender Sonnenschein, eine leichte Brise und spielerisch schwappende Wellen. Sie durchstreiften die Insel von einem Ende zum anderen. Er zeigte ihr die Klosterruine, die prachtvolle Klosterkirche mit ihrem hochaufragenden zerfallenen Bogengewölbe, den unkrautüberwucherten Kräutergarten, die nur bruchstückhaft erhaltenen Mauern, den mit Geröll gefüllten Brunnen, der kein Wasser mehr spendete. Nirgendwo gab es einen renovierten Gebäudeteil, weit und breit nicht einen einzigen bewohnbaren Raum.

Lange Zeit stand sie lauschend im grasbewachsenen Schiff der alten Kirche und erwartete fast, die gregorianischen Gesänge oder das Glockengeläut im Wind zu hören. Aber es war nichts zu vernehmen außer dem fröhlichen Lied einer Amsel im Gebüsch. Hier lebten keine Mönche, schon seit hundert Jahren nicht mehr. Irgendwie überraschte es sie nicht.

Collie tollte ausgelassen und offensichtlich glücklich herum. Jill erwog einen Moment lang, Justin zu erzählen, was sie erlebt hatte. Er hatte sich verändert, war nachdenklicher, reifer geworden. Man merkte ihm an, daß auch er unglücklich gewesen war. Es wäre ein Leichtes gewesen, ihm die Geschichte anzuvertrauen. Aber sie überlegte es sich anders. Das Geheimnis der Mönche gehörte zu ihr und zu Roger und zu der fernen Vergangenheit der Insel, auf der sie sich jetzt befanden.

Und Justin? Nun ja, vielleicht gehörte Justin zu ihrer

Zukunft. Mit Rogers schweigender Unterstützung und der Zusprache ihres eigenen Herzens war es nicht schwer, ihm zu verzeihen. Das Vertrauen würde sich vermutlich nicht so leicht wiederherstellen lassen. Man mußte abwarten und sehen.

Nur einmal geriet ihr Entschluß, Justin nichts von den Mönchen zu erzählen, ins Wanken. Als der Abend nahte und sie zum Boot zurückkehrten, blieb Collie, die vor ihnen hergesprungen war, plötzlich wie angewurzelt stehen. Ihr Rückenfell sträubte sich, und sie wich winselnd vor dem Boot zurück.

»Was hat sie denn?« Justin ließ Jills Hand verwundert los und eilte voraus. Es gab keinen erkennbaren Grund für das Verhalten des Hundes. Aber auf der Bank, auf der Jill gesessen hatte, lag ein kleines Sträußchen Rosmarin.

Der Spielzeugsoldat

Zum ersten Mal seit ihrer Ankunft war das Haus vollkommen leer. Der Umzugswagen war verschwunden, und Joe hatte sich in Sues kleinen Fiat gezwängt und war zu dem Lädchen gefahren, das gleichzeitig als Postamt und Lebensmittelgeschäft diente, um ein paar Konservendosen zu erstehen.

Sie stand in der Küche. Langsam fuhr sie mit der Hand über den Herd. Er war verrostet, fettverkrustet und an manchen Stellen blätterte das Email ab. Es war nicht ihr Herd. Ihr eigener Einbauherd, ihre ganze wunderschön eingerichtete Küche gehörte jetzt der Bausparkasse, genauso wie das Haus und der Garten. Auch Joes Auto hatten sie abgeben müssen, drei Tage, nachdem er den Brief erhalten hatte. Den Brief, der mit einem einzigen Wort ihr Leben zerstört hatte: Entlassung.

Sie schniefte und trat rasch ans Fenster, entschlossen, nicht zu weinen. Mit Selbstmitleid war ihnen nicht geholfen. Sie durften sich noch glücklich schätzen. Joe hatte sofort einen neuen Job gefunden, und mit diesem Job war sogar die Benutzung eines kleinen Häuschens verbunden. Es war in Wirklichkeit nichts anderes als eine bessere Hausmeisterstelle; er sollte nach dem Rechten sehen und den landwirtschaftlichen Betrieb überwachen, solange sich sein Onkel im Ausland aufhielt. Eigentlich war es diese Art von Anstellung, bei der man, wie Joe sich ständig in Erinnerung rief, nicht wußte, ob einem eine Wohltat erwiesen wurde, die jederzeit widerrufen werden konnte, oder ob man selbst dem anderen einen Gefallen tat, indem man für weniger als das marktübliche Gehalt arbeitete, dankbar für ein Haus in nahezu unbewohnbarem Zustand, und sich dabei noch, wie von dem Wohltäter durchaus beabsichtigt, durch seine Dankbarkeit und seine Schuldgefühle gebunden fühlte.

Sue sah sich in dem Raum um. Sie hatten die meisten ihrer Möbel in der benachbarten Scheune eingelagert und nur das Nötigste zum Leben ins Haus gebracht. Sie strich über einen der Umzugskartons. Ihre schweren Eisenpfannen, ihre Holzschüsseln, selbst die getrockneten Kräutersträußchen hatte sie sorgsam verpackt und die Kartons mit Zeitungspapier ausgestopft. Jetzt brauchte sie nichts weiter zu tun, als die Sachen in die Regale zu stellen oder aufzuhängen, und schon würde sie sich hier wie zu Hause fühlen. Ein wehmütiges Lächeln huschte über ihr Gesicht. Spaghetti aus der Dose in einer ihrer geschmackvollen französischen Schüsseln. Eine irgendwie unpassende Vorstellung.

Sie ging zur Hintertür. Die Glasscheibe war mit einem schäbigen Stoffetzen verhängt, der an einem Stück Draht befestigt war und dessen geometrische Muster in schrillen Blau- und Grüntönen eine Beleidigung für das ästhetische Empfinden waren. Angewidert verzog sie das Gesicht, bevor sie den Schlüssel im Schloß drehte und die Tür öffnete. Der Anblick, der sich ihr bot, verschlug ihr den Atem.

Der verwilderte Garten war durch eine spärliche Hecke aus Dorngestrüpp und Hainbuchen von einem frisch umgepflügten Acker getrennt. Die dunkle Fläche erstreckte sich so weit, daß sie in nicht mehr sichtbarer Ferne mit dem Horizont zu verschmelzen schien, aber darüber stand der Himmel mit der untergehenden Sonne in Flammen. So fasziniert war sie von diesem Schauspiel, daß sie die unappetitliche Küche völlig vergaß.

Purpurrot.

Anilinrot.

Rubinrot.

Opal.

Smaragdgrün.

Saphirblau.

Atemlos vor Glück, ließ sie die Worte auf der Zunge zergehen.

In ihrer baumgesäumten Vorstadtstraße hatte sie nie einen richtigen Sonnenuntergang gesehen, sich nie träumen lassen, daß der Himmel so weit und leer und – sie suchte in Gedanken nach dem richtigen Wort – so rein sein konnte.

»Ist es nicht ein überwältigender Anblick?« Joe war unbemerkt hinter sie getreten.

Sie zuckte zusammen. Sie hatte nicht gehört, daß er zurückgekommen war. Plötzlich merkte sie, daß sie den Tränen nah war, und blinzelte in den strahlenden Glanz. »Etwas so Schönes habe ich in meinem ganzen Leben noch nicht gesehen. Es ist noch schöner als Cornwall.« Ein größeres Lob konnte es in ihren Augen nicht geben.

Hinter ihnen wurde die schäbige Küche allmählich dunkel. Joe legte ihr die Arme um die Schultern und zog sie zärtlich an sich. »Das entschädigt fast für alles andere«, flüsterte er. Das kaum merkliche Flehen in seiner Stimme erfüllte ihr Herz mit Traurigkeit.

»Fast«, wiederholte sie und stellte zu ihrer eigenen Verwunderung fest, daß ihre Stimme dabei einen munteren Beiklang hatte.

Gemeinsam sahen sie zu, wie sich der Himmel allmählich zu einem blassen Aquamarinblau verfärbte. Ein einsamer Stern erschien tief über dem Horizont.

»Ich habe etwas Eßbares besorgt«, verkündete er in die Stille hinein. »Und eine Flasche Fusel.«

»Ach, Joe, das können wir uns doch nicht lei …« Der Vorwurf erstarb ihr auf den Lippen, als sie Joes Hand spürte, die sich fester um ihren Arm schloß.

»Wir können es uns leisten. Es ist unsere erste Nacht im

neuen Heim, Herrgott nochmal. Da wird es doch wohl für eine billige Flasche Wein reichen!«

Sie schluckte. »Natürlich, du hast recht. Zur Feier unseres neuen Heims.« Es war unter den gegebenen Umständen eine törichte Bemerkung, aber sie war ihr herausgerutscht, bevor sie sich auf die Zunge beißen konnte. Sie schaltete die nackte Glühbirne ein, die in der Mitte des Raums schmucklos an einem Stromkabel hing. Augenblicklich verblaßte der Himmel hinter ihnen, und Joe schloß mit einem Seufzer die Tür.

»Also dann«, sagte er und sah sich ratlos in der Küche um. »Wo sind die Gläser?«

»In einer der Kisten, nehme ich an.« Ihr Blick wanderte ohne große Hoffnung zu den Schränken. »Vielleicht gibt es auch hier ein paar Gläser, die wir benutzen können.« Sie bückte sich, zog die verquollene Tür unter dem Abtropfbrett auf und sah nach.

Dort auf einem Bord stand in einsamer Pracht ein Kinderspielzeug. Ein leuchtend bunter Plastiksoldat. Anstelle von Beinen hatte er einen abgerundeten Sockel, so daß er hin und her wippte und sich wieder aufrichtete, wenn man ihn anstieß.

Sue nahm ihn heraus und stellte ihn auf die Fensterbank. Als sie ihm einen leichten Schubs gab, ertönte leise ein melodisches Glockenspiel.

»Immerhin ist er lustig«, bemerkte sie.

»Sue …«

»Laß uns hier nachsehen.« Aber als sie die beiden Hängeschränke öffnete, waren sie leer. Schließlich fand sie in einem der Kartons, die unter dem kleinen Tisch auf dem Fußboden standen, das ordentlich in Zeitungspapier gewickelte Geschirr und zog vorsichtig zwei Tassen hervor. »Damit wird es gehen.«

»Sue, wir müssen miteinander reden.« Joe betrachtete hilflos ihre müden Züge. »Du hättest deine Stellung nicht aufgeben müssen. Ich bin sicher, daß man sie noch immer für dich freihält. Du kannst den Wagen nehmen. Es geht schließlich um deine Karriere.«

»Meine Karriere liegt hundert Kilometer hinter mir, Joe. Meine Karriere konnte uns offensichtlich nicht ernähren. Und deine Karriere hat sich in Wohlgefallen aufgelöst, so daß wir gezwungen sind, in diesem gottverlassenen Nest zu leben, damit du überhaupt Arbeit hast. Mein Job ist zum Teufel!« Sie biß die Zähne zusammen, ballte die Fäuste und hob den Blick verzweifelt zur Decke. Verdammt. Verdammt. Verdammt. Sie durfte sich ihre Bitterkeit nicht so anmerken lassen! »Es tut mir leid, Liebster.« Mit einem gequälten Lächeln sah sie ihn an. In ihrer Stimme lag aufrichtiges Bedauern und ein Hauch von Traurigkeit. »Hör nicht auf mich. Der Job ist wie geschaffen für dich. Du wirst hier glücklich sein, das weiß ich genau. Und ich auch, wenn ich mich erst einmal gefangen habe.«

Wenn.

Aber wie?

Sie schniefte vernehmlich. »Ich vermute, der Korkenzieher wird nicht zu finden sein«, sagte sie.

Joe trat zu ihr, schlang die Arme um sie, drückte sein Kinn nachdenklich in ihr Haar und atmete tief ein: Shampoo, Staub und der süße Duft ihrer Haut. »Kein Problem«, beruhigte er sie. »Du setzt einen Wein voraus, der edel genug ist, mit einem Korken verschlossen zu sein. Das hier ist eine Flasche mit Schraubverschluß.«

Plötzlich mußten sie beide lachen. Sue stellte die Tassen ab und nahm ihn stürmisch in die Arme. Irgendwo im Garten ertönte der Schrei einer Eule.

Am nächsten Morgen war sie als erste auf den Beinen. Sie war so erschöpft gewesen, daß sie ungeachtet ihrer Sorgen wie ein Stein geschlafen hatte. Mit einem leisen Schauder zog sie ihren dicken Pullover über die Hüften herunter, bevor sie die Hintertür entriegelte und ein wenig ängstlich in die Dunkelheit hinausblickte. Der Morgen dämmerte gerade erst herauf. Der unkrautüberwucherte Garten roch frisch und sauber, und sie entdeckte ein paar Osterglocken in der Nähe, deren Blüten in der tauglitzernden Kälte des frühen Morgengrauens leuchteten.

Als sie genießerisch die Luft einsog, glaubte sie fast zu spüren, wie ihre Adern pulsierten und sich mit Sauerstoff füllten, dann schloß sie die Tür und wandte sich entschlossen ihrer trostlosen Küche zu. Der Spielzeugsoldat auf der Fensterbank schaukelte leise hin und her, sein breites Plastikgrinsen ergab einen fröhlichen Fleck vor dem Hintergrund des abblätternden Holzanstrichs.

»Was hast du denn zu lachen?« fragte sie ihn laut, während sie Wasser in den Kessel laufen ließ. Dann runzelte sie die Stirn, sie trat zu dem Spielzeugsoldaten und stieß mit der Fingerspitze dagegen. Der Sockel war so schwer, daß man ihn kräftig anstoßen mußte, damit er sich bewegte. Ein weiches Glockenspiel ertönte, als er sich behäbig bis zum Stillstand wiegte.

Die Tür. Natürlich. Es hatte von der offenstehenden Tür her gezogen. Sie stieß ihn ein letztes Mal an, dann holte sie die Frühstücksschalen aus den Umzugskisten und suchte dann in den Lebensmittelkartons nach den Cornflakes.

Bis zum Mittag hatte sie die Küche geschrubbt, die Regalborde mit sauberem Wachspapier ausgeschlagen, die Schränke eingeräumt, ein Paar alte Vorhänge an dem Draht aufgehängt, der als Gardinenstange diente, und ein Bild mit leuchtend roten Kapuzinerkresseblüten angebracht, das Joes Neffe letzte Weihnachten für sie gemalt hatte. Den Spielzeugsoldaten hatte sie auf der Fensterbank stehengelassen. Er war bunt und fröhlich, und ihr gefiel sein Lachen. Irgendein Kind vermißt ihn bestimmt schrecklich, dachte sie, als ihr Blick zum wiederholten Mal auf ihn fiel. Vielleicht waren die Kinder, denen er gehört hatte, aber auch aus dem Spielalter herausgewachsen und hatten ihn in dem einsamen Gefängnis des Schranks zurückgelassen, wo er abwarten konnte, ob ihn ein anderes Kind fand oder ob man ihn einfach in den Müll werfen würde.

Nach der Küche nahm sie sich das Wohnzimmer mit der niedrigen Balkendecke vor, saugte Staub, breitete Teppiche über die abgetretenen Stellen des Teppichbodens und packte die wenigen geliebten Dekorationsstücke und Bücher aus, auf die sie nicht hatten verzichten wollen. Ratlos betrachtete sie die beiden Lehnsessel mit ihren zerschlissen, fleckigen Bezügen und das Sofa, das aussah, als wäre es aus einer Feuersbrunst gerettet worden. Die eine Seitenlehne war von oben bis unten mit Brandflecken übersät (bei näherem Hinsehen entdeckte sie unter und hinter den Polstern eine ganze Sammlung von Zigarettenstummeln). Zum Glück für die früheren Bewohner hatte die grobe Roßhaarfüllung jedes Feuer im Ansatz erstickt. Mit gerümpfter Nase schleppte sie sämtliche Polster in den kleinen Vorgarten hinaus. Als Joe nach Hause kam, drosch sie so erbittert darauf ein, daß ihre Fäuste, mit denen sie den Stiel des Klopfers umklammert hielt, weiß vor Anstrengung waren. Er beobachtete sie eine Weile, dann rief er ihr zu: »He, was haben sie dir angetan?«

Sie richtete sich auf und strich sich mit dem Unterarm die Haare aus dem Gesicht. »Joe! Was machst du schon zu Hause?«

Er zuckte entschuldigend die Schultern. »Ich hätte natürlich auch ein paar belegte Brote mitnehmen können ...«

Erschrocken schlug sie die Hand vor den Mund. »Ach Joe, das habe ich ganz vergessen. Es tut mir leid.« Es war sein erster Arbeitstag. Seine erste Mittagspause. Bis vor kurzem war er jeden Morgen punkt zehn nach acht mit dem Zug ins Büro gefahren und war erst um siebzehn Uhr siebenundfünfzig zurückgekommen; aus den Augen, aus dem Sinn, während sie sich voll und ganz ihrer Karriere, ihrem Leben, ihrem Sein als leitende Angestellte in einer Werbeagentur ihres Heimatstädtchens widmete. Heute hatte sie kein Mittagessen für ihn vorbereitet.

Gemeinsam aßen sie eine Tomatensuppe aus der Dose und ein Käsesandwich, dann drückte er ihr einen flüchtigen Kuß auf den Scheitel und begab sich zurück in das Büro der Gutsverwaltung. Zu deprimiert und müde, um aufzustehen, blieb sie am Küchentisch vor einer Tasse Instantkaffee sitzen und erwog halbherzig, den ganzen Plunder hinauszuwerfen und das Haus mit einigen ihrer eigenen Sachen einzurichten. Hübsch möbliert konnte das alte Cottage durchaus reizvoll sein. Die Sonne hatte endlich das Küchenfenster erreicht und durchflutete den Raum mit ihren Strahlen. Auf der Fensterbank lächelte der Soldat schweigend ins Nichts.

Als sie ihren Kaffee ausgetrunken hatte, raffte sie sich endlich auf, ging zum Telefon und wählte eine Nummer.

»Robert? Hier ist Sue. Ich weiß, es ist unwahrscheinlich, aber besteht der Hauch einer Chance, daß ich meinen Job wiederhaben könnte?« Schließlich konnte sie pendeln. Sie überspielte das Drängen in ihrer Bitte mit einem lockeren kleinen Lachen, aber die Knöchel an der Hand, mit der sie den Hörer hielt, traten weiß hervor. Nervös lauschte sie der wohlklingenden, gesetzten Stimme am anderen Ende der Leitung, während aus dem Hintergrund Gelächter, das Klappern von Tastaturen, Telefonklingeln zu hören war, die Geräusche eines großen, geschäftigen Büros eben – ihrer Welt –, und schließlich nickte sie. »Schon gut. Ich wußte ja, daß es unwahrscheinlich sein würde. Aber denken Sie an mich, wenn meine Nachfolgerin der Hektik doch nicht gewachsen ist, ja?«

Als sie den Hörer auflegte, stellte sie fest, daß sie am ganzen Leib zitterte. Mit schleppenden Schritten ging sie zur Küche zurück, wo sie eine Weile in der Tür stehenblieb und unschlüssig in den sonnendurchfluteten Raum starrte. Noch eine Tasse Kaffee? Aber danach würde sie sich noch elender fühlen, noch nervöser und zittriger. Schließlich war es nur ein Job. Davon gab es noch mehr; es gab andere Dinge, die sie tun konnte. Irgend etwas, das sie auch mitten auf dem Land machen konnte. Vielleicht war es ihr möglich, als Freischaffende zu arbeiten? Der kleine Soldat schaukelte auf seiner Fensterbank und klingelte fröhlich vor sich hin. Unter ihren Blicken wurden die Schaukelbewegungen langsamer und hörten dann ganz auf. Das Fenster stand einen Spalt offen. Die Vorhänge flatterten leicht in dem Luftzug. Sie lächelte. Einen Moment lang hatte sie gedacht …, aber das war ja albern. Entschlossen streifte sie die Gummihandschuhe über und fing wieder an zu schrubben.

Als Joe am Abend nach Hause kam, hatte sie in dem kleinen rußgeschwärzten Kamin ein Feuer angezündet und auf dem Herd köchelte das Abendessen in der Kasserolle. Die Zimmer waren einigermaßen aufgeräumt, und sie hatte in dem verwilderten Garten genügend Frühlingsblumen gefunden, um das ganze Haus damit zu dekorieren.

In der Flasche mit dem Schraubverschluß war noch so viel Wein, daß jeder ein Glas trinken konnte, während die Kartoffeln garten.

»Wenn du den Wagen wirklich nicht brauchst, würde ich am Montag gern in die Stadt fahren und sehen, ob ich hier in der Gegend vielleicht einen Aushilfsjob bekommen kann«, erklärte sie, als sie später dicht am Feuer saßen. Am Abend wurde es kalt im Haus. Sie sah ihn nicht an, sondern starrte auf die Tannenzapfen, die sie zuletzt in die Flammen geworfen hatte.

»Ich verstehe«, entgegnete er in düsterem Ton. Er empfand ihren Vorschlag als Vorwurf, sie goß Öl auf die Flammen seiner Schuldgefühle. »Bist du sicher, daß du das willst?«

Sie nickte. »Nur für ein paar Monate – damit ich eine Beschäftigung habe. Es würde auch helfen, uns fürs Erste über die Runden zu bringen.« Mit einem Ruck straffte sie sich. »Wir haben Glück, daß wir das Haus benützen können, Joe, und wir würden es auch schaffen, wenn ich nicht arbeite. Es war genial von dir, daß du diesen Job an Land gezogen hast« – endlich der so ersehnte Balsam für sein Ego –, »aber«, fuhr sie zögernd fort, »ich würde hier verrückt werden, so allein im Haus. Für mich ist es besser, wenn ich arbeite.«

Niedergeschlagen drehte er das Glas zwischen beiden Handflächen. »Vielleicht hast du recht.«

»Ich weiß, daß ich recht habe.« Sie rutschte dichter an ihn heran und lehnte sich an seine Knie. »Wir werden ein Vermögen machen, Joe, du wirst schon sehen«, sagte sie leise. »Du wirst schon sehen.«

Sie fuhr mit einem Ruck aus dem Schlaf hoch. Im Haus war es still. Joe lag schlafend neben ihr auf dem Rücken, sein Atem ging gleichmäßig, ein Arm lag über seinem Kopf auf dem Kissen, der andere hing locker über die Bettkante.

Ohne sich zu bewegen, starrte sie an die Decke. Der Halbmond schien zum Fenster herein und warf einen blassen Lichtstreifen auf den Fußboden. Dann hörte sie es. Ein leises Geklingel aus dem Erdgeschoß. Noch schlaftrunken lag sie da, sah zum Mond hinaus und lauschte, dann richtete sie sich langsam auf. Mit einem Blick auf Joes entspanntes Gesicht schlüpfte sie in ihre Pantoffeln und schlich zur Tür.

Leise öffnete sie die Schlafzimmertür, trat auf den Treppenabsatz hinaus und blieb einen Augenblick lauschend stehen.

Da war es wieder. Das sanfte, melodische Klingeln. Sie eilte die Treppe hinunter und ging auf Zehenspitzen über die kalten Dielen des Flurs zur Küchentür. Leise stieß sie die Tür auf.

In der Küche war es vollkommen still. Der Mond schien durch die dünne Gardine und erfüllte die Dunkelheit mit einem bläulichen Schimmer. Auf der Fensterbank zeichnete sich die Silhouette des kleinen Soldaten ab. Er stand unbeweglich da und starrte sie mit großen, offenen Augen an.

Eine Zeitlang betrachtete sie erwartungsvoll die plumpe Plastikfigur, dann wandte sie sich mit einem Seufzer zum Gehen, schloß die Tür leise hinter sich und stieg wieder die Treppe hinauf. Als sie oben anlangte, mußte sie lächeln. Ein Traum, nichts weiter. Ein reizender, törichter Traum.

»Geht es dir gut?« Joe war wach, als sie unter die Decke schlüpfte.

Sie nickte. »Sehr gut.« Zu ihrer eigenen Überraschung lag keine Ironie in ihrer Stimme.

»Schön.« Er rückte näher heran und begann zärtlich, ihr Nachthemd auszuziehen. Unter dem Eindruck der Hektik und der vielen Sorgen hatten sie sich seit Wochen nicht mehr geliebt.

Als sie am nächsten Morgen in die Küche hinunterkam, wanderte ihr erster Blick unwillkürlich zum Fenster, wo der kleine Soldat auf seinem Platz in der Sonne stand. Er schien ihren Blick mit seinen freundlichen, unpersönlichen Augen zu erwidern; die Wimpern bildeten schwarze Bögen auf seiner Stirn, die rote Plastikkappe saß keck und schief auf seinem Kopf.

Nach dem Mittagessen ließ sie die Tür zum Garten weit offenstehen und fing an, in dem nahegelegenen Blumenbeet zu arbeiten, wo sie das wuchernde Unkraut

zupfte, um den armen Narzissen ein wenig Luft zum Atmen zu verschaffen. Dabei entdeckte sie zu ihrem Ent-
zücken Lavendel, Majoran und ein Büschel Frühlings-
zwiebeln, die gerade die ersten Spitzen aus dem Boden
reckten. Von Zeit zu Zeit richtete sie sich auf und ließ den
Blick über den Acker schweifen. Hinter ihr stand der Soldat mit dem Rücken zum Garten stocksteif auf seiner
Fensterbank und blickte feierlich ins Innere des Hauses,
umspielt von der Gardine, die fröhlich in der nachmittäg-
lichen Brise tanzte.

Als Joe in der Abenddämmerung nach Hause kam, hatte er eine Kiste mit Lebensmitteln im Kofferraum, in der
sich unter anderem wieder eine dieser Weinflaschen mit
Schraubverschluß befand. »Wenn man bedenkt, daß ich
mir einmal Gedanken über Rebsorte und Jahrgang gemacht habe«, bemerkte er gutgelaunt, während er den
Verschluß aufdrehte und schwungvoll Wein in die Gläser
goß, die sie auf dem Tisch bereitgestellt hatte.

»Joe.« Sie wandte sich dem Herd zu und rührte im
Topf. »Weißt du, wer vor uns in diesem Haus gewohnt
hat?« Ihre Hand schloß sich fester um den Holzlöffel. *Bitte, laß es kein Kind sein, das gestorben ist.* Sie schloß einen
Moment die Augen, dann drehte sie sich um und nahm
ihr Glas vom Tisch.

»Komisch, genau darüber habe ich mich heute im Büro
mit einem der Landarbeiter unterhalten«, entgegnete Joe.
Er öffnete die Tür zum Garten und betrachtete den Himmel. Der Sonnenuntergang, der heute von einem stürmischen, glänzenden Scharlachrot war, wurde durch ein
schwarzes Wolkenband zweigeteilt. »Ein Ehepaar hat hier
vierzig Jahre lang gelebt. Sie sind nach seiner Pensionie-
rung noch ein paar Monate geblieben und dann irgendwo
an die Südküste zu ihrer Tochter gezogen.«

»Vierzig Jahre!« wiederholte Sue. »Dann hat er vielleicht ihren Enkelkindern gehört.«

»Wer?« Joe schloß die Tür, dann hob er den Deckel vom Topf und schnupperte mit anerkennender Miene.

»Mein Soldat.«

»Der hier?« Er versetzte dem Spielzeugsoldaten einen Stoß und sah zu, wie er, von leisem Glockenspiel begleitet, hin und her wippte. »Das ist gut möglich. Wann ist das Essen fertig?«

In dieser Nacht wurde sie wieder wach. Sie lag in der Dunkelheit und lauschte angestrengt auf das ferne Donnergrollen. Joe lag auf der Seite und hatte den Kopf in die Armbeuge gebettet. Sie hatten sich auch heute nacht geliebt, und sie glühte immer noch vor Seligkeit. Früher, als sie beide erschöpft von der Arbeit nach Hause gekommen waren, war es nie so schön gewesen. Vor dem Fenster zuckte ein Blitz nieder. Lächelnd kroch sie tiefer unter die Decke und suchte die behagliche Nähe von Joes Körper, der warm und schwer neben ihr lag.

Das Geklingel war so leise, daß sie es kaum hörte. Ruckartig schlug sie die Augen auf und hielt den Atem an. Joe drehte sich mit einem Grunzen auf die andere Seite.

Einen Moment lang war sie versucht, ihn zu wecken, doch dann schlug sie vorsichtig die Decke zurück und schlüpfte aus dem Bett. Als sie im Erdgeschoß ankam, hörte sie es wieder – leise und klagend, als würde sich der Spielzeugsoldat, von einer Hand rhythmisch angestoßen, hin und her wiegen.

Die Küchentür war geschlossen. So leise sie konnte, drehte sie den Knauf und öffnete sie. Während sie noch nach dem Lichtschalter tastete, zuckte ein Blitz auf und erhellte die Küche für den Bruchteil einer Sekunde, und in diesem Moment zeichneten sich die Umrisse des Spielzeugs deutlich vor dem Fenster ab. Es bewegte sich nicht einen Millimeter. Nicht mehr, aber Sue hatte eindeutig den Eindruck, daß sie in den sonst so unpersönlichen Augen des Soldaten einen schuldbewußten Ausdruck gesehen hatte.

Sie schaltete das Licht ein, ging zur Fensterbank und nahm die Figur nach kurzem Zögern in die Hand.

»Was, in aller Welt, tust du hier?« Joes Stimme tönte so unerwartet durch die Stille, daß sie den Soldaten um ein Haar fallengelassen hätte.

Sie stellte ihn hastig wieder an seinen Platz und fuhr zu ihm herum. »Es tut mir leid. Habe ich dich geweckt? Ich konnte nicht schlafen wegen des Gewitters.«

»Bist du sicher, daß es an dem Gewitter lag? Du machst dir doch keine Sorgen mehr, oder?« Ihrem Blick ausweichend, ging Joe zum Wasserkessel und schaltete ihn ein. »So schlecht geht es uns wirklich nicht, weißt du. Wir haben ein Dach über dem Kopf und genug Geld zum Leben. Sicher, es ist nicht das, was wir gewohnt waren, aber es könnte schlimmer sein. Weißt du, ich frage mich ...« Er zögerte kurz, dann fuhr er, immer noch, ohne sie anzusehen, fort: »... ob es jetzt, da du nicht arbeitest oder zumindest keine volle Stelle hast, nicht der geeignete Zeitpunkt wäre, eine richtige Familie zu gründen ...«

»Nein, Joe!« unterbrach sie ihn schroff.

»Bitte, Sue, können wir nicht wenigstens darüber reden?«

»Nein, Joe. Wir haben das tausendmal besprochen. Du weißt genau, daß ich kein Baby will. Ich will keine Kinder! Das weißt du!« Sie fuhr heftig zu ihm herum. »Ich brauche einen Job, Joe. Ich brauche Leute um mich. Ich würde verrückt werden, wenn ich zu Hause mit einem Baby festsitzen würde. Ganz bestimmt.«

»Viele Frauen machen beides, Sue. Sie haben Kinder und arbeiten!« Er nahm zwei Becher aus dem Regal.

»Nein, Joe. Es tut mir leid.«

Er nickte traurig. »Ich weiß, ich weiß. Ich hatte nur gehofft ...« Zögernd senkte er den Blick auf die beiden leeren

Kaffeebecher. »Ich glaube, dadurch, daß wir unsere Jobs verloren haben (ich habe meinen Job nicht verloren, brauste Sue in Gedanken auf, ich habe ihn für dich aufgegeben) und das Haus und alles andere, hat sich meine Einstellung zum Leben verändert. Mir ist es plötzlich nicht mehr wichtig, Reichtümer anzuhäufen.« Als müßte er um Verzeihung bitten, zuckte er die Schultern. »Irgendwie spielt das Geld keine Rolle mehr. Wir haben soviel verloren, aber wir haben immer noch das, was wirklich zählt. Wir haben uns; wir haben ein Heim, so klein es auch sein mag. Jedes Haus ist groß genug für mich, solange du bei mir bist. Das ist es, was Bedeutung hat. Der Sonnenuntergang an unserem ersten Abend hier. Das ist wichtig. Und als ich dich mit diesem Kinderspielzeug da stehen sah ...«, wehmütig schüttelte er den Kopf, und als er weitersprach, klang seine Stimme sehr ernst, »... war auch das wichtig für mich.«

Einen Moment lang schwiegen sie beide. Endlich hob sie den Kopf, und er lächelte. »Tut mir leid. Tiefschürfende Worte. Philosophievorlesung beendet.«

Sie lächelte verlegen. »Das war ein wenig feierlich.« Aber dann nahm sie ihm die Becher aus den Händen, stellte sie auf den Tisch, schlang die Arme um seinen Hals und zog ihn an sich.

Später – viel später – hörte sie wieder das Glockengeläut des kleinen Soldaten. Aber diesmal stand sie nicht auf, um nachzusehen.

»Ich habe sämtliche Schränke eigenhändig ausgeräumt, meine Liebe.« Julia Somerskill aus dem Cottage am Ende der Landstraße starrte verblüfft den Spielzeugsoldaten an. »Sie waren alle leer. Und seither hat niemand mehr das Haus betreten. Keine Menschenseele.«

»Wie ist er dann hier reingekommen?« Sue beugte sich über den Tisch und schenkte ihrer Besucherin Kaffee ein. Da Joe an diesem Morgen doch den Wagen gebraucht hatte, war es ihr nicht möglich gewesen, in die Stadt zu fahren und bei den Arbeitsvermittlungen nach einem Job zu fragen.

Julia hob die Schultern. »In diesem Haus gab es kein Spielzeug. Hier haben seit ungefähr dreißig Jahren keine Kinder mehr gewohnt.«

»Kein Kind, das gestorben ist?« Sue biß sich auf die Lippen; sie hatte keine Ahnung, warum ihr immer wieder dieser unerfreuliche Gedanke in den Sinn kam.

»Großer Gott, nein, meine Liebe. Die Kinder hier sind von einem kerngesunden Schlag. Das macht die gute Luft. Abgesehen davon«, sagte sie, indem sie Sue den Spiezeugsoldaten aus der Hand nahm, »ist dieses Ding jüngeren Datums.« Sie schüttelte ihn, so daß sein Geklingel fröhlich durch die Küche klang. »Sie heben ihn sicher für Ihren Nachwuchs auf?«

»Ich habe keine Kinder«, warf Sue hastig ein.

»Nein, aber Sie erwarten eins, habe ich recht?« Julia griff nach der Zuckerdose und süßte ihren Kaffee. »So etwas sehe ich sofort.«

»Das will ich, zum Teufel nochmal, nicht hoffen!« Der Schreck hatte sie alle Gebote der Höflichkeit vergessen lassen. Sie verzog reumütig das Gesicht. »Es tut mir leid. Das ist mir so herausgerutscht. Nein, ich erwarte kein Kind und habe auch nicht vor, das zu ändern.«

Julia lächelte milde. Sues Ausbruch schien sie nicht im mindesten aus der Fassung gebracht zu haben. »Vielleicht. Vielleicht auch nicht. Sie haben bis jetzt gearbeitet, nicht wahr?« Hörte sie da einen mitleidigen Unterton in der Stimme der Frau? »Vielleicht hatten Sie einfach noch keine Zeit, sich über Kinder Gedanken zu machen.«

»Oh, wir haben uns Gedanken darüber gemacht. Ich will einfach keine, das ist alles«, entgegnete Sue mürrisch.

»Und Ihr Mann? Ist er derselben Meinung?« Sie ließ nicht locker mit ihrer freundlichen Stimme.

Sue schüttelte den Kopf. Es ging die Frau zwar nichts an, aber warum sollte sie nicht wissen, wie die Dinge standen.

»Das hier ist ein besonderes Haus«, ergriff Julia nach einem Moment des Schweigens wieder das Wort. »Ihnen kommt es wahrscheinlich klein und schäbig und nicht besonders anziehend vor, aber es hat Atmosphäre. Unter all dem Linoleum und dem Flickwerk ist dieses Haus dreihundert Jahre alt, wußten Sie das?« Sie lachte. »Und die Leute im Dorf haben es immer für ein Wunschhaus gehalten. Wer eine Nacht unter seinem Dach schläft, dessen Träume gehen in Erfüllung.«

Sue sah sie mit offenem Mund an. »Sie machen Witze. So etwas gibt es doch nicht!«

»Vielleicht, vielleicht auch nicht.« Mit einem kaum merklichen verschmitzten Zwinkern schüttelte Julia geheimnisvoll den Kopf. »Kinder sind ein mächtiger Traum.«

»Der Traum meines Mannes, nicht meiner.«

Julia sah ihr prüfend in die Augen. Für eine Landbewohnerin strahlte sie eine unerwartete Autorität aus. »Und Sie glauben, daß seine Träume weniger wiegen als Ihre eigenen? Nehmen Sie sich in acht, meine Liebe, denn seine Träume könnten sich als die stärkeren erweisen.« Bei diesen Worten lächelte sie.

Sue sah sie entgeistert an. »Aber wir haben uns geeinigt.«

»Dann ist ja alles in Ordnung.« Julia fegte die Kekskrümel von ihrem Rock und erhob sich. »Ich muß gehen, meine Liebe. Vielen Dank für den Kaffee, es war nett bei Ihnen. Bis bald.«

Sie war nicht schwanger! Wenn sie schwanger wäre, würde sie es wissen. So nachlässig konnte sie unmöglich gewesen sein. Sue legte nervös die Hand auf ihren Bauch, während sie am Fenster stand und der Besucherin nachblickte, die sich auf der Straße draußen entfernte.

Als Joe nach Hause kam, hatte sie sich noch immer nicht vollständig beruhigt. »Sie klang, als wäre sie die Hellseherin der Gegend«, erklärte sie, verwundert, wie sehr Julias Bemerkungen sie verunsichert hatten. »Ich weiß, es klingt albern, aber es war so, als ob sie etwas wüßte.«

»Zerbrich dir nicht den Kopf darüber, Sue.«

»Du glaubst also nicht, daß sie vielleicht recht haben könnte?« Das Entsetzen in ihrer Stimme war nicht zu überhören.

Er zuckte die Schultern. »Ich bezweifle es«, seufzte er. »Es wäre zumindest ein Wunder, wenn es so wäre.«

Sie starrte ihn an. Die Frau hatte recht. Warum sollten Joes Träume nicht mächtiger sein als ihre eigenen?

Das Thema wurde an diesem Abend nicht mehr angeschnitten, und sie hatte auch keine Lust, mit Joe zu schlafen. Als sie in der Nacht das Geklingel des Spielzeugsoldaten hörte, drehte sie sich auf die andere Seite und zog die Decke über den Kopf.

Natürlich war sie nicht schwanger. Sie verfluchte ihre eigene Dummheit, die sie bewogen hatte, nicht zur Arbeitsvermittlung zu fahren, als sie endlich den Wagen haben konnte, sondern statt dessen ihr gutes Geld bei Boots für einen Schwangerschaftstest zu verschwenden, dessen Ergebnis sie dann in die Mülltonne warf, worauf sie, um ihre Erleichterung zu verbergen, in den Garten ging und bis zum Einbruch der Dunkelheit verbissen Brennesseln und Disteln rupfte.

Nachdem sie auf der Schwelle die Stiefel ausgezogen hatte, ging sie in die Küche, hängte ihre Jacke auf und schaltete schon fast automatisch den Wasserkessel ein. Erst als sie sich zum Regal umdrehte, um die Teedose herunterzunehmen, bemerkte sie, daß der Spielzeugsoldat verschwunden war.

Entgeistert starrte sie auf den Fleck, an dem er bis jetzt gestanden hatte. Er war leer. Langsam drehte sie sich im Kreis und suchte alle Arbeitsflächen und jedes Regalbrett in der Küche ab. Anschließend öffnete sie jede einzelne Schranktür. Sie war vollkommen sicher, daß er an seinem Platz gestanden hatte, als sie hinausgegangen war.

»Joe?« Sobald sie seine Schritte im Hausflur hörte, rannte sie ihm entgegen. »Was hast du mit meinem Soldaten gemacht?«

Joe schüttelte den Kopf. »Was meinst du? Nichts.«

»Aber das kann nicht sein. Er ist weg.«

Sie durchsuchte das Haus von oben bis unten, konnte aber nirgendwo eine Spur von ihm entdecken. Als sie in dieser Nacht im Bett lag, blieben die langen dunklen Stunden, erhellt durch das Mondlicht, das zum Fenster hereinströmte, vollkommen still.

Sie nahm zwei Aushilfsjobs an und fand beide schrecklich. Nachdem der zweite zu Ende war, ging sie nicht noch einmal zur Arbeitsvermittlung. Statt dessen fuhr sie zur Gärtnerei und kaufte kistenweise Pflanzen. Ihre Gewissensbisse beschwichtigte sie mit dem Gedanken, daß sie immer noch auf den scheußlichen Wein in der Schraubverschlußflasche verzichten konnten, wenn das Geld in diesem Monat wirklich knapp wurde. Joe war hocherfreut, um so mehr, als sein Onkel aus Nairobi zurückkam und ihm nicht etwa verkündete, daß sein Arbeitsverhältnis vorzeitig beendet sei, sondern ihn im Gegenteil bat, es auf fünf Jahre zu verlängern. »Er hat uns außerdem angeboten, im Gutshaus zu wohnen.« Joe hatte sie zur Feier der Gehaltserhöhung, die mit diesem großzügigen Angebot einherging, zum Essen in ein Restaurant eingeladen.

Sue schüttelte den Kopf. »Er soll das Gutshaus anderweitig vermieten. Ich möchte da bleiben, wo wir sind.« Insgeheim hatte sie das Cottage das Haus der Träume getauft, obwohl sich bisher weder ihr eigener noch, soweit sie wußte, Joes Traum erfüllt hatte.

Bis jetzt zumindest, da er endlich eine richtige Stellung hatte.

Er nickte. »Ich hatte gehofft, daß du das sagst. Bei den vielen Blumen, die du im Garten angepflanzt hast ... Es wäre eine schreckliche Geldverschwendung, wenn wir jetzt umziehen würden.«

»Joe.« Sie sah ihn an und legte ihre Hand auf seine. »Sag mir, was du dir am meisten auf der Welt wünschst.«

»Willst du das wirklich wissen?« entgegnete er lächelnd.

Darauf nickte sie.

»Ich möchte diesen Job ewig behalten. Ich liebe die Arbeit. Ehrlich. Und ich möchte für immer mit dir in dem Cottage wohnen – mit deinem neuen glücklichen Selbst.« Sein Lächeln wurde noch strahlender. »Ich weiß nicht, ob es dir aufgefallen ist, aber du lachst in letzter Zeit sehr viel, und neulich habe ich sogar gehört, wie du beim Abwasch gesungen hast.«

»Niemals!«

»Doch, wirklich.« Er drehte seine Hand um und drückte die ihre. »Bleib so glücklich, Sue.«

»Und das ist alles, was du dir wünscht?« fragte sie mit einem mißtrauischen Blick.

»Für den Augenblick, ja.« Er zwinkerte ihr zu. »Du bist glücklich, habe ich recht, Sue?«

Einen Moment dachte sie über seine Frage nach, dann nickte sie. »Ich glaube schon.«

»Und was ist mit deinem Wunsch nach einem Job?«

»Die Jobs, die ich hatte, haben mir keinen Spaß gemacht.«

»Ich spreche von deinem eigentlichen Job. Die Stelle, die du meinetwegen aufgegeben hast.«

»Sie fehlt mir nicht mehr so sehr.« Nachdenklich blickte

sie auf ihren Teller. »Im Grunde bin ich ganz froh, daß ich sie los bin. Damals habe ich gar nicht gemerkt, wie ermüdend, wie anstrengend und nervenaufreibend meine Arbeit war. Und du hattest recht, meine Einstellung zum Leben hat sich auch verändert. Auch wenn ich es nicht wirklich wollte, habe ich mich immer daran gemessen, was andere Leute hatten oder was sie taten. Celia, Jane, Liz – mit ihren Kindern, ihren Volvos, ihren Hunden und ihren Schulausflügen. Und Janet und Martina mit ihren Managerjobs und ihren Handys. Sie kamen mir alle so viel effizienter und erfüllter vor als ich selbst. Aber jetzt zählt das alles nicht mehr.«

»Vielleicht hast du dir selbst bewiesen, daß du ebenso effizient und erfüllt bist wie sie«, bemerkte Joe leise.

»Ja, vielleicht.«

»Sie haben sich inzwischen also richtig eingelebt?« Julia führte ihren Hund auf der Straße spazieren, als Sue gerade im Schweiße ihres Angesichts den Rasen vor dem Haus mähte. »Ich habe gehört, daß sie hierbleiben.«

Sue nickte. Sie trat an den Gartenzaun und beugte sich darüber, um den alten Spaniel zu kraulen, der ihre Unterhaltung dankbar nutzte, um sich ein wenig hinzusetzen und auszuruhen.

»Und sind die Träume Ihres Mannes schon in Erfüllung gegangen?« Julia sah sie mit einem verschmitzten Lächeln an.

»Nicht alle jedenfalls«, gab Sue lachend zurück.

»Es ist nur eine Frage der Zeit.« Bei diesen Worten schüttelte Julia vielsagend den Kopf, dann bückte sie sich und kraulte ihren Hund liebevoll hinter den Ohren.

»Albernes Weib«, murmelte Sue vor sich hin, während sie langsam zum Haus schlenderte. Dort ging sie in die Küche und wollte sich eben die Hände am Spülbecken waschen, als ein leises Geräusch sie aufhorchen ließ. Sie fuhr herum und starrte auf die Fensterbank. Dort stand an seinem angestammten Platz der Spielzeugsoldat und schaukelte sachte hin und her.

Sue war wie betäubt vor Entgeisterung. »Wo bist du gewesen?« fragte sie laut.

Das unpersönliche Gesicht strahlte sie stumm an.

»Du glaubst wohl, du kannst kommen und gehen, wie es dir beliebt?« Eigensinnig kehrte sie ihm den Rücken und hielt die Hände wieder unter den Wasserhahn. Stille.

»Und du glaubst wahrscheinlich auch, du hast gewonnen. Du und Joe, ihr beide. Du glaubst, ich werde eine Horde brüllender Kinder in die Welt setzen, die mit dir spielen, während ich für den Rest meiner Tage auf dem Land dahinvegetiere.« Während sie sich die Hände an einem Geschirrtuch abtrocknete, drehte sie sich wieder zu ihm um. »Habe ich recht?«

Der Hut schien noch kecker und schiefer zu sitzen als zuvor, der rotbemalte Mund schien noch frecher zu grinsen, die schwarzen Wimpern bildeten einen Bogen wie Vogelschwingen in seinem weißen Plastikgesicht. Unter ihren Blicken begann er langsam wieder zu schaukeln. Und endlich hörte sie auch wieder sein fröhliches Geklingel.

Das Schicksal des Phönix

Diese in sich abgeschlossene Erzählung habe ich ursprünglich als eine in unseren Tagen spielende Folge einer Episode in dem Roman **Child of the Phoenix** *(dtsch. »Die Tochter d. Phönix«, Heyne Verlag) geschrieben, in dem der erste, im 13. Jahrhundert spielende Teil der Geschichte dieses Amuletts erzählt wird. Es ist eine Geschichte um Liebe und Leidenschaft, Untreue und Verrat, um Gefühle, deren Echo über die Zeit hinweg hallt und jeden erreicht, der bereit ist, zu hören.*

Der alte Mann betrachtete die junge Frau, deren Haar in einer goldenen Kaskade herunterfiel, als sie den Kopf über ihren Skizzenblock senkte und den Stift kratzend über das Papier führte. Durch das Fenster konnte er den Wagen ihres Freundes sehen. Er musterte kritisch die Linienführung des schnittigen Porsche. In seinen Augen hatte er keinen Stil, war aufdringlich und großspurig wie die achtziger Jahre, die ihn hervorgebracht hatten, obwohl der junge Mann selbst einen angenehmen Eindruck machte. Er blickte wieder zu der jungen Frau hinüber. Es verhüllte ihr Gesicht vor neugierigen Blicken wie ein Witwenschleier, dieses lange Haar.

Aus dem Brief, in dem sie angefragt hatte, ob sie die Wertstücke seiner Sammlung zeichnen dürfe, war ihm ihre lebhafte Begeisterung geradezu entgegengesprungen. »Ich habe von Großmama so viel über Ihre Schätze gehört. Sie meint, Sie wären vielleicht bereit, sie mir zu zeigen.«

Großmama. Dem Wort haftete etwas Modriges, Uraltes an. Wie konnte seine schöne Julia eine Großmama sein? Wenn er sie nur geheiratet hätte, als sie lachend durch sein Leben getänzelt war. Aber damals hatte er sich Julia Grant nicht als Bestandteil seines Lebens vorstellen können, das voll und ganz seinen wissenschaftlichen Studien gewidmet war, und so hatte er sie verloren. In diesem Augenblick konnte er im Geist ihre Stimme hören, wie sie mit diesem goldenen Kind lachte und scherzte: »Sieh mal, ob der alte Kauz noch am Leben ist. Schau mal nach, ob er immer noch so vernarrt ist in seine Steine und Fossilien.«

»Ich freue mich, daß Sie sich entschlossen haben, herzukommen«, bemerkte er lächelnd. »Sie sehen Ihrer Großmutter überhaupt nicht ähnlich. Ich habe mich oft gefragt, ob sie noch am Leben ist.«

»Aber natürlich ist sie noch am Leben.« Seine Besucherin kicherte. »Sie hat mir erzählt, daß Sie ein Liebespaar waren.«

So lächerlich es war, er errötete bei diesen Worten. »Nicht so, wie Sie es heute verstehen würden«, berichtigte er sie bescheiden. »Und es ist lange her. Ich bin überrascht, daß sie sich überhaupt noch an mich erinnert. Sie war so lebendig, und ich war schon damals ein verstaubter alter Knochen.«

»Sie hat Sie geliebt, wissen Sie«, lächelte die junge Frau. »Der arme alte Großpapa wußte, daß er immer nur die zweite Wahl war.«

Um sich seine Verlegenheit nicht anmerken zu lassen, sprach er den jungen Mann an: »Ich möchte Ihnen etwas zeigen, Giles, solange Vicky hier mit ihren Skizzen beschäftigt ist.« Er führte ihn die Treppe hinauf zu der Galerie, auf der er einen Teil seiner Schätze aufbewahrte. Oben angelangt bemerkte er, daß Vicky ihnen gefolgt war, und er registrierte das Staunen in den Augen der beiden jungen Leute. Es machte ihm immer besondere Freude, wenn er Menschen mit seiner Sammlung beeindrucken konnte.

»Das ist ja wie im Museum«, flüsterte Vicky.

»Ich war schon immer ein begeisterter Sammler. Julia

hielt mich für ziemlich verrückt.« Damit hob er die Glas-abdeckung eines Schaukastens und blickte auf die Samm-lung von Autoplaketten hinunter. »Alle mehr als achtzig Jahre alt«, bemerkte er stolz. Als er sah, daß Giles sich in-teressiert darüberbeugte, lächelte er.

»Mr. Fraser«, Vicky betrachtete eine Auswahl geschlif-fener Steine, »Großmama hat mich gebeten, Sie zu fragen, was aus dem Phönix geworden ist.«

»Der Phönix?« Er sah sie verwundert an. Dann nickte er bedächtig. »Sie erinnert sich also daran.«

»Sie sagte, Sie hätten versprochen, ihn dahin zurückzu-bringen, wo Sie ihn gefunden haben.«

Der alte Mann schüttelte den Kopf. »Wir wollten es ge-meinsam tun. Und ich war auch entschlossen dazu; aber ich habe Ihre Großmutter nie wiedergesehen. Später hörte ich, daß sie geheiratet hatte; danach verlor ich das Inter-esse an dem Stück, und seitdem liegt es hier.«

»Kann ich es sehen?« In Vickys Stimme schwang ein Hauch von Erregung mit. »Du mußt es dir auch ansehen, Giles. Es ist eine wunderbare Geschichte damit verbun-den.«

In diesem Moment konnte sie die Stimme ihrer Großmut-ter förmlich hören: »John Fraser war schon damals ein Hobbyarchäologe, und wir waren seit Ewigkeiten be-freundet, als ich ihn drängte, mich auf eine seiner Ausgra-bungsreisen mitzunehmen. Insgeheim hoffte ich, daß ich ihn nach ein paar Wochen in einem Zeltlager in Schottland vielleicht soweit haben würde, daß er mir einen Heirats-antrag machte. Natürlich fuhren wir nicht allein. Es gab andere Archäologen, Leute für die groben Grabearbeiten und zwei Frauen, mit denen ich das Zelt teilen sollte, es ging also alles hochanständig zu, und ich hatte meine An-standsdamen. Lach nicht, Vicky! So etwas war damals wichtig. Wir fuhren zu dieser Burg in den Bergen. Heute verstehe ich, warum es für John so romantisch und aufregend war, aber damals war ich ein alberner kleiner Backfisch und fand es nur langweilig. Ich wollte spazierenfahren und Picknick machen und hatte kein Interesse daran, in alten Ruinen herumzustöbern. Für mich war es ein trostloser Ort, während John sich restlos dafür begeisterte. Er wollte immer, daß ich die Ohren aufmachte und lauschte, aber alles, was ich hören konnte, war die Stille der Berge und der Moorlandschaft und gelegentlich das Blöken von Schafen und den Schrei eines Adlers.« Vickys gespannte Miene rang ihr ein schiefes Lächeln ab.

»Naja, jedenfalls verloren das Zelten und die unbequemen Feldbetten bald den Reiz des Neuen für mich. Und der Zauber der heißen Abende hielt auch nicht lange vor. Ich wurde von Mücken aufgefressen. John lachte mich aus und sagte, ich solle einen Schleier über dem Hut tragen und etwas Langärmliges anziehen wie die anderen. Er war der Meinung, ich würde mich daran gewöhnen. Aber er täuschte sich.

Eines Abends, als die Luft sehr schwül war und nicht einmal ich mich der Atmosphäre des Orts entziehen konnte, erzählte mir John von einer Belagerung, die vor vielen hundert Jahren dort stattgefunden hatte und die damit endete, daß alle männlichen Burgbewohner gehängt oder sonstwie getötet und die Frauen eingesperrt wurden.« Sie schauderte bei der Erinnerung. »Ich wollte nichts davon hören. Wir hatten ein Grammophon und ein paar Schallplatten auf unserem Zeltplatz, und ich hätte gern ein bißchen am Flußufer getanzt, aber statt dessen saß ich da, rauchte eine Zigarette nach der anderen, um die Insekten fernzuhalten, und hoffte, daß er bald mit seiner Arbeit fertig sein würde. Ich freute mich auf unseren gemeinsamen Rückweg über die Wiesen. Im Innern der Burg war es schon fast dunkel, und die anderen waren längst gegangen, als John mich zu sich rief. Er befand sich in der ehemaligen Kapelle.« Vicky spürte, wie sich ihre Arme mit einer Gänsehaut überzogen. »John hatte dicht bei einem Steinhaufen gearbeitet, und während wir dort beisammenstanden, stürzte plötzlich ein Teil der Mauer ein. Wir blickten schuldbewußt auf die Trümmer, wie Kinder, die etwas zerbrochen haben, weißt du – und in diesem Moment entdeckte ich etwas metallisch Glänzendes.«

In der kurzen Pause, die jetzt entstand, hielt Vicky den Atem an. »War es ein kostbares Schmuckstück?« flüsterte sie endlich.

Julia nickte. »Es war ein emaillierter Anhänger. John hob ihn auf, und ich erinnere mich noch genau an den ehrfürchtigen Ausdruck in seinen Augen, als er mich fragte, ob mir klar sei, was wir da gefunden hatten. Natürlich hatte ich keine Ahnung und nach der anfänglichen Aufregung war ich enttäuscht. Das Ding war schmutzverkrustet und schien von grober Machart zu sein. Irgendein Vogel über einem Nest. Soviel konnte ich erkennen. Wir beschlossen, es zu säubern, also kletterten wir in die Schlucht hinter der Burg. Es war unheimlich, und ich hatte Angst, fast als wüßte ich, daß wir es nicht hätten berühren dürfen.« Vicky hob den Kopf, als sie verstummte. »Er tauchte es in das torfige Wasser«, fuhr Julia nach kurzem Schweigen fort. »Nach einer Weile löste sich die Schmutzkruste, und darunter kam glänzend der Anhänger zum Vorschein. Es war ein Phönix aus Gold und Email. Selbst ich konnte das jetzt erkennen.«

Ihr Blick war in weite Ferne gerichtet. Vicky wartete geduldig.

Endlich schüttelte Julia den Kopf. »Wir beschlossen, das Geheimnis für uns zu behalten. Das war natürlich nicht richtig, und John quälte sich mit Schuldgefühlen, aber wir wickelten es trotzdem in mein Halstuch, und ich versteckte es in meinem Zelt. Es war seltsam …« Ihre Stimme war immer leiser geworden, und hier verstummte sie ganz. Auf ihrem Gesicht lag ein melancholisches Lächeln.

»Inwiefern seltsam?« drängte Vicky.

»In jener Nacht brach ein Sturm los, und wir mußten zu unseren Zelten rennen, um das Grammophon und die Stühle in Sicherheit zu bringen. Alle lachten und sangen; es war zum erstenmal fast so schön, wie ich es mir vorgestellt hatte.« Sie schwieg wieder, ihre Gedanken wanderten in die Vergangenheit. »John nahm mich in den Arm, und ich fühlte seine Lippen auf meinem Mund. Es war ein verzauberter Augenblick. Romantisch. Wunderbar. So etwas hatte er noch nie zuvor getan. Aber dann war der Moment vorbei; John ging und ließ mich allein am Eingang meines Zelts zurück.

Als ich mich auszog, schwebte ich auf Wolken. Dann fiel mir der Anhänger ein, den ich unter mein Kopfkissen gelegt hatte. Als ich in mein Feldbett kroch, stellte ich plötzlich fest, daß ich trotz der schwülen Hitze zitterte. Der Regen prasselte auf das Zelt, und in den Bergen war Donnergrollen zu hören. Es war alles sehr dramatisch. Ich sehe es noch vor mir, als wäre es gestern gewesen. Aber danach war alles vorbei. Am nächsten Morgen lag die Grabungsstätte unter Wasser, und die Gruppe beschloß, die Arbeiten bis zum Ende des Jahres einzustellen. Zwei Tage später waren wir wieder in London.« Sie seufzte. »Langer Rede kurzer Sinn – ich setzte mir in den Kopf, den Anhänger eine Woche später zu einer Tanzveranstaltung zu tragen. Wir säuberten ihn gründlich, und John kaufte mir eine Goldkette dafür.«

»Und was geschah dann?« hauchte Vicky atemlos.

»Ich machte mich in meinem Schlafzimmer für den Abend zurecht. Irgendwann nahm ich die Kette mit dem Anhänger von der Frisierkommode und legte sie um den Hals. Es klingt vielleicht seltsam, aber ich hatte sie vorher noch nicht anprobiert. Ich glaube, ich war abergläubisch.

Der Anhänger glitt unter die Spitzenborte meines Unterrocks und zwischen meine Brüste. Er fühlte sich eiskalt an.« Hier schwieg sie lange. »Dann spürte ich die Hand.«

»Die Hand?« Vicky starrte sie ungläubig an.

Julia nickte und verzog das Gesicht. »Ich dachte zuerst, es wäre Einbildung. Ich spürte eine Hand, die meine Schulter streichelte. Dann glitt sie zu den Brüsten hinunter. Eine zärtliche, verführerische Berührung, wie ich sie noch nie erlebt hatte. Sie berührte meine Nippel – und dann hielt sie inne. Plötzlich fühlte ich mich eingehüllt von einem Zorn – einer rasenden Wut … Und bevor ich wußte, wie mir geschah, wurde der Phönix von meinem Hals gezerrt. Die Kette zerriß, und der Anhänger flog quer durch den Raum.« Sie lächelte, als sie den entsetzten Blick ihrer Enkelin sah. »Ich war hysterisch vor Angst. Mutter und Vater kamen heraufgestürzt, John hinter ihnen her. Und ich stand da in meinem Unterrock.« Sie lachte. »Ich glaube, ich brachte kein zusammenhängendes Wort heraus. Stammelnd erzählte ich ihnen, daß mir der Anhänger vom Hals gerissen worden sei, daß ich verhext sei und mich weigern würde, das Ding noch einmal anzufassen. Es gehörte mir nicht. Ich hatte kein Recht, es zu tragen. John hob den Anhänger mit spitzen Fingern auf, als wäre er glühend heiß, wickelte ihn in sein Taschentuch und steckte ihn in seine Brusttasche. Er hatte keine Angst davor.«

»Hast du je herausgefunden, wem er gehörte?« flüsterte Vicky.

Ihre Großmutter schüttelte den Kopf. »Nein. An jenem Abend war ich so außer mir, daß ich mich weigerte, mit John auszugehen. Es war albern, aber ich hatte Angst. Ich konnte nichts dagegen tun, weißt du. Er wollte sich nicht davon trennen. Mir war klar, daß wir ihn gar nicht erst hätten an uns nehmen dürfen. Es war ein furchtbares Unrecht. Ich flehte John an, nach Schottland zu fahren und ihn dahin zurückzubringen, wo wir ihn gefunden hatten.

Aber er wollte alles über den Anhänger in Erfahrung bringen. Woher er stammte. Wem er gehört hatte. Alle diese Dinge. Das war so typisch für ihn. Ihm waren die Dinge wichtiger als die Menschen. Ich sagte John, daß ich mich erst wieder mit ihm treffen würde, wenn er bereit wäre, den Anhänger zurückzubringen. Aber er weigerte sich. Kurz darauf lernte ich deinen Großvater kennen. John habe ich nie wiedergesehen.«

Diese Geschichte lebhaft vor Augen, wandte sich Vicky an den alten Mann. »Haben Sie den Phönix noch hier im Haus?« fragte sie mit sehr leiser Stimme.

Er nickte. Schwer auf seinen Gehstock gestützt, führte er sie zur anderen Seite des Raums. Dort bewahrte er in einer verschlossenen Vitrine eine Reihe alter Silberobjekte auf, und dazwischen lag der Phönix. Das Email war an manchen Stellen abgeplatzt, und einige Steine fehlten, aber er schien immer noch ein inneres Feuer auszustrahlen. Staunend betrachteten sie das Schmuckstück. Dann ergriff Vicky das Wort:

»Darf ich ihn anfassen?«

John stieß ein rauhes, abgehacktes Lachen aus. »Sie möchten wohl sehen, ob Ihnen dasselbe passiert wie Ihrer Großmutter?«

»Nein!« wehrte sie erschrocken ab und noch einmal: «Nein! Ich möchte ihn mir nur aus der Nähe ansehen.«

John zog einen Bund mit mehreren kleinen Schlüsseln aus der Tasche. Zielsicher wählte er den richtigen aus und steckte ihn ins Schloß.

Der Phönix lag eiskalt in ihrer Hand. Aus winzigen roten Augen starrte er sie unverwandt an. »Haben Sie je herausgefunden, wem er gehörte?« fragte sie endlich mit ehrfurchtsvoller Stimme.

»Nein. Das war ein hoffnungsloses Unterfangen. Ich nehme an, daß ihn eine der Frauen im Schloß besaß. Er wurde aller Wahrscheinlichkeit nach in Schottland gefertigt, vermutlich irgendwann im Mittelalter. Mehr werden wir wohl nie erfahren«, schloß er mit einem Achselzucken.

»Glauben Sie, daß er während der Belagerung verlorenging?«

»Ah … Daran erinnert sich Julia also auch? Sie hat die Burg gehaßt. Sie sagte, es sei unheimlich darin.« Sein Blick fiel wieder auf das Schmuckstück in Vickys Hand. »Das Schloß wurde mehrmals wiederaufgebaut. Der Anhänger könnte aus jeder Epoche stammen, in der es bewohnt war. Der Vogel ist eine relativ grobe künstlerische Darstellung, was auf ein frühes Entstehungsdatum hindeutet, obwohl die Emaillierung andererseits sehr fein gearbeitet ist. Ungewöhnlich an dem Ganzen ist das dargestellte Objekt selbst. Ein Phönix. Er taucht in der mittelalterlichen Kunst und Überlieferung nicht sehr häufig auf, und er hat auch keine keltischen Wurzeln. Er muß aus einem bestimmten Anlaß gefertigt worden sein.«

»Und für eine bestimmte Person«, warf Vicky lächelnd ein. Ihre Hand schloß sich um den Anhänger. Das Email fühlte sich immer noch kalt an, kalt, unnachgiebig und abweisend. »Sie hätten es zurückbringen sollen.«

John zuckte die Schultern. »Wahrscheinlich haben Sie recht. Aber das ist alles so lange her. Ich hatte es, um ehrlich zu sein, völlig vergessen. Und ich glaube nicht, daß ihn jemand vermißt hat. Die Schloßruine ist heute eine dieser aufwendig restaurierten, streng gehüteten Touristenattraktionen. Ein Kulturerbe.« Aus seinem Mund klang es wie ein Schimpfwort. »Wie soll man in einer so sterilen Umgebung die Atmosphäre eines Orts spüren? Da ist überhaupt kein Raum mehr für die Fantasie.«

Vicky lächelte. »Nicht jeder hat die Möglichkeit, eine romantische Ruine auszugraben, Mr. Fraser. Nicht jeder hat die Chance, sie im Mondschein zu sehen.«

Er seufzte ergeben. »Wahrscheinlich nicht. Aber eines ist sicher. Ich könnte den Anhänger heute nicht mehr zurückbringen, selbst wenn ich es wollte. Dort wird es keinen Grashalm mehr geben, der lang genug ist, ihn zu verbergen, kein einziges Versteck, in dem er sicher wäre.«

»Man sollte ihn trotzdem zum Schloß zurückbringen. Deine Großmutter hatte recht.« Giles konnte kaum glauben, daß er es war, der diese Worte ausgesprochen hatte.

»Meinst du wirklich?« Vicky sah ihn an. Es war eine romantische Vorstellung.

»Natürlich. Wir könnten ihn hinbringen.« Je länger er darüber nachdachte, um so reizvoller schien ihm der Gedanke. »Ich bin sicher, daß wir einen Platz finden werden, an dem wir ihn verstecken können. Es wäre irgendwie richtig, wenn du es tun würdest, Vicky. Schließlich war deine Großmutter diejenige, die ihn gefunden hat.«

John warf ihm einen prüfenden Blick zu. »Andere haben im Laufe der Jahre ähnlich geredet. Wir hätten ihn nicht an uns nehmen dürfen. Es war ein Unrecht. Manchmal, wenn ich in diesem Raum bin, habe ich das Gefühl, daß mich jemand beobachtet – daß mich jemand haßt, weil ich den Phönix berührt habe.« Er stieß ein verlegenes Lachen aus. »Normalerweise reicht meine Fantasie nicht weit, wenn es um Geister und ähnliche Dinge geht, aber wenn ich mir diesen Phönix ansehe …« Hier warf er Vicky einen vielsagenden Blick zu. »Würden Sie ihn an sich nehmen? Haben Sie keine Angst davor?«

»Angst?« Vickys Blick drückte Verwunderung aus. »Warum sollte ich Angst haben?« Sie sah von einem der beiden Männer zum anderen. Beide hatten den Blick auf den Phönix in ihrer Hand gesenkt.

Sie wickelten ihn in ein Taschentuch, das Vicky in ihrer Schultertasche zusammen mit den Malutensilien verstaute. Keinem der beiden kam es merkwürdig vor, daß John einen offensichtlich kostbaren Gegenstand zwei Menschen anvertraute, die ihm völlig fremd waren. Anschließend picknickten sie auf der Terrasse, von der aus man den großen Garten überblickte.

»Haben Sie Vickys Großmutter kennengelernt?« erkundigte sich John schließlich, während Vicky, den Skizzenblock unter dem Arm, zum See hinunter wanderte. Er zündete seine Pfeife zum x-ten Mal an.

Giles schüttelte den Kopf.

»Ich frage mich, warum sie Vicky hierher geschickt hat.« John sog die Streichholzflamme kräftig in den Pfeifenkopf und sah zufrieden zu, wie das kleine Tabakklümpchen aufglühte. »Ich habe nie geheiratet. Ob sie das wohl weiß?«

Giles zuckte die Schultern.

»Und Sie bringen ihn wirklich zurück?«

»Pfadfinderehrenwort!« lachte Giles. »Und«, hier lehnte er sich genießerisch in seinem Sessel zurück, »wenn er erst einmal wieder an seinem Platz ist, gibt es für Sie natürlich keinen Grund mehr, Julia nicht anzurufen. Vickys Großvater ist schließlich schon seit Jahren tot.«

Einen Moment lang sah John ihn mit großen Augen an, dann überzog sich sein Gesicht mit einem breiten Lächeln. »Wissen Sie was«, sagte er, »ich glaube, genau das werde ich tun.«

»Du hast vor, ihn zu tragen, habe ich recht?« bemerkte Giles, als sie in der abendlichen Dämmerung im Wohnzimmer ihres Londoner Apartments saßen. Sie hatten noch keine gemeinsame Wohnung; er wohnte in der Nähe der Temple Church, sie im ersten Stock eines kleinen viktorianischen Hauses in Wandsworth. Während er als Anwalt in den Lincoln's Inn Fields beschäftigt war, arbeitete sie in einer Anwaltskanzlei in Fulham.

Er beugte sich vor und füllte ihr Glas mit Weißwein auf;

zwischen ihnen auf dem Couchtisch lag der Phönix. »Irgendwie ist es schade, ihn zurückzubringen. Er muß ziemlich wertvoll sein – abgesehen einmal von seiner kunsthistorischen Bedeutung.«

Vicky warf ihm einen scharfen Blick zu. »Wir müssen ihn zurückbringen. Wir haben es versprochen.«

Giles stellte die Weinflasche auf den Tisch, nahm den Phönix auf und wog ihn in der flachen Hand. »Was glaubst du, was es einmal war? Ein Kultobjekt? Ich vermute, daß es ein Wappentier ist.«

Vicky schüttelte den Kopf. »Es war ein Liebespfand.«

Lächelnd legte Giles den Schmuck aus der Hand. »Du bist und bleibst eine Romantikerin. Nun ja, jedenfalls ist es ein wunderbarer Vorwand, ein Wochenende jenseits der schottischen Grenze zu verbringen. Glaubst du, daß du dir für Freitagnachmittag freinehmen kannst?«

»Ich werde es versuchen.« Ihre Augen glänzten. »Giles, was sollen wir tun, wenn es im Schloß von Touristen wimmelt? Ich finde die Vorstellung schrecklich, daß uns irgendein gedankenloser Besucher beobachten und den Phönix einfach stehlen könnte ...«

»Wir überlegen uns schon etwas.« Giles leerte sein Glas mit einem Zug. »Hör zu, ich fahre heute abend nach Hause. Ich muß noch ein paar Schriftsätze durchsehen, und morgen ist ein langer Tag. Ich rufe dich im Laufe des Nachmittags an, dann reden wir über Schottland.« Zum Abschied nahm er sie liebevoll in die Arme.

Sie sah ihm vom Fenster aus nach, als er davonfuhr, dann ging sie zum Telefon.

»Großmama, ich muß dir etwas erzählen ...«

Das Gespräch dauerte über eine Stunde. Erst viel später, nachdem sie ein Bad genommen und ihr Nachthemd angezogen hatte, wurde die Versuchung so groß, daß sie ihr nicht mehr widerstehen konnte.

Der Mond schien durch das Fenster herein, dessen Vorhänge sie nicht zugezogen hatte, und sie betrachtete, auf der Bettkante sitzend, nachdenklich den Anhänger. In einer Schublade hatte sie ein dünnes Goldkettchen gefunden, dessen feine Glieder ihr jetzt, als sie es durch die Öse des Anhängers fädelte, durch die Finger glitten. Sachte berührte sie den Kopf des Vogels mit der Spitze des kleinen Fingers, dann hob sie die Kette langsam und legte sie sich um den Hals.

Der Anhänger war schwer, wie es ihre Großmutter gesagt hatte. Er glitt zwischen ihre Brüste und schmiegte sich dort kalt und glatt an die Haut. Mit angehaltenem Atem blickte sie zu dem geöffneten Fenster hinüber. Der Verkehrslärm wurde durch die Hausmauern gedämpft, und sie konnte das Geißblatt riechen, das sich an der rückwärtigen Mauer des Hauses an einem Spalier hochrankte.

Mit einem Ruck erhob sie sich, trat ans Fenster und beugte sich, die Ellbogen auf die Fensterbank gestützt, hinaus. Ihre Hand wanderte zu dem Anhänger, und sie strich mit den Fingerspitzen darüber. Er fühlte sich immer noch kalt an auf ihrer Haut. Schwer. Passiv. Fremd. Sie schauderte, als eine vom Garten heraufwehende flüchtige Brise ihre Brüste streifte.

Als die Berührung kam, war sie so sacht, so zart, daß Vicky sie im ersten Moment gar nicht als solche erkannte. Ein kaum merklicher Druck unter dem Spitzenstoff auf ihrer Schulter, eine federleichte Liebkosung an ihrem Schlüsselbein, zwei Fingerspitzen, die wie Flaum über ihren Hals tänzelten und hinunter zur Wölbung ihrer Brüste glitten.

Sie schloß die Augen. Ihr Mund war trocken geworden vor Angst, sie konnte sich nicht bewegen. Ihr Atem ging stoßweise, ihre schweißfeuchten Hände ließen den Anhänger los und hingen kraftlos an ihren Seiten herunter. Sie spürte ihn jetzt hinter sich, so nah, daß sie sich hätte zurückzulehnen und seine Arme um sich ziehen können.

Ihre Angst verflog, ihr Körper begann zu reagieren. Am liebsten hätte sie sich umgedreht und ihm die Lippen entgegengehoben ...

Der Zorn brauste so plötzlich auf, daß sie, wie um sich vor einem Schlag zu schützen, die Arme vor das Gesicht riß. Aufschluchzend taumelte sie in das Zimmer zurück, als der Anhänger gewaltsam von ihrem Hals gerissen wurde. Die Kette zerbarst, und der Phönix flog in die Zimmerecke und schlidderte unter die Kommode. Mit einem angstvollen Wimmern rannte Vicky zur Tür und riß sie auf, stürzte über den Flur ins Wohnzimmer, wo sie die Tür hinter sich zuwarf und verschloß. Sie zitterte wie Espenlaub.

»Es tut mir leid«, stieß sie atemlos hervor. »Ich hätte ihn nicht tragen dürfen.« Tränen strömten ihr über die Wangen. »Wir bringen ihn zurück, ich verspreche es.«

Erst als der Morgen dämmerte, schlief sie endlich auf dem Sofa ein. Im Garten sang eine Amsel ihr klares, kaltes Lied. Unter der Kommode lag der Phönix auf den staubigen Dielen, dicht daneben ein kleines Stück des goldenen Kettchens.

Es war Samstagnachmittag, als der Porsche schließlich die letzten Kilometer auf dem gewundenen Gebirgssträßchen zurücklegte. Giles warf Vicky einen Seitenblick zu. Sie sah blaß und müde aus und war im Laufe der letzten Stunde immer nervöser geworden.

Er faßte nach ihrer Hand und drückte sie. »Was ist los mit dir?«

»Woher wissen wir, ob wir das Richtige tun? Woher sollen wir wissen, ob er ... sie ... es ... will?«

Giles zuckte die Schultern. Er ließ ihre Hand los, um einen niedrigeren Gang einzulegen, während der Wagen mit schnurrendem Motor dem Gipfelpaß entgegenstrebte. »Du warst doch diejenige, die so sicher war. Wenn es nicht das Richtige ist, wird er, sie oder es uns einen Hinweis geben müssen. Hattest du nicht übrigens gesagt, es sei ein Er? Ganz eindeutig ein Er?« Giles lächelte. »Jedenfalls scheint er mir durchaus in der Lage zu sein, seine Wünsche deutlich zu machen.« Sie hatte ihm erzählt, was passiert war. Als er am Freitag gekommen war, um sie abzuholen, lag der Anhänger noch unter der Kommode auf dem Boden; sie hatte nicht gewagt, ihn anzufassen. Nervös um sich blickend und in der Erwartung, daß irgend etwas passieren würde, hatte er ihn aufgehoben. Aber nichts war geschehen. Er hatte den Phönix in ein Papiertaschentuch gewickelt und in ein Kästchen gelegt, das er in die Tasche steckte.

Nachdem sie das Eintrittsgeld bezahlt und einen Katalog gekauft hatten, gingen sie über die Wiese auf die grauen Mauern der Schloßruine zu. Der Anhänger steckte in Giles' Tasche.

»Es sind sehr viele Leute hier«, bemerkte Vicky angespannt, als sie das Tor passierten.

Giles nickte. Er hatte das dreifache Bogenfenster hoch oben in dem verfallenen Gemäuer bereits entdeckt. »Sieh mal, dort müssen sie es gefunden haben. Das war wohl die Kapelle.« Er nahm sie bei der Hand. Seite an Seite blickten sie zu der Ruine empor, zu den Überresten einstmals kunstvoller Steinmetzarbeit. »Es muß ein herrliches Gefühl gewesen sein, hier Grabungen machen zu dürfen. Kannst du dir das vorstellen? Alles verwildert, verfallen und grasbewachsen, und dann ein Zeltlager hier draußen im Sturm.« Seine Hand war unwillkürlich in die Tasche geglitten und hatte sich um den Anhänger geschlossen.

»Wir können ihn hier nirgendwo verstecken, Giles.« Ratlos sah sie sich nach allen Seiten um. Die Restaurateure hatten gründliche Arbeit geleistet. Gepflegter Rasen, Kieswege, frisch zementierte Steinmauern überall.

Giles blickte wieder zu den Fenstern der Kapelle auf.

Sie übten eine eigenartige Faszination auf ihn aus. Welch eine Anmut und Schönheit; ein solches Streben nach Höherem in einer Burg, die für den Krieg erbaut war. Und ausgerechnet diese Fensterwölbungen hatten überdauert, während die mächtigen Trutzmauern gefallen waren. »Ich wüßte gern, was wirklich passiert ist«, bemerkte er. Er trat einen Schritt vor und legte die Hand auf den kalten Granit eines Torpfostens. »Hat sie ihn verloren? Wurde er ihr gestohlen? Vielleicht hat sie hier in der Kapelle ihre letzte Ruhestätte, und man hat den Phönix mit ihr begraben.«

»Irgendwie scheint es mir nicht richtig, einen Phönix zu begraben«, entgegnete Vicky leise. »Ein Phönix müßte im Feuer sterben und dann wiedergeboren werden.«

»Du hast recht.« Giles Stimme hatte jetzt einen geschäftsmäßig nüchternen Klang. »Wir können ihn nicht hier verstecken. Es sind viel zu viele Leute hier. Wir kommen heute nacht wieder, wenn das Schloß für Besucher geschlossen ist.«

»Aber wie?« Vickys Augen waren ganz groß vor ungläubiger Verwunderung, vor Zweifel und vor Aufregung.

«Wir klettern einfach über den Zaun. Wer immer er war, er wird uns schon zeigen, was wir zu tun haben, das spüre ich.«

Am Himmel stand der Vollmond und tauchte die Wiese und die fernen Berge in sein silbernes Licht. Um sie herum war alles still, als sie über den Zaun kletterten. Grasende Schafe hoben erschrocken die Köpfe, als die beiden Gestalten Hand in Hand leise auf die Ruine zuliefen.

Halb abenteuerlustig, halb ängstlich folgte Vicky, deren Schuhe vom taufeuchten Gras durchnäßt waren, Giles zum Eingangstor. In dem zerfallenen Gemäuer dahinter wechselten schwarze Schattenschluchten mit hellem Mondlicht ab.

»Ich mache einen Tritt für dich«, flüsterte Giles. Er

beugte das Knie, so daß sie daraufsteigen und über das mit einem Vorhängeschloß gesicherte Tor klettern konnte. Er folgte ihr nach, und einen Moment blieben sie lauschend stehen.

»Ich sehe schon die Schlagzeilen vor mir«, hauchte ihm Vicky ins Ohr. »Erfolgreicher Anwalt beim Versuch verhaftet, zum Rendezvous mit einem Geist in ein schottisches Schloß einzubrechen.«

Giles lachte. Er warf einen Blick über die Schulter zurück. »Niemand wird hier verhaftet. Wir tun ja nichts Böses. Komm schon.«

Sie bahnten sich ihren Weg durch die Ruinen der alten Torhaustürme und schlichen dann über den Rasen zum Kapellentrakt der Burg hinüber.

Im Innern des Gemäuers war die Luft eiskalt; dichte Schatten lasteten überall. Vicky umklammerte Giles' Arm. »Ich habe Angst«, flüsterte sie.

Er blieb stehen und blickte zu den Fenstern auf. »Ich auch.«

»Hast du ihn dabei?«

»Natürlich.« Er griff nach dem Anhänger in der Innentasche seiner Jacke, dann zog er seine Taschenlampe hervor.

»Können wir ihn nicht unter dem Rasen vergraben?« schlug sie leise vor.

»Daran habe ich auch schon gedacht.« Er hatte ein Taschenmesser eingesteckt, damit könnten sie eine Grasscholle ausstechen und wieder an Ort und Stelle legen, so daß man hinterher nichts mehr sah.

Langsam trat er an die Mauer und ließ die Hand über den Stein wandern. Er war kalt und abweisend.

Hinter ihm stand Vicky im Mondschein und blickte ängstlich um sich. War er hier, der eifersüchtige Eigentümer des Phönix? Und sie, die Frau, der er ihn geschenkt hatte?

»Wo bist du?« Sie formte die Worte mit den Lippen. »Sag uns, was wir damit tun sollen.« Bei der Erinnerung an die Hände des unsichtbaren Mannes auf ihrem Körper erbebte sie.

»Kannst du den Brandgeruch riechen?« flüsterte Giles plötzlich.

Jetzt roch sie es auch. Nicht der heimelige, herbstliche Geruch eines Holzfeuers, sondern beißend, unangenehm. Der Geruch eines mit Wasser erstickten Feuers, und er kam aus dem Innern des Gemäuers.

Giles blickte angestrengt in die dunklen Schatten und leuchtete mit der Taschenlampe in die Winkel. »Sieh mal, dort ist die Mauer von einem Treppenaufgang unterbrochen. Wie eigenartig. Ich kann mich nicht erinnern, ihn heute nachmittag hier gesehen zu haben.« Auf Zehenspitzen schlich er zu der Stelle, legte die Hand auf den Treppenpfosten und blickte in das Dunkel. Dann begann er langsam hinaufzusteigen.

Wortlos folgte ihm Vicky über die steilen Stufen der Wendeltreppe. Es war stockdunkel. Sie mußten sich, dem schwachen Strahl der Taschenlampe folgend, von Stufe zu Stufe vorantasten.

Giles stieg schwer atmend in gleichmäßigem Tempo weiter, bis er plötzlich abrupt stehenblieb und hörbar die Luft einsog.

»Was ist los?« Von ihrem Standort auf der dunklen Wendeltreppe aus konnte sie nicht das Geringste erkennen. An ihrem Nacken hatte sich eine Gänsehaut gebildet.

»Schau dir das an.« Er passierte einen Durchgangsbogen, und plötzlich war die Treppe über ihr leer.

»Giles. Warte!« Die letzten Stufen flog sie förmlich hinauf.

Die Treppe mündete in eine dunkle Kammer. Der Brandgeruch war hier oben unangenehm intensiv, und der Boden war mit Schutt überhäuft. Im blassen Schein der Taschenlampe sahen sie heruntergestürztes Mauer-werk und verkohlte Balken zwischen Gesteinstrümmern. Auf der gegenüberliegenden Seite des Raums zeichneten sich, jetzt dicht über ihren Köpfen, die drei Lanzettbögen der Fenster vor dem Sternenhimmel ab. Der Strahl der Taschenlampe offenbarte nach und nach die Einzelheiten der Zerstörung in der Kapelle – die gezackten Lücken im Mauerwerk, das eingestürzte Dach, durch das die Sterne hereinfunkelten, die zerborstenen, aufgeworfenen Boden-fliesen und unterhalb der Fenster ein klaffendes schwar-zes Loch. Giles stieg vorsichtig über Trümmer und Schutt und leuchtete mit der Taschenlampe in die Öffnung. »Hier ist irgend etwas!« rief er und bückte sich, um hineinzuta-sten.

»Sei vorsichtig.« Vicky kniete sich neben ihn und späh-te angestrengt in das Loch.

»Da drinnen liegt ein kleines Kästchen. Es ist halb ver-kohlt.« Er zog es heraus und stellte es neben sich auf den Boden. «Es muß eine wunderbare Schnitzarbeit gewesen sein. Man kann die Reste der Verzierungen noch erken-nen. Aus was für einem Material es wohl besteht? Holz? Knochen?«

»Es ist aus Elfenbein.« Ehrfüchtig nahm Vicky das Käst-chen in die Hand. Der Deckel war schief und verzogen, aber mit einiger Mühe gelang es ihr, ihn zu öffnen. Es war leer.

Ihre Blicke trafen sich. Die Schatten um sie herum schie-nen zu tanzen. Im Mondschein jenseits der Fenster ertönte der Schrei einer Eule. Giles nahm den Phönix aus der Ta-sche und reichte ihn ihr. Sie berührte ihn zum erstenmal wieder, nachdem er ihr vom Hals gerissen worden war. Feierlich bettete sie den Anhänger in das Kästchen. »Hier wird er sicher sein«, sagte sie leise und lächelte. »Wie sehr muß er sie geliebt haben.«

Nachdem sie den Deckel wieder geschlossen hatte,

reichte sie Giles das Kästchen, der es an seinen Fundort zurückstellte und dann begann, das Loch mit Schutt aufzufüllen. Obenauf legte er ein paar der zerbrochenen Fliesen.

Einen Moment blieben sie schweigend stehen. »Ich hoffe, ihr seid zusammen, wo immer ihr seid.« Das Echo von Giles' Worten hing in dem Raum, als sie sich endlich wieder der Treppe zuwandten.

Der Mond war im Begriff unterzugehen, und die Schatten waren weitergewandert und dichter geworden. Sie standen eine Weile unten auf dem Rasen und blickten zu den Bogenfenstern hinauf, aber in der Schwärze der Mauern deutete nichts auf den Ort hin, an dem sie gerade gewesen waren.

»Laß uns gehen. Mir ist kalt.« Giles faßte sie bei der Hand. In seiner Tasche lag ein kleines Samtetui. Darin befand sich ein Medaillon, aber plötzlich hatte er das Gefühl, daß dies nicht der richtige Augenblick war. Morgen, im hellen Licht der Sonne, würde er wieder mit ihr herkommen, um ihr das Geschenk zu geben und ihr zu sagen, daß er sie liebte. Morgen, wenn, dessen war er gewiß, keine Spur mehr von der Kapelle und von der Treppenöffnung in der Mauer zu sehen sein würde. Morgen, wenn der Rasen und die Ruinen so unerschütterlich und ordentlich vor ihnen liegen würden wie am Nachmittag, als sie zum ersten Mal einen Blick darauf geworfen hatten.

Rosmarin und Thymian

Die Flötentöne waren aus heiterem Himmel gekommen. Sie klangen auf ihre Art ebenso klar und rein wie der Gesang des Rotkehlchens, der in kristallener Schönheit durch den Garten hallte. Hier spielte kein Kind seine qualvollen Etüden für die nächste Unterrichtsstunde, dies war die reife, vielschichtige Musik eines Könners. Elisabethanisch. Dem Flötenspiel lauschend, blickte Lesley unwillig auf ihre schmutzverkrusteten Gartenhandschuhe hinunter. Sie waren kalt, klebten an den Fingern und boten keinen angenehmen Schutz mehr gegen die Gartenerde. Nachdem sie die Handschuhe abgestreift hatte, bückte sie sich nach ihrer Thermoskanne. Ein heimlicher Luxus dies: dampfend heißer, schwarzer Kaffee, der nur hier in der reinigenden Luft des frühen Morgens, fern aller schmerzlichen Empfindungen, keine Erinnerung an ein Frühstück der Vergangenheit wachrief. Während sie von dem Kaffee trank, spürte sie, wie ihre düstere Stimmung mit der Musik allmählich verflog.

Jenseits der Kräuterbeete und der niedrigen Buchsbaumhecke schimmerte das Meer. Die Sonne, ein kalter Silberglanz hinter morgendlichen Wolkenstreifen, strahlte noch keine Wärme auf die glitzernde Wasseroberfläche ab. Hinter ihr dagegen stand die Friedhofsmauer in einer warmen Blütenpracht. Spalierbirnen säumten das weiche Rot der alte Backsteinmauer auf ihrer ganzen Länge, und gerade als sie sich dorthin umwandte tauchte ein Zaunkönig pfeilschnell in das Meer weißer Blüten ein und Sekunden später wieder auf.

In der Eibe hinter der Mauer schüttete das Rotkehlchen dem frühen Morgen sein Herz aus mit einem süßen Lied,

das vom durchdringenden Schrei einer Möwe kontra-
punktiert wurde, bis das Tierchen schließlich, entrüstet
über die triumphierende Konkurrenz der Flötenmusik,
verstummte und sich mit einem kurzen Wippen des
Schwanzes auf- und davonschwang.

Unfähig, ihre Neugier zu bändigen, stellte Lesley ihren
Kaffeebecher ab und überquerte vorsichtig, die zarten
Rosmarinzweige mit ihrem blauen Blütenschleier beiseite
schiebend, auf Zehenspitzen die Kräuterbeete. Am Friedhof angelangt, legte sie die Hände auf den oberen Mauer-
rand und spähte hinüber, konnte aber nichts sehen. Über
dem Friedhof lagen noch tief und dunkel die Schatten der
Nacht. Plötzlich brach die Musik ab.

»O nein!«

Der Ausruf war ihr unwillkürlich herausgerutscht, und
sie wartete halb verlegen auf eine Reaktion des Musikers.

Es kam keine.

Die Stille machte sie ein wenig nervös. Sie hatte eine
Stimme erwartet oder ein Gesicht, das zwischen den
Stechpalmenzweigen auftauchten würde, oder wenigstens das Geräusch sich entfernender Schritte. Irritiert von
der lastenden Stille stellte sie sich auf die Zehenspitzen
und spähte noch angestrengter über die Mauer.

»Hallo?« rief sie leise.

Beim Klang ihrer Stimme flatterte aufgeregt kreischend
eine Amsel aus dem Stechpalmengebüsch in ihrer Nähe
auf. Ein anderes Geräusch war nicht zu hören.

Sie ging an der Mauer entlang bis zu der Stelle, an der
ein altes Holztor vom Garten in den Friedhof führte und
rüttelte daran. Es war verzogen und ließ sich schwer öffnen, aber schließlich gab es mit unter protestierendem
Knarren nach, und sie trat ein. Auf der anderen Seite der
Mauer, wo sie eben noch gestanden und der Musik gelauscht hatte, gewann die Sonne an Kraft. Ein schmaler
Goldrand säumte die Wolken.

Der Kiesweg knirschte, obwohl mit dichtem Unkraut überwuchert, bei jedem vorsichtigen Schritt unter ihren Sohlen. Die Kirche war verschlossen. Die alten, efeuumrankten Gräber lagen in schweigendem Schlaf versunken.

Als die Musik wieder ertönte, hatte sie einen stilleren, traurigeren Klang. Lauschend blickte sie um sich und versuchte zu erkennen, woher die Musik kam.

Hinter der Kirche wand sich der Weg zwischen den Gräbern zum überdachten Haupttor des Friedhofs und zu der Straße, die vom Dorf heraufführte. Langsam folgte sie den Flötenklängen zu einer Allee ehrwürdiger Eiben und einem Dornendickicht verwilderter Rosenbüsche. Als sie den Weg verließ und durch das hohe Gras stapfte, spürte sie über dem Rand ihrer Stiefel die Kälte des Morgentaus.

Der junge Mann stand da und hatte den Blick auf ein frisches Grab gesenkt. Er war groß und schlank und ganz in Schwarz gekleidet. In seiner Hand konnte sie die langen, schmalen Umrisse des Instruments erkennen, auf dem er gespielt hatte. Er stand mit dem Rücken zu ihr und hatte ihre Anwesenheit noch nicht bemerkt, so daß sie immer noch unauffällig umkehren konnte. Unschlüssig, weil sie nicht gehen, ihn aber auch nicht in seiner offensichtlichen Trauer stören wollte, blieb sie stehen.

Sekunden verrannen. Das Rotkehlchen kam, durch ihre Reglosigkeit ermutigt, aus dem Efeu gehüpft, der sich über die Abdeckplatte eines Grabgewölbes rankte, und blieb einen halben Meter vor ihr sitzen. Dann nickte es mit dem Kopf, breitete die Flügel aus und trippelte über den Querbalken eines nahen Kreuzes. Ein paar Sekunden lang ließ sie sich durch den Vogel ablenken. Als sie wieder zu dem Grab hinübersah, war der junge Mann verschwunden.

Sie zuckte die Schultern. Wahrscheinlich hatte er sich umgedreht und sie entdeckt. Langsam kehrte sie zu dem Mauertörchen zurück und genoß die Wärme der höhersteigenden Sonne, die ihre Strahlen durch die noch laublosen Äste der Bäume warf. Sie hatte Verständnis für eine Trauer, die so schmerzhaft und frisch war, daß sie nicht geteilt werden konnte, aber gleichzeitig war sie voll trauriger Sehnsucht nach der Schönheit und Gefühlstiefe der Musik, die mit dem jungen Mann verschwunden war.

Fast selbstverständlich, wie für einen alten Freund, pflückte sie als Trost dafür, daß sie den Trauernden vertrieben hatte, einen Strauß aus Rosmarin mit seinem intensiven Blau, Lungenkraut mit seinen leuchtenden Glocken, Schlüsselblumen und süßduftenden Veilchen und kehrte dann mit dem Frühlingsstrauß als Gabe für den unbekannten Toten, der unter der frischen schwarzen Erde ruhte, zu dem Grab zurück.

Das Rotkehlchen flatterte, aus kleinen Knopfaugen mit ihr kokettierend, vor ihr her.

Die Kirchentür stand offen. Offensichtlich war jemand hier gewesen und hatte sie aufgeschlossen, während sie den Strauß gepflückt hatte. Der Gedanke, jemandem zu begegnen, mit jemandem reden zu müssen, schien ihr plötzlich schrecklich, ihr kleines Sträußchen für das fremde Grab eine peinliche Anmaßung, und so ging sie auf Zehenspitzen durch das Gras und folgte dem Weg unter den Eiben, am Grabgewölbe vorbei, bis zu dem Rosendickicht. Jetzt, im hellen Sonnenschein, ohne die Schatten des Morgens, sah sie, wie alt die Rosensträucher waren – dicke holzige Stämme, die meisten abgestorben oder nur noch durch unterirdische Triebe am Leben erhalten, halb erstickt von Disteln, Klebkraut und Efeuranken. Dahinter lag ein altes Grab mit einer Gittereinfassung, die Grabplatte moosüberzogen, rissig und mit den Jahren mürbe geworden. Sie sah sich ratlos um. An dieser Stelle hatte sie gestanden, als sie den jungen Mann gesehen hatte. Sie kam sich plötzlich albern vor, als sie sich suchend nach dem frisch aufgeworfenen Hügel schwarzer Erde umblickte.

»Kann ich Ihnen helfen? Suchen Sie jemanden?«

Beim Klang der zaghaften Stimme fuhr sie mit einem unwillkürlichen Schreckensschrei herum. Hinter ihr auf dem Weg stand ein Mann, der über einem dicken grünen Pullover einen Maleroverall trug. Ihrer Schätzung nach war er ungefähr in ihrem Alter, nicht viel größer als sie, aber kräftig gebaut, das dichtgelockte Haar zerzaust, das Gesicht zu einem freundlichen Lächeln verzogen. »Es tut mir leid, daß ich Sie erschreckt habe.« Seine Stimme war tief und melodisch.

»Ich habe Sie nicht kommen gehört.« Ihr Unbehagen hatte seinen Grund weniger in seinem unvermittelten Auftauchen als in der Tatsache, daß das Grab offensichtlich verschwunden war. Das hatte sie aus dem Gleichgewicht gebracht. Sie hatte völlig die Fassung verloren.

»Ich überstreiche ein paar feuchte Stellen in der Kirche«, erklärte er mit einem Achselzucken. »Man nimmt, was man bekommt, wenn man vorübergehend arbeitslos ist.« Die spöttische Miene, die diese freundliche Umschreibung begleitete, entlockte ihr ein Lächeln. »Sie müssen Mrs. Davis sein?« Den Kopf schiefgelegt, musterte er sie mit unverhohlener Neugier. »Ich habe gesehen, daß Sie durch das Tor vom Stables Cottage her gekommen sind. Sie sind hier die große Geheimnisvolle. Die Leute im Dorf sind Ihretwegen ganz aus dem Häuschen vor Neugier.«

»Tatsächlich?« In Gedanken noch halb bei dem verschwundenen Grab, war sie doch erschrocken über seine Bemerkung. Sie kam ihr bedrohlich, aufdringlich vor.

Er las offenbar mühelos ihre Gedanken. »Es tut mir leid. Es geht mich wirklich nichts an. Ich will Sie nicht weiter belästigen. Es sei denn …« Zögernd wanderte sein Blick zu dem Blumenstrauß in ihrer Hand. »Suchen Sie ein bestimmtes Grab? Vielleicht kann ich Ihnen helfen. Welches ist es?«

»Ich weiß es nicht.« Natürlich kam sie sich albern vor, was konnte sie schon sagen? »Ich war vorhin schon einmal hier und habe jemanden gesehen …«

Irgendwie fiel es ihr leichter, die Geschichte von Anfang

an zu erzählen, und als sie erst einmal begonnen hatte, wollte sie weiterreden, wollte der selbstauferlegten Einsamkeit der vergangenen Wochen ein Ende machen. Sie erzählte ihm von dem Garten, von der Kälte des Morgengrauens, dem heißen Kaffee und der Musik, die über die Friedhofsmauer zu ihr herübergeweht war.

Als sie fertig war, hatte seine Miene einen erstaunten Ausdruck angenommen. »Ich begreife das nicht ganz. Ich bin zwar nicht im Bilde über sämtliche Beerdigungen im Dorf, aber ich glaube nicht, daß hier in den letzten Monaten jemand begraben wurde. Viele Leute ziehen heutzutage das Krematorium vor. Jedenfalls gibt es hier ganz sicher keine frischen Gräber.«

»Dann wurde das Grab vielleicht schon vor Monaten angelegt.« Sie setzte ein schiefes Lächeln auf. »Ich bin auch keine Expertin in diesen Dingen. Würde es dann noch frisch aussehen?«

Er lachte. »Ich weiß nicht mehr über Gräber als das, was man im *Hamlet* nachlesen kann, fürchte ich. Die neueren Gräber befinden sich auf der anderen Seite der Kirche am Hauptweg. Diese hier sind uralt.« Er deutete mit einer vielsagenden Geste auf die abgestorbenen Rosensträucher. »Ich zeige sie Ihnen, wenn Sie wollen ...«

»Nein!«

Überrascht über die Heftigkeit in ihrer Stimme, runzelte er die Stirn.

»Es war hier. In der Nähe der Eiben und des Rosengestrüpps. Es war hier.« Damit zeigte sie auf das Grab mit der Gittereinfassung.

»*Mary Elizabeth Weaver. Geboren am 3. Mai 1672,*
gestorben am 5. August 1696«,

entzifferte er mühsam und mit gerunzelter Stirn die Inschrift, die fast völlig verwittert und mit Flechten überwachsen war. Dann schüttelte er den Kopf und schwieg eine Weile. »Ich kenne niemanden im Dorf, der Flöte spielt.

Jedenfalls nicht richtig. Abgesehen von den Bemühungen der Schulkinder, natürlich.« Das sagte er so geistesabwesend, als würde er in Gedanken eine Namensliste durchgehen. »Sind Sie sicher, daß es keine Kassette war?«

»Ich habe ihn gesehen. Er hielt die Flöte in der Hand.«

»Ein Fremder vielleicht, der das Grab eines Vorfahren besucht hat.«

»Es war ein frisches Grab.« Als sie sich müde mit der Hand über die Augen strich, konnte er die verkrustete Erde unter ihren Fingernägeln sehen. Bei diesem Anblick regte sich ein unerklärlicher Beschützerinstinkt in ihm. Sie war sehr schön, diese fremde Frau, die mitten im Dorf ein Cottage gekauft hatte und doch so unerschütterlich ihr Geheimnis wahrte. Schön und traurig.

Die Traurigkeit verflog ganz plötzlich, und ein Lächeln erhellte ihre Züge. »Es muß wohl Einbildung gewesen sein. Ich muß geträumt haben.« Sie bückte sich, schob die Hand durch das Gitter der Einfassung und legte ihren Strauß auf das Grab. »So. Soll sie ihn haben mit einem Gruß von mir.« Damit erhob sie sich und sah ihm ins Gesicht. »Haben Sie sehr viel zu tun? Wenn die feuchten Flecken warten können, lade ich Sie auf eine Tasse Kaffee zu mir ein. Dann können Sie den Leuten im Dorf erzählen, daß Sie meine Bekanntschaft gemacht haben und eine Menge Pluspunkte sammeln.«

Er lachte. Sie hatte zwar seine Gedanken gelesen, aber doch nicht ganz. Er würde niemandem etwas erzählen. Er spürte, daß sie ein Geheimnis wahrte, das es zu beschützen und zu hegen galt.

»Ich würde gern einen Kaffee trinken. Danke.«

Ihr Cottage war gemütlich eingerichtet, die Küche nur durch ein paar Eichenbalken vom Wohnbereich getrennt. Er nahm an dem runden Tisch aus Pinienholz Platz, und während sie den Kessel füllte und auf den Herd stellte, konnte er sich mit anerkennendem Blick in ihrem Reich umsehen. Es lagen ihm so viele Fragen auf der Zunge, aber er wußte, daß er keine davon stellen würde. Er mußte warten, bis sie von sich aus zu erzählen begann.

Sie nahm zwei schwere Keramikbecher vom Büffet und holte einen Krug Milch aus dem Kühlschrank. »Sie sind mein erster Gast aus dem Dorf, und ich weiß noch nicht einmal Ihren Namen. Ich heiße Lesley.« Sie stand mit dem Rücken zu ihm, während sie ein paar Haferkekse aus einer Dose fischte und auf einen Teller legte.

»Philip. Phil.«

»Und hat Phil auch einen Nachnamen?«

Er grinste. Rätsel gegen Rätsel. »Er hat.«

»Aber ich erfahre ihn nicht?«

»Bin jetzt nicht ich an der Reihe, eine Frage zu stellen?« Er nahm einen Keks von dem Teller, den sie vor ihn hingeschoben hatte.

»Dagegen ist nichts einzuwenden.« Bis der Kessel kochte, setzte sie sich zu ihm an den Tisch. »Nur zu. Aber nur eine.«

»Leben Sie allein hier?«

Sie nickte. Die Mauern schlossen sich wieder um sie. Seine Freundlichkeit, sein heiterer Spott taten ihr gut, aber warum mußte er ausgerechnet die eine Frage stellen, über die sie nicht reden konnte? Weil es das Wichtigste in ihrem Leben war natürlich. Diese Leere an ihrer Seite. Der leere Platz in ihrem Bett. Das Lachen, das ihr selbst hier in diesem Haus fehlte, das er nie kennengelernt hatte, in dem sie Trost zu finden gehofft hatte nach der schmerzlichen Leere in ihrem gemeinsamen Heim.

Phil betrachtete sie aufmerksam, und sie hatte das Gefühl, als könne er jeden einzelnen Gedanken lesen, der ihr durch den Kopf ging. Er wandte den Blick ab und sah aus dem Fenster. »Sie arbeiten in dem alten Kräutergarten«, sagte er. «Als Kind war ich oft dort. Ich habe die Gerüche geliebt. Es war ein seltsames Gefühl, an einem so warmen, geborgenen, wohlriechenden Ort zu sein und dabei auf das Meer hinauszublicken und die kalten Regenböen zu sehen, die in der Ferne die Wellen peitschten.« Er zögerte, und als sie nichts sagte, fuhr er fort: »Meine Eltern lebten in dem alten Pfarrhaus hinter der Kirche. Als mein Vater starb, kaufte meine Mutter ein Cottage am anderen Ende des Dorfs, und als ich dann meine Stellung in der Stadt verlor, kam ich hierher zurück, um ihr ein bißchen unter die Arme zu greifen.«

»Und Sie leben allein im Haus Ihrer Mutter?«

Lächelnd nickte er. »Drei Jahre Ehe und eine einigermaßen zivilisierte Scheidung auf dem Buckel. Ein gebranntes Kind scheut das Feuer.«

Er schwieg. Dies war der richtige Moment, es ihm zu erzählen. Mein Mann ist gestorben. Mehr brauchte sie nicht zu sagen. Unnötig, von der Sterbeklinik zu reden und von den langen Wochen, die sie am Bett gewacht und zugesehen hatte, wie der Mann, der ihr ganzes Leben war, allmählich in unerreichbare Ferne entrückte. Nur die nackten Tatsachen.

Vor dem Fenster saß das Rotkehlchen in der knospenden Glyzinie und brach in schmetternden Gesang aus. Phil lächelte. »Er ist uns vom Friedhof gefolgt. Vorwitziger kleiner Kerl. Sehen Sie, was für glänzende Augen er hat.« Die Gelegenheit war verstrichen.

Sie nickte. »Ich werde ihm ein paar Krumen hinlegen.«

Plötzlich, während sie im Begriff war, den Fensterflügel weit zu öffnen, horchte sie auf. »Phil, hören Sie nur!«

Die wundervollen, verzauberten Flötenklänge wehten vom Friedhof über den Garten herüber. Schweigend lauschten sie eine Weile, dann erhob sich Phil, den Finger an die Lippen gelegt, vom Tisch und öffnete die Tür. Ganz leise gingen sie durch den Garten zum Tor, um die Kirche herum, den Flötenklängen nach.

Der junge Mann stand da, wo sie ihn das erste Mal gesehen hatte, am Grab von Mary Elizabeth Weaver. Aber jetzt war dort keine Gittereinfassung zu sehen, die Grabplatte war verschwunden. Die Erde war frisch aufgeworfen. Obenauf lag Lesleys Frühlingsstrauß. Reglos standen sie da und beobachteten die große, schlanke Gestalt in Schwarz; der junge Mann wiegte sich leise im Rhythmus der Musik und schien ebenso versunken wie sie in die Schönheit seiner Weise.

Plötzlich merkte Lesley, daß sie Phils Hand umklammert hatte. Sie lauschten mit angehaltenem Atem. Hinter ihnen ließ sich das Rotkehlchen munter im Stechpalmengebüsch nieder, plusterte sein scharlachrotes Brustgefieder auf und begann zu singen.

Endlich ließ der junge Mann die Flöte sinken. Einen Moment lang stand er da, die Augen auf das Grab gesenkt, dann warf er einen flüchtigen Blick über die Schulter, als habe auch er das fröhliche Lied des Vogels vernommen. So sahen sie ihn noch eine halbe Sekunde lang vor sich, dann huschte ein Eichhörnchen vor ihnen über den Weg, und sie stellten fest, daß er verschwunden war.

Wie aus einem Traum erwachend, ließ Lesley die Hand ihres Begleiters los. Sie atmete tief durch. »Sagen Sie mir, daß Sie ihn auch gesehen haben.«

»Ich habe ihn auch gesehen.«

Mit weit aufgerissenen Augen starrte sie ihn an, die Farbe war plötzlich aus ihrem Gesicht gewichen. »Es war ein Geist.«

Er nickte. »Ich glaube schon.«

»Aber er war nicht bedrohlich.«

»Nein. Nur traurig«, entgegnete er lächelnd.

»Eine so wunderbare Musik!« Sie fühlte sich seltsam atemlos. »Gefangen in der Zeit. Nie vergangen.«

»Wir haben etwas sehr Seltenes erlebt«, bemerkte er und sah ihr dabei in die Augen. »Ich hoffe, es ist ein Trost für Sie. Zu wissen, daß Menschen zurückkommen können. Daß sie einander noch lieben können, welche Grenzen wir auch überschreiten mögen, wenn wir sterben.«

Er hatte es also erraten. Vielleicht hatte es sich in der Gerüchteküche der Dorfbewohner bereits herumgesprochen. Sie nickte. »Ja, das ist es.« Eine Weile dachte sie darüber nach und spürte den Trost, von dem er gesprochen hatte, dann runzelte sie plötzlich die Stirn. »Aber wo ist *sie*? Wo ist Mary Elizabeth? Warum sind sie sich nicht jenseits der Grenzen begegnet?« Langsam trat sie an das Grab und blickte über die Gittereinfassung auf das Kräutersträußchen hinunter. »Vielleicht hat er sie längst gefunden«, sinnierte sie leise. »Die Musik. Der Schatten des Mannes. Das alles sind Echos der Vergangenheit. Bilder in einem Spiegel. Und das ist es auch schon.« Als sie sich wieder zu ihm umwandte, war die Traurigkeit aus ihren Augen verschwunden. »Wir sind dumm. Wir hätten versuchen können, die Musik aufzunehmen. Sollen wir es probieren, wenn es ein nächstes Mal gibt?«

Das ›wir‹ gefiel ihm. Daran konnte er sich gewöhnen. Und er konnte mit den Schatten der Vergangenheit leben. »Wie hieß Ihr Mann?« Es war der richtige Zeitpunkt, die Frage zustellen. Er machte aber keinerlei Anstalten, sich ihr zu nähern?

»Jeff.«

Es kostete sie sichtliche Mühe, den Namen auch nur auszusprechen.

Er nickte. »Lesley, ich muß mich wieder an die Arbeit machen. Würden Sie irgendwann einmal mit mir essen gehen? Vielleicht auch ein Konzert besuchen?« Ein schiefes Lächeln zuckte um seinen Mund. »Wir mögen beide Musik. Das ist ein Anfang.«

Er sah ihr an, daß sie über sein Angebot nachdachte. Sie betrachtete versonnen das Rotkehlchen, das jetzt auf der Grabeinfassung saß. Dann zog ein Lächeln über ihr Gesicht. »Sie haben recht«, sagte sie leise. »Es ist ein Anfang.«

Eine Familienangelegenheit

Teil Eins

Aufatmend schloß ich die Tür – hinter mir der Staub der New Yorker Straße – und eilte die Treppe zur Wohnung meiner Cousine hinauf.

»Minna?« rief ich, während ich die Wohnungstür aufschloß. »Martin hat mir heute erlaubt, früher nach Hause zu gehen, was sagst du dazu?«

Ich arbeitete für Martin George, den weltbekannten Umweltschützer und Fernsehstar, und ich liebte den Job, auch wenn die Arbeitszeiten lang und völlig unberechenbar waren: Meine Arbeit war gezwungenermaßen mein Leben, abgesehen von Chris natürlich. Chris und ich waren eng befreundet, aber kein Liebespaar. Das konnte noch kommen, doch im Moment gehörte er eher zur überaus seltenen Spezies des männlichen Freundes. Endlich konnte ich ihn einmal anrufen und ihm sagen, daß ich es schaffen würde, zu duschen und sogar noch fünf Minuten die Beine hochzulegen in der Zeit, die er brauchte, um von seiner Werbeagentur in der Madison Avenue zu dem Sandsteingebäude zu fahren, in dem ich mir vorübergehend eine Wohnung mit meiner Cousine teilte.

»Minna, bist du zu Hause?« Verwundert darüber, daß ich keine Antwort bekam, sah ich auf meine Uhr. So wechselhaft meine Arbeitszeit war, so regelmäßig war die meiner Cousine, und sie hätte schon seit einer Stunde zu Hause sein müssen.

Dann hörte ich ein gedämpftes Schluchzen.

Ich lief ins Wohnzimmer und sah sie, den Kopf in den Armen vergraben, auf dem Sofa sitzen. Sie weinte.

»Onkel Julian hat aus England angerufen«, stieß sie mit tränenerstickter Stimme hervor.

»Ist was mit Pa?« Eine kalte Hand hatte sich auf meinen Nacken gelegt. »Was ist passiert?«

»Großvater … Er ist tot!«

Wie betäubt, unfähig, ein Wort zu sagen, setzte ich mich zu ihr auf das Sofa, und wir hielten uns schweigend bei den Händen. Nachdem meine Mutter früh gestorben und mein Vater durch seinen Herzinfarkt praktisch Invalide geworden war, hatte mich mein Großvater aufgezogen; sein Haus Kingley Manor war mein Heim, seine Welt war meine Welt gewesen. Erst in den letzten Jahren, als ich allmählich erwachsen wurde und seine Kräfte nachzulassen begannen, hatte er zugelassen, daß ich mit meinem Vater aus dem Herrenhaus in das alte Farmhaus umzog, das zum Gut gehörte.

Als ich mich wieder einigermaßen gefaßt hatte, rief ich meinen Vater an. »Er ist im Schlaf gestorben, Kate«, tröstete er mich. »Genauso, wie er es sich gewünscht hätte. Und er wollte nicht, daß ihr zur Beerdigung nach England kommt. ›Sag den Kindern, sie sollen mit dem Geld, das der Flug kosten würde, eine kleine Totenfeier veranstalten, wenn ich abtrete‹, du weißt ja selbst, das waren seine Worte.

Seltsam genug, daß alle drei Enkel dieses heimatverbundenen Mannes in den Vereinigten Staaten lebten, als er starb. Ich, weil ich Martin und meinem Job um die Welt folgte, Minna, weil sie nie in England gelebt hatte – ihre Mutter hatte einen Amerikaner geheiratet, und sie war so amerikanisch wie das Empire State Building –, und Richard hielt sich irgendwo in der Nähe von Boston auf; unser Vetter Richard Bradshaw, der einzige Sohn des einzigen Sohnes unseres Großvaters, ein rätselhafter Mensch und, wenn man den Klatschkolumnisten glauben konnte, ein Millionär aus den innersten Kreisen des Jetset. Weder Minna noch ich waren ihm je begegnet, und wir hatten beide nicht die Absicht, jetzt Kontakt mit ihm aufzunehmen. Wäre er daran interessiert gewesen, die Verbindung zu seiner Familie aufrechtzuerhalten, dann hätte er es zweifellos getan, aber wie sein Vater, der nach seiner Heirat mit der Bostoner Erbin der Bay-View-Millionen alle Brücken zu Kingley Manor abgebrochen hatte, war auch Richard meines Wissens nie bereit gewesen, unserem Großvater oder dem Familiengut einen Besuch abzustatten.

Um so mehr traf uns die Testamentseröffnung wie ein Keulenschlag. Pa rief uns an, sobald der Inhalt bekannt war. »Minna bekommt die Gatehouse Farm und das dazugehörige Land und eine kleine Summe Geldes!« schrie er ins Telefon. Mein Vater schreit immer, wenn er telefoniert. »Und du, mein Schatz, bekommst unsere geliebte Kingley Farm, die Wälder und das Sumpfland – und ebenfalls ein bißchen Geld.« Dabei lachte er aufmunternd.

»Und das Hauptgebäude?« fragte ich. »Das Herrenhaus?«

Für kurze Zeit war es still am anderen Ende der Leitung. »Das bekommt alles Richard«, erklärte er ein wenig bedrückt. »Richard bekommt den ganzen Rest!«

»Das ist einfach unfair!« Minna stampfte wütend mit dem Fuß auf, als ich es ihr erzählte. »Womit, zum Teufel, hat er das verdient? Er hat Großvater nicht ein einziges Mal besucht! Und er ist ohnehin schon ein Krösus!«

Ich mußte ihr im stillen recht geben, aber ich war so begeistert über meinen Teil des Erbes – das Haus, den Wald und das Sumpfland, alles, was ich seit meiner Kindheit geliebt hatte –, daß ich mir keine großen Gedanken über den restlichen Nachlaß machte. Weder Minna noch ich hatten einen ausgeprägten Geschäftssinn, und wir waren auch keine Expertinnen der Landwirtschaft. In meinen Augen war das Gutshaus schon immer viel zu groß und unheimlich gewesen, als daß ich es wirklich als Heim hätte empfinden können. Wenn Richard Geschäftsmann war, sollte er meinetwegen gern den Gutsbetrieb übernehmen.

Als ich Chris gegenüber meinen Vetter erwähnte, wußte er zu meiner Verwunderung bereits alles über ihn und pfiff vielsagend durch die Zähne.

»Meine Güte, ihm gehört doch schon halb Boston!« rief er aus, als ich ihm bei einem Hamburger im Schnellimbiß von der Erbschaft erzählte. »He, Katie, Schatz, bald bin ich nicht mehr gut genug für dich!« Wir lachten beide, während wir Hand in Hand nach Hause gingen, und plötzlich war mir leichter ums Herz. Großvater hätte nicht gewollt, daß ich traurig war über seinen Tod.

»So so, dann sind Sie jetzt also eine reiche junge Frau«, sagte Martin gutgelaunt, als ich ihm die Neuigkeiten erzählte. »Dann werden Sie wohl nicht mehr für mich arbeiten wollen!« Er verzog sein frisches rundes Gesicht in gespielter Verzweiflung, und seine Augen blitzten hinter den goldgefaßten Brillengläsern. Ich mußte lachen.

»Natürlich will ich weiter für Sie arbeiten, das wissen Sie ganz genau. Und ich bin keineswegs reich. So viel Geld ist es auch wieder nicht, aber ich habe Ihnen das Beste noch nicht erzählt.« Ich konnte meine Aufregung kaum bändigen. »Ich bin jetzt stolze Besitzerin der Kingley-Sümpfe!«

Er sah mich mit großen Augen an. »Tatsächlich«, war alles, was er sagte. Aber es war genug. In der Welt der Umweltschützer war dieser Name ein Begriff – der letzte erhaltene Lebensraum für eine Reihe vom Aussterben bedrohter Pflanzen und Schmetterlinge. »Wir werden eine Sondersendung darüber machen«, erklärte Martin, und ich war überglücklich.

Zwei Tage später mußte ich Martin nach Palm Beach begleiten, wo ich zwischen anstrengenden Stunden im Konferenzzentrum und schweißtreibenden Aufnahmen in der Hitze der Fernsehstudios noch genügend Zeit fand, im Vorgriff auf den ausstehenden Geldsegen ein paar Strandsachen ›für die Dame der Oberschicht‹, wie Martin lachend bemerkte, zu kaufen und mich in die Sonne zu legen, um mir, so hoffte ich wenigstens, eine halbwegs ansehnliche Bräune zuzulegen. Als wir nach New York zurückkehrten, hatte die Sonne mein Haar zu einem warmen Honiggold gebleicht, und ich war ziemlich stolz auf mein Aussehen. Aber meine Hochstimmung sollte nicht lange anhalten.

Minna war verschwunden.

Aufgeregt und erschrocken über die angeschimmelten, übelriechenden Essensreste in der Küche und das ungemachte Bett in ihrem Zimmer – alles Dinge, die ihr überhaupt nicht ähnlich sahen – rief ich Gott und die Welt an, aber niemand wußte, wo sie sich aufhielt. Sie war seit über einer Woche nicht mehr an ihrem Arbeitsplatz erschienen. Nachdem ich mir schließlich tränenreich Rat bei Martin und Chris geholt hatte, rief ich die Polizei an.

Dort war man völlig desinteressiert. In New York verschwanden täglich so viele Menschen, was zählte da schon einer mehr oder weniger? Ich erhielt die beruhigende Auskunft, daß sie in keinem Leichenschauhaus registriert und nach Wissen der Polizei auch nicht in ein Krankenhaus eingeliefert worden war. Wahrscheinlich speiste man ihren Namen in einen Computer ein und vergaß die Sache wieder, ich dagegen wanderte ruhelos in der Wohnung auf und ab und zitterte bei dem Gedanken, welch unvorstellbare Schrecken ihr widerfahren sein mochten.

Zwei Tage ging das so, bis mich ein Anruf erlöste.

»Hallo! Spreche ich mit Katherine Parrish?« nuschelte eine tiefe, mir unbekannte Stimme in den Hörer.

Ohne große Begeisterung bejahte ich die Frage.

»Mein Name ist Dave Conway. Ich bin der Privatsekretär Ihres Vetters Richard. Hören Sie, Kate, ist es Ihnen möglich, nach Salem zu kommen? Ihre Cousine Minna ist auch hier. Es scheint sich um eine Art Familienzusammenführung zu handeln, und Richard würde Sie furchtbar gern kennenlernen ...«

Ich hörte längst nicht mehr zu. Minna ging es gut! Und der geheimnisvolle Richard Bradshaw war endlich aus seinem Versteck hervorgekommen.

Martin hatte nichts dagegen, daß ich mir ein paar Tage freinahm – wir hatten schon vor langer Zeit festgestellt, daß Monate herauskommen würden, wenn man die Überstunden zusammenrechnete, die ich für ihn geleistet hatte –, und Dave Conway richtete es so ein, daß er mich mit dem Wagen abholen konnte. »Ich bin geschäftlich in New York und muß auf dem Rückweg noch einen kurzen Besuch machen, aber ich wäre sehr froh, wenn Sie mir auf der Fahrt Gesellschaft leisten würden«, erklärte er. Es bedurfte keiner besonderen Überredungskünste.

Überschäumend vor Glück wirbelte ich durch die Wohnung und putzte sie auf Hochglanz – was ich bis jetzt nicht übers Herz gebracht hatte –, dann bereitete ich alles für die Reise vor. Ich gab noch etwas mehr von dem bisher nicht erhaltenen Geld für ein paar neue Kleider und schicke Schuhe aus, ging zum Friseur, und dann konnte es losgehen.

Dave sollte mich in Martins Stadtbüro abholen. Genau zum angegebenen Zeitpunkt fuhr ein beigefarbener Cadillac vor dem Gebäude vor.

Dave war groß und sehr schlank, hatte nußbraune Augen und einen umwerfenden Charme. Ich fühlte mich sofort wohl in seiner Gegenwart. Er bewunderte unser chaotisches Büro, tauschte einen Händedruck mit Martin, der wie immer die Herzlichkeit selbst war, und bepackte sich schließlich mit meinen zwei neuen Reisetaschen. Wir waren gerade im Begriff, zur Tür hinauszugehen, als das Telefon klingelte. Automatisch eilte ich zurück und nahm den Hörer ab.

»Kate? Gottseidank, daß du noch da bist!« Es war Minna. Ihre Stimme klang atemlos und im höchsten Grad erregt.

»Minna? Was ist los? Wo bist du?« Irritiert sah ich den Hörer in meiner Hand an, dann drückte ich ihn wieder ans Ohr.

»Kate! Fahr um Himmels willen nicht dorthin. Das darfst du nicht ...« Am anderen Ende hörte man ein Schluchzen, dann war die Leitung tot.

Ich legte den Hörer auf und sah Dave an. »Das war Minna«, sagte ich. Mir war eiskalt geworden.

Er warf mir einen prüfenden Blick zu, und in diesem Augenblick hatte ich das Gefühl, daß er genau wußte, was Minna mir versucht hatte zu sagen.

»Arme Minna«, bemerkte er und schüttelte den Kopf. »Es ging ihr leider nicht sehr gut in letzter Zeit. Wie klang sie?«

Martin runzelte am anderen Ende des Raums besorgt die Stirn, aber ich war ganz damit beschäftigt, Daves Gesichtsausdruck zu deuten. »Sie klang hysterisch«, entgegnete ich vorsichtig. Minna war eine der ausgeglichensten Personen, die ich kannte.

Dave nickte. »Sie hatte eine Art Virusinfektion oben in Bay View. Aber sie ist auf dem Weg der Besserung, Sie brauchen sich also keine Sorgen zu machen.« Ich hätte ihm gern geglaubt, aber eine seltsame Vorahnung begann sich in meinem Hinterkopf auszubreiten. Sie verschwand allerdings schnell wieder, als mich Dave mit einem entschuldigenden Lächeln ansah. »Sie dachte, ihre Krankheit sei ansteckend, die Arme, darum hat sie sich auch nicht früher bei Ihnen gemeldet, aber der Arzt meint, es bestehe keine Infektionsgefahr. Sie zu sehen, ist wahrscheinlich genau das, was ihr jetzt guttun wird.« Er bückte sich ein zweites Mal, um die Koffer aufzunehmen.

Ich hatte keinen Grund, ihm nicht zu glauben. Beruhigt verabschiedete ich mich von Martin und folgte Dave zur Straße hinunter.

Nachdem er den Wagen schweigend und sicher durch den dichten New Yorker Verkehr dirigiert hatte und auf den Highway eingebogen war, lehnte ich mich in meinem Sitz zurück und war bereit, die Fahrt zu genießen. Dave war ein angenehmer Reisebegleiter, gutaussehend, amüsant, für einen erfolgreichen Geschäftsmann in mancher Hinsicht eigenartig sanft und zum Glück bereit, über seinen Arbeitgeber zu reden.

»Er hat seine Familie in England nie besucht«, erklärte ich. »Das hat Ihnen Minna vermutlich schon erzählt. Er ist also für uns alle ein Rätsel. Was für ein Mensch ist er?«

Er überlegte einen Moment, während er auf die linke Spur wechselte, um einen schweren Lkw zu überholen. »Er ist ruhig, stark, intelligent und ein ziemlicher Einzelgänger.«

»Er ist nicht verheiratet?« fragte ich ohne Hintergedanken. Die Tatsache war allgemein bekannt. In jeder Klatschspalte wurde er als ›der begehrte Junggeselle Richard Bradshaw‹ gehandelt, aber ich wollte die Bestätigung von Dave hören.

»Nein, er ist unverheiratet. Und wird es höchstwahrscheinlich auch bleiben.« Für einen Moment verflog sein gutgelauntes Lächeln, aber gleich darauf war es wieder da. »Er hat seinen Hauptwohnsitz in Bay View, aber er besitzt auch Häuser in Frankreich und in Long Beach.« Gelassen steuerte er den Wagen durch eine langgezogene Kurve. »Bay View wird Ihnen gefallen. Es ist ein alter Besitz im Kolonialstil; unsere Gäste aus England fühlen sich immer sehr wohl dort.« Dabei stieß er ein kehliges Lachen aus. Dave gefiel mir immer besser. Ich fühlte mich zufrieden und entspannt in seiner Gegenwart und vergaß schließlich völlig meine Unsicherheit hinsichtlich der bevorstehenden Begegnung mit meinem Cousin.

In Hertford machten wir Pause, um zu Mittag zu essen, und Dave hatte eine kurze Besprechung in einem der Bürogebäude in der Stadtmitte. Danach fuhren wir in der Hitze des Nachmittags nach Boston weiter.

Bay View hielt in jeder Hinsicht, was Dave versprochen hatte. Direkt am Meer gelegen und rundum von einer hohen Mauer umgeben, war das Grundstück von der Straße aus nicht einsehbar. Wir verlangsamten unsere Fahrt vor dem mächtigen Eisentor, das wie durch Zauberhand vor uns aufschwang und sich wieder schloß, sobald wir es passiert hatten. Es folgte eine lange, baumgesäumte Zufahrt, und dann lag das Haus vor uns.

Das große, rechteckige, weiß verputzte Gebäude hatte drei Stockwerke und war gekrönt von einer eleganten Balustrade. Unzählige, mit makellos gestrichenen Läden eingefaßte Fenster und ein Säulenvorbau vor dem Eingang gaben zu erkennen, daß es sich bei dem Haus um ein Prachtexemplar der Baukunst des frühen 19. Jahrhunderts handelte. Die samtigen Rasenflächen, die beeindruckende Parkanlage, ein Komplex aus Stallungen und Nebengebäuden ließen außerdem keinen Zweifel daran, daß es das Heim eines sehr reichen Mannes war.

Wir bogen auf den Platz vor dem Haupteingang ein, und der Wagen kam zum Stehen. Gerade als Dave mir aus dem Wagen half, wurde die Tür von der schönsten Frau geöffnet, die ich je gesehen hatte. Sie war groß und überschlank, hatte hohe, ausgeprägte Wangenknochen und riesige dunkle Augen. Kühl blickte sie von der obersten Treppenstufe auf mich herunter. »Die Cousine vom Land ist also angekommen«, sagte sie leise.

Sie strahlte bei diesen Worten eine solche Feindseligkeit aus, daß ich wie vor den Kopf gestoßen war. Ich spürte, wie mir die Röte in die Wangen stieg, und kam mir plötzlich plump vor in dem hellen Leinenkleid, auf das ich so stolz gewesen war.

»Darf ich Sie mit Jacqueline Overton bekanntmachen?« erklang Daves ruhige Stimme neben mir.

Ich atmete tief durch, dann stieg ich die Treppe hinauf und streckte der Frau die Hand entgegen. Ihre Finger waren eiskalt. »Ich bin Richards Verlobte«, erklärte sie.

Mir blieb der Mund offenstehen. Seine Verlobte? Warum hatte Dave nichts von einer Verlobten erwähnt? Hatte er nicht gesagt, es sei kaum zu erwarten, daß sich Richard verheiraten würde? Vorwurfsvoll wandte ich mich zu ihm um, aber er war damit beschäftigt, mein Gepäck aus dem Kofferraum zu holen, und so trat ich in die große, kühle Eingangshalle, die mit kostbaren Persertteppichen ausgelegt war. Wie in Trance folgte ich Jacqueline, die zielstrebig auf die geschwungene Treppe zuging.

»Richard ist noch nicht aus Boston zurück«, erklärte sie mir, über die Schulter gewandt, während sie vor mir her die Treppe hinaufstieg. Ihre Art, in kurzen, abgehackten Sätzen zu reden, ermunterte nicht gerade zum Antworten. Plötzlich wurde mir bewußt, daß Dave nirgendwo mehr zu sehen war.

Ich räusperte mich unsicher. »Wie geht es Minna?« erkundigte ich mich. »Ich hatte eigentlich erwartet, daß sie mir gleich an der Tür entgegenkommen würde.«

Jacqueline blieb so abrupt stehen, daß ich um ein Haar mit ihr zusammengestoßen wäre. »Minna?« wiederholte sie und sah dabei mit einem vernichtenden Ausdruck der Verachtung auf mich herunter.

»Sie ist doch hier, oder nicht?« brachte ich heraus und konnte dabei die Unsicherheit in meiner eigenen Stimme hören.

»Nein«, erklärte sie. »Sie ist nicht hier.« Damit setzte sie sich wieder in Bewegung.

Ich rannte ihr fast nach. »Aber sie hat mich angerufen! Dave sagte ...«

»Was hat Dave gesagt?« Sie drehte sich wieder zu mir um. »Minna Munro ist nicht mehr hier. Richard brauchte sie nicht mehr.« Ich wartete darauf, daß noch irgendeine Erklärung folgen würde, aber sie hatte mir schon wieder den Rücken gekehrt und ging weiter. Als ich mich notgedrungen ebenfalls in Bewegung setzte, waren alle meine Ängste und schlimmen Vermutungen wieder über mich hereingebrochen. Wenn Minna nicht hier war, wo war sie dann? Und was hatte sie mir bei ihrem verzweifelten Anruf sagen wollen?

In dem langen, mit weichem Teppichboden ausgelegten Korridor blieb Jacqueline vor einer Tür stehen. »Läuten Sie, wenn Sie etwas brauchen«, sagte sie in arrogantem Ton. »Die Haushälterin wird sich um Sie kümmern.« Mit diesen Worten machte sie auf dem Absatz kehrt und rauschte davon.

Ich öffnete die Tür und trat ein. Der Raum war von Sonnenlicht durchflutet. Neugierig sah ich mich nach allen Seiten um, und für einen Augenblick vergaß ich meine Ängste, überwältigt von der Pracht des weißen Teppichs, der weißen Vorhänge und der weichen Samtbezüge der Sessel. Auf der Frisierkommode stand ein riesiger Strauß Damaszenerrosen, die den ganzen Raum mit ihrem berauschenden Duft erfüllten.

An das Zimmer grenzte ein Bad. Beide Räume waren mit emaillierten Klingelvorrichtungen ausgestattet. Nach kurzem Zögern betätigte ich trotzig einen Druckknopf.

Fast im selben Moment ging die Tür auf, und vor mir stand eine dunkelhaarige, in untadeliges Schwarz gekleidete Frau in den Fünfzigern. Ihre strengen Züge wurden nicht durch den Hauch eines Lächelns erhellt, als sie mich von oben bis unten musterte. Ich fühlte mich wie auf dem Prüfstand und fragte mich voll Unbehagen, zu welchem Ergebnis sie gekommen sein mochte.

»Guten Tag, Miss Parrish«, begrüßte sie mich. Ihrer Aussprache konnte man die Bostoner Herkunft deutlich anhören. »Ich bin Edith Marlesford, Mr. Bradshaws Haushälterin. Ich hoffe, Sie haben alles, was Sie brauchen?«

Das klang wie eine Herausforderung, falls ich es wagen sollte zu sagen, daß ich etwas auszusetzen hatte. Die Frage nach Minna erstarb mir auf den Lippen, und ich lächelte sie statt dessen unsicher an. »Das Zimmer ist sehr schön, vielen Dank. Wäre es möglich, daß jemand mein Gepäck heraufbringt?«

Sie deutete ein Kopfnicken an. »Es ist schon auf dem Weg.«

»Wann wird mein Vetter aus Boston zurückkommen?« erkundigte ich mich.

»Gegen acht, nehme ich an. Abendessen gibt es um neun. Gegenwärtig haben wir noch einen zweiten Gast im Haus, Mr. Calder. Er kommt wie Sie aus England.« Sie schwieg einen Moment, dann fuhr sie fast unwillig fort: »Vielleicht möchten Sie, daß Ihnen eine Erfrischung aufs Zimmer gebracht wird? Eistee vielleicht?« Es war unverkennbar, daß das in ihren Augen ein gewaltiges Zugeständnis war, und ich nickte dankbar.

Geduscht, umgezogen und einigermaßen erfrischt stützte ich mich eine Stunde später auf die niedrige Fensterbank, sah in den menschenleeren Park hinaus und fragte mich, wie ich mir die Zeit bis zu Richards Rückkehr vertreiben sollte. Mir war wenig danach zumute, die schöne Jacqueline ausfindig zu machen.

Neben dem Bett stand ein Telefon. Spontan griff ich nach dem Hörer und rief Chris in New York an. Ich mußte mit irgend jemandem reden.

»Wie steht es?« erkundigte er sich. »Wie ist der Tycoon?«

Ich lachte nervös. »Er ist noch nicht da, aber sein Haus ist fantastisch.« Es tat mir gut, Chris' Stimme zu hören. Irgendwie fühlte ich mich einsam in diesem Haus.

»Chris«, fuhr ich fort, »Minna ist nicht hier.«

Fast konnte ich hören, wie er die Schultern zuckte. »Sie hatte wahrscheinlich genug vom Leben der feinen Gesellschaft und ist nach New York zurückgekehrt. Ich würde mir ihretwegen keine Sorgen machen; wahrscheinlich wirst du dich ohne sie viel besser amüsieren, Kate.« Ich hätte wissen müssen, daß er meine Befürchtungen auf die leichte Schulter nehmen würde.

Nachdem wir uns noch ein paar Minuten unterhalten hatten, machte ich mich, mein Selbstwertgefühl neu gestärkt, auf einen Rundgang durch das Haus. Im Erdgeschoß angelangt, spähte ich in den zunächstliegenden kühlen, hohen Raum, dann in den folgenden. Alle waren sie geräumig, alle mit kostbaren englischen Antiquitäten möbliert und alle menschenleer. Schließlich entdeckte ich eine Tür, die ins Freie führte und schlüpfte aufatmend hinaus. Am liebsten hätte ich die Schuhe ausgezogen und wäre barfuß über den samtweichen Rasen gelaufen, aber meine neue Umgebung schüchterte mich immer noch ein wenig ein, und so widerstand ich der Versuchung.

Ich hatte mich die ganze Zeit über gefragt, wo Dave Conway geblieben war, und dann sah ich ihn in einiger Entfernung vor mir auf dem Rand eines steingefaßten Brunnens sitzen. Erleichtert eilte ich auf ihn zu.

»Dave, Gottseidank, ich dachte schon, Sie hätten mich im Stich gelassen!«

Aber als er sich halb zu mir umwandte, erkannte ich zu meiner Verlegenheit, daß es nicht Dave war, sondern ein großer, breitschultriger Fremder mit dunklem Haar und strahlend blauen Augen; er war der attraktivste Mann, den ich je gesehen hatte. Höflich erhob er sich und streckte mir die Hand entgegen. »Katherine Parrish, nehme ich an«, sagte er in untadeligem britischem Tonfall. »Es tut mir leid, Sie enttäuschen zu müssen. Fühlen Sie sich im Stich gelassen?« In seinen Augen blitzte ein flüchtiges Lächeln auf.

Ich brachte ein verlegenes Lachen zustande. Offensichtlich war dies der zweite Gast des Hauses, Mr. Calder. Aus der Nähe betrachtet, hatte er keinerlei Ähnlichkeit mehr mit Dave. War Dave von ruhiger Liebenswürdigkeit und dezent gutem Aussehen, so hatte dieser Mann eine faszinierende Ausstrahlung, die fast greifbar war.

»Verloren wäre vielleicht das passendere Wort«, gestand ich, meine Befangenheit überwindend. »Ich weiß nicht recht, was ich mit mir anfangen soll, bis mein Vetter kommt. Im Haus war niemand zu finden.«

Er nickte. »Wie gedankenlos von den Leuten. Ich muß mich entschuldigen. Dave hat seine eigene Wohnung im hinteren Trakt des Hauses, und Jacqueline wird sich vermutlich ausruhen.« Die Art, wie er die Lippen nach diesen Worten zu einem schmalen Strich zusammenpreßte, ließ mich vermuten, daß er Jacqueline nicht mochte. »Erlauben Sie mir also«, fuhr er mit liebenswürdigem Lächeln fort, »Ihnen das Anwesen zu zeigen. Auf diese Weise können wir uns die Zeit bis zum Abendessen vertreiben.«

Er steckte das Notizbuch, in das er geschrieben hatte, in die Hosentasche und deutete auf das Panorama aus Teichen und Blumenbeeten vor dem Hintergrund der untergehenden Sonne.

Während ich neben ihm herging und mir der Gegenwart dieses gutaussehenden Mannes in jeder Sekunde bewußt war, fragte ich mich, welchen Platz er in der Konstellation der Hausbewohner einnahm. Er wußte offensichtlich, wer ich war, machte aber keinerlei Anstalten, sich mir vorzustellen. »Sie müssen Mr. Calder sein?« fragte ich schließlich ins Blaue.

»Muß ich?« Lachend sah er mich mit seinen blauen Augen an. »Wenn Sie es sagen ...«

Sein Lachen war unwiderstehlich. Mein anfängliches Unbehagen war bald verflogen. »Sind Sie ein Geschäftspartner meines Vetters?« erkundigte ich mich nach einer Weile.

»So etwas ähnliches«, erklärte er wenig aufschlußreich.

»Kennen Sie ihn schon lange?« hakte ich hartnäckig nach. Jetzt, da ich mich in Richards Haus befand, konnte ich meine Neugier auf ihn kaum noch bändigen.

»Schon mein ganzes Leben, würde ich sagen.« Wir bogen um den Rand einer hohen Hecke und blieben einen Augenblick stehen, um den Ausblick über die weiten Rasenterrassen auf den vor uns liegenden Ozean zu genießen. »Was ist er für ein Mensch?« wollte ich wissen.

Die Daumen im Gürtel verhakt, schien er einen Moment über meine Frage nachzudenken, bevor er antwortete: »Er ist hart. Eigentlich ein ziemlicher Schweinehund, um ehrlich zu sein. Trauen Sie ihm lieber nicht über den Weg.«

Ich schluckte. Ein so eindeutiges Urteil über unseren Gastgeber traf mich völlig unerwartet; ich wußte nicht, wie ich es einschätzen sollte.

»Aber Sie mögen ihn«, stammelte ich, als ich meine Sprache wiedergefunden hatte.

Auch darüber dachte er einen Augenblick nach. »Nein«, sagte er dann. »Manchmal mag ich ihn überhaupt nicht.«

Wortlos starrte ich ihn an. Sein Blick war gedankenverloren in die Ferne gerichtet, und eine Sekunde lang hatte ich den irritierenden Eindruck, daß er meine Anwesenheit völlig vergessen hatte. Mir war plötzlich eiskalt geworden, als hätte sich ein Schatten über den sonnenhellen Garten gelegt.

»Da bist du ja!« Eine Frauenstimme riß mich aus meinen Gedanken, und als ich herumfuhr, sah ich eine große rothaarige Frau, die aus dem Schutz der Hecke getreten war. Sie trug ein tief ausgeschnittenes grünes Abendkleid, das jede Einzelheit ihrer fantastischen Figur erkennen ließ. Der Blick, mit dem sie mich musterte, drückte unverhohlene Feindseligkeit aus.

»Ist das die andere Cousine?« fragte sie, indem sie sich besitzergreifend bei meinem Begleiter einhakte. Bis zu diesem Augenblick, stellte ich plötzlich fest, hatte er sich nicht die Mühe gemacht, sie auch nur anzusehen.

»Das ist Katherine Parrish«, bestätigte er. Seine Stimme hatte einen harten Klang angenommen. Dann wandte er sich zu mir um. »Katherine, ich möchte Ihnen Sara Dashwood vorstellen.«

Unsicher hielt ich ihr die Hand hin. »Nennen Sie mich bitte Kate«, sagte ich.

Die Frau ignorierte meine ausgestreckte Hand. »Hallo, Kate.« Ihre Miene war abweisend, und während sie mich noch begrüßte, glitt ihre freie Hand über seine Brust und schob sich vor meinen faszinierten Augen liebkosend unter sein Hemd. »Kommst du auf einen Drink ins Haus?« flüsterte sie mit rauchiger Stimme. Sie hätte nicht deutlicher zeigen können, daß meine Anwesenheit unerwünscht war.

Ich spürte, wie mir die Röte ins Gesicht stieg, aber Mr. Calder packte ihr Handgelenk und schob sie energisch von sich. »Gute Idee«, entgegnete er ruhig. »Katherine, Sie müssen Sara entschuldigen. Ihr Benehmen läßt manchmal sehr zu wünschen übrig.« Mir stockte der Atem, so schneidend war sein Ton, aber während ich gerade noch den rachsüchtigen Blick sah, den sie mir zuwarf, fuhr er schon ruhig fort: »Sie haben hoffentlich nichts dagegen, daß ich Sie Katherine nenne. Das paßt so viel besser zu Ihnen als Kate.« Dabei ruhte sein Blick warm und anerkennend auf mir, und ich begann mich bereits ein wenig wohler in meiner Haut zu fühlen, als mich seine nächste Bemerkung wieder völlig am Boden zerstörte. »Ich schlage vor, daß Sie sich jetzt umziehen, Katherine. In einer halben Stunde gibt es Abendessen«, bemerkte er mit einem Blick auf seine flache goldene Armbanduhr. »Und wir haben es gern förmlich hier.«

Ich ergriff die Flucht.

Zum Glück hatte ich ein langes Abendkleid eingepackt, in das ich gleich darauf, bebend vor Zorn und zutiefst gekränkt, schlüpfte und dabei dachte, daß ich neben Sara und Jacqueline tatsächlich wie die arme hinterwäldlerische Cousine vom Land aussehen würde. Ich steckte mein Haar zu einer, wie ich hoffte, etwas raffinierteren Frisur auf und legte meine antiken Perlenohrringe an. Während ich mich noch im Spiegel betrachtete, klopfte es an der Tür.

Es war die Haushälterin, die mein Äußeres auch diesmal wieder einer kritischen Prüfung unterzog. Nichts an ihrer Miene verriet, was sie dachte. Ihr Gesicht war so gefühlvoll wie Marmor.

»Wenn Sie fertig sind, würde Mr. Richard sich gern vor dem Abendessen mit Ihnen unterhalten«, erklärte sie. Er war also endlich nach Hause gekommen.

Mit furchtsam klopfendem Herzen folgte ich ihr nach unten. Plötzlich freute ich mich nicht mehr auf unsere erste Begegnung.

Das geräumige Arbeitszimmer lag im Dämmerlicht, nur eine Arbeitslampe aus Alabaster warf einen warmen Schein auf die lederbeschlagene Platte des Schreibtischs am Fenster. Bei meinem Eintreten erhoben sich die beiden Männer, die sich im Raum befanden, von ihren Plätzen.

Zu meiner Erleichterung war einer der beiden Mr. Calder, den ich im Park kennengelernt hatte. Er trug jetzt einen Smoking. Der andere war ein sehr viel älterer Mann.

Ich sah mich erstaunt um, denn meines Wissens war Richard höchstens Mitte dreißig – keinesfalls älter.

»Katherine, da sind Sie ja. Darf ich Ihnen John Calder, meinen Anwalt aus England vorstellen?« fragte Mr. Calder. Mir war der rasche, bewundernde Blick nicht entgangen, mit dem er mein Kleid und meine Frisur zur Kenntnis genommen hatte.

Ich sah ihn irritiert an. »Ich ... ich verstehe nicht ganz. Mr. Calder? Aber wer sind Sie dann?« Als ich endlich begriff, schlug eine Welle der Verlegenheit über mir zusammen. »Du meinst ... du bist Richard? Aber warum hast du mir das nicht gesagt?« Ich sah die Belustigung, die in seinen Augen aufblitzte und fühlte, wie mich eine unbändige Wut packte.

Ungerührt holte John Calder, der echte John Calder, ein Glas und drückte es mir in die Hand. »Einen Drink, Miss Parrish?« murmelte er. Ohne den Blick vom Gesicht meines Vetters zu wenden, nahm ich es entgegen. »Ich dachte, daß du in Amerika geboren und aufgewachsen wärst«, nahm ich den Faden des Gesprächs wieder auf. »Aber du sprichst nicht wie ein Amerikaner.«

»Tatsächlich?« Sein Ton war eisig geworden. »Ich wüßte auch nicht, warum ich das tun sollte.«

Wieder warf er einen Blick auf seine Armbanduhr. »Setz dich bitte, Katherine. Ich möchte einige geschäftliche Dinge mit dir besprechen, bevor wir zu Abend essen.« Dann schnippte er mit den Fingern. »Die Unterlagen, John.«

Beflissen holte der Ältere eine lederne Dokumentenmappe, während ich so ruhig wie möglich in einem Sessel neben dem Schreibtisch Platz nahm und mein Kleid glattstrich. Meine Hände, mit denen ich das Glas umklammert hielt, zitterten leicht. Im Schein der Lampe betrachtete ich das Gesicht meines Vetters. Er schien mir auch jetzt noch der attraktivste Mann, den ich je gesehen hatte, aber aus seinen Augen war jede Spur von Humor verschwunden. Sein Gesicht war hart und unbewegt, als er die Papiere entgegennahm, um den Schreibtisch herumging und sich vor mir auf dessen Kante setzte.

»Ich habe Urkunden vorbereiten lassen, durch die du mir deinen Teil des Erbes an Kingley überschreibst«, erklärte er. »Es ist vorgesehen, daß du ein lebenslanges Wohnrecht im Farmhaus hast, das gegenwärtig von deinem Vater bewohnt wird – das Haus interessiert mich nicht –, aber ich möchte umgehend die Besitzrechte am Land haben, damit wir anfangen können, den Wald abzuholzen und die Sümpfe trockenzulegen. Ich bin gewillt, dir den augenblicklichen Verkehrswert des Grundstücks bar auszuzahlen. Selbstverständlich steht es dir frei, ein unabhängiges Gutachten einzuholen, wenn du möchtest.«

Unfähig, ein Wort zu sagen, starrte ich ihn entgeistert an. Dann spürte ich, wie glühende Wut in mir aufwallte und mein Herz eisern umklammerte. In seinen Augen war kein liebenswürdiger Funke mehr zu sehen; sie waren hart wie Stahl. Ich erhob mich, stellte mein Glas ab und schüttelte den Kopf. »Es tut mir leid, Richard. Ich verkaufe nicht.«

Meine Worte schienen ihn nicht zu überraschen. »Ich habe Minna fünfhunderttausend Pfund für ihren Anteil bezahlt«, bemerkte er ruhig.

Mir stockte der Atem. »Sie hat einem Verkauf zugestimmt?«

»Aber ja.« Er hob sein Glas und leerte es in einem Zug.

Mir fiel Minnas Anruf ein, ihre schluchzende Stimme, ihre unzusammenhängende Warnung, und plötzlich war mir ganz elend zumute. »Wo ist Minna?« fragte ich scharf. »Ich möchte sie sehen. Was hast du mit ihr gemacht?«

»Was ich mit ihr gemacht habe?« Kühl zog er eine Braue hoch. »Nichts. Ich habe eine reiche Frau aus ihr gemacht, das ist alles. Und was deine Frage betrifft, wo sie sich aufhält, so nehme ich an, daß sie nach New York zurückgekehrt ist.«

Die beiden Männer sahen mich an, und was ich in ihren Gesichtern las, war eine unmißverständliche Drohung. Im Geist sah ich die herrliche Sumpflandschaft vor mir, die Sonne, die ihre Reflexe auf das goldene, schilfüberwogte Wasser warf, und ein heftiger Schauder durchlief mich. »Nein«, wiederholte ich mit herausforderndem Blick. »Nein, ich verkaufe nicht.«

Irgendwo in der Weite des Hauses ertönte ein Gong. Bei seinem Klang löste sich die bedrohliche Atmosphäre, die auf dem Raum gelastet hatte. Wie durch Zauberhand hellte sich Richards Miene auf, und er war mit einem Mal wieder die Liebenswürdigkeit in Person. »Abendessen«, sagte er aufgeräumt. »Du kannst dir für deine Entscheidung natürlich so viel Zeit nehmen, wie es dir beliebt, aber ich hätte deine Unterschrift gern, bevor du nach New York zurückkehrst. Nun, lassen wir die Geschäfte für den Augenblick ruhen. Mein Küchenchef wäre zu Tode beleidigt, wenn wir auch nur an solche Dinge denken, während eine seiner Kreationen auf uns wartet. Erlaube, daß ich dir den Weg zeige …« Die Hand, mit der er mich sachte zur Tür schob, fühlte sich auf meiner bloßen Schulter warm und fest an; ich war wie elektrisiert von der Berührung.

Die anderen Bewohner des Hauses waren bereits im Speisezimmer versammelt. Zu meiner Erleichterung entdeckte ich Dave, eine elegante Erscheinung in seinem blauen Smoking, auf dem Platz zwischen Sara, deren Haar im Kerzenschein wie lodernde Flammen leuchtete, und Jacqueline, schmal und zerbrechlich in silberner Spitze.

Als wir alle unsere Plätze eingenommen hatten und zwei Hausangestellte in Dienstmädchenuniform die Suppe servierten, zitterten meine Hände immer noch. Was für ein Mensch war mein Vetter? Gutaussehend, charmant und von unbestreitbarer Wirkung auf Frauen, wie ich an meinem eigenen Beispiel hatte feststellen können, aber auch ein Mann, der von sich selbst sagte, daß er hart und wenig liebenswert sei. Mein Blick wanderte von Sara, die ihn besitzergreifend fixierte, zu Jacqueline, die lustlos in ihrem Essen stocherte, und ich runzelte die Stirn. Eine Verlobte und eine Geliebte, sofern ich die Zeichen richtig deutete, unter demselben Dach und am selben Tisch. Wie war das möglich?

Als Dave mich ansprach und sich nach meiner Arbeit erkundigte, wandte ich mich ihm erleichtert zu, und irgendwie schaffte ich es, das Abendessen hinter mich zu bringen, in dessen Verlauf die anderen beiden Frauen und mein Vetter kein einziges Wort sagten, während ich mich angeregt mit Dave und Calder unterhielt, ihnen meine Arbeit beschrieb und von dem Leben erzählte, das ich beruflich mit Martin führte. Alles in allem war es eine ungemütliche Stunde. Nach dem Essen wurde der Kaffee draußen am Swimmingpool serviert, wo ich mich an Richards Seite sitzend wiederfand. Er beobachtete mich aufmerksam. »Deine Arbeit ist dir wirklich wichtig, nicht wahr?« bemerkte er.

Ich nickte. »Darum kann ich auch das Land nicht verkaufen, das mußt du verstehen. Es ist ein ökologisches Schutzgebiet von enormer Bedeutung«, entgegnete ich ernst.

Er winkte einen der Dienstboten heran und bat um eine Zigarre. Sein goldenes Dunhill-Feuerzeug flammte auf. »Leider, aber es ist nicht zu ändern«, sagte er nach einer kurzen Pause nachdenklich. »Wenn man die Sümpfe trockenlegt, verdoppelt sich das Ertragsvolumen des landwirtschaftlichen Betriebs.« Dabei blies er eine aromatisch riechende Rauchwolke in die Luft.

»Ich werde auf keinen Fall verkaufen«, erklärte ich sachlich.

In seinen Augen blitzte es auf. »Du wirst verkaufen«, sagte er. »Ich bin bereit, dir eine halbe Million Pfund Sterling zu bezahlen. Das liegt weit über dem Preis, den du für dieses unwirtliche Stückchen Land auf dem Markt erzielen würdest.«

Ich sah ihn empört an, aber sein Blick ging in eine ganz andere Richtung. Er galt offensichtlich Sara, die sich, einen Cognacschwenker in der Hand, am Rand des Swimmingpools mit Dave unterhielt. Selbst im diffusen Schein der Poolbeleuchtung sah sie unglaublich sinnlich aus.

Von einem plötzlichen Gefühl beklemmender Enge überwältigt, erhob ich mich abrupt aus dem niedrigen Sessel. Mir war bewußt, daß sich hinter meinem Rücken die Blicke aller Anwesenden auf mich gerichtet hatten. »Ich habe dir gesagt, daß ich mich nicht von dem Land trennen werde«, erklärte ich ruhig. »Großvater wollte, daß ich es bekomme; er wußte, was es mir bedeutet, und ich werde es behalten. Und jetzt würde ich mich gern verabschieden, wenn du nichts dagegen hast. Vielleicht kann mich jemand zum Flughafen fahren?«

Richard rührte sich nicht von seinem Platz. Er schlug lässig die Beine übereinander und schien vollauf mit der Glut seiner Zigarre beschäftigt zu sein. »Morgen«, sagte er.

»Ich würde gern heute abend noch fahren«, betonte ich nachdrücklich mit leicht erhobener Stimme.

»Das geht nicht, Katherine, es tut mir leid. Das Tor wird bei Einbruch der Dunkelheit automatisch durch einen Zeitschalter verschlossen.« Er schien die Liebenswürdigkeit selbst, wie er so zu mir aufblickte. Ich befeuchtete nervös meine Lippen und gab mir Mühe, die Ruhe zu bewahren. »Du kannst den Mechanismus doch sicher ausschalten?«

»Natürlich. Aber ich möchte es nicht. Nicht heute abend.« Er reckte sich behaglich und klopfte ein glühendes Stück Asche auf den gefliesten Boden. »Du mußt dich bis morgen früh gedulden, selbst wenn es dich noch so drängt, wegzukommen«, erklärte er. »Warum schwimmst du nicht eine Runde, wenn du so unruhig bist?« Damit deutete er einladend auf das warme, aquamarinblaue Wasser zu unseren Füßen, und wieder sah ich das belustigte Funkeln in seinen Augen.

Ich saß in der Falle, war gefangen im seidenen Netz eines beängstigenden Luxus.

Um mir meine Erregung nicht anmerken zu lassen, ging ich zum Serviertisch und schenkte mir Kaffee nach; mir entging nicht, daß er mich mit einem leicht spöttischen Lächeln beobachtete. Unwillig wandte ich mich ab und trat an den Rand des Schwimmbeckens, während sich Sara hinter mir lasziv in den freigewordenen Sessel gleiten ließ. Ich hörte das perlende Lachen, mit dem sie sich zu ihm hinüberbeugte.

Zögernd ging ich zu Dave, und wir schlenderten gemeinsam ein Stück weiter, bis wir außer Hörweite der anderen waren.

»Sie müssen mich hier herausbringen«, drängte ich leise. »Bitte, helfen Sie mir.«

»Es tut mir leid, Kate«, sagte er und sah mich bedauernd an, »das kann ich nicht.«

Mir sank der Mut, aber ich war entschlossen, es nicht zu zeigen. »Sie haben gesagt, Minna sei hier und sie sei krank«, flüsterte ich in anklagendem Ton, »und nun stelle ich fest, daß das nicht stimmt und daß ich hier gegen meinen Willen festgehalten werde! Was, zum Teufel, wird hier gespielt?«

Er hatte mir den Rücken zugekehrt und blickte versonnen über den Pool zu Richard und Sara hinüber, die miteinander redeten und in ihren niedrigen Sesseln die Köpfe so dicht zusammengesteckt hatten, daß sie sich fast berührten. Calder und Jacqueline gingen auf der Terrasse auf und ab und interessierten sich offensichtlich nicht für mich, sondern waren völlig in ihr Gespräch vertieft.

»Soweit ich gehört habe, fühlte sich Minna wieder stark genug, um den Heimflug anzutreten«, entgegnete Dave vorsichtig.

»Nachdem Richard seinen Willen durchgesetzt hatte?«

Meine Stimme war schärfer geworden, und ich sah, daß er die Stirn runzelte. »Ich weiß wirklich nicht, was Sie damit andeuten wollen, Kate …«

»O doch, das wissen Sie genau«, unterbrach ich ihn. »Ich will damit andeuten, daß sie hier gefangengehalten wurde, bis sie den Kaufvertrag unterschrieb. Ich weiß nicht, wie er sie dazu gezwungen hat, aber sie rief mich an, um mich zu warnen, und ich Idiotin habe nicht auf sie gehört.« Verbittert schwieg ich einen Moment, dann fuhr ich fort: »Und jetzt bin ich zur Abwechslung die Gefangene hier.«

Verblüfft sah er mich an. »Eine Gefangene? O Kate, ich bitte Sie. Jetzt geht die Fantasie aber wirklich mit Ihnen durch.«

»Ach, tatsächlich?« Herausfordernd packte ich ihn am Arm. »Warum wollen Sie mir dann nicht helfen, Bay View zu verlassen?«

Er seufzte. »Natürlich können Sie Bay View verlassen. Morgen früh werde ich Sie persönlich zum Flughafen fahren, wenn es Sie glücklich macht, und Sie können die erste Maschine nach New York nehmen. Ich verspreche es Ihnen.«

Damit mußte ich mich zufriedengeben.

Sobald es das Gebot der Höflichkeit erlaubte entschuldigte ich mich, und als ich die Terrasse überquerte und ins Haus trat, spürte ich förmlich die Blicke der Augenpaare, die sich mir in den Rücken bohrten. Einen Augenblick lang überlegte ich, ob mir jemand folgen würde, aber als ich durch die dunklen Räume ging, stellte ich fest, daß ich allein im Haus war. Erst an der Treppe angelangt fand ich den Mut, zu rennen. Ich flog die Stufen hinauf in mein

Zimmer, wo ich zu meiner großen Erleichterung entdeckte, daß es einen Schlüssel gab, den ich, nachdem ich die Tür abgeschlossen hatte, unter mein Kopfkissen legte.

Die ganze Zeit über versuchte ich mir einzureden, daß mein Verdacht unbegründet sei, daß ich unter Verfolgungswahn zu leiden begann, wenn ich annahm, Richard hätte die Absicht, mich auf irgendeine Art zu zwingen, meine Unterschrift unter seinen elenden Fetzen Papier zu setzen, aber ich konnte diese unerklärlichen Angstgefühle einfach nicht abschütteln. Eine innere Stimme, die ich durch nichts zum Schweigen bringen konnte, sagte mir, daß ich in Gefahr war.

Ich lag noch keine zwanzig Minuten im Bett und gab mir alle Mühe, mich zwischen den kühlen, pfirsichfarbenen Seidenlaken zu entspannen, als jemand an meine Tür klopfte. Hochfahrend hielt ich die Decke vor der Brust umklammert; mein Herz klopfte klopfte heftig vor Angst. »Wer ist da?« flüsterte ich.

Statt einer Antwort drehte sich unter meinen entsetzten Augen der Türknauf, und ich hörte, wie außen ein Schlüssel ins Schloß gesteckt wurde. Wer immer da draußen war, er besaß einen Zweitschlüssel und benutzte ihn, um in mein Zimmer zu gelangen.

Langsam öffnete sich die Tür, und die hochgewachsene Gestalt der Haushälterin tauchte schemenhaft im Rahmen auf.

»Verzeihen Sie, wenn ich Sie störe«, sagte sie, »aber Miss Sara möchte gern mit Ihnen reden, bevor Sie schlafen.«

Zum Glück machte sie keine Anstalten, ins Zimmer zu kommen.

»Wie Sie sehen, bin ich bereits zu Bett gegangen«, erklärte ich barsch, bemüht, meiner Stimme einen festen Klang zu geben. »Sagen Sie ihr bitte, daß ich sie morgen früh aufsuchen werde.«

»Sie möchte jetzt gleich mit Ihnen reden«, wiederholte

die Frau wie eine Aufziehpuppe, und sie sagte es in einem Tonfall, der keinen Widerspruch duldete. Seufzend griff ich nach meinem Morgenmantel und warf ihn über. Ich konnte mir beim besten Willen nicht vorstellen, was mir Sara Dashwood zu sagen hatte.

Edith Marlesford ging mir durch mehrere Seitengänge voraus, bis sie schließlich vor einer Tür stehenblieb, hastig anklopfte und mich dann allein davor stehenließ.

Aus dem Zimmer war ein Murmeln zu hören. Ich öffnete die Tür und trat ein.

Sara trug ein kurzes Negligé, das nichts der Fantasie überließ. Sie räkelte sich auf dem Bett, ein Glas in der Hand, mit dem sie mich jetzt träge zu sich winkte.

»Kommen Sie herein und machen Sie die Tür zu«, sagte sie.

Während ich ihrer Aufforderung folgte, blickte ich mich suchend um, halb in der Erwartung, Richard hier anzutreffen. Aber sie war allein. Die Wände ihres Zimmers waren mit roter Seide tapeziert, und das Bett wiederholte diese Farbe in einer dunkleren Schattierung. Erholung für das Auge bot nur das Fenster, das weit zum Garten hin geöffnet war und durch das helles Mondlicht hereinflutete.

Sie setzte sich auf und stellte ihr Glas beiseite. »Sie werden unterschreiben müssen, verstehen Sie«, erklärte sie ohne Umschweife.

Ich starrte sie in fassungslosem Erstaunen an. Sie hatte ein Bein angezogen und die Arme lasziv um ihr Knie drapiert; ihr flammendes Haar streifte aufreizend ihr tiefes Dekolleté.

»Darf ich fragen, weshalb es Sie interessiert, was ich tue?« fragte ich und zwang mich dabei, kein Zeichen von Unsicherheit zu zeigen, obwohl ich mir vorkam wie ein Kaninchen im Gesichtsfeld einer Schlange.

»Alles, was Richard angeht, interessiert mich«, entgegnete sie mit einem sanften Lächeln. »Wenn er Ihr Land haben will, wird er es auf die eine oder andere Weise bekommen, glauben Sie mir.«

Alle Ängste dieses Abends stiegen wieder in mir auf, aber ich war fest entschlossen, mir nichts anmerken zu lassen. Ich riß mich von ihrem hypnotischen Blick los, trat ans Fenster und sah hinaus.

»Bei mir wird er kein Glück haben«, sagte ich nachdrücklich. »Das Land bedeutet mir zu viel, als daß ich es verkaufen würde. Sagen Sie ihm das ruhig.«

»Dann sind Sie eine Idiotin!« Die Verachtung in ihrer Stimme traf mich wie ein Peitschenhieb. »Sie können ihm das Wasser nicht reichen!«

Ich überlegte kurz, ob sie vielleicht aus Eifersucht so feindselig war. Aber so besitzergreifend sie auch sein mochte, mich mußte sie als Konkurrenz nicht fürchten; ich hatte nicht das geringste Bedürfnis, meinen Vetter Richard jemals wiederzusehen.

Genau das wollte ich ihr gerade sagen, als sie sich mit einer katzenhaften Bewegung vom Bett erhob und neben mich trat. »Tun Sie, was er von Ihnen verlangt, Kate Parrish«, zischte sie, und ihre grünen Augen funkelten dabei gefährlich im Mondlicht. »Sonst könnte Ihnen etwas Unangenehmes passieren. Sie könnten einen Unfall haben, und man findet sie vielleicht mit dem Gesicht nach unten treibend im Pool, oder Sie werden in einem einsamen Winkel von New York überfallen und zusammengeschlagen! Es wäre nicht das erste Mal, daß so etwas geschieht, wissen Sie.«

Ich schnappte nach Luft. »Das ist nicht Ihr Ernst«, entgegnete ich lahm. »Sie versuchen nur, mir Angst einzujagen. So etwas würde er nie tun!«

Der Blick, der mich traf, war vernichtend, und dann sah sie mich lange mit einem Lächeln an, einem so wunderschönen Lächeln, daß es mir eiskalt den Rücken herunterlief. »Richard tut, was immer ihm gefällt«, flüsterte sie mit ihrer rauchigen Stimme. »Wollen Sie wissen, wie Sie aussehen, wenn er mit Ihnen fertig ist?« Bevor ich Zeit hatte, etwas zu erwidern, hatte sie ihr hauchdünnes Negligé hochgezogen und über den Kopf gestreift. Sie warf es achtlos beiseite und stand nackt vor mir, das Mondlicht ein kalter Schimmer auf ihrer elfenbeinfarbenen Haut. Ihr Körper war mit häßlichen Blutergüssen übersät.

Fast eine Minute lang starrte ich wie gebannt auf diesen geschundenen Körper, dann machte ich auf dem Absatz kehrt und rannte zur Tür. Zu Tode erschrocken und mit einem Gefühl, als müßte mir gleich schlecht werden, hörte ich, wie mir ihr Lachen durch den Korridor nachhallte. Ich floh in mein Zimmer, schlug die Tür hinter mir zu und verschloß sie mit bebenden Händen. Dann verkeilte ich, um ganz sicher zu gehen, eine Stuhllehne unter der Klinke, bevor ich mit zitternden Knien zum Telefon eilte.

Ich wählte zweimal die falsche Nummer, bevor ich endlich Chris an der Strippe hatte.

»Kate? Weißt du eigentlich, wie spät es ist, zum Teufel?« stöhnte er, nachdem ich, von Schluchzern geschüttelt, seinen Namen in den Hörer gestottert hatte.

»Chris! Chris, du mußt kommen und mich hier rausholen, bitte«, flehte ich ihn an.

»Liebling, es ist verdammt nochmal drei Uhr morgens!« wiederholte er geduldig. »Begreif doch, ich würde mindestens drei bis vier Stunden brauchen, um auch nur in deine Nähe zu gelangen. Du hattest einen Alptraum, Kate. Komm schon, beruhige dich!« Er klang jetzt ein wenig gereizt. »Wenn du es so schrecklich dort findest, dann verschwinde eben. Nimm die erste Maschine, die Boston verläßt, und ich hole dich hier am Flughafen ab, das ist überhaupt kein Problem. Und jetzt geh zurück in dein Bett, Kate!«

Es hatte keinen Sinn, mit ihm zu streiten. Ich wußte, daß er mir kein Wort glaubte. Zitternd kroch ich in mein

Bett und zog die Decke bis zum Kinn hoch. Aber ich fand keine Sekunde Schlaf. Jedesmal, wenn ich die Augen schloß, sah ich die furchtbaren blauen Flecken auf Saras bleicher Haut vor mir.

Die ersten Vorboten des Tageslichts stahlen sich bereits zum Fenster herein, als ich merkte, daß sich wieder jemand an meiner Tür zu schaffen machte. Ich unterdrückte den Impuls, laut zu schreien, und kroch mit schmerzenden Gliedern aus dem Bett.

»Wer ist da?« stieß ich mit bebender Stimme hervor.

Dann hörte ich ein leises Klopfen, und eine Stimme flüsterte: »Lassen Sie mich herein, schnell. Ich bin es, Jacqueline.«

»Was wollen Sie von mir?« fragte ich mißtrauisch, während ich mit bloßen Füßen lautlos auf dem weichen Teppich zur Tür schlich.

»Ich möchte Ihnen helfen. Ich kann Sie hier wegbringen.«

Die Stimme, die durch das Schlüsselloch wehte, klang dünn und sehr müde.

Vorsichtig schob ich den Stuhl beiseite und steckte den Schlüssel ins Schloß. Jacqueline trug Jeans und einen dicken Rollkragenpullover, ihr Haar war streng aus dem Gesicht zurückgebunden. Sie war kreidebleich, und ihre Augen wirkten zu Tode erschöpft und gehetzt, ein Anblick, der kaum zu ertragen war. Sie schlüpfte in mein Zimmer und schloß die Tür leise hinter sich.

»Ziehen Sie sich an, so schnell es geht«, befahl sie leise. »Mein Wagen steht hinter dem Haus.«

Ich versuchte gar nicht erst, mit ihr zu diskutieren. Mehr als alles in der Welt wollte ich aus diesem Haus verschwinden. In fliegender Hast ergriff ich meine Kleider, rannte ins Badezimmer und zog mich an. Dann warf ich meine restlichen Sachen in die Taschen, streifte meinen dünnen Sommermantel über und war bereit. Sie hatte mir schweigend zugesehen. Jetzt legte sie den Finger warnend auf die Lippen und ging auf Zehenspitzen zur Tür voraus.

Der Korridor lag verlassen da, als ich ihr mit angehaltenem Atem durch das schlafende Haus und die blitzblank gescheuerte Küche zu einer Hintertür folgte, die sperrangelweit offenstand. Davor wartete ein elegantes Mercedes-Cabrio mit geschlossenem Verdeck. Wortlos stiegen wir ein und zogen leise die Türen zu, dann ließ Jacqueline den Motor an. Fast erwartete ich, daß auf das satte Röhren der Maschine hin an jedem Fenster ein Gesicht auftauchen würde, aber alles blieb still, als der Wagen, Kies unter seinen Rädern aufspritzend, anfuhr und in die Auffahrt einbog, wo die Scheinwerfer helle Schneisen in die frische, schweigende Morgendämmerung schnitten.

Auf einen Knopfdruck am Armaturenbrett hin öffnete sich das Tor, und Bay View lag endlich hinter uns.

Erst jetzt wagte ich wieder frei zu atmen. Seufzend ließ ich mich in den hellen Ledersitz sinken.

»Warum helfen Sie mir?« fragte ich nach einer Weile.

Sie nahm die Augen nicht von der Straße, umklammerte das Lenkrad aber so krampfhaft, daß ihre Knöchel weiß hervortraten. »Richard hat genug Leben zerstört«, war alles, was sie sagte.

»Wird er nicht wütend auf Sie sein?« fragte ich.

Sie stieß ein rauhes, freudloses Lachen aus. »Das spielt keine Rolle mehr für mich. Es gibt nichts mehr, das er mir antun könnte«, sagte sie.

Sie verlangsamte das Tempo und hielt den Wagen am Wegrand an. Ich sah, daß wir uns auf einer einsamen Straße befanden, von der aus man über die graue, endlose Leere des Ozeans blickte. Sie stieß die Fahrertür auf und stieg aus.

Dann beugte sie sich herunter und blickte durch das Fenster herein. »Nehmen Sie den Wagen, Katherine«, sagte sie. »Ich gehe zu Fuß über den Strand zurück.« Zum ersten Mal sah ich ein Lächeln in ihrem Gesicht. »Lassen Sie sich nicht von ihm erwischen. Er bekommt immer, was er will, und es war höchste Zeit, daß ihm jemand die Stirn bietet. Viel Glück.«

Schon hatte sie sich in Bewegung gesetzt und bahnte sich einen Weg durch dichtes Gestrüpp zum Strand hinunter. Weder drehte sie sich nach mir um, noch wartete ich, bis sie außer Sicht war. Ich mußte so viele Meilen wir möglich zwischen Richard und mich bringen, bevor er merkte, daß ich verschwunden war.

Teil Zwei

Nachdem ich mich auf den Fahrersitz geschoben hatte, ließ ich den Motor an und löste ungeduldig die Handbremse. Ich hatte noch nie am Steuer eines so schnellen Wagens gesessen, und einen Moment lang war ich versucht, mit dem Mercedes bis nach New York zu fahren. Aber der Verkehr wurde bereits dichter, und meine Unruhe wuchs. Ständig ertappte ich mich dabei, daß ich in den Rückspiegel blickte und mich fragte, ob mein Verschwinden schon bemerkt worden war. Also fuhr ich auf direktem Weg zum Flughafen, wo ich den Mercedes stehenließ und die erste Maschine nach New York nahm, nachdem ich zuvor Chris angerufen und ihn gebeten hatte, mich dort abzuholen. Und natürlich war er da, der gute, verläßliche Chris, der jetzt zwar bereit war, sich meine Geschichte anzuhören, aber immer noch nicht gewillt, mehr als die Hälfte davon zu glauben.

»Kate, Liebling, Richard Bradshaw ist der solideste Geschäftsmann, den man sich vorstellen kann«, sagte er, während er mich in die Stadt chauffierte. »Er würde unter keinen Umständen zu den Mitteln greifen, die du ihm unterstellst.« Beschwichtigend legte er mir seine große Hand aufs Knie. »Komm schon. Du brauchst eine ordentliche Mütze Schlaf, das ist alles. Nach einem Donut und einer Tasse Kaffee sieht die Welt gleich ganz anders aus.« Chris' Allheilmittel in jeder Lebenslage.

Er setzte mich vor dem Haus ab und fuhr, weil er geschäftlich verabredet und ohnehin schon verspätet war, sofort weiter. Ich schloß die Wohnungstür auf, und als ich mich ängstlich umblickte, sah ich, daß frische Blumen aufgestellt und Gegenstände verrückt worden waren.

»Minna?« rief ich. »Minna, bist du zu Hause?«

Sie lag auf dem Bauch in ihrem Bett, das zerzauste Haar auf dem Kopfkissen ausgebreitet, und einen schrecklichen Augenblick lang dachte ich, sie sei tot. Doch dann regte sie sich und wurde allmählich aus dem tiefen Schlaf wach.

»Kate?« murmelte sie schlaftrunken. »Ist alles in Ordnung?«

Lange hielten wir uns wortlos umarmt, dann erzählte sie mir, bei einer Tasse schwarzen Kaffees, ihre Geschichte.

Auch sie war von Dave Conway im cremefarbenen Cadillac nach Bay View gebracht worden. Auch sie war bedrängt worden, ihr Erbe zu verkaufen. Aber sie hatte am Ende klein beigegeben.

»Richard ist ein Teufel, Kate«, murmelte sie matt. »Erst war er so charmant, so reizend, und dann hat er plötzlich sein wahres Gesicht gezeigt. Er gab sich hart und grausam, und gleichzeitig hat er mir soviel Geld geboten.« Hier warf sie mir einen bedrückten Blick zu. »Viel mehr, als das Ganze wert ist, Kate. Und du weißt ja, daß mir Kingley nicht soviel bedeutet wie dir.«

»Ich verstehe dich, Minna«, beruhigte ich sie, als ich sah, wie sie sich mit ihren Schuldgefühlen quälte. »Ich wünschte nur, wir wären ihm nie begegnet. Keine von uns beiden!«

Sie nickte unglücklich. »Wenn du wirklich nicht verkaufen willst, mußt du auf der Stelle verschwinden!«

Verständnislos sah ich sie an. »Aber ich bin doch von dort verschwunden«, entgegnete ich vorsichtig. »Du glaubst doch nicht etwa, daß er es hier noch einmal versuchen wird?«

Aber insgeheim wußte ich natürlich, daß er genau das tun würde. Der Kampf hatte gerade erst begonnen.

Sie stand auf und strich sich das Haar aus dem Gesicht. »Kate, ich glaube, er bleibt dir auf den Fersen, bis er bekommen hat, was er haben will. Er gehört zu dieser Sorte Mensch. Und er weiß, wo du wohnst, also bist du hier nicht mehr sicher.« Ihrer Stimme war die mühsam in Zaum gehaltene Hysterie anzuhören, die jede Sekunde die Oberhand zu gewinnen drohte.

»Was soll ich denn tun?« Ich merkte, daß ihre Panik mich anzustecken begann. Natürlich hatte sie recht. Ich war in dieser Wohnung nicht sicherer als eingeschlossen in einem Zimmer in seinem Haus.

Mein Chef löste schließlich das Problem. Martin hörte aufmerksam zu, als ich ihm meine Geschichte erzählte, dann kratzte er sich am Kopf.

»Mir scheint, es ist an der Zeit, daß Sie einmal Ferien machen, Kate«, sagte er nachdenklich. »Gehen Sie ihm eine Zeitlang aus dem Weg. Jetzt, da unsere Serie abgedreht ist, kann ich Sie eine Weile entbehren. Und wenn Sie schon dort sind«, setzte er mit einem vielsagenden Grinsen hinzu, »können Sie gleich ein paar vorbereitende Recherchen für unseren Dokumentarfilm anstellen.«

Ich sah ihn mit großen Augen an. »Sie meinen, ich soll nach Hause fahren? Nach Kingley?«

»Wohin sonst?« gab er zurück.

Chris pflichtete ihm bei, auch wenn er offensichtlich immer noch der Meinung war, daß meine Befürchtungen hoffnungslos übertrieben waren, und so begab ich mich schnurstracks und ohne noch einmal darüber nachzudenken zum Büro der Pan Am und buchte meinen Flug nach England. Ich würde mich erst wieder sicher fühlen, wenn der Jet hoch oben in der Luft war.

Am nächsten Tag ließ ich mich erleichtert in meinen Sitz sinken, betrachtete durchs Fenster den herrlichen, noch diesigen Morgen und beschloß, während wir im Steigflug Long Island hinter uns ließen, daß ich mich nun endlich entspannen konnte.

Erst als die Stewardeß Kaffee servierte und ich mich zufällig umdrehte, wanderte mein Blick den Gang entlang, und mir blieb das Herz stehen. Auf der anderen Seite des Gangs, zwei Reihen hinter mir, saß Dave Conway und lächelte mir mit schuldbewußter Miene zu.

»Hallo, Kate«, sagte er. »Richards Anweisung. Er wollte nicht, daß Sie sich irgendwo verirren oder so. Zumindest nicht, bevor Sie die Papiere unterschrieben haben …«

Unter uns hatten sich Morgennebel und Wolken aufgelöst, und ich konnte die funkelnde blaue Weite des Atlantischen Ozeans sehen. Wie war ich bloß auf die Idee gekommen, in Kingley sei ich sicher? Es war so voraussehbar gewesen, daß ich dorthin fuhr, und so voraussehbar, daß er mir folgen würde.

Dave blieb mir während der Zollkontrolle und auf dem Weg in die riesige Ankunftshalle, wo ich einen Augenblick lang glaubte, ihn abgeschüttelt zu haben, dicht auf den Fersen; aber ich hatte mich zu früh gefreut. Gerade, als ich mich suchend nach einem freien Taxi umblickte, spürte ich, wie sich eine Hand auf meinen Arm legte.

»Wenn Sie nach Kingley wollen, können Sie ebensogut mit mir fahren«, bemerkte er. »Ich habe einen Mietwagen vorbestellt, und es wäre sehr viel bequemer.«

Bequemer für wen, fragte ich mich insgeheim, aber schließlich gab ich nach. Es hatte keinen Sinn, ihm vorzumachen, daß ich nicht nach Kingley fahren wolle, und im

Grunde hatte ich nicht wirklich Angst vor Dave. Mein Vetter Richard war es, vor dem ich mich fürchtete.

Mit einem Seufzer sank ich in die eleganten Lederpolster zurück und überließ mich seinen Fahrkünsten. Er schien sich in London gut auszukennen und hatte auch während der Fahrt durch die abendliche Landschaft keine Mühe, den Weg zu finden. Irgendwann nickte ich, erschöpft von dem langen Flug, sogar ein und wurde erst mit einem Ruck wieder wach, als er an einer Raststätte anhielt, um einen Kaffee zu trinken. Dort setzten wir uns an einen Tisch und unterhielten uns über das karierte Tischtuch hinweg über meinen Vetter.

»Ist er wirklich so hart?« fragte ich, während ich wie besessen in meiner Tasse rührte und ihn unter gesenkten Wimpern beobachtete.

Er kratzte sich am Ohrläppchen. »Er ist ein sehr kluger Geschäftsmann«, beantwortete er dann meine Frage.

»Und er nimmt keine Rücksichten?« bohrte ich weiter.

Der Blick, mit dem er mich ansah, war sehr ernst. »Nein«, erklärte er zögernd. »Er nimmt keine Rücksichten. Er ist vermutlich der skrupelloseste Mensch, dem ich je begegnet bin. Es ist nicht ratsam, ihn zu reizen. Das hat schon so mancher harte Gegner zu spüren bekommen.«

Härter als ich, wollte er damit sagen.

»Nach allem, was Sie sagen, muß er ein sehr unangenehmer Mensch sein«, sagte ich offen. Wie jedesmal, wenn Richard Bradshaws Name erwähnt wurde, überlief mich auch diesmal ein kalter Schauer der Angst.

Dave schüttelte den Kopf. »Nein, Sie haben ihn kennengelernt, und Sie wissen, daß er das nicht ist«, hielt er mir entgegen. »Er ist charmant, und er ist ein guter Freund. Der beste, den man haben kann. Aber als Feind ist er unerbittlich.« Bei diesen Worten sah er auf und fixierte mich lange. »Und, Kate, falls Sie sich irgendwelche Hoffnungen machen sollten, er mag Frauen nicht.«

Ich spürte, wie mir die Röte ins Gesicht stieg. Zugegeben, ich fand ihn sehr attraktiv. »Was ist mit Jacqueline und Sara? Für einen Mann, der keine Frauen mag, hat er mehr als genug unter seinem Dach versammelt.«

»Vielleicht mögen die Frauen ihn«, entgegnete er mit einem rätselhaften Lächeln.

Plötzlich schoß mir ein Gedanke durch den Kopf. »Wollen Sie andeuten, daß er schwul ist?«

Er lachte laut auf. »O nein, Kate«, sagte er. »Das ist er ganz bestimmt nicht.«

Es war schon spät, als wir Kingley erreichten, wo mich Dave am Farmhaus absetzte und dann zu dem herrschaftlichen Fachwerkhaus weiterfuhr, das jetzt meinem Vetter gehörte. Ein einziger Blick auf meinen Vater bei unserer ersten Begrüßung genügte, um mir zu sagen, daß ich ihm meine Sorgen nicht anvertrauen konnte; er war so schmal und zerbrechlich geworden, seit ich ihn das letzte Mal gesehen hatte, das Haar ein dünner silbriger Kranz um seinen Kopf, seine Gesichtshaut weiß und pergamenten. Er zog mich in die Küche, wo er mir einen Becher heiße Milch machte, und allmählich ergriff die friedliche Wärme und Behaglichkeit des Hauses wieder Besitz von mir, so daß ich für den Rest der Nacht so fest schlief wie seit dem Tag nicht mehr, an dem ich Richard Bradshaw zum ersten Mal begegnet war.

Am nächsten Tag begab ich mich nicht ohne ein Gefühl der Beklommenheit zum Herrenhaus hinüber. Ich hatte Angst, daß ich es nicht würde ertragen können, das Haus ohne meinen Großvater zu sehen, aber alles schien auf den ersten Blick unverändert. Über dem mächtigen elisabethanischen Gemäuer, in das durch die kleinen Bleiglasfenster nur wenig Licht drang, hing immer noch dieser schwache Duft von Apfelholzfeuer und vielleicht sogar vom Pfeifenrauch meines Großvaters.

Hill, der Butler, und Mrs. Dawson, die Großvater als Haushälterin und Köchin gedient hatte, begrüßten mich mit offenen Armen, und beide versicherten mir nachdrücklich, daß sie keinerlei Bedenken hatten wegen der testamentarischen Bestimmungen. »Natürlich freuen wir uns alle darauf, Mr. Richard kennenzulernen«, sagte Hill bedächtig. »Ich hoffe, daß er sich eines Tages hier heimisch fühlen wird, aber vorerst hat er einen erstklassigen Verwalter eingesetzt, der sich um den Gutsbetrieb kümmert.« Mrs. Dawson bestätigte seine Worte mit einem Nicken. »Dieser Mr. Conway ist wirklich nett«, fügte sie strahlend hinzu. »Ein typischer Amerikaner, Miss Kate, und so charmant!«

Ich lächelte vor mich hin. Was Daves Person betraf, so hatten sie recht, und welchen Sinn sollte es haben, sie mit meinen Sorgen wegen Richard zu belasten?

Die nächsten paar Tage genoß ich vorbehaltlos. Das Wetter war himmlisch, so daß ich jeden Tag ein Pferd aus den Gutsstallungen holen und einen Ausritt über das Land unternehmen konnte: mein Land mit den Sümpfen, die bis ans Meer reichten und an Waldgebiete mit hundertjährigen Bäumen grenzten, durch deren frisches Grün die Sonne ihre Lichtsprenkel auf blaue Teppiche aus Glockenblumen warf. Die Luft roch süß, aber auch nach Salz und nach der wohltuenden Wärme der Sonne, und ich dankte Minna im Geist für den guten Rat, hierher zu kommen.

Ein Besuch beim Anwalt der Familie gab meinen Glücksgefühlen weiteren Auftrieb.

Der alte Mr. Kenton hatte mich verwundert gemustert, nachdem ich ihm eine vorsichtshalber stark zensierte Version meiner Geschichte erzählt hatte. »Nun ja, ich wußte natürlich, daß Ihre Cousine Minna Mr. Bradshaw ihren Erbteil überschrieben hat«, erklärte er dann. »Es hat mich, offen gestanden, nicht überrascht. Soviel ich gehört habe, lebt sie seit ihrer Geburt in den Vereinigten Staaten und fühlt sich dem Besitz hier darum naturgemäß nicht so verbunden wie Sie, aber es besteht nicht die geringste Gefahr, daß ohne Ihr Einverständnis gegen den letzten Willen Ihres Großvaters verstoßen werden könnte. Das Erbe war an keine Bedingungen geknüpft.«

»Richard kann mich also nicht zwingen, mich von der Kingley Farm und dem dazugehörigen Land zu trennen?«

In seinen Augen stand ein besorgter Ausdruck, als er mich ansah. »Das steht außer Frage. Kingley Farm und die Sümpfe gehören Ihnen und nur Ihnen allein. Daran gibt es nichts zu rütteln.«

Ohne meine Einwilligung durfte Richard also keine Hand daran legen.

Richard selbst kam zwei Wochen später im Gutshaus an. Ich war nicht über seine bevorstehende Ankunft informiert, und so traf mich der Anruf völlig unvorbereitet. Das Klingeln des Telefons hatte mich aus dem Garten hereingerufen, wo ich Unkraut in den Rosenbeeten gerupft hatte, während mein Vater seinen Mittagsschlaf hielt.

»Oh, Miss Kate!« Mrs. Dawson war am anderen Ende der Leitung, und man hörte ihrer Stimme an, daß sie geweint hatte. »Mr. Richard ist gekommen, und er hat uns alle entlassen.«

Einen Augenblick lang wollte ich meinen Ohren nicht trauen, aber dann wußte ich, was zu tun war.

»Ich komme sofort vorbei«, sagte ich.

Jetzt ging es also richtig los.

Bis zum Gutshaus waren es weniger als eineinhalb Kilometer, und als ich in die Auffahrt einbog, lag es friedlich dösend wie immer mit seinem warmen Holzwerk und seinem zartrot getünchten Mauerwerk vor mir in der Sonne. Nur der saphirblaue Rolls Royce, der davor geparkt war, zeigte, daß sich etwas verändert hatte, und in diesem Augenblick wußte ich, daß ich hier bereits eine Fremde geworden war.

Ohne zu klopfen trat ich ins Haus und begab mich instinktiv zielstrebig zum Arbeitszimmer meines Großvaters.

Erst als ich schon mitten im Raum stand, merkte ich, wer die einzige Anwesende außer mir war. Sara Dashwood saß, über irgendwelche Papiere gebeugt, am Schreibtisch. Als sie mich erkannte, wurden ihre Augen groß, und ein triumphierendes Lächeln machte sich auf ihrem Gesicht breit.

»Kate!« sagte sie mit ihrer tiefen, gurrenden Stimme. »Willkommen!«

Ich spürte, daß sich jeder einzelne Muskel in meinem Körper anspannte, so sehr war sie mir zuwider, aber ich brachte dennoch ein Lächeln zustande. »Ist Dave Conway hier?« erkundigte ich mich so liebenswürdig wie nur möglich. Ich fragte mich, ob Jacqueline mit nach England gekommen war und ob Richard je herausgefunden hatte, welche Rolle sie bei meiner Flucht gespielt hatte.

Sie schüttelte den Kopf. »Tut mir leid, Kate. Dave ist wegen irgendwelcher Dokumente nach London gefahren und kommt nicht vor morgen zurück. Allerdings ist Richard hier. Aber das weißt du vermutlich schon. *Richard*!« Sie erhob ihre Stimme nur wenig, als sie ihn rief, und ich merkte erst jetzt, daß die Tür zur Bibliothek offenstand.

Sekunden später tauchte Richard auf. Er trug ein weit offenstehendes blaues Hemd und legere Hosen und sah besser aus denn je; mein Herz tat bei seinem Anblick einen unbotmäßigen kleinen Satz.

»Katherine, soso. Wie nett von dir, vorbeizuschauen«, begrüßte er mich mit ruhiger Stimme. Ich hatte vergessen, wie angenehm der Klang dieser Stimme war, aber etwas an seinem Tonfall machte mir Angst.

Ich hatte jedoch nicht die Absicht, meiner Angst die Zügel zu lassen. Dies war mein Territorium, und ich hatte eine Pflicht zu erfüllen.

»Ich möchte unter vier Augen mit dir reden, Richard«, erklärte ich mit einem deutlichen Blick auf Sara. Sie war hinter meinem Rücken zur Tür geschlüpft und drehte jetzt demonstrativ den Schlüssel um. Dabei lächelte sie mich honigsüß an. »Nur damit Sie nicht auf die Idee kommen, wieder mir nichts, dir nichts zu verschwinden«, sagte sie, warf den Schlüssel auf den Schreibtisch und stolzierte in die Bibliothek.

Ich unterdrückte meine Verärgerung über ihr kindisches Verhalten und wandte mich Richard zu. »Ich bin gekommen, um mit dir über die Hausangestellten zu sprechen«, erklärte ich förmlich.

Richard hatte sich auf die Kante des Schreibtischs gesetzt und sah mich aufmerksam an; aber da er nichts sagte, fuhr ich fort: »Sie standen viele Jahre im Dienst unseres Großvaters. Kingley ist ihr Zuhause. Du kannst sie nicht entlassen.«

Er zog eine Braue hoch. »Unser Großvater ist tot, Katherine. Seine betagte Dienerschaft ist für mich nicht von Nutzen. Aber ich versichere dir, daß ich nicht so herzlos bin, wie du anzunehmen scheinst. Ich bin nicht vollkommen gefühllos. Sie erhalten alle ein Ruhegehalt.«

»Geld ist nicht alles!« trumpfte ich auf und wünschte dabei, er wäre nicht so verdammt attraktiv. »Sie sind völlig verzweifelt. Sie hatten sich darauf gefreut, für dich zu arbeiten.«

»Dann tut es mir leid, daß ich sie enttäuschen muß«, entgegnete er mit dem Anflug eines Lächelns. »Aber ich bin keine wohltätige Einrichtung.«

»Aber vielleicht solltest du es sein«, gab ich zurück. »Es gehört zu den Pflichten eines Grundbesitzers, für das Wohl der Menschen auf seinem Land zu sorgen.«

»Ich mache dir einen Vorschlag«, sagte er entgegenkommend. »Wie wäre es, wenn ich jedem von ihnen ein Cottage auf dem Gutsgelände zur Verfügung stelle und ihre Pension erhöhe?«

Mißtrauisch sah ich ihn an. »Ist ein Haken an der Sache?« fragte ich.

»Natürlich«, lachte er. »Deine Unterschrift als Gegenleistung für ihren Seelenfrieden.«

Es gelang mir, meine Wut zu zügeln. »Warum willst du dieses Land eigentlich so dringend haben?« fragte ich. »Es liegt am äußersten Rand des Besitzes, und es erhöht die Wirtschaftlichkeit des übrigen Betriebs nicht im geringsten, wenn du es roden und trockenlegen läßt.« So ruhig wie möglich hielt ich seinem Blick stand, aber der spöttische Funke in seinen Augen erfüllte mich mit unbändiger Wut.

»Vielleicht nicht, vielleicht doch«, entgegnete er. »Meine Gründe spielen keine Rolle.«

»Für mich spielen sie eine Rolle«, gab ich heftig zurück. »Du kannst dich nicht einfach so rücksichtslos über die Interessen der anderen hinwegsetzen!« Von innerer Unruhe getrieben hatte ich begonnen, im Zimmer auf und ab zu wandern. »Es gibt noch mehr im Leben als Geld! Es gibt Dinge wie Schönheit, Güte, Loyalität und – Liebe!« Zu meinem Schrecken stellte ich fest, daß mir Tränen in den Augen brannten.

Er hatte sich nicht von seinem Platz auf der Schreibtischkante gerührt, aber seine Blicke folgten mir unverwandt, und er lächelte spöttisch. »Weißt du, ich kann nicht umhin, dich zu bewundern«, sagte er schließlich. »Du hast mehr Mumm als die meisten meiner Geschäftspartner. So etwas gefällt mir an Frauen.«

»Da habe ich allerdings andere Dinge gehört!« gab ich schneidend zurück.

Seine Augen verengten sich. »Hast du auch gehört, daß ich aus geschäftlichen Auseinandersetzungen immer als

Sieger hervorgehe?« murmelte er. »Ich glaube, es wird mir Spaß machen, dich zu besiegen, Katherine. Ein Jammer nur, daß die alten Dienstboten unseres Großvaters unter deiner Starrköpfigkeit leiden müssen.«

»Sie werden nicht zu leiden haben!« Ich hatte mir bereits einen Plan zurechtgelegt. »Sie können in Kingley Farm leben.«

Er brach in lautes Gelächter aus. »Und wovon willst du sie bezahlen?«

»Von meinem Erbteil. Großvater hat mir auch Geld hinterlassen, damit du es weißt!«

»Ich weiß genau, wieviel Geld Großvater dir hinterlassen hat«, entgegnete er. »Wenn du es für einen Haufen unbeschäftigter Dienstboten ausgibst, wirst du bald keinen roten Heller mehr haben.« Er erhob sich und trat ans offene Fenster, und ich sah, wie er den Duft des Grases und der frischen Erde, der von draußen hereinwehte, tief einsog. Dann wandte er sich wieder zu mir um.

»Sie liegen dir wirklich am Herzen, habe ich recht?« fragte er.

»Sie gehören für mich zur Familie«, erwiderte ich. »Ich kenne die meisten von ihnen, seit ich lebe.«

Jetzt warf er mir einen rätselhaften Blick zu. »Sentimentalität gehört nicht zu den Charaktereigenschaften, die ich bewundere«, bemerkte er. »Sie macht die Menschen verwundbar. Aber du bist mutig und, wie du vorhin auch sagtest, loyal, und das bewundere ich. Es macht dich zu einer würdigen Gegnerin. Ich schlage vor, wir tragen unser Wortgefecht weiter aus, aber an einem anderen Schauplatz. Bei einem gemütlichen Abendessen im White Heart, das nach meiner Information ein ganz passables Gasthaus sein soll.«

Ich war momentan sprachlos über diese plötzliche Umkehrung seiner Taktik, ganz anders als Sara, die offensichtlich die ganze Zeit über in der Bibliothek gelauscht

hatte. Sie kam, die grünen Augen funkelnd vor Empörung, in das Arbeitszimmer gestürzt. »Du hattest mir versprochen, heute abend mit mir dorthin zu fahren!« rief sie
anklagend.

Richard musterte sie mit einem Ausdruck tiefster Verachtung. »Ein andermal«, wies er sie barsch zurecht. »Hier
geht es um Geschäfte.«

Eigentlich hätte ich ihm auf der Stelle eine Abfuhr ertei-
len sollen, aber irgend etwas veranlaßte mich, sein Angebot anzunehmen. Zum einen lag es vermutlich daran, daß
ich mich an Sara rächen wollte, die mir allmählich ausgesprochen verhaßt wurde, zum anderen fing ich jetzt, da
meine Wut die Oberhand über die Angst gewann, fast an,
die Auseinandersetzung mit Richard zu genießen. Aber
wenn ich ganz ehrlich war, lag es vor allem daran, daß ich
ihn von Minute zu Minute attraktiver fand.

Er fuhr mich zuerst nach Hause und wartete im Rolls
Royce, während ich mich umzog. Ich bat ihn nicht ins
Haus, um ihn meinem Vater vorzustellen, der ohnehin
noch schlief und dem ich eine Nachricht hinterließ, bevor
ich ein helles Leinenkleid anzog, meine Perlenohrringe
anlegte und wieder zum Wagen hinauslief.

Offensichtlich hatte Richard beschlossen, weder unseren Streit noch Jacqueline zu erwähnen, und während wir
uns im Kerzenschein gegenübersaßen, zeigte er nicht die
geringste Spur von Feindseligkeit, so daß ich mich am Ende unter dem Eindruck seines Charmes und des guten
Weins richtiggehend wohl und entspannt fühlte und den
Abend zu genießen begann.

Irgendwo in einem Winkel meines Bewußtseins versuchte ich mir in Erinnerung zu rufen, daß dieser Mann
gefährlich war und daß ich ihm nicht trauen durfte, aber
gleichzeitig lösten sich meine Vorsicht und mein Mißtrau-
en unmerklich in Wohlgefallen auf. Ohne daß ich es merkte, bestellte er eine zweite Flasche Chateau Lafitte, und

während sich meine Wangen röteten und die behagliche Wärme des Raums mich einlullte, trank ich weit mehr, als ich gewohnt war. Am Ende ertappte ich mich dabei, daß ich immer wieder vornüber nickte und in gefährliche Nähe der Kerzenflammen geriet, die vor meinen Augen zu tanzen und zu verschwimmen begannen. Als Richard meine Hand berührte, zuckte ich zusammen, als hätte ich mich verbrannt.

»Es tut mir leid«, murmelte ich.

»Du bist müde«, entgegnete er mit besorgter Miene. »Vielleicht sollte ich dich jetzt besser nach Hause bringen.«

Während der Fahrt mußte ich wieder eingenickt sein, und als ich erwachte, fuhren wir gerade vor dem Herrenhaus vor.

»Ich dachte, du bringst mich nach Hause«, stieß ich, zu Tode erschrocken, hervor.

»Zuerst eine Tasse Kaffee«, beschied er nachdrücklich, worauf mir nichts anderes übrig blieb, als mir von ihm aus dem Wagen helfen zu lassen.

Er nahm meinen Arm, und wir stiegen die moosbewachsene Eingangstreppe hinauf, als mit einem Mal die Eichentür aufflog und Sara im Licht der Eingangshalle im Rahmen stand.

Ich wollte stehenbleiben, aber Richard schob mich weiter unter dem Säulenvorbau mit seinen üppigen Glyzinien hindurch, und in diesem Augenblick erkannte ich den Ausdruck in Saras Augen.

»Du hast sie also betrunken gemacht«, bemerkte sie mit hämischem Grinsen. »Wie schlau von dir. Ich hätte mir ja denken können, daß es dir nicht um das Vergnügen ihrer Gesellschaft ging.«

Gegen meinen Widerstand hatte Richard seinen Arm um mich gelegt und schob mich vorwärts in sein Arbeitszimmer, und diesmal ließ Sara, nachdem sie die Tür hinter uns zugemacht und verschlossen hatte, den Schlüssel triumphierend in ihrem Ausschnitt verschwinden.

Richard drückte mich in einen Sessel und wandte sich dann an sie: »Geh und mach Kaffee«, befahl er schroff, während er sie am Ellbogen faßte und zur Tür der Bibliothek schob, hinter der die Küche lag. Als sie gegangen war, kehrte er zu mir zurück.

Mein Kopf hatte unerträglich zu hämmern begonnen. »Du hast mich absichtlich betrunken gemacht«, brachte ich mit unsicherer Stimme hervor. »Ich hatte angefangen, dir zu vertrauen.«

»Das war ein schwerer Fehler, Katherine«, lachte er leise. »Man sollte mir niemals vertrauen. Aber ich versichere dir, ich habe dich nicht absichtlich betrunken gemacht. Ich war der Meinung, dazu hättest du einen zu nüchternen Verstand. Abgesehen davon, warum sollte ich?« Er hatte sich auf meine Sessellehne gesetzt und war mir jetzt sehr nah. »Dachtest du, ich wollte dich verführen?« Immer noch lachend senkte er den Kopf, bis sein Gesicht dicht bei meinem war. »Ich versichere dir, wenn ich eine Frau haben will, bekomme ich sie. Dazu brauche ich sie nicht betrunken zu machen.«

Seine Lippen waren fest und warm, und ich wehrte mich nicht, als seine Hände zärtlich über meine Schultern und unter den Stoff meines Kleides glitten und meine Brüste liebkosten. Ich wußte nur eins: Ich begehrte ihn, wie ich in meinem ganzen Leben noch keinen Mann begehrt hatte.

»Was, zum Teufel, ist denn hier los?« Saras wütendes Zischen riß mich aus meiner Benommenheit, und ich zuckte zurück, während er sich gelassen aufrichtete und sich leicht verärgert zu ihr umwandte.

»Ich schlage vor, daß du das nächste Mal anklopfst«, wies er sie mit gefährlich ruhiger Stimme zurecht.

»Und ich schlage vor, daß du dich darauf konzentrierst,

ihre Unterschrift zu bekommen!« Sie spie die Worte fast aus.

Der Schreck bewirkte, daß mein Kopf wieder ein wenig klarer wurde. Ich duckte mich unter seinem Arm hindurch und erhob mich leicht schwankend aus dem Sessel, aber er schien es nicht zu bemerkten. Die beiden standen sich jetzt so wütend gegenüber, daß ich mich schon fragte, ob sie ihn körperlich attackieren würde, als die Türklingel in das feindselige Schweigen hinein schrillte.

»Sieh nach, wer das ist!« fuhr er sie an.

Mit einem wutentbrannten Blick auf ihn nestelte sie in ihrem Ausschnitt, bis sie den Schlüssel gefunden hatte. Sie hatte die Tür kaum geöffnet, als ich auch schon nach draußen stürzte.

»Wollen Sie uns schon verlassen?« Richard war mir zwar in den Flur hinaus gefolgt, machte aber nicht den Versuch, mich aufzuhalten.

»Allerdings«, stieß ich hervor, während Sara die Eingangstür öffnete, so daß mein Fluchtweg, die kiesbestreute Auffahrt, vom Mond beschienen vor mir lag. Auf der Schwelle stand Dave Conway.

»Ich habe mich entschlossen, doch schon heute abend zurückzukommen«, verkündete er.

»Das ist gut.« Mit diesen Worten ging Richard auf ihn zu. »Du kommst gerade richtig, um Katherine nach Hause zu fahren.«

Daves Miene drückte Verwunderung aus, aber ich hatte mich schon an ihm vorbeigeschoben. »Nicht nötig!« rief ich über die Schulter zurück. »Ich fahre selbst.«

»Du hast zuviel getrunken«, sagte Richard scharf. »Laß dich bitte von Dave nach Hause bringen.«

Ich fuhr zu ihm herum. »Dies hier sind Privatwege. Ich bringe niemanden in Gefahr außer meine eigene Person – und was mich betrifft, so habe ich den Eindruck, daß ich erstaunlich nüchtern geworden bin.«

Im Licht der Eingangshalle konnte ich erkennen, daß er lächelte. »Da hast du eindeutig recht«, bemerkte er. »Na schön. Wir werden unsere kleine Unterhaltung ein anderes Mal fortsetzen. Und dann können wir auch unsere geschäftliche Transaktion besiegeln.«

Eine ganze Weile standen wir uns so gegenüber und fixierten uns gegenseitig, und was ich in seinen Augen sah, gefiel mir ganz und gar nicht. Von seinem Charme war keine Spur mehr vorhanden. Er war wieder der Feind und ein gefährlicher Mann für mich geworden.

Es gelang mir, die Heimfahrt ohne Zwischenfälle hinter mich zu bringen, und als ich ins Haus trat, sah ich, daß mein Vater auf mich gewartet hatte.

»Katie! Ich habe mir Sorgen gemacht. Hat Richard dich nicht nach Hause gefahren?«

Ich schüttelte den Kopf. »Ich hatte meinen Wagen beim Gutshaus gelassen, also hat er mich dort abgesetzt.« Ich wollte nicht, daß er mein Gesicht sah, aber es war schon zu spät.

»Katie? Stimmt irgend etwas nicht? Habt ihr euch gestritten, du und Richard?«

Es war sinnlos, zu leugnen, zu deutlich sah man mir meine Erregung an. »Ja, schon«, gab ich zu. »Nichts Ernstes, aber ich glaube, ich sollte für ein paar Tage wegfahren. Nur, um mich ein bißchen zu beruhigen.« Während ich mich neben seinen Sessel kniete, zwang ich mich, ein unbeschwertes Lächeln aufzusetzen. »Versprichst du mir etwas, damit ich unbesorgt fahren kann? Würdest du Mrs. Dawson und Hill hier im Farmhaus einstellen?«

Traurig lächelnd sah er mich an. »Dann stimmt es also, daß Richard alle Hausangestellten entlassen hat?«

Ich nickte.

»Habt ihr euch deswegen gestritten?«

Wieder nickte ich, und er griff nach meiner Hand. »Es ist seine Entscheidung, Katie, aber ich habe nichts gegen ein bißchen Hilfe hier im Haus. Irgendwie werden wir es uns schon leisten können.«

In dieser Nacht fand ich nicht mehr als vier Stunden Schlaf. Um acht Uhr war meine Tasche im Kofferraum verstaut, und ich fuhr, ein gewaltiges Gefühl der Erleichterung im Hinterkopf, durch dichten Bodennebel zur Hauptstraße. Ohne meine Unterschrift konnte meinem Wald nichts passieren, und solange ich außer Reichweite war, konnte Richard mich nicht besiegen.

Meinem Vater hatte ich nicht gesagt, wohin ich fuhr. Sally und Duncan Graham waren meine besten Freunde und die einzigen Menschen in ganz England, denen ich mich anvertrauen durfte. Während der zweistündigen Fahrt zu ihrem Wohnort blickte ich immer wieder nervös in den Rückspiegel, um zu sehen, ob mich jemand verfolgte, aber soweit ich erkennen konnte, war dies nicht der Fall, und mit jedem Kilometer, den ich zurücklegte, fühlte ich mich wohler und entspannter.

Kaffee mit einem Schuß Scotch war ihre erste Medizin für mich. Dann hörten sie sich meine Geschichte an.

»Mein Gott, Kate! Der Mann scheint ja ein richtiger Teufel zu sein!« rief Sally mitfühlend aus. »Wenn ich die Zeichen allerdings richtig deute«, fügte sie dann mit einem Seitenblick auf mich hinzu, »gefällt er dir aber nicht schlecht. Stimmt's?«

Meine Wangen wurden heiß vor Verlegenheit. »Merkt man mir das so deutlich an?« fragte ich.

Sie lachte. »Nur eine Expertin wie ich.«

Duncan runzelte sorgenvoll die Stirn. »Ich fürchte, du könntest wirklich in Gefahr sein, Kate«, sagte er. »Ich meine nicht, daß dein Leben bedroht ist oder so etwas, aber mir scheint, der Mann weiß, wie man Druck ausübt. Ich habe den Eindruck, daß er sehr unangenehm werden kann.« Dasselbe sagte Minna jedesmal, wenn ich mit ihr telefonierte.

Die Grahams hatten ein Lösung parat. Sie waren ohnehin im Begriff, ein paar Tage Ferien in ihrem Häuschen in Schottland zu machen, und ich sollte sie dorthin begleiten. Duncan war offensichtlich überzeugt, daß ich in Sicherheit sein würde, sobald ich aus Richards unmittelbarem Blickfeld verschwunden war. »Der neue Besitz wird anfangen, ihn zu langweilen, und er wird sich neuen Geschäften zuwenden. Dann kannst du unauffällig nach Hause zurückkehren«, bemerkte er lachend.

Die Zeit der Sorglosigkeit war allerdings nicht von langer Dauer. Als wir am ersten Abend nach dem Essen um das knisternde Treibholzfeuer saßen, fiel mir ein, daß ich meinen Vater anrufen sollte. Ich ließ mir das Freizeichen lange ins Ohr schrillen, bevor ich mich damit abfand, daß offensichtlich niemand den Hörer abnehmen würde.

»Es ist doch sicher möglich, daß er ausgegangen ist?« fragte Sally, deren Blick bei diesen Worten besorgt auf meinem Gesicht ruhte.

Ich schüttelte den Kopf. »Er geht praktisch nie aus dem Haus. Und selbst wenn, müßte irgend jemand da sein.«

Eine Stunde später versuchte ich es noch einmal, und ein letztes Mal, bevor wir zu Bett gingen. Dann rief ich im Gutshaus an. Am anderen Ende der Leitung war eine Männerstimme mit amerikanischem Akzent zu hören.

»Mit wem spreche ich?« fragte ich vorsichtig. Der Hörer fühlte sich klamm an in meiner Hand.

»David Conway. Was kann ich für Sie tun?«

»Dave? Hören Sie, haben Sie eine Ahnung, wo mein Vater ist?«

»Kate? Wo sind Sie?«

»Kümmern Sie sich nicht darum, wo ich bin. Wo ist mein Vater?«

Es dauerte eine Weile, bis er antwortete, und dann

klang seine Stimme zögernd. »Kate, ich glaube, es ist besser, wenn Sie nach Hause kommen.«

Tödliche Angst schnürte mir die Kehle zu, alle Farbe war aus meinem Gesicht gewichen. Sally, die aufgestanden und neben mich getreten war, legte mir die Hand auf den Arm. Mit Mühe gelang es mir, meine Frage zu wiederholen.

»Er ist in der Schweiz, Kate.«

»In der *Schweiz*?«

Auch Duncan hatte sich jetzt zu uns gesellt, und beide sahen mich fragend und besorgt an.

»Er hatte einen Herzanfall, Kate. Keine Sorge, nichts Lebensbedrohliches. Richard hat davon gehört und wollte irgendwie helfen. Darum ließ er einen Spezialisten kommen, und sie entschieden sich, Ihren Vater in eine Schweizer Klinik bringen zu lassen.«

»Wo genau ist das? Geben Sie mir bitte die Adresse«, sagte ich mit zittriger Stimme.

»Das kann ich nicht, Kate«, antwortete er leise. »Nur Richard kennt die Einzelheiten. Er ist im Augenblick in New York, wird aber am Freitag wieder hier sein. Sie werden mit ihm reden müssen. Persönlich.«

»Du darfst nicht fahren!« rief Sally wenig später aufgebracht. »Es ist eine Falle, das muß dir doch klar sein.«

Natürlich hatte sie recht, das wußte ich genau. Aber ich wußte auch, daß ich keine andere Wahl hatte. Richard hatte meinen schwachen Punkt entdeckt. Niedergeschlagen packte ich meinen Koffer und bat Duncan, mich am nächsten Morgen zum Bahnhof zu fahren, so daß ich den ersten Zug nehmen konnte, der von Oban abfuhr.

Am Bahnhof King's Cross wartete Dave mit dem Rolls Royce auf mich. »Ich kümmere mich normalerweise nicht um seine persönlichen Angelegenheiten, Kate«, erklärte er, während wir uns durch den dichten Londoner Verkehr schlängelten. »Aber in geschäftlichen Dingen kenne ich ihn genau. Er ist absolut skrupellos, meine Liebe, und nimmt keine Rücksicht auf Gefühle. Was Ihnen das Land bedeutet, versteht er weder, noch interessiert es ihn. Für ihn ist es ein Stück Land, mit dem er durch eine Unterschrift auf einem Papier sein Imperium vergrößern kann. Sie gefährden diese Transaktion, also hat er, wie nicht anders zu erwarten, herausgefunden, was Ihre Achillesferse ist, und macht sich dieses Wissen jetzt zunutze.« Er warf mir einen sorgenvollen Seitenblick aus seinen nußbraunen Augen zu. »Geben Sie den Kampf auf, Kate. Um Himmels willen. Muß ich erst aussprechen, was ich Ihnen begreiflich zu machen versuche?«

»Er würde meinem Vater etwas antun?« Ich hatte mit nervösen Fingern meinen Rock zu einem Fächer winziger Falten zerdrückt.

Einen Augenblick lang antwortete er nicht, dann nickte er sorgenvoll. »Er macht vor nichts halt, wenn er ein Ziel erreichen will, glauben Sie mir.«

Ich glaubte ihm. Wie in Trance ließ ich den Rest der Fahrt an mir vorbeiziehen. In Kingley angekommen, bat ich Dave, mich am Farmhaus abzusetzen, und als ich allein die Einfahrt hinaufging, war mir zumute, als würde ich die Last der ganzen Welt auf den Schultern tragen.

In der Küche stieß ich auf Mrs. Dawson. Der Raum war voller Sonnenlicht und Blumen, und der Kessel summte auf dem Herd. Aber ohne meinen Vater war das Haus leer, und ich wußte, daß ich verloren hatte.

Als ich am Nachmittag einen Spaziergang über mein Land machte, wurde mir bewußt, daß ich im Begriff war, mich zu verabschieden. Im Schatten der Eichen hing noch immer der Duft der Glockenblumen, die Sümpfe rochen nach Salz und süßem Gras, und ich stand lange da und sah den Moorhühnern zu, wie sie durch den Schlamm hin und her rannten und wie ihre schmalen Füße Spuren hinterließen, die nach einer Minute wieder verschwanden, als hätte es sie nie gegeben. »Verzeiht mir«, flüsterte ich in den Wind. »Verzeiht mir für das, was ich tun werde.«

Die untergehende Sonne schien mir ins Gesicht, als ich mich, kraftlos und niedergeschlagen, langsam auf den Rückweg machte. Mrs. Dawson erwartete mich, die Stirn in Sorgenfalten gelegt, am Tor. »Miss Kate, Sie waren aber lange weg.«

»Es tut mir leid. Ich mußte eine Weile allein sein und nachdenken«, entgegnete ich. Dann fügte ich in einem Anflug banger Hoffnung hinzu: »Gibt es irgendwelche Neuigkeiten von meinem Vater?«

Irgend etwas, das meine schlimmsten Sorgen zerstreuen würde.

Sie schüttelte den Kopf. »Aber Mr. Richard hat angerufen.« Der Ton ihrer Stimme verriet deutlich, was sie von ihm hielt. »Er sagte, er erwartet Sie zum Abendessen im Gutshaus.«

Ich wählte ein langes Kleid in sehr hellem Nilgrün und band mein Haar zu einem Nackenknoten zusammen. Mein Wagen stand noch bei Sally und Duncan, aber Richard hatte gesagt, er würde den Rolls schicken. Beim Einsteigen begrüßte ich den Chauffeur mit einem freudlosen Lächeln. Ich glaubte in diesem Augenblick zu wissen, wie sich Marie Antoinette gefühlt haben mußte, als sie den Karren zur letzten Fahrt durch Paris bestieg.

Richard war offensichtlich allein im Arbeitszimmer – das, soweit ich sehen konnte, der einzige Raum im Haus war, den er benutzte –, und ich blickte mich suchend um, ob Sara wie gewöhnlich irgendwo im Hintergrund lauerte; aber nein, es war niemand außer uns beiden da. Ich war mir nicht sicher, ob ich darüber erleichtert sein sollte oder nicht.

Als er sich erhob, um mich zu begrüßen, sah ich ihm fest in die Augen. »Nun hast du also gewonnen. Ich nehme an, du hältst dich für sehr klug.« Ich gab mir keine Mühe, die Bitterkeit in meiner Stimme zu verbergen.

Irritiert registrierte ich, daß mein Herz bei seinem Anblick unangenehm in meiner Brust zu hämmern begann. Er trug eine legere Cordjacke und eine Krawatte trotz des offenem Kragens seines Seidenhemds, und er sah unerträglich gut aus. Aber ich war entschlossen, mich nicht von seinem Charme beeindrucken zu lassen. »Es muß wunderbar sein, wenn man so reich ist, daß man auf allem und jedem rücksichtslos herumtrampeln kann«, fuhr ich mit harter Stimme fort. »Wenn man mit dem Leben der Menschen spielen kann, als wären es Bauern auf einem Schachbrett.«

Auf seinem Gesicht hatte sich ein spöttisches Lächeln breitgemacht, und ich spürte, wie meine Augen vor Zorn brannten.

»Wie ich sehe, bist du keine gute Verliererin, Katherine«, bemerkte er leichthin. »Vielleicht würde dir etwas zu trinken guttun?«

Es war Champagner.

Ich warf meine Tasche auf den nächstbesten Sessel und nahm das langstielige Glas mit so ruhiger Hand entgegen, wie es mir unter den gegebenen Umständen möglich war.

»Ich bin vielleicht eine schlechte Verliererin, Richard«, stieß ich zwischen den Zähnen hervor. »Aber ich bin keine Idiotin. Bevor ich irgend etwas unterschreibe, will ich einen Beweis haben, daß es meinem Vater gutgeht.«

Er musterte mich nachdenklich, dann setzte er sich auf die Kante seines Schreibtischs, stellte sein Glas auf der Schreibunterlage ab und verschränkte die Arme vor der Brust. »Und du willst natürlich auch mein Geld sehen?«

»Natürlich.« Mir war nicht einmal der Gedanke gekommen, aber das wollte ich ihn unter keinen Umständen merken lassen. Konzentriert betrachtete ich den feinen Sprühregen der winzigen Bläschen, der über seinem

Glas aufstieg, so fein, daß er sich in der Luft auflöste und keine Spuren auf der königsblauen Schreibunterlage hinterließ.

Sein leises Lachen riß mich aus meiner Betrachtung. »Weißt du, Katherine, ich bin fast enttäuscht von dir. Ich hatte erwartet, daß du auf Leben und Tod kämpfen würdest.«

Bei diesen Worten sah ich ihn fassungslos an. »Mein eigenes Leben würde ich vielleicht riskieren«, flüsterte ich. »Aber nicht das meines Vaters.«

»Dann laß uns auf seine Genesung trinken«, sagte er gutgelaunt, indem er sein Glas hob. »Welchen Beweis möchtest du haben, daß es ihm gutgeht? Willst du dich mit eigenen Augen überzeugen?«

Ich nickte.

Wortlos schwang er herum und griff nach dem Telefon, das auf dem Schreibtisch stand. Nachdem er ein paar Anordnungen in den Hörer gemurmelt hatte, wandte er sich wieder zu mir um. »Es bleibt noch genügend Zeit für einen schnellen Imbiß, dann fahren wir bei dir vorbei, damit du deinen Paß holen kannst.« Er prostete mir mit seinem Glas zu.

Wären die Umstände anders gewesen, ich hätte diesen Flug über Frankreich, den wir in einer Privatmaschine zurücklegten, ganz sicher genießen können. Der Himmel war klar und mit Sternen übersät, die Erde weit unter uns in silbernen Mondschein gebadet, und wir flogen der Schweiz und meinem Vater entgegen. Da es bei unserer Ankunft zu spät war für einen Besuch im Krankenhaus, fuhren wir vom Flughafen aus direkt nach Genf, wo Hotelzimmer für uns reserviert waren und wo man mich mit ausgesuchter Höflichkeit in eine luxuriöse Suite führte.

Erschöpft schlief ich fast auf der Stelle ein und wurde erst wieder wach, als das Zimmermädchen mit einem aus

Kaffee, Croissants und Kirschmarmelade bestehenden Frühstück erschien.

Richard erwartete mich unten in der Halle. Er begrüßte mich mit einem brüderlichen Kuß auf die Wange. »Es ist eine einstündige Fahrt«, erklärte er gutgelaunt. »Ich habe im Krankenhaus angerufen, und dein Vater erwartet uns.«

Es war mein erster Besuch in der Schweiz, und die Schönheit der majestätischen Gebirgslandschaft verschlug mir den Atem. Meiner Entschlossenheit zum Trotz, Richard gegenüber nicht das geringste Entgegenkommen zu zeigen, konnte ich einen Ausruf des Entzückens nicht verhindern, als uns der gemietete BMW immer höher in die Berge brachte.

Das Krankenhaus war ein großes, weißgetünchtes Gebäude und offensichtlich sehr teuer, und mein Vater, der uns in der gedämpften Stille der blumengeschmückten Eingangshalle erwartete, sah so gut aus wie schon seit Jahren nicht mehr.

»Richard, mein Junge!« rief er aus, nachdem er uns beide mit einer herzlichen Umarmung begrüßt hatte. »Ich weiß nicht, wie ich Ihnen danken soll. Mein Leben hat neuen Auftrieb bekommen!« Er wandte sich an mich und zog mich neckend am Haar. »Du hattest mir diesen jungen Mann so beschrieben, als sei er eine Art machiavellistischer Tyrann. Was hast du dir bloß dabei gedacht, du ungezogenes Kind?«

»Das weiß ich auch nicht«, entgegnete ich säuerlich.

Wir hielten uns ein paar Stunden bei meinem Vater auf und gingen mit ihm im Park spazieren. Als wir schließlich in das Gebäude zurückgekehrt waren und Richard sich verabschiedet hatte, blieb ich noch einen Augenblick länger.

»Bist du wirklich glücklich hier, Pa? Kümmern Sie sich gut um dich?« wollte ich wissen.

Er küßte mich auf die Stirn. »Professor Reichmann ist

der Beste auf seinem Gebiet, Kate. Ich könnte in keinen besseren Händen sein. Ich weiß nicht, wie ich Richard je danken soll. Die Behandlung hier kostet ein Vermögen, weißt du.«

»Er tut es sicher gern, Pa«, sagte ich lächelnd.

»Und du bist in ihn verliebt, Kate, habe ich recht?« Als er mir jetzt in die Augen sah, drückten seine Blicke denselben Stolz und dieselbe Liebe aus, die er mir mein ganzes Leben lang entgegengebracht hatte. Ich hatte den Mund schon geöffnet, um seine Frage zu verneinen, aber plötzlich wurde mir klar, daß ich ihm damit alle Freude verderben würde. Also brachte ich statt dessen ein Lächeln zustande. »Vielleicht ein bißchen«, entgegnete ich. »Es ist noch zu früh, etwas darüber zu sagen.«

»Er ist ein guter Mann, Katie, einen besseren kannst du nicht finden«, sagte er mit hoffnungsvoller Miene.

Zur Teezeit setzten wir zum Landeanflug auf dem heimischen Flughafen an. Der Rolls Royce erwartete uns vor dem Ankunftsgebäude. Am Steuer saß Sara in weißen Jeans und einer schwarzen Bluse, zu der ihr Haar einen leuchtenden Kontrast bildete. Sie lachte, als wir aus dem Flughafengebäude traten. »Wie, keine Kuckucksuhren und kein zollfreier Cognac?« fragte sie, während sie schwungvoll den Gang einlegte und rücksichtslos den Motor hochjagte. »Sie erstaunen mich wirklich, Kate. Und ist der geliebte Vater lebendig und bei guter Gesundheit?«

»Das reicht, Sara!« Richards Stimme schnitt wie ein Peitschenhieb die sarkastische Bemerkung ab, und sie verstummte, aber als mir ihre Augen im Rückspiegel begegneten, konnte ich deutlich den Triumph darin blitzen sehen, und mir wurde schwer ums Herz.

Trotz meiner Bitte weigerte sich Richard, mich am Farmhaus abzusetzen. »Du hast noch eine kleine Pflicht zu erfüllen, bevor du nach Hause gehst, Katherine. Eine Unterschrift, erinnerst du dich?«

Wie hätte ich das vergessen können.

Im Gutshaus wollte ich mich, der Gewohnheit folgend, unverzüglich ins Arbeitszimmer begeben, aber Sara vertrat mir den Weg.

»Oben ist ein Zimmer für Sie vorbereitet«, erklärte sie und musterte dabei mein Kleid, als wäre es ein zerfleddertes Etwas, das die Katze ins Haus gebracht hatte. »Sie möchten sich sicher vor dem Abendessen erfrischen und umziehen.«

Nachdem ich eine Dusche genommen hatte, schlüpfte ich in das Kleid aus Schantungseide, das ich im Handgepäck mitgenommen hatte. Dann bürstete ich meine Haare auf die Schulter herunter, schminkte mich sehr sorgfältig und machte mich, tief Luft holend, auf den Weg nach unten.

Richard war allein im Arbeitszimmer. Weder von Sara noch von Jacqueline war etwas zu sehen. Er hatte sich ebenfalls umgezogen und trug jetzt eine formelle Smokingjacke. Auf dem Schreibtisch stand eine bereits geöffnete Flasche, aus der er bei meinem Eintreten ein zweites Glas einschenkte.

»Auf unsere Transaktion«, sagte er.

Die Fenster zum Garten standen offen, und aus der fernen Abenddämmerung klang das Lied einer Amsel herüber. Die Melodie war herzzerreißend in ihrer klaren Schönheit.

»Also«, sagte ich scharf und wünschte dabei insgeheim, ich wäre mir seines guten Aussehens nicht so bewußt, »bringen wir es hinter uns. Wo sind die Papiere, die ich unterschreiben soll?«

Mit einem Blick auf seine Armbanduhr entgegnete er: »Calder müßte gleich da sein. Er ist auf dem Weg von London hierher und hat die Papiere bei sich.«

Ohne einen Schluck getrunken zu haben, stellte ich mein Glas ab. »Du mußt sehr zufrieden mit dir sein«, bemerkte ich mit belegter Stimme. »Die Tatsache, daß du im Begriff bist, etwas zu zerstören, das unersetzlich ist in seiner Schönheit, scheint dich nicht im geringsten zu beunruhigen.«

»Müßte es das?« Er trat zum Fenster und blickte hinaus. »Hast du nicht genug Geld?«

»Kann man denn je genug davon haben?« fragte er zurück, indem er sich wieder zu mir umwandte.

Ich schloß die Augen und versuchte verzweifelt, die Tränen zurückzudrängen. Was sollte ich dazu noch sagen?

Bald darauf traf John Calder ein, trotz der langen Fahrt von untadeliger Eleganz, und zog ein Dokumentenbündel aus seiner Aktenmappe. Eines nach dem anderen wurden sie mir vorgelegt, und ich unterschrieb eines nach dem anderen, ohne durch den Tränenschleier vor meinen Augen richtig zu sehen, was ich tat. Dann wurden die Papiere im Wandsafe hinter dem Portrait meines Großvaters eingeschlossen.

Als ich mich gerade vom Tisch erheben wollte, schob Richard ein Stück Papier vor mich hin. »Vergiß deinen Scheck nicht, Katherine. Steck ihn lieber ein, damit du ihn nicht verlierst.«

Ich nahm ihn und schob ihn in die Tasche, ohne auch nur einen Blick darauf zu werfen.

Calder und Richard tranken noch ein Glas Champagner, dann verabschiedete sich der erstere mit einem Händedruck von uns beiden. »Ich bin froh, daß die Sache zu einem glücklichen Abschluß gekommen ist«, sagte er beim Abschied, bevor er in seiner gewohnten unauffälligen Art den Raum verließ. Im Park sang noch immer die Amsel.

Richard warf mir einen prüfenden Blick zu. »Du siehst ein bißchen blaß aus«, bemerkte er. »Es wird gleich Abendessen geben.«

Abwehrend schüttelte ich den Kopf. »Ich möchte nicht hier zu Abend essen. Ich fahre nach Hause.«

Aber er war vor mir an der Tür und legte mir die Hände auf die Schultern. »Ich bestehe darauf. Du kannst den Küchenchef nicht enttäuschen. Danach bringe ich dich nach Hause.«

Ich war zu müde und fühlte mich zu elend, um ihm zu widersprechen.

Erst als wir uns in dem riesigen, düsteren, nur vom Schein zweier Kandelaber beleuchteten Eßzimmer gegenübersaßen, fiel mir auf, daß Sara noch nicht erschienen war.

»Wird deine Freundin uns nicht Gesellschaft leisten?« erkundigte ich mich lustlos, während Richard zwei edle Kristallgläser mit Weißwein füllte.

»Nein, das wird sie nicht.« Aus seiner Stimme klang plötzlich unerbittliche Härte.

»Ich kann mir nicht vorstellen, daß es ihr gefällt, wenn du mit mir allein zu Abend ißt.«

»Es steht ihr nicht zu, darüber zu entscheiden«, entgegnete er, indem er auf seinem Stuhl Platz nahm und seine Serviette auseinanderfaltete. »Sie ist in ihrem Zimmer eingeschlossen.«

Diese Bemerkung riß mich aus meiner Apathie; ich starrte ihn entgeistert an. »Du machst Witze!«

»Tatsächlich?« Einen Moment lang fixierte er mich mit festem Blick. »Ich glaube kaum.«

Die Tür ging auf, und ein Dienstmädchen trat mit den Hors d'œuvres ein. Ich wagte, Richard erst dann wieder in die Augen zu sehen, als sie hinausgegangen war. Seine Augen funkelten boshaft im Kerzenlicht. »Ich hoffe, du ißt diesmal richtig. Seit ich dich kennengelernt habe, stocherst du immer nur in deinem Essen herum. Für meinen Geschmack bist du ohnehin schon zu mager«, bemerkte er.

»Was du nicht sagst«, gab ich zurück. »Nun ja, wenn Sara die Art von Frau ist, die dir gefällt, kannst du gern dabei bleiben. Ich werde nie eine solche Figur haben!«

Nachdenklich sah er mich an. »Sie ist sehr schön, das ist wahr, aber auch dumm. Strohdumm«, setzte er grinsend hinzu. »Und sie ist eine ziemliche Schlampe.«

»Du hast sie nicht wirklich eingeschlossen?« hakte ich nach, gegen meinen Willen ein wenig besorgt. Ich war keineswegs sicher, ob er nur gescherzt hatte.

Eine von Großvaters blankpolierten Silbergabeln mit Gravur in der Hand, spielte er mit einem winzigen Stückchen Räucherlachs und sah mich dabei lange an. Dann hob er sein Glas, und um seinen Mund zuckte ein höchst belustigter Ausdruck.

»Doch, das habe ich. Sie hat ein jähzorniges Temperament. Wie ich höre, hat sie dir erzählt, daß ich sie schlage«, fuhr er in beiläufigem Plauderton fort.

Mir wurde eiskalt. »Und stimmt das?« fragte ich.

Sein Lachen jagte mir eine Gänsehaut über den Rücken. »Ich schlage alle meine Frauen«, entgegnete er mit sanfter Stimme.

»Ich glaube dir kein Wort!« brachte ich schließlich heraus.

Er sah mich spöttisch an. »Wirklich nicht? Du solltest dein Gesicht sehen!«

Das Lächeln, das ich ihm zeigte, verriet nichts von meinen eigentlichen Gefühlen. »Gottseidank bin ich nicht eine deiner Frauen, kann ich da nur sagen. Auf diese Weise brauche ich die Wahrheit nicht in Erfahrung zu bringen.«

»Aber das bist du doch«, widersprach er mir.

Verständnislos starrte ich ihn an. »Wie bitte?«

»Du bist eine meiner Frauen, Katherine«, wiederholte er mit liebenswürdiger Stimme.

»Wie soll ich das verstehen?«

»Ich habe dich gekauft, Schätzchen. Mit Leib und Seele.« Ich hörte sein Lachen, und die feinen Härchen in meinem Nacken stellten sich auf.

»Der Scheck in deiner Tasche«, fuhr er fort. »Nur die Hälfte des Geldes ist für das Land; die Summe, die ich dir ursprünglich geboten hatte. Was meinst du, wofür der Rest ist?«

Wohl eine Minute lang sah ich ihn mit großen Augen an, dann zog ich den Scheck aus meiner Tasche, entfaltete ihn und hielt ihn ins Kerzenlicht, um die Zahl darauf entziffern zu können.

Er war auf eine Million Pfund Sterling ausgestellt.

»Zerreiß ihn bitte nicht, meine Liebe.« Seine Stimme drang aus weiter Ferne in mein Bewußtsein. »Du hast die Papiere unterschrieben, und ich werde dir keinen Scheck über eine niedrigere Summe ausstellen!«

Wie gelähmt blieb ich eine Weile sitzen, dann schob ich mit einem Ruck meinen Stuhl zurück und sprang auf. »Du bist verrückt!« schrie ich. »Ganz und gar verrückt!«

Wieder hörte ich dieses leise, heitere Lachen. »Ganz und gar möglich«, äffte er mich nach, »aber keineswegs zu verrückt, um mir zu nehmen, was mir gehört.«

Mit diesen Worten erhob er sich und kam um den langen Tisch herum auf mich zu …

Teil Drei

Wie hypnotisiert, unfähig, mich zu rühren, stand ich da und sah zu, wie Richard, das Gesicht von den zuckenden Kerzenflammen beleuchtet, um den georgianischen Eßtisch herumging und mir immer näher kam. Mein Hirn war zu keinem Gedanken mehr fähig – und dann berührte er mich. Seine Hände umfaßten leicht meine Ellbogen, und er zog mich wortlos an sich. Willenlos hob ich ihm den Mund entgegen und spürte den Kuß, der auf meinen

Lippen brannte. Langsam schlossen sich seine Arme um mich, er zog mich so fest an sich, daß ich kaum noch Luft bekam, und ich schloß die Augen und merkte, wie mein ganzer Körper unter seiner Berührung zum Leben erwachte und ich mich willenlos der Umarmung ergab.

Aber irgendwo, irgendwie kämpfte die Stimme der Vernunft darum, sich Gehör zu verschaffen. Dieser Mann war mein Feind; so begnadet er als Liebhaber auch sein mochte, so sehr ich ihn begehrte, diese Tatsache blieb bestehen. Er war auf Beute aus, und sein Verlangen nach Macht würde erst befriedigt sein, wenn er mich völlig in seiner Hand hatte. Was er wollte, war nicht ich, die Person Kate Parrish. Ich war eine Rivalin für ihn, und der Sieg über mich mußte vollkommen sein.

Abgesehen davon war er verlobt. Dieser Gedanke brach den Bann, und ich fand endlich die Kraft zu handeln. Entschlossen begann ich mich zu wehren und stieß ihn von mir.

»Was bildest du dir ein!« brachte ich mühsam hervor. »Hast du keinen Funken von Schuldgefühl, wenn du mit jeder Frau schläfst, die dir über den Weg läuft, obwohl du eine wunderschöne Verlobte hast, die in den Staaten auf dich wartet?«

Er straffte sich kaum merklich und ließ mich los. »Ich habe keine Verlobte mehr«, beschied er mich in kaltem Ton. Dann trat er ans Fenster, stützte sich mit den Ellbogen auf die Fensterbank und blickte in den Park hinaus.

»Willst du damit sagen, daß du die Verlobung gelöst hast?« fragte ich ungläubig.

Lange kam keine Antwort, dann erklärte er: »Man könnte eher sagen, daß sie die Verlobung gelöst hat.«

»Na schön, und was ist mit Sara?« rief ich herausfordernd. »Deine Mätresse befindet sich oben in diesem Haus!«

Er drehte sich langsam zu mir um. Dann schüttelte er in gespielter Verzweiflung den Kopf.

»Mätresse ist ein herrlich altmodisches Wort – aber willst du mich wirklich zwingen, allen meinen Frauen den Laufpaß zu geben, Katherine?«

Diesmal hätte ich mich wehren können, aber ich machte nicht den Versuch. Ich wollte, daß er mich noch einmal küßte.

In dem Augenblick, als er mich in seine Arme zog, hörte ich irgendwo im Haus ein Telefon klingeln. Eine Sekunde lang dachte ich, er würde es nicht beachten, aber dann ließ er mich unwillig los. »Ich bin gleich wieder da«, flüsterte er, indem er mir mit dem Finger über die Nasenspitze fuhr, dann war er verschwunden.

Sekunden später tauchte er wieder auf. Sein Blick war eher belustigt als verärgert. »Es ist für dich«, sagte er.

Das Telefon stand im Arbeitszimmer, wohin ich ihm leicht benommen folgte und den Hörer aufnahm.

»Kate? Hier ist Chris. Kannst du auf der Stelle herkommen?«

»Chris?« Einen Moment lang war ich sprachlos vor Verblüffung. Chris, mein verläßlicher, guter alter Freund Chris rief mich hier im Gutshaus an? »Wo bist du?« stammelte ich.

»Ich bin in deinem Haus. Mrs. Dawson hat mir gesagt, wo du bist. Hör zu, Kate, du mußt so schnell wie möglich hierher kommen.«

»Ist etwas passiert? Ist etwas mit meinem Vater?«

»Das erzähle ich dir, wenn du hier bist.«

»Chris? Chris, *warte* …!« rief ich, aber er hatte schon aufgelegt.

Richard studierte aufmerksam mein Gesicht. »Was ist los?«

Ich schüttelte den Kopf und starrte verwirrt den Telefonhörer an. »Ich weiß es nicht. Ich muß sofort nach Hause …«

Wenn ich erwartet hatte, daß er versuchen würde, mich aufzuhalten, hatte ich mich geirrt. Zu meiner Überraschung erbot er sich, mich auf der Stelle nach Hause zu fahren. Wie ich schien er der Überzeugung zu sein, daß der Anruf etwas mit meinem Vater zu tun hatte.

Vor meinem Haus half er mir aus dem Wagen. »Möchtest du, daß ich mit hineinkomme?« fragte er mit ungewohnt sanfter Stimme.

Aber ich verneinte, worauf er wortlos wieder in den Rolls stieg. Dann steckte er noch einmal den Kopf zum Fenster heraus. »Du weißt, wo du mich findest, wenn du mich brauchst. Vergiß nicht, daß dir das Flugzeug immer zur Verfügung steht, wenn du ihn besuchen möchtest.« Damit fuhr er davon.

Eine Weile stand ich da und sah den Rücklichtern nach, wie sie auf der baumgesäumten Straße zum Herrenhaus immer kleiner wurden, dann ging ich ins Haus. Chris saß in dem gemütlichen Wohnzimmer und trank Kaffee. Von Mrs. Dawson war nichts zu sehen. Bei meinem Eintreten erhob er sich und begrüßte mich mit einer stürmischen Umarmung. »Kate, Liebling, wie ich dich vermißt habe!«

»Chris, was ist los? Ist etwas mit Pa?« Unfähig, einen anderen Gedanken zu fassen, krallte ich die Hände in Chris' Hemd und versuchte, in seinen Augen zu lesen.

»He, immer mit der Ruhe, Liebling. Warum sollte etwas mit deinem Vater sein?« Er führte mich zum Sofa und zog mich neben sich in die Polster. »Ich habe von Minna gehört, daß er krank war, aber deine nette Mrs. Dawson hat mir erzählt, er sei in irgendeiner superteuren Klinik in der Schweiz.«

»Das stimmt.« Allmählich war ich wieder in der Lage, ruhig zu atmen. »Aber was wolltest du mir dann so Wichtiges sagen?«

»Das wirst du gleich erfahren.« Er griff nach seiner Kaffeetasse. »Möchtest du auch etwas von dem Zeug? Nein, na schön, dann hör zu. Kurz bevor ich hierher kam habe ich mich mit deinem Chef zum Abendessen getroffen. Er hat ein paar Nachforschungen über deinen kostbaren Kingley-Wald angestellt.«

Mir wurde schwer ums Herz. Was würde Martin von mir denken, wenn er erfuhr, daß ich verkauft hatte?

»Er hat herausgefunden, warum dein millionenschwerer Vetter so scharf darauf ist, das Land in seinen Besitz zu bringen.«

»Sag es mir nicht, Chris«, entgegnete ich beklommen. »Es ist zu spät.«

Er sah mich fassungslos an. »Zu spät?«

»Ich habe es verkauft«, nickte ich.

Einen Moment lang dachte ich, er würde in Ohnmacht fallen. Sein Gesicht wurde erst puterrot, dann kalkweiß. »Warum, in drei Teufels Namen?« stieß er schließlich mit Mühe hervor.

Ich erhob mich, kramte in meiner Tasche nach dem Scheck und warf ihn auf den Tisch vor ihn hin. »Da hast du den Grund«, sagte ich bitter.

Ihm blieb der Mund offenstehen, als er das Stück Papier auseinanderfaltete und einen Blick darauf warf. »Eine Million… Eine armselige Million! Kate, Martin hat herausgefunden, daß auf dem Gelände vor ein paar Jahren Test-bohrungen durchgeführt wurden. Es gibt jede Menge Öl dort.«

Mir stockte der Atem. »Und Richard wußte darüber Bescheid?«

»Selbstverständlich wußte er Bescheid.«

Im ersten Moment brachte ich vor Empörung kein Wort heraus, dann begann ich lauthals zu lachen. Chris sah mich an, als hätte ich den Verstand verloren, während ich mich, außerstande, ihm meinen Heiterkeitsausbruch zu erklären, auf das Sofa fallen ließ und mit dem Scheck we-delte.

»Nur die Hälfte ist für das Land«, prustete ich hysterisch. »Eine halbe Million ist für Land. Die andere Hälfte ist für mich!«

Es dauerte eine Minute, bis er den Sinn meiner Worte begriffen hatte, aber dann dachte ich, Chris, den ich noch nie im Leben wütend gesehen hatte, würde gleich an die Decke gehen.

»Dieser Hurensohn!« schrie er völlig außer sich. »Dieser elende, widerliche Hurensohn! Wenn ich mir vorstelle …« Ihm fehlten die Worte. »Wann war das?« brachte er schließlich heraus.

»Gerade eben«, erklärte ich mit einem harten kleinen Lachen. »Als du anriefst, war er soeben im Begriff, mich in sein Bett zu zerren.« Ich verschwieg ihm, daß ich, berauscht vom Wein, vom Kerzenschein und seinen Küssen, wahrscheinlich ohne große Gegenwehr mit ihm gegangen wäre. Bei seinen nächsten Worten packte mich allerdings das kalte Entsetzen, und mein bitteres Lachen erstarb mir auf den Lippen.

»Ich wußte, daß er ein Schwein ist«, sagte er schleppend. »Aber das schlägt dem Faß den Boden aus. Hat er dir erzählt, daß sich seine Verlobte vor ein paar Tagen umgebracht hat?«

Draußen in dem alten Walnußbaum neben dem Haus schrie eine Eule. Lange Zeit war es das einzige Geräusch, das im Zimmer zu hören war.

»Jacqueline?« flüsterte ich endlich.

»Jacqui Overton. Ganz genau.«

»Wie?« Mit starren Lippen formte ich die Frage.

Er zögerte eine Sekunde. »Sie hat sich erschossen. He, Katie, es tut mir leid. Du siehst furchtbar aus. Ich wußte nicht, daß du sie kanntest.«

Ich schüttelte den Kopf. »Ich bin ihr nur einmal begegnet, aber …« Meine Augen hatten sich mit Tränen gefüllt. »Sie war auf ihre Weise nett zu mir.«

Ihre letzten Worte waren mir wieder in den Sinn gekommen. »Es gibt nichts mehr, das Richard mir antun könnte«, hatte sie gesagt, und plötzlich fiel mir auch wieder ein, welch tiefe Verzweiflung dabei in ihren Augen gestanden hatte.

Mutlos sah ich Chris an. »Weißt du, ich hätte jetzt doch gern eine Tasse Kaffee«, murmelte ich mit belegter Stimme.

In dieser Nacht fand ich keinen Schlaf. Ich hatte Chris das Gastzimmer gezeigt, und mit einem einzigen Blick in mein Gesicht hatte er mir einen Gutenachtkuß gegeben und still die Tür hinter sich geschlossen. Dann war ich allein in mein Bett geschlüpft. In meinem Kopf jagte ein Bild das andere: Jacqui mit bleichem Gesicht, die Augen riesige Seen der Verzweiflung; Richards schönes Profil, wie aus Stein gemeißelt vor dem in Kerzenlicht getauchten Samt der Vorhänge; mein Vater mit vor Glück leuchtenden Augen, auf den Lippen noch der verräterische bläuliche Schimmer; Sara mit leuchtend rotem Mund, der mich herausfordernd anlachte und noch weiter lachte, während sie von Richards Lakaien fortgeschleppt wurde; und über allem schwebte das Bild meiner Wälder und Sümpfe, die nicht mehr im Sonnenlicht strahlten, sondern erstickt unter einer häßlichen Decke aus Öl lagen.

Am nächsten Morgen regnete es. Eine ganze Weile blieb ich im Bett liegen und lauschte dem gleichmäßigen Prasseln der Tropfen an der Fensterscheibe, dann raffte ich mich auf und erhob mich mit rasenden Kopfschmerzen und zerschlagenen Gliedern.

Chris saß am Küchentisch und machte einem Teller mit gebratenem Speck und Eiern den Garaus. Ich nahm auf dem Stuhl gegenüber Platz und setzte ein gezwungenes Lächeln auf. »Wie lange kannst du bleiben?« fragte ich ihn.

Mrs. Dawson stellte eine Tasse Kaffee vor mich auf den Tisch. »Möchten Sie Speck, Miss Kate?« erkundigte sie sich und musterte mich dabei mit besorgter Miene.

Ich schüttelte den Kopf. »Nur Kaffee, danke.« Als ich die Tasse zum Mund hob, zitterte meine Hand.

»Ich bleibe, solange du mich brauchst«, erklärte Chris liebevoll. »Und als erstes fahre ich dich zur Bank, damit du diesen Scheck einreichen kannst.« Damit zog er den Scheck aus seiner Tasche und lachte leise. »Ich habe ihn heute morgen auf dem Fußboden gefunden! Du mußt ihn dir gutschreiben lassen, bevor es sich dein Freund anders überlegt und ihn sperren läßt.«

Mit einer Grimasse griff ich nach der hölzernen Zuckerschale. »Ich werde ihm den Scheck zurückgeben.«

»Nein, das tust du nicht.«

»Chris! Ich habe dir gesagt, wofür das Geld gedacht ist!«

»Na schön, dann reichst du den Scheck auf dein Konto ein und schreibst ihm über die Hälfte der Summe einen anderen aus.«

Auf diesen Gedanken war ich überhaupt nicht gekommen.

Mein Triumph währte nicht lange. Zwei Tage später erhielt ich den Scheck, den ich Richard geschickt hatte, mit der Post zurück. Er war fein säuberlich in der Mitte auseinandergerissen, und ich war gegen meinen Willen wieder Millionärin und stand in seiner Schuld.

Als ich es Chris unter Tränen der Wut erzählte, lachte er nur trocken. »Mach dir keine Sorgen, Liebling«, beruhigte er mich. »Wir werden gewinnen.«

Während Chris es sich im Garten gemütlich machte, ging ich zu den Stallungen hinüber, um mir ein Pferd auszuleihen. Ich wollte mir meinen Kopf freigaloppieren, meinen Kummer vergessen, Wind, Regen und Sonne in den Haaren und im Gesicht spüren – aber ich sollte mir schon bald sehnlichst wünschen, ich hätte es nicht getan. Aus alter Gewohnheit schlug ich den Reitweg ein. Er führte um die Felder herum, die Minna an Richard verkauft hatte und auf denen sich schon das erste Grün des Winterweizens zeigte. Von dort aus schlug ich den Weg zu meinem Wald ein. Ein kleiner Ritt dorthin würde niemandem wehtun, und Richard war ohnehin nicht in der Nähe und konnte mich demnach nicht sehen; ich hatte gehört, daß er nach Boston geflogen war.

Am Kingley-Wald angelangt, mußte ich das Pferd jedoch abrupt zügeln. Statt des breiten, weichen, laubbedeckten Waldweges, den ich gewohnt war, hatte ich plötzlich einen Maschendrahtzaun vor mir, der sich nach beiden Seiten erstreckte, soweit das Auge reichte. Ich starrte fassungslos darauf. Richard mußte seinen Leuten am Morgen, nachdem ich die Verkaufsurkunde unterschrieben hatte, den Auftrag gegeben haben, den Wald einzuzäunen.

Ohne noch einmal nach rechts oder nach links zu blicken, führte ich das Pferd zu Fuß zum Stall zurück. Ich wollte nur noch weg von hier und Kingley nie mehr wiedersehen.

Chris hatte zumindest für den Augenblick eine Lösung parat. »Wir besuchen deinen Vater«, schlug er vor, »und bleiben eine Woche oder vierzehn Tage in der Schweiz. Das ist das Beste für dich, Katie, glaub mir.«

Stumm nickte ich. Aus der Ferne hallte bereits das Kreischen der Motorsägen über die Felder herüber, und ich wußte, daß ich es nicht ertragen würde, zuzusehen, wie die mächtigen Eichen fielen.

Der Flug war nicht mit meiner ersten Reise in die Schweiz zu vergleichen. Da ich es nicht über mich brachte, das Geld auf meinem Konto anzurühren, kauften wir ein Billigticket für eine Maschine – einen Pedalenflieger, wie Chris witzelte –, die voll war mit Touristen, Kindern und gehetzten Stewardessen. Bei der Hertz-Niederlassung am Flughafen mieten wir einen Wagen, mit dem wir zur Klinik fuhren.

Mein Vater hatte ein kleines, blumengeschmücktes Privatzimmer im zweiten Stock, und es schien ihm erstaunlich gut zu gehen. Auf seine Empfehlung quartierten wir uns in einem Gasthof im nächsten Dorf ein, von wo aus wir Ausflüge in die Umgebung unternehmen konnten.

»Ich habe den Eindruck, daß du die gute Luft genauso gut brauchen kannst wie ich, Katie«, sagte mein Vater liebevoll, als ich mich zu ihm ans Fenster setzte. Er hatte sich, wie mir der Arzt versicherte, mit dem ich gleich nach unserer Ankunft gesprochen hatte, so gut erholt, daß er schon in wenigen Wochen die Heimfahrt würde antreten können. »Aber ich bin enttäuscht, Richard nicht zu sehen.« Er sah mich forschend an. Chris war nach unten gegangen, um Zeitungen zu holen.

Ich gab mir Mühe, mir meine Gedanken nicht anmerken zu lassen. »Er mußte geschäftlich nach Boston fliegen«, erklärte ich so ruhig ich konnte.

»Ich verstehe.« Er beobachtete mich immer noch. »Ich mag Chris natürlich gern, Kate, aber ich hatte gehofft, daß Richard und du ...« Ich war so abrupt aufgesprungen, daß ihm der Satz auf den Lippen erstarb.

»Nein, es tut mir leid, zwischen Richard und mir wird es nie eine Verbindung geben!« In dem Augenblick, in dem ich das sagte, war mir bewußt, daß ich meinen rechten Arm gegeben hätte, um ihm eine Freude zu machen. Aber Richard wollte ich nie wiedersehen.

Zum Glück erschien in diesem Moment Chris, einen Stapel Zeitungen unter dem Arm. »Hallo«, sagte er. »Ich habe die Gelegenheit genutzt und Kaffee und Gebäck aufs Zimmer bestellt. Ich hoffe, das ist in Ordnung?« Offensichtlich verwundert über unser Schweigen, sah er uns abwechselnd an. »Soll ich lieber wieder gehen?« fragte er dann.

Ich griff hastig nach seinem Arm. »Natürlich nicht. Ich habe meinem Vater gerade erzählt, daß Richard zur Zeit in Boston ist.«

»Ein so netter junger Mann«, murmelte mein Vater eigensinnig.

Leider hatte Chris ihn gehört. »Sie machen wohl Witze?« sagte er. »Nach der Vorstellung, die er in Kingley gegeben hat!«

Mein warnender Tritt gegen sein Schienbein kam zu spät.

»Wovon reden Sie?« fragte mein Vater scharf.

Chris ignorierte meine hektischen Bemühungen, ihm ein Zeichen zu geben. »Er hat Kate gezwungen, ihm ihr Erbe zu verkaufen, das ist alles«, erklärte er. »Der Mann ist ein Schweinehund ohne jedes Moralgefühl.«

Mein Vater war blaß geworden. »Du hast das Sumpfland verkauft, Kate? Das ist doch nicht wahr! Ich kann es nicht glauben. Dein Großvater wollte, daß es für immer dir gehört.«

»Pa«, bat ich und nahm seine Hand. »Reg dich nicht auf.«

»Ich soll mich nicht aufregen?« fuhr er mich an. »Was hast du dir dabei gedacht? Was hat dich dazu veranlaßt?«

Als Chris sah, daß ich kein Wort herausbrachte, antwortete er für mich. »Was glauben Sie, warum Richard Sie hierher gebracht hat?« fragte er leise. »Der Mann hat gezeigt, daß er ein skrupelloser Erpresser ist!«

Eine Sekunde lang war es vollkommen still im Zimmer, dann griff mein Vater mit beiden Händen an seine Brust. Durch einen Schleier des Entsetzens sah ich, wie sein Gesicht erst weiß wurde und dann blau anlief und wie er keuchend und nach Luft ringend zum Bett wankte.

»*Chris*!« schrie ich.

Geistesgegenwärtig drückte er auf die Klingel, und Sekunden später wimmelte es im Zimmer von Ärzten und Krankenschwestern; Chris und ich wurden aus dem Zimmer geschoben.

»Ach, Kate, es tut mir so leid.« Chris hatte den Kopf in die Hände gestützt. »Ich hatte ja keine Ahnung … Ich hätte nie gedacht …«

»Es macht nichts«, hörte ich mich selbst tonlos sagen. »Du konntest es nicht wissen.«

Später kam der Arzt zu uns, um uns über den Zustand meines Vaters zu informieren. Seine Diagnose war sehr beruhigend. »Er braucht ein bißchen Ruhe, dann geht es ihm schnell wieder gut«, versicherte er. »Kommen Sie morgen, dann können Sie ihn sehen. Allerdings nur für fünf Minuten.«

Niedergeschlagen machten wir uns auf den Weg zum Gasthof. Mir war selbst nicht klar gewesen, wie kritisch die gesundheitliche Verfassung meines Vaters war, und ich konnte Chris keinen Vorwurf machen. Immerhin stand er mir zur Seite.

Im Gasthof gingen wir an die Bar und bestellten etwas zu trinken. Viel mehr konnten wir im Augenblick ohnehin nicht tun.

Schweigend saßen wir eine Weile am Tisch und beobachteten das Kommen und Gehen der anderen Gäste, dann zog Chris beiläufig eine amerikanische Zeitung aus seiner Tasche und schlug sie auf.

Als ich seinen erstaunten Ausruf hörte, blickte ich auf. »Was ist?«

»Kate, du wirst es nicht glauben!« stieß er mit bebender Stimme hervor. Er faltete die Zeitung zusammen, schob sie zu mir herüber und deutete mit dem Finger auf einen zweispaltigen Artikel auf der unteren Hälfte des Blatts.

Obwohl es relativ düster im Raum war, konnte ich die Schrift entziffern. Die Überschrift lautete: *Ermittlungen im Bostoner Mordfall*. Darunter war von Jacquis Tod die Rede und von der polizeilichen Erkenntnis, daß es sich nicht um Selbstmord, sondern um Mord handelte. Neben dem Artikel war ein Foto von Jacqui und eines von Richard zu sehen. Den letzten Absatz las ich ein zweites Mal: *Die Staatsanwaltschaft wartet ungeduldig darauf, den Verlobten der Ermordeten befragen zu können, den Millionär Richard Bradshaw, der sich gegenwärtig auf dem Gut seiner Familie in England aufhalten soll. Er kann laut Staatsanwaltschaft als Täter nicht ausgeschlossen werden ...*

Der Raum begann sich um mich zu drehen; ich schloß die Augen und merkte erst, daß Chris den Tisch verlassen hatte, als er zurückkam und mir ein Glas Cognac in die Hand drückte.

»Trink das«, befahl er sanft. Dann nahm er die Zeitung und las den Artikel unter Kopfschütteln noch einmal aufmerksam durch.

Kurze Zeit später ging ich auf mein Zimmer, wo ich eine Stunde lang auf dem Bett saß und benommen die Wand anstarrte. Es konnte nicht sein. Ich glaubte es einfach nicht. Was immer ich von Richard hielt, was immer ich gesagt hatte, ich glaubte nicht, konnte nicht glauben, daß er fähig war, einen Mord zu begehen. Was immer Sara oder auch Jacqui gesagt hatte, dieser Mann, der mich in seinen Armen gehalten hatte, konnte bestimmt kein Mörder sein.

Ein Klopfen an der Tür brachte mich wieder in die Gegenwart. Es war Chris.

»Kate, David Conway ist unten in der Bar und fragt nach dir. Er war in der Klinik und hat dort erfahren, daß wir hier sind.«

Mir stockte der Atem.

»Wenn du nicht mit ihm reden willst, sage ich ihm, daß

er verschwinden soll.« Chris witterte sofort Unheil. Aber ich schüttelte den Kopf. »Ich komme«, erklärte ich. »Laß mir eine Minute Zeit, dann komme ich hinunter.«

Nachdem ich mir das Gesicht gewaschen und die Haare gekämmt hatte, ging ich in die Bar.

Dave sah müde aus, aber verhältnismäßig heiter, wie ich fand. »Haben Sie die Zeitungen gesehen?« erkundigte er sich.

Ich nickte, während ich mich auf die Bank setzte und dicht an Chris heranrückte.

»Mrs. Dawson hat mir gesagt, daß Sie hier sind, um Ihren Vater zu besuchen«, fuhr er fort. »Ich dachte, ich komme besser gleich her, damit Sie sich keine Gedanken machen. Es erübrigt sich selbstverständlich, zu sagen, daß Richard mit dieser schrecklichen Sache nichts zu tun hat. Das glauben Sie mir doch, oder?« Mit seinen warmen nußbraunen Augen sah er erst mich, dann Chris ernst an.

Offensichtlich standen uns die Zweifel ins Gesicht geschrieben, denn er fuhr fort: »Sie wußten nicht über Jacqui Bescheid, Kate. Wie sollten Sie auch, da Richard sie die ganze Zeit über geschützt und sogar die Lüge aufrechterhalten hat, sie sei mit ihm verlobt. Sie hatte ein ernstes Drogenproblem und schon mehrere Selbstmordversuche hinter sich.«

Ich sah ihn ungläubig an. »Aber in der Zeitung steht ...«

»Die Zeitungen schreiben, daß Richard des Mordes an ihr verdächtigt wird«, erklärte er leise, »weil die Polizei einen Hinweis bekommen hat – anonym natürlich –, daß er der Täter sei.« Hier machte er eine Pause und sah mich eindringlich an. »In der Hölle gibt es keine Rachegeister, hat einmal jemand gesagt, und die Frau, der Richards Verachtung galt, war Sara Dashwood!«

»Sie hat der Polizei gesagt, er sei ein Mörder?« stieß ich entsetzt hervor.

»Genau das. Er hatte dieser dummen Person den Laufpaß gegeben, und sie hat es ihm auf ihre Weise ordentlich
heimgezahlt.«

»Dann kann er seine Unschuld doch sicher beweisen?«
flüsterte ich.

»Irgendwie wird er es schon schaffen«, sagte er mit einem beschwichtigenden Lächeln.

Seine Worte und alles, was unausgesprochen damit verbunden war, kreisten in meinem Kopf.

Schließlich fragte ich: »Was hat ihn veranlaßt, Sara doch
noch den Laufpaß zu geben?«

Mit leicht schräg geneigtem Kopf sah er mir in die Augen. »Können Sie sich das nicht denken?«

Etwas an der Art, wie er mich ansah, ließ mich erröten.
»Wegen Jacqui?« murmelte ich.

»Nein, Ihretwegen, Kate.« Einen Moment lang saßen
wir uns schweigend gegenüber. Dann stand er mit einem
Ruck auf. »Ich hole uns noch etwas zu trinken«, erklärte
er.

»Was hatte diese letzte Bemerkung zu bedeuten?« fragte Chris, nachdem Dave den Tisch verlassen hatte.

»Das weißt du genauso gut wie ich«, fuhr ich auf.
»Aber ich hätte nie gedacht, daß er so weit geht, sie wirklich zum Teufel zu jagen!«

»Hast du es von ihm gefordert?« Er zog eine Braue
hoch.

»Ich habe ihn gefragt, was er sich dabei denkt, mich zu
verführen, obwohl er verlobt ist …«, ich biß mir auf die
Zunge, dann fuhr ich fort: »Und obwohl er unter demselben Dach eine Geliebte beherbergt.«

»Ich verstehe.« Aber er klang nicht sehr überzeugt.

David kam mit drei Gläsern zurück. »Ich muß mich
bald verabschieden«, verkündete er. »Ich habe für heute
nachmittag den Rückflug von Genf gebucht.«

»Es war nett von Ihnen, hierherzukommen.« Sicher sah

man meinem Gesicht die Anstrengung an, als ich mich jetzt zu einem Lächeln zwang.

Er lachte. »Ich wollte nur, daß Sie sich keine Gedanken mehr machen. Und die beiden wichtigsten Dinge habe ich Ihnen noch nicht einmal erzählt. Erstens läßt Richard Ihnen sagen, daß, was auch immer passieren mag, die Krankenhausrechnungen Ihres Vaters bezahlt werden. Und zweitens ist die Kingley-Wald-Stiftung so gut wie perfekt.«

»Die Kingley-Wald-Stiftung?« wiederholte ich verständnislos.

Er nickte. »Es betrifft das Land, das er Ihnen abgekauft hat.« Er unterbrach sich, und als er mich ansah, war ihm einen Moment lang die eigene Verwunderung deutlich ins Gesicht geschrieben. »Er hat eine Stiftung ins Leben gerufen, deren Satzung den Wald auf Dauer zum Landschaftsschutzgebiet bestimmt.«

Mir blieb der Mund offenstehen. »Sind Sie *sicher*?«

»Ganz sicher.«

»Wollen Sie damit sagen, daß er nichts von dem Öl wußte?«

»Doch, er wußte davon.« Als er meinen Gesichtsausdruck sah, lachte er. »Ich weiß nicht, was Sie mit ihm gemacht haben, Kate Parrish, aber das war das erste Mal, seit ich ihn kenne, daß er sich nicht von geschäftlichen Interessen hat leiten lassen. Er hätte mit dem Areal Millionen verdienen können!«

Diese Bemerkung ging mir immer noch durch den Kopf, als ich in der Nacht allein in meinem Bett lag und aus dem offenen Fenster zu den Berggipfeln blickte, die sich im hellen Mondschein hoch in den Himmel reckten.

Am nächsten Morgen prangte Richards Bild in allen Zeitungen auf der ersten Seite. *Millionär wegen Mordes an seiner Verlobten gesucht*, war in dicken Schlagzeilen zu lesen.

Chris sah mich über den Frühstückstisch hinweg an. »»Du glaubst Conway, daß er unschuldig ist?«

Ich nickte. »Er ist zwar skrupellos, Chris, aber er ist kein Mörder!«

Chris' Miene drückte Skepsis aus. »Es tut mir leid, Kate, aber davon bin ich nicht überzeugt. Ich bin nur froh, daß du hier außerhalb seiner Reichweite bist. Du hast vielleicht dein Land verloren, aber immerhin ist dein *Leben* hier nicht in Gefahr!«

»Chris, wir waren ungerecht ihm gegenüber«, ereiferte ich mich. »Er will den Wald erhalten. Er opfert ihn nicht für das Öl.«

»Das behauptet Conway«, entgegnete Chris und zog eine Braue hoch. »Süße, naive Kate. Ich weiß nicht, wie die Gesetzeslage in Großbritannien ist, aber wenn der Staat das Öl haben will, dann bekommt er es, gleichgültig, welcher seltene Vogel sein Nest darauf gebaut hat. Sie werden ihm das Nest unterm Hintern wegziehen, verlaß dich drauf – und wer bekommt das Geld, während er sich bitter über die Sabotage seiner Umweltschutzbemühungen beklagt? Richard Bradshaw!« Kein versöhnliches Lächeln begleitete seine Worte. Heftig schob er seinen Stuhl zurück und ließ mich, aus dem Frühstückssaal stolzierend, allein mit meinen Gedanken.

Ich war hin- und hergerissen. Mein Verstand sagte mir, daß Chris recht hatte. Richard war hart, skrupellos, seiner eigenen Aussage zufolge gefühllos, und er war zu Gewalttätigkeiten fähig. Hatte ich Saras Verletzungen nicht mit eigenen Augen gesehen? Aber mein Herz beharrte darauf, daß er im Innern ganz anders war, daß er vielleicht irgend etwas für mich empfand und daß ich mich, gleichgültig, wer er sein mochte, am Ende doch in ihn verliebt hatte.

Und Chris wußte das.

Zwei Tage später, nachdem eine Flut von Berichten durch die Presse gegangen war, nachdem ich mir im Gasthof die neuesten Nachrichten im Fernsehen angesehen und mich dabei bemüht hatte, das Zittern meiner Hände zu verbergen, als das attraktive Gesicht meines Vetters auf dem Bildschirm erschien, bat mich Chris, einen Spaziergang mit ihm zu machen.

»Ich fliege nach New York zurück, Kate«, verkündete er.

»Aber Chris ...« Fassungslos sah ich ihn an.

»Nein, Kate.« Er nahm meine Hände und wich meinem Blick nicht aus. »Darling ... Du hast hier deinen Vater, und Conway wird dich zweifellos über Bradshaw auf dem laufenden halten. Ich werde nicht hierbleiben und zusehen, wie du dich wegen eines solchen Mannes kaputtmachst. Wenn du mich brauchst, ruf mich an, aber solange du diesen Mann liebst, solltest du es besser nicht tun.«

War es so offensichtlich? Von Schuldgefühlen überwältigt, schlang ich die Arme um seinen Hals. »O Chris«, stieß ich unter Tränen hervor, »ich wollte dir nicht wehtun. Aber du und ich ...« Zögernd suchte ich nach den richtigen Worten. »Es war nie ...«

»Ich weiß, Katie.« Er machte sich sanft von mir los. »Und ich hoffe, es entwickelt sich alles nach deinen Wünschen.«

Zwei Stunden später sah ich ihm nach, als er in ein Taxi stieg und davonfuhr.

An diesem Nachmittag war ich in trauriger Stimmung, als ich zur Klinik hinaufwanderte. Chris war mein Trost und meine Stütze gewesen. Tief im Herzen wußte ich, daß ich ihm gegenüber nicht fair gewesen war, und bereits jetzt begann ich, ihn furchtbar zu vermissen.

Im Gang vor dem Zimmer meines Vaters fing mich ein Arzt ab. »Nur zehn Minuten heute«, mahnte er mich. »Ihr Vater fühlt sich ein wenig schwach. Offensichtlich hat er neue Informationen erhalten, die ihn sehr aufgeregt haben. Ich weiß nicht, ob es Ihnen gelingen wird, ihn zu beruhigen.« Natürlich hatte ich meinem Vater gesagt, wie sehr Chris seine unüberlegten Worte bedauerte, und ich hatte ihm auch von der Stiftung erzählt. Die Neuigkeit hatte ihn aufgeheitert und, wie es schien, seine Genesung von dem neuerlichen Anfall beschleunigt. Den Mord hatte ich mit keiner Silbe erwähnt.

Natürlich hätte ich mir denken können, daß er es erfahren würde. Irgendwie war ich sogar überrascht, daß er es nicht schon früher herausgefunden hatte.

Und selbstverständlich faßte er, kaum daß ich das Zimmer betreten hatte, unter sein Kopfkissen und zog eine Zeitung hervor. »Wußtest du das, Kate?«

Ich nickte. »Aber er ist natürlich unschuldig. Und er hat ein wasserdichtes Alibi. Es wird sich bald alles aufklären, du wirst sehen…«

Er schien einigermaßen beruhigt, aber man sah ihm an, daß ihn noch etwas bedrückte. »Ich begreife das alles nicht, Kate. Er schien mir ein so netter Mann zu sein, und ich hatte mir wirklich Hoffnungen gemacht …«, sagte er schließlich.

Unter seinem traurig forschenden Blick spürte ich, wie mir die Röte ins Gesicht stieg.

»Am Ende wird alles in Ordnung kommen, Pa«, war alles, was ich herausbrachte, während ich ihm beruhigend die Hand tätschelte.

Ich blieb nicht lange, aber als ich mich schon zum Gehen anschickte, sagte er etwas, das mich wie ein Blitzschlag aus heiterem Himmel traf. »Kate, ich möchte, daß du nach Kingley zurückkehrst, bis diese ganze Sache ausgestanden ist«, erklärte er.

»Aber ich will bei dir bleiben!« begehrte ich auf.

Er lächelte wehmütig. »Ich bin hier in guten Händen. Eine bessere Pflege könnte ich nicht bekommen. Aber zu

Hause ist niemand, der sich um alles kümmert. Ich bin zwar überzeugt, daß Richards Verwalter seine Sache gut macht, aber es ist etwas anderes, wenn einer aus der Familie vor Ort ist.«

Schließlich mußte ich ihm recht geben. »Also gut, ich nehme die nächste Maschine nach London.« Liebevoll küßte ich ihn zum Abschied. »Aber nur, wenn du mir versprichst, schnell wieder ganz gesund zu werden.«

»Das verspreche ich«, sagte er.

Das Gut sah prachtvoll aus in der strahlenden Junisonne. Nachdem ich aus dem Wagen geklettert war, blieb ich eine Weile stehen und blickte um mich, atmete den süßen Duft des Geißblatts und der Gartennelken ein, die milde Luft, die so anders war als die klirrende Klarheit des Gebirges.

Auf den ersten Blick sah es jedenfalls so aus, als seien die Sorgen meines Vaters unbegründet. Der Gutsbetrieb lief wie am Schnürchen unter der Obhut von Richards Verwalter, und auch in den Häusern ging alles seinen geregelten Gang. Tatsächlich bedachte Mrs. Dawson Kingley Farm mit so übertriebener Liebe und Fürsorge, daß ich mich fragte, ob sie nicht eines Tages das Mobiliar gänzlich wegpolieren würde. Der Wald und das Sumpfland waren jetzt vollständig eingezäunt, und die Natur schien dort ungestört zu ihrem Recht zu kommen, obwohl mir der Anwalt erklärte, daß ohne Richards Unterschrift die Stiftungsgründung nicht zum Abschluß gebracht werden könnte. Und Richard ließ nichts von sich hören. Er war wie vom Erdboden verschluckt.

Meine innere Unruhe verschwand allmählich. Ich hatte es mir in einem Liegestuhl unter dem Apfelbaum in der Sonne gemütlich gemacht und genoß die Wärme auf meiner Haut, als Mrs. Dawson mit den Neuigkeiten zu mir kam. Ihre normalerweise so freundlichen Augen glitzerten böse.

»Sie haben ihn!« rief sie. »Es kam in den Elf-Uhr-Nachrichten. Er ist in New York verhaftet worden, und sie haben ihn nach Boston gebracht, wo er vor Gericht gestellt wird.«

Als ich zu ihr aufsah, war ich dankbar, daß ich eine dunkle Sonnenbrille trug, denn so blieb ihren Augen die tiefe Verzweiflung verborgen, die in mir aufwallte.

»Sie klingen sehr zufrieden, Mrs. Dawson.«

Sie nickte grimmig. »Er hat uns nichts als Ärger gebracht, dieser Mann. Ich bin froh, daß er jetzt die Quittung dafür bekommt.«

Ich hatte völlig vergessen, daß er sie zusammen mit den anderen Hausangestellten des Gutshauses entlassen hatte.

Zum Glück hatte Mrs. Dawson ihren freien Abend. Denn das freudige Blitzen in ihren Augen, als sie mit dem Staubwedel durchs Haus fegte und ihren Triumph am liebsten laut hinausgeschmettert hätte, war mehr, als ich für den Rest dieses Tages ertragen konnte. Mir war schwer ums Herz. Mehrmals war ich drauf und dran, den Telefonhörer abzunehmen und David in Bay View anzurufen, aber ich hielt mich jedesmal zurück. Wenn es Neuigkeiten gab, würde er es mich umgehend wissen lassen, und überhaupt – was bedeutete mir Richard Bradshaw schon.

Der Abend dämmerte bereits, und Mrs. Dawson war längst gegangen, als ich immer noch ziellos im Garten umherwanderte. Schließlich ging ich ins Haus zurück. Es wirkte sehr leer ohne meinen Vater und ohne Mrs. Dawson, und ich lief ruhelos von einem Zimmer zum anderen, strich über alte Eichenmöbel, fuhr mit der Fingerspitze über Buchrücken, blies den Blütenstaub weg, der von einem Blumenstrauß auf die polierte Tischplatte gerieselt war.

Langsam wurde es Nacht. Ich knipste die kleine Tischlampe an und versuchte zu lesen, aber ich war mit meinen Gedanken nicht bei dem Buch.

Als es an die Tür klopfte, warf ich einen Blick auf meine Armbanduhr. Es war elf Uhr. Auf nackten Sohlen tapste ich in die Eingangshalle hinaus und lauschte. Von draußen war kein Laut zu hören, dann klopfte es noch einmal, laut und nachdrücklich.

»Wer ist da?« fragte ich.

Es kam keine Antwort. Zuerst war ich unschlüssig, was ich tun sollte, aber mir war die verwegene Hoffnung durch den Kopf geschossen, daß es Richard sein könnte; daß die Nachricht falsch war und daß er es geschafft hatte, nach Hause – und zu mir – zu kommen.

Mit bebenden Händen schob ich den Riegel zurück und öffnete die Tür einen Spalt. Einen Moment lang konnte ich nichts erkennen, dann kam eine Person aus der Dunkelheit auf mich zu. Es war eine Frau.

Mit einem Schreckensschrei wich ich zurück und versuchte, ihr die Tür vor der Nase zuzuschlagen, aber sie war zu schnell.

»Ich will mit Ihnen reden, Schätzchen«, sagte Sara. Ihre Aussprache war schleppend.

»Ich wüßte nicht, warum.« Angewidert musterte ich sie. Sie trug ein enges, tief ausgeschnittenes grünes Kleid, roch nach Alkohol und mußte sich an der Mauer festhalten, um nicht umzukippen.

»Ich dachte, Sie möchten vielleicht die neuesten Neuigkeiten hören«, sagte sie. »Kann ich was zu trinken haben?« Damit schob sie sich an mir vorbei ins Wohnzimmer und sah sich neugierig nach allen Seiten um. »Hier wohnt also die Cousine vom Land. Ich hätte mir ja denken können, daß es in Ihrer Bleibe von Kitsch und Nippes nur so wimmelt.« Der verächtliche Blick, mit dem sie den friedlichen, vielgeliebten Raum musterte, erfüllte mich mit kalter Wut, aber es gelang mir, mich zu beherrschen.

»Wir haben nicht alle den gleichen Geschmack«, sagte ich ruhig.

»Außer in Bezug auf die Männer, wie mir scheint!« blitzte sie mich an. Ihre rote Mähne war zerzaust, und ihr Gesicht war von einer aufgeschwemmten Blässe, die alles andere als attraktiv wirkte.

Ich wich einen Schritt zurück. »Ich glaube, ich weiß nicht, was Sie meinen«, sagte ich vorsichtig.

Sie lachte. »Ach, kommen Sie, so dumm sind Sie nun auch wieder nicht. Sie waren von dem Augenblick an, als sie Richard zum ersten Mal gesehen haben, wild entschlossen, ihn sich zu angeln. Tja, und ich bin gekommen, um Ihnen zu sagen, daß Sie ihn nicht kriegen werden.«

Sie ließ sich auf das Sofa fallen, wobei sie sehr viel weißen Schenkel zeigte, und warf ihr kleines Handtäschchen neben sich auf die Polster. »Haben Sie keinen Bourbon im Haus?«

Voller Unbehagen über mein eigenes Gefühl der Mißbilligung und der Abneigung schüttelte ich den Kopf. »Ich habe keine Ahnung, warum Sie gekommen sind, und ich finde, Sie sollten jetzt gehen«, sagte ich, indem ich mich hoffnungsvoll zur Tür hin bewegte. Aber sie machte keine Anstalten, vom Sofa aufzustehen. Sie musterte mich unter halb gesenkten Lidern und setzte ein unverschämtes Grinsen auf.

»Wissen Sie, wer der Polizei erzählt hat, daß Richard Jacqueline umgebracht hat?«

»Ich weiß es«, entgegnete ich ruhig. »Und ich weiß auch, daß es eine Lüge ist.«

»Woher wollen Sie das so genau wissen?« Ihre Augen funkelten im Lampenschein. »Richard ist ein Schizo.«

»Er ist jedenfalls kein Mörder«, erklärte ich so entschieden wie möglich. »Und Sie wissen das.«

»Haben Sie eine Ahnung, wo Richard ist?« bohrte sie weiter.

»Ich habe gehört, daß er verhaftet wurde.«

Sie streckte die Arme auf der Rücklehne des Sofas aus,

und ich hörte das Kratzen ihrer Nägel auf dem schweren Stoff.

»Das stimmt, aber sie haben ihn auf Kaution wieder freigelassen.« Ihre Augen verengten sich. »Er darf die Stadt nicht verlassen. Aber er hat es schon vermasselt.«

Wieder dieses Lachen, bei dem es mich eiskalt überlief.

»Woher wissen Sie das?« Fasziniert stellte ich fest, daß sie mein Unbehagen in vollen Zügen auskostete, aber ich konnte meine Frage dennoch nicht unterdrücken.

»Weil ich ihn angerufen habe.« Jetzt neigte sie den Kopf zur Seite. »Er wollte nicht mit mir reden, aber ich habe ihn gezwungen, mir zuzuhören.«

Wie sie da auf dem Sofa saß und Gemeinheiten von sich gab, ging etwas ungemein Bedrohliches von ihr aus, und mir lief eine kalte Gänsehaut über den Rücken.

»Ich nehme an, Sie werden mir erzählen, was Sie ihm gesagt haben?« fuhr ich gegen meinen Willen fort.

Sie fand offensichtlich großes Vergnügen an der Situation. »Aber ganz sicher.« Dann streckte sie ihre schlanken Beine aus und schlug sie übereinander. »Haben Sie denn gar nichts zu trinken im Haus?« fragte sie, und plötzlich merkte ich, daß ihre Hände zitterten.

»In der Anrichte steht eine Flasche Scotch«, sagte ich mißtrauisch.

»Der wird es tun.«

Ich schenkte ihr ein Glas ein, dann überlegte ich es mir und goß mir auch einen Schluck ein. Ich hatte das Gefühl, daß ich es brauchen könnte.

Sie leerte ihr Glas in einem Zug und ließ es dann achtlos in die Polster fallen. »Richard ist ein Idiot«, bemerkte sie fast liebevoll. »Ein verdammter, elender Idiot.«

Ihr fielen die Augen zu.

»Warum gehen Sie nicht nach Hause, Sara?« forderte ich sie schließlich leise auf. Ich wollte nicht, daß sie hier auf meinem Sofa einschlief.

»Nach Hause?« gab sie zurück. »Wissen Sie, wo mein Zuhause ist? Richard glaubt, ich bin in Kalifornien aufgewachsen.« Bei diesen Worten brach sie in ein freudloses Kichern aus. »Aber das stimmt nicht. Ich bin in Brooklyn zu Hause.«

»Was haben Sie ihm am Telefon gesagt, Sara?« versuchte ich sie geduldig auf das Thema zurückzubringen.

Sie schien die Augen nur mit Mühe offenhalten zu können. »Ich habe ihm gesagt, daß ich Sie umbringen werde.«

Einen Moment lang war ich sprachlos, sah nur ihre trägen, leuchtendgrünen Augen, die mich lauernd beobachteten. »Es war ein Test«, fuhr sie fort, jedes Wort deutlich betonend. »Ich wollte sehen, ob er Sie liebt. Wenn er alles liegen und stehen ließe, würde ich Bescheid wissen.«

»Und hat er es getan?« flüsterte ich.

Lächelnd erwiderte sie: »Als ich die alte Kuh Marlesford anrief, war er gerade zum Flughafen gefahren.« Mit unsicheren Händen griff sie nach ihrem Glas, erhob sich schwankend und ging auf die Flasche zu. »Pech für Sie«, murmelte sie und prostete mir mit ihrem Glas zu.

»Wenn es heißt, daß er mich liebt«, entgegnete ich, nicht ohne eine Spur von Gehässigkeit, »dann würde ich eher von Glück reden.«

»Es heißt nur eines, Schätzchen, nämlich daß ich gezwungen sein werde, Sie wirklich umzubringen!« Das sagte sie so leise, daß ich ihre Worte kaum verstehen konnte. »Und das Beste daran ist«, fuhr sie fort, während sie sehr konzentriert ihr Glas auffüllte, »daß er gerade rechtzeitig hier eintreffen wird, um in den Knast zu wandern.«

»Sie sind wahnsinnig«, stammelte ich und spürte im selben Augenblick, daß mich Panik zu durchrieseln begann.

»Das ist gut möglich«, entgegnete sie liebenswürdig. Dann leerte sie ihr Glas, stellte es ab, kehrte leicht wankend zum Sofa zurück und nahm ihr Täschchen zur Hand.

»Arme kleine Katherine«, fuhr sie im hörbaren Ton der Verachtung fort. »Seine Millionen haben Richard nicht viel eingebracht, habe ich recht? Ich frage mich, ob er auch nur das Wechselgeld herausbekommen hat.« Das Lachen, das darauf folgte, war eindeutig ordinär.

Mit einem heimlichen Blick zum Telefon überlegte ich, ob ich es erreichen könnte; sie war zu betrunken, um mit mir Schritt zu halten, dessen war ich sicher, und wenn sie doch schneller war als ich dachte, konnte ich mich immer noch gegen sie wehren – aber mit dem Schreckensszenario, das sich in den nächsten zwei Minuten entwickelte, hatte ich nicht gerechnet.

Lässig klappte sie ihre Tasche auf und griff hinein.

Eine Sekunde später blickte ich, starr vor Entsetzen, in den Lauf einer kleinen Pistole und hörte das leise Klicken, als sie den Sicherungshebel zurückschnappen ließ.

Teil Vier

Die Pistole schwankte in ihrer Rechten, und Sara hob lachend die andere Hand, um sie zu stabilisieren. Mein Mund fühlte sich trocken an; ich konnte nicht glauben, daß mir dies alles wirklich passierte.

Irgendwie mußte ich reden, mußte versuchen, sie abzulenken, aber die Angst war mir auf die Stimmbänder geschlagen, und ich brachte kein Wort heraus. Der ganze Raum stank nach Scotch.

»Wenn Richard kommt«, brachte ich schließlich tonlos heraus, »dann kommt er nicht allein, das wissen Sie. Und wenn Sie mir etwas antun, wird ihm klar sein, daß Sie es waren.«

»Ich will ja, daß er es weiß«, erklärte sie mit Nachdruck.

»Wenn die Bullen nicht wären, würde ich meine Unterschrift auf deine Leiche setzen.« Unvermittelt stiegen ihr die Tränen in die Augen. »Du miese kleine Schlampe!« schrie sie mit überschnappender Stimme. »Wenn du nicht auf der Bildfläche erschienen wärst, würde er mich immer noch lieben!«

Sie war nicht mehr Herrin ihrer Sinne. Die Pistole mit beiden Händen umklammernd machte sie zwei Schritte, prallte gegen den Tisch und stieß eine Reihe unflätiger Beschimpfungen aus. Dann schoß sie. Wieder und wieder drückte sie auf den Abzug, und während die Schüsse in meinen Ohren hallten, wartete ich darauf, zu sterben. Erst als die Pistole vier- oder fünfmal nur geklickt hatte und klar war, daß keine Patronen mehr im Magazin waren, wurde mir bewußt, daß sie mich mit jedem ihrer Schüsse verfehlt hatte. Vielleicht hatte sie gar nicht versucht, mich zu treffen; eine Ewigkeit später fanden wir fünf Kugeleinschläge in allen möglichen und unmöglichen Winkeln des Raums.

Als Sara merkte, daß sie keine Munition mehr hatte, schleuderte sie die Pistole Richtung Kamin, wo sie eine hübsche Staffordshire-Figur vom Sims warf und dann in einem Regen kleiner Porzellanscherben in der kalten Feuerstelle landete. Gleich darauf warf sie sich bäuchlings auf das Sofa und fing haltlos an zu weinen.

Als ich mich halbwegs von meinem Schreck erholt hatte und meiner Sprache wieder mächtig war, ging ich benommen zum Telefon.

Die Nummer, die ich wählte, war die des Gutshauses. Es war das nächste bewohnte Gebäude, und der Verwalter schien mir ein solider und zuverlässiger Mensch zu sein. Ich wollte vor allem, daß jemand herkam. Irgend jemand. Und zwar schnell.

Als sich jedoch am anderen Ende der Leitung eine vertraute Stimme meldete, durchflutete mich eine Welle der Erleichterung.

»Dave? Sind Sie es wirklich?«

»Aber sicher.« Seine Stimme klang verschlafen. »Wer spricht da?«

»Ich bin es, Kate. Dave, können Sie zur Farm herüberkommen? Sara ist hier. Sie hat versucht, mich umzubringen!« Gegen meinen Willen fing ich an zu schluchzen.

»Wo ist sie jetzt?« Schlagartig war er wach geworden, die Worte kamen knapp und drängend.

»Hier. Im Wohnzimmer. Sie ist betrunken.«

Am anderen Ende der Leitung war ein unterdrücktes Gemurmel zu hören.

»Kate? Machen Sie mir die Haustür auf, und dann sehen Sie zu, daß Sie wegkommen. Ich bin schon unterwegs!« Eine Sekunde später war die Leitung tot.

Ich wartete am Tor auf Dave. Er fuhr in einem der gutseigenen Range Rover vor und sprang heraus, als er mich sah. »Alles in Ordnung?«

»Nur ein bißchen zittrig«, nickte ich. »Sie hat mich verfehlt.«

»*Verfehlt*?« Entgeistert starrte er mich an. »Soll das heißen, daß sie eine Schußwaffe hat?«

»Eine Pistole. Sie hatte sie in ihrer Handtasche.« Mit einem unsicheren Lachen fuhr ich fort: »Ich glaube nicht, daß sie wußte, was sie tat.«

»O doch, das wußte sie verdammt genau. Sie warten hier draußen auf mich.«

Entschlossenen Schritts ging er an mir vorbei und verschwand im Haus. Wenig später tauchte er wieder auf. »Alles in Ordnung. Sie können kommen. Sie ist im Augenblick ohnmächtig.« Mit grimmiger Miene führte er mich ins Haus, schloß die Tür und lotste mich in die Küche. »Jetzt erzählen Sie mal, was genau passiert ist.«

Ich gab ihm einen kurzen Bericht der Ereignisse, und er pfiff leise vor sich hin. »Wir wußten natürlich, daß sie Richard bei der Polizei verleumdet hat, aber das ist wirklich

unglaublich! Sie sagen, Richard hat gegen die Kautions-
auflagen verstoßen?

»Das behauptet sie jedenfalls.«

»Herrje!« Nervös kaute er an seinem Daumennagel,
dann griff er zum Wandtelefon.

Er rief erst in Bay View, dann am Bostoner Flughafen
an. Dort erfuhr er, daß für Richards Privatjet ein Flugplan
nach London vorlag und daß die Maschine vor zwei Stunden gestartet war.

David stützte den Kopf in die Hände. »Was für ein
Schlamassel«, stöhnte er. Dann hob er den Kopf und sah
mich mit einem schwachen Grinsen an. »Kommen Sie, Kate. Eine Tasse schwarzen Kaffee. Und dann bringe ich die
Dame nach Hause.«

»Was haben Sie vor?« Automatisch griff ich nach der
Kaffeekanne und holte den Bohnenkaffee aus dem Kühlschrank.

Unschlüssig zuckte er die Schultern. »Wir werden sie
im Herrenhaus einschließen, bis Richard kommt. Dann
soll er entscheiden. Ihm fällt bestimmt einiges dazu ein,
was man mit unserer lieben Sara machen könnte.«

Der grimmige Ausdruck, der seine sonst so freundlichen Züge verhärtete, gefiel mir gar nicht. »Wollen Sie
nicht die Polizei informieren?«

»Damit sie bereitsteht, wenn Richard landet?« fragte er
mit einem Kopfschütteln. »Auf keinen Fall. Das ist eine
Privatangelegenheit.«

»Sie glauben, *sie* hat Jacqui getötet, habe ich recht?«
fragte ich nach einer Weile. Der Gedanke war mir seit dem
Augenblick nicht mehr aus dem Kopf gegangen, als ich
ihre Pistole gesehen hatte.

Dave steckte gerade den Stecker der elektrischen Kaffeemühle in die Dose, so daß ich sein Gesicht nicht sehen
konnte. »Ich habe an die Möglichkeit gedacht«, erwiderte
er zögernd. »Sie war im Haus, als es passierte.«

Unwillkürlich warf ich einen Blick über die Schulter zur Tür, als die Kaffeemühle zu dröhnen begann, halb befürchtend, daß sie von dem Lärm aufwachen könnte. Aber Sekunden später, als Dave die Mühle ausschaltete, konnte ich wieder das regelmäßige Schnarchen aus dem Wohnzimmer hören, wo Sara besinnungslos auf dem Boden lag.

»Sie wird nicht aufwachen, Kate«, beruhigte er mich mit einem verständnisvollen Lächeln. »Sie wird Stunden brauchen, um ihren Rausch auszuschlafen. Ich kenne Schlampen wie sie. Sie haben nichts mehr zu befürchten, das verspreche ich Ihnen.«

»Es ist fast, als würde sie ihn jetzt nur noch hassen«, sagte ich leise. »Hat er sie wirklich geschlagen, Dave?«

Diese Frage beantwortete er mit einem harten Lachen. »Wenn er es getan hat, was ich bezweifle, dann darum, weil es ihr gefällt. Also wirklich, Kate … Für was für eine Art von Mensch halten Sie ihn denn?« Sachte hob er mein Kinn. »Richard ist in Ordnung, Liebes, glauben Sie mir. In geschäftlichen Dingen mag er skrupellos und vielleicht sogar gefährlich sein, aber er ist doch kein Blaubart.«

Ich hätte ihm so gern geglaubt.

Kurze Zeit später trug er die noch immer schlafende Sara zum Range Rover, legte sie auf die Rückbank und wandte sich dann noch einmal zu mir um. »Versuchen Sie, ein bißchen zu schlafen, wenn Sie können. Ich rufe Sie morgen früh an, in Ordnung?«

Lange lag ich wach, wälzte mich unruhig von einer Seite auf die andere, lauschte dem Ticken meiner kleinen Uhr in der Dunkelheit und sah zu, wie sich der Himmel hinter den Gardinen allmählich hell färbte. Irgendwann mußte ich eingeschlafen sein, denn als ich vom Schrillen des Telefons geweckt wurde, fiel strahlender Sonnenschein ins Zimmer.

»Kate?« Es war Dave. »Richard hat seine Maschine für

Sie geschickt. Sie ist heute nacht gelandet, und es ist alles in Ordnung. Er ist nicht selbst gekommen. Ich habe seinen Jungs gesagt, daß es Ihnen gut geht und daß nichts überstürzt werden sollte, aber sie haben es eilig, zurück in die Staaten zu kommen. Wie lange brauchen Sie, um reisefertig zu sein?«

Blinzelnd verdrehte ich die Augen zur Decke. »Soll das heißen, er will, daß ich in die Staaten fliege?«

»Sieht ganz danach aus. Ich finde, Sie sollten es tun, Kate.« Bei seinem Tonfall schien keine Widerrede möglich. Und ich wollte plötzlich auch gar nicht mehr widersprechen. Seit Wochen dachte ich fast an nichts anderes mehr als an Richard, und jetzt sehnte ich mich nur noch danach, ihn zu sehen, herauszufinden, ob meine Liebe zu ihm real war – und ob die Liebe, die er für mich empfand, vielleicht nur in meinem Kopf existierte.

Richards Maschine wartete am nahegelegenen Flugplatz. Im Handumdrehen saß ich in einsamer Vornehmheit in der Kabine, und man servierte mir ein Frühstück und duftenden Kaffee, während unter uns der Atlantik dahinzog. Ich fühlte mich vollkommen entspannt. Die beiden wortkargen Männer, die mich zum Flugplatz chauffiert hatten, machten den Eindruck, als würden sie mit jeder Situation fertigwerden, und ich konnte verstehen, daß Richard keine Bedenken gehabt hatte, ihnen meine Rettung vor Saras mörderischer Wut anzuvertrauen.

Von Boston aus fuhren sie mich, nachdem sie die notwendigen Formalitäten am Flughafen erledigt hatten, auf direktem Weg nach Bay View. Ich hatte gehofft, Richard am Flughafen zu sehen, aber er war nicht aufgetaucht, und allmählich begann mich die Schweigsamkeit meiner beiden Begleiter zu beunruhigen. Auf dem langen Flug hatte ich Gelegenheit zum Nachdenken gehabt, Zeit, mir alles noch einmal durch den Kopf gehen zu lassen.

Warum, um alles in der Welt, hatte ich mich nur darauf

eingelassen, in die Staaten zu fliegen? Sara war zu Hause keine Gefahr mehr für mich, aber was erwartete mich hier? Meine unerfindliche Sehnsucht, einen Mann zu sehen, der, auch wenn er seine Unschuld beteuerte, des Mordes angeklagt war, hatte mich in der Begleitung mir fremder Menschen in die Staaten zurückgebracht. Und plötzlich war die Angst wieder da.

Aber zum Umkehren war es zu spät; dafür garantierte meine Eskorte.

Edith Marlesford begrüßte mich an der Haustür und führte mich in dasselbe Zimmer, das ich bei meinem ersten Besuch bewohnt hatte, wie beim ersten Mal unter düsterem Schweigen, das sie erst brach, als ich mich erkundigte, ob Richard zu Hause sei. Unwillig schüttelte sie den Kopf und sagte: »Ich weiß nicht, wo er sich im Moment aufhält.« Das war alles, und damit machte sie auf dem Absatz kehrt und ließ mich allein.

Ich sah mich im Raum um und schauderte beim Gedanken an meinen letzten Besuch hier, diese eine Nacht, die ich schlaflos vor Angst unter Richards Dach verbracht hatte. Und ich dachte auch an Jacqui. Nur zwei Türen weiter befand sich das Zimmer, in dem sie gestorben war. Ich wollte nicht bleiben. Niedergeschlagen und von Angst gepeinigt, packte ich nicht einmal meinen Koffer aus; ich fuhr mir mit dem Kamm durch das Haar, dann setzte ich mich aufs Bett und dachte nach. Schließlich wählte ich Minnas New Yorker Nummer. Als niemand ans Telefon ging, versuchte ich es bei Chris. Es klingelte endlos in die Stille hinein, dann hörte ich ein Klicken. »Chris Hannaway ist im Augenblick nicht zu Hause«, ertönte die metallische, leblose Stimme des Anrufbeantworters. »Hinterlassen Sie nach dem Piepton bitte Ihren Namen …« Als ich auflegte, ohne etwas zu sagen, merkte ich plötzlich, daß ich weinte.

Wahrscheinlich hätte ich den ganzen Tag so dagesessen

und vor mich hin gegrübelt, wäre Mrs. Marlesford nicht nach kurzem Klopfen ins Zimmer gekommen. Sie schien in noch üblerer Laune zu sein als zuvor.

»Da sind zwei Polizeibeamte«, erklärte sie mit grimmiger Miene. »Sie wollen mit Ihnen reden.«

»Mit mir?« Mir wurde flau im Magen vor Angst. »Warum?«

Unwirsch zuckte sie die Schultern. »Sie warten unten.«

Buchstäblich am ganzen Leib zitternd folgte ich ihr die Treppe hinunter.

Zwei Männer standen im Eßzimmer am Fenster und blickten auf den eisblauen Swimmingpool hinaus. Bei meinem Eintreten drehten sie sich um. »Miss Parrish?« fragte der eine. Ich nickte. Er warf einen Blick in das Notizbuch in seiner Hand und fuhr fort: »Sie sind Richard Bradshaws Cousine aus England, wenn ich es richtig verstehe? Darf ich fragen, wann und wo sie ihn zuletzt gesehen haben?«

Ich hangelte mich durch seine Fragen und gab mir Mühe, sie nach bestem Wissen zu beantworten, ohne zu verstehen, worauf er eigentlich hinauswollte. Und dann kam, wie ein Messer aus dem Hinterhalt, die Bemerkung: »Soviel ich weiß, hat jemand versucht, auch Sie umzubringen, Miss Parrish?« Die scharfen braunen Augen wichen mir nicht länger aus; sie bohrten sich direkt in mein Hirn.

»Woher wissen Sie das?« fragte ich schockiert.

»Am Ende erfahren wir fast alles«, erklärte er lakonisch. »Also, Sie haben kürzlich Grundbesitz in Großbritannien an ihren Vetter veräußert, stimmt das?«

Ich nickte.

»Ebenso wie eine weitere Cousine, Miss Minna Monro?« fuhr er mit einem Blick in sein Notizbuch fort.

Wieder nickte ich.

»Und Sie beide wollten sich eigentlich nicht von Ihrem Besitz trennen?«

»Nein, aber ...«

»Es wurde so lange Druck auf Sie ausgeübt, bis Sie dem Verkauf zustimmten, ist das richtig, Miss Parrish?« Einen Augenblick sagte niemand etwas. Dann sah er mir direkt in die Augen und fragte: »Hat Mr. Bradshaw versucht, Sie zu töten?«

»Nein! Nein, das ist alles völlig falsch!« Verzweifelt versuchte ich, die Sachlage zu erklären. Ich erzählte ihnen von Sara und der Pistole und wurde immer unsicherer, während sie Frage um Frage stellten. Wieviele Schüsse waren abgefeuert worden? Um welche Uhrzeit war es passiert? Warum hatte ich nicht die britische Polizei informiert? Warum haßte mich Sara so sehr, daß sie mich umbringen wollte? Und wieder – wann hatte ich Richard zuletzt gesehen?

Irgendwann gingen sie endlich. Ich blieb mit zwei Gedanken zurück, die mir Angst machten. Zum einen hatte ich mich, indem ich meine Zuneigung zu Richard zugegeben hatte, möglicherweise selbst belastet, und zum zweiten war Richard nicht mehr gesehen worden, seit man ihn auf Kaution aus dem Gefängnis entlassen hatte. Er war spurlos verschwunden.

Nachdem sich die Tür hinter den beiden Kriminalbeamten geschlossen hatte, blieb ich unschlüssig in der Eingangshalle stehen und überlegte, was ich tun sollte. Das Haus wirkte vollkommen verlassen. Dann hörte ich von irgendwoher im Haus ein Geräusch, und als ich ihm zögernd nachging, fand ich mich in der blitzblanken Küche wieder, wo Edith Marlesford mit dem Rücken zur Tür stand und Kaffee machte. So vertieft war sie in ihre Beschäftigung, daß ich sie eine Weile schweigend beobachtete, bevor ich mich räusperte und verlegen stammelte: »Es ... es tut mir leid. Ich ... ich habe den Kaffee gerochen ...«

Einen Krug Sahne in der Hand, fuhr sie zu mir herum. »Haben sie Ihnen schlimm zugesetzt?«

Ich ließ mich auf einen Stuhl fallen und nickte wortlos. Prüfend betrachtete sie mich, dann stellte sie den Perkolator und zwei flache französische Kaffeeschalen auf den Tisch. »Was wollten sie wissen?« fragte sie scharf.

Zu müde und zu durcheinander, um auf der Hut zu sein, erzählte ich, während ich dankbar den heißen Kaffee schlürfte und registrierte, daß ihre dunklen Augen wie gebannt an meinem Gesicht hingen, die ganze Geschichte noch einmal. Als ich die Stelle erreichte, in der es um Sara ging, vertiefte sich das böse Glitzern in ihren Augen.

»Und Sie haben Ihnen alles erzählt?« wollte sie wissen.

»Ich mußte es.«

Sie lachte laut auf. »Sie werden die Polizei in England anrufen, und dann ist die Dame endgültig kaltgestellt. Erspart Mr. Richard die Mühe, es selbst machen zu müssen, und wir sind sie los – Gottseidank!«

Das sagte sie in einer Art und Weise, daß ich sie verblüfft ansah.

»Sie wissen doch, wo er ist, nicht wahr?«

Mit abgewandtem Blick antwortete sie: »Vielleicht, vielleicht auch nicht.«

Die Schale in beiden Händen, nippte ich gelegentlich von meinem Kaffee und beobachtete sie. Obwohl sie ihren Kaffee ohne Milch und Zucker trank, rührte und rührte sie endlos in der Tasse und starrte in den schwarzen Strudel, den ihr Löffel produzierte.

»Würden Sie mir eine Frage beantworten?« unterbrach ich sie nach langem Schweigen in ihrer Beschäftigung.

Sie legte den Kopf ein wenig schief. »Und das wäre?«

»Hat Jacqui Selbstmord begangen, oder wurde sie ermordet?« In der instinktiven Überzeugung, daß sie die Antwort wußte, wartete ich mit angehaltenem Atem auf ihre Reaktion.

Nach einer neuerlichen Pause sagte sie schließlich: »Richard wollte ihren Tod, das wissen Sie doch, meine Liebe.«

Mir wurde eiskalt. »Wollen Sie damit sagen, er hat sie getötet ... es war gar nicht Sara?« stieß ich atemlos hervor.

Darauf lachte sie wieder laut auf. »O nein, es war nicht Sara!«

»Also war es Richard?« drängte ich. Mir war ganz schlecht vor Entsetzen.

Lächelnd schüttelte sie den Kopf und blickte in ihren Kaffee. »Nicht mit eigenen Händen. Richard gibt die Befehle, und sie werden ausgeführt.«

Irgendwie gelang es mir, vom Tisch aufzustehen. »Wo liegt da der Unterschied?« rief ich verzweifelt aus. »Er ist ein Mörder! Selbst wenn er einen anderen dazu gebracht hat, es zu tun. Er hat sie umgebracht!«

Blind wandte ich mich zur Tür und rannte in den warmen Sonnenschein hinaus. Ich mußte weg hier. Fort aus diesem teuflischen, furchterregenden Haus.

Aber ich hatte die Sicherheitsvorkehrungen rund um den Besitz vergessen. In rasender Eile lief ich durch den Garten, zwischen den Ställen hindurch und über die weite Rasenfläche zum fernen Tor, nur um festzustellen, daß es verschlossen war. Schluchzend hämmerte ich gegen das schwere schwarzlackierte Eisen, aber ich wußte, daß es sinnlos war. Ich saß in der Falle.

Hier fand mich Edith Marlesford schließlich, und ich spürte, wie sie steif den Arm um meine Schultern legte. »Kommen Sie wieder ins Haus, meine Liebe«, sagte sie ruhig.

Zu erschöpft, um zu widersprechen, ließ ich mich von ihr in die Küche zurückführen, wo ich mich auf meinen Stuhl setzte und leise vor mich hin weinte, während sie sich damit beschäftigte, frischen Kaffee aufzubrühen.

»Ich weiß, daß es ein Schock für Sie ist, meine Liebe.« Leise, fast als würde sie Selbstgespräche führen, redete sie auf mich ein. »Sie sind eine englische Lady, Sie sind unsere Art, die Dinge zu lösen, nicht gewohnt. Nicht wie dieser

Abschaum, diese Sara. Sie war zu nichts nütze, und Jacqueline genauso. Zu nichts nütze. Absolut nicht die richtigen für Mr. Richard, keine von beiden.« Sie stellte die frisch gefüllte Kaffeeschale vor mich hin. »Trinken Sie das.« Dann setzte sie sich mir gegenüber an den Tisch und legte ihre Hand auf meine. Sie war eiskalt. »Sie haben nichts zu befürchten, Katherine«, sagte sie beschwörend. »Nicht das Geringste. Er mag Sie.«

Langsam trank ich meinen Kaffee, während ich mit halbem Ohr ihrem monotonen, beruhigenden, fast hypnotischen Geleier lauschte und mich benommen fragte, warum mich die Ereignisse der vergangenen beiden Tage und der Flug mehr mitgenommen hatten, als ich es je für möglich gehalten hätte. Eine warme Schläfrigkeit begann sich in meinen Gliedern auszubreiten, und ich hatte das Gefühl, dem, was um mich herum vorging, nicht mehr gewachsen zu sein.

Mit Mühe riß ich mich zusammen und zwang mich, ihr zuzuhören, während ich den Kopf in die Hand stützte und versuchte, mich auf ihr Gesicht zu konzentrieren.

»Ich habe seit dem Tod seiner Mutter für Richard gesorgt«« erklärte sie. »»Seit er fünf ist, weiß ich am besten, was gut für ihn ist. Hunderte von Frauen waren hinter ihm her, aber keine war gut genug für ihn. Ich bin sie alle losgeworden. Dann kam Jacqueline daher. Sie war zu abhängig, zu schwach. Sie hätte ihn nicht so leicht wieder aus ihren Fängen gelassen – also mußte ich sie zwingen.«

Angestrengt bemüht, die Augen offenzuhalten und den Sinn ihrer Worte zu erfassen, sah ich sie an. »Was sagen Sie da?« murmelte ich.

Ihr Lachen klang fast fröhlich. »Wissen Sie das nicht?«

»Sie haben sie getötet?« flüsterte ich fassungslos. »*Sie* haben Jacqueline getötet?«

Ihr Gesicht verschwamm in einem Nebel vor meinen

Augen, als ich aufzustehen versuchte und merkte, daß es mir nicht gelang.

»Was haben Sie mit mir gemacht?« hörte ich mich selbst ungläubig fragen. »Sie haben mich vergiftet ... mit dem Kaffee!« Mein Kopf war völlig betäubt; ich hatte nicht einmal Angst, als sie sich jetzt lächelnd erhob. »Nein, nein«, redete sie beruhigend auf mich ein. »Kein Gift. Ich werde Ihnen nichts antun, Katherine. Sie sind die Richtige für ihn. Ich wußte es in dem Augenblick, als ich Sie zum ersten Mal sah. Sie sind genau das, was er braucht; die anderen waren die Falschen, aber nicht Sie.« Als sie um den Tisch herum auf mich zukam, konnte ich sie nur wie hypnotisiert anstarren, dann spürte ich ihren Arm auf meinen Schultern. »»Kommen Sie, ich bringe Sie ins Bett. Von dem Zeug werden Sie gut schlafen können. Sie sind überreizt nach allem, was passiert ist.«

Ich war unfähig, mich zu wehren. Ihr Griff, mit dem sie mich durch die Eingangshalle und die Treppe hinauf zu meinem Zimmer fast schleppte, war erstaunlich kräftig. Dort half sie mir auf das Bett, wo ich mich schwer fallenließ und die Augen schloß. Ich hörte den Stoff rascheln, als sie die Vorhänge vor dem hellen Tageslicht zuzog, dann trat sie wieder ans Bett und ich spürte, wie sie mir die Schuhe auszog. »So, Katherine Parrish«, hörte ich sie aus weiter Ferne sagen. »Ruhen Sie sich aus, dann wird es Ihnen bald besser gehen.«

Vage registrierte ich, daß sie mir auch das Kleid und die Unterwäsche auszog, dann fühlte ich die kühlen Satinlaken auf meiner brennenden Haut. Ihre Hand streifte in einer flüchtigen Berührung meine Brust, bevor sie die Decke hochzog und um mich herum feststeckte. Ich konnte mich nicht rühren, war außerstande, gegen die furchtbare Müdigkeit anzukämpfen, die Besitz von mir ergriff.

»So werden Sie ruhig und sicher schlafen, meine Liebe«, murmelte sie, über mich gebeugt, und strich mir die Haare glatt. »Und bereit sein für ihn, wenn er kommt.«

Mit schweren Lidern sah ich ihr nach, als sie auf Zehenspitzen durch den abgedunkelten Raum ging, den Schlüssel aus der Tür zog und in ihre Tasche gleiten ließ, bevor sie lautlos verschwand. Sekunden später fiel ich in tiefe Bewußtlosigkeit.

Als ich erwachte, war es fast ganz dunkel im Raum geworden. Eine Weile blieb ich so liegen und spürte nur den klopfenden Schmerz hinter meinen Lidern und die Taubheit, die langsam aus meinen Gliedern wich, bevor mir allmählich bewußt wurde, wo ich mich befand.

»So so, sie wacht also endlich auf.«

Erst als ich die Stimme vernahm, merkte ich, daß jemand auf meinem Bettrand saß, und als sich meine Augen endlich an das Dunkel gewöhnt hatten, erkannte ich Richard. Sein Gewicht zog die Decke so fest, daß ich mich nicht bewegen konnte, und plötzlich wurde mir qualvoll bewußt, daß ich unter dem glatten Satin vollkommen nackt war.

Er lachte leise, und in diesem Moment fühlte ich wieder, wie mich das Flüstern der Angst umspielte. Dieser Mann war ein Mörder.

»Ich freue mich, daß du endlich gekommen bist, um deine Schulden zu begleichen«, sagte er, immer noch lächelnd, während er mit dem Handrücken über meine Wange strich. »Du bist wunderschön, Katherine. Ich verstehe, warum Mrs. M so beeindruckt von dir ist.«

Ich wich vor seiner Berührung zurück, aber ich war unter meiner Decke gefangen und stellte fest, daß ich zu keiner Bewegung fähig war, als er sich über mich beugte und mich zart auf den Mund küßte.

Also wehrte ich mich nicht und drehte auch den Kopf nicht weg. Vielleicht stand ich noch unter dem Einfluß des

Betäubungsmittels; vielleicht wurde mir auch klar, daß ich mich Richards Wirkung selbst jetzt nicht entziehen konnte, und ganz allmählich mischte sich ein brennendes Verlangen mit meiner Angst. Aber im selben Augenblick löste sich Richard von mir und richtete sich lächelnd auf. »Dafür ist jetzt keine Zeit«, erklärte er, während er sich vom Bettrand erhob. »Fühlst du dich kräftig genug, dich anzuziehen? Wir müssen uns beeilen.«

Beeilen, bevor ihm die Polizei auf die Spur kam. Ich sah zu ihm auf und versuchte im Gesicht des Mannes, den ich zu lieben geglaubt hatte, die Züge des Mörders zu erkennen; des Mannes, der andere für sich töten ließ; des Mannes, an dessen Händen das Blut einer schönen, hilflosen Frau klebte.

»Die Polizei weiß, daß ich hier bin«, stammelte ich endlich – die ersten Worte, die ich zu ihm sprach, seitdem er mich vor einer Ewigkeit mit einem Scheck über eine Million Pfund in der Tasche zur Farm zurückgefahren hatte.

»Ach ja, die Polizei.« Er hob meine Kleider auf und warf sie mir zu.

»Sie beobachten wahrscheinlich das Haus.« Angstvoll setzte ich mich auf, die Decke bis zum Kinn hochgezogen. »Sie werden dich finden, weißt du. Du darfst nicht hierbleiben …« Erst jetzt registrierte ich, daß es draußen hinter den Vorhängen Nacht geworden war. Ich mußte viele Stunden lang geschlafen haben.

Er betrachtete mich mit undurchdringlicher Miene, aber einen Moment lang glaubte ich, ein Lächeln in seinen Augen aufblitzen zu sehen. »Ich habe nicht die Absicht, zu bleiben. Und da, wo ich hingehe, werden sie mich nicht behelligen.« Nach kurzem Schweigen berichtigte er sich. »Da, wo *wir* hingehen, Katherine.« Sanft, aber bestimmt löste er meine Finger von der Decke und zog sie herunter. Dann strich er mir lächelnd eine Haarsträhne von den bloßen Schultern. »Beeil dich, Liebste. Zieh dein Kleid an und komm nach unten. Mein Wagen steht vor der Tür.«

Mit zitternden Fingern griff ich nach meinen Kleidern und zog mich an. Zuletzt schob ich die Füße in meine Sandalen, nahm meine Tasche und hastete zur Treppe. Die Haustür stand weit offen, und vor den Eingangsstufen stand der rote Mercedes, dasselbe Auto, in dem Jacqueline mich aus diesem Haus in Sicherheit gebracht hatte. Von Richard war keine Spur zu sehen.

Vorsichtig sah ich mich nach allen Seiten um, dann schlich ich auf Zehenspitzen zur Tür hinaus. Im Licht der Säulenhalle konnte ich erkennen, daß der Zündschlüssel steckte. Ohne nachzudenken rannte ich die Treppe hinunter, riß die Wagentür auf und schwang mich in den Fahrersitz. Der Wagen sprang beim ersten Versuch an. Ich trat das Gaspedal durch und jagte die Auffahrt hinunter, als wären mir alle Höllenhunde auf den Fersen.

Das hohe Eisentor war geschlossen, aber mir fiel gerade noch rechtzeitig der Knopf am Armaturenbrett ein. Ein Druck, und die schweren Torflügel schwangen langsam auf, und dahinter verlor sich das schwarze Band der Straße in der nächtlichen Dunkelheit.

Mit quietschenden Reifen lenkte ich den Wagen in südliche Richtung und trat das Gaspedal bis zum Anschlag durch. Nach einer Stunde hörte ich auf, ständig in den Rückspiegel zu schauen; nach zwei Stunden wagte ich es, zu tanken und ein Sandwich und einen Becher Kaffee zu kaufen, um mich wachzuhalten. Erst als ich in den frühen Morgenstunden New York erreichte und in den dichteren städtischen Verkehr eintauchte, der mich unaufhaltsam ins Herz der Stadt sog, fühlte ich mich endlich in Sicherheit.

Dennoch traute ich mir nicht, zu Minna zu fahren. Dort würde Richard als erstes suchen. Statt dessen lenkte ich den Wagen zu dem Haus, in dem Chris wohnte. Als ich an seiner Tür klingelte, war es drei Uhr morgens.

Einige qualvolle Sekunden lang dachte ich, er wäre nicht zu Hause, dann ging endlich das Licht im Flur an, und er öffnete mir die Tür.

»Hallo, Chris«, sagte ich.

»Kate!« Seine Miene drückte alles andere als Begeisterung aus. »Was, zum Teufel, machst du denn hier?«

»Ach, Chris, es tut mir leid. Du mußt mir helfen!« Ich schob mich an ihm vorbei in die Wohnung. »Es ist wegen Richard!«

Hinter meinem Rücken war ein unterdrückter Fluch zu hören, aber zu meiner Erleichterung schloß er die Tür und legte die Sicherheitskette vor. »Was ist mit Richard?« erkundigte er sich mißtrauisch. »Ich dachte, die Sache hätte sich aufgeklärt?«

»Aufgeklärt?« Fassungslos fuhr ich zu ihm herum. »Es ist eine furchtbare Geschichte!«

»Da hast du recht. Ich habe die alte Hexe gestern abend in den Nachrichten gesehen.«

Einen Augenblick lang war ich wie vor den Kopf gestoßen. Dann hörte ich mich selbst sagen: »In den Nachrichten?«

»Ja. Edith Marlesford.« Jetzt mußte er meine verständnislose Miene bemerkt haben. »Weißt du es noch nicht? Sie hat gestern abend ein Geständnis abgelegt. Alles zu Protokoll gegeben. Gegen Richard besteht kein Verdacht mehr.«

Ich ließ mich schwer auf die Truhe neben der Tür fallen. »Gegen Richard besteht kein Verdacht mehr? Nicht einmal der Verdacht der Anstiftung zum Mord oder wie man das nennt?« Ich war ganz benommen vor Erleichterung.

»Nein, nicht das Geringste. Himmel, Kate, ich dachte, du wärest diejenige, die an ihn geglaubt hat!«

Ja, ich hatte an ihn geglaubt. Nicht wahr?

»O Gott!« stieß ich hervor. Ich riß den Hörer vom Telefon und wählte unter Chris' erstaunten Blicken mit fliegenden Fingern die Nummer von Bay View.

Die Männerstimme, die sich meldete, war nicht die Richards.

»Wer ist da?« erkundigte sich der Mann mißtrauisch.

»Kate Parrish. Ich muß mit Richard sprechen.«

Es entstand eine winzige Pause. Dann fragte die Stimme: »Von wo aus rufen Sie an, Miss Parrish.«

»Das spielt jetzt keine Rolle«, sagte ich ungeduldig. »Kann ich mit ihm sprechen?«

»Ich muß wissen, wo Sie sind, Miss Parrish.« Die Stimme hatte einen unerbittlichen Klang.

»Unter keinen Umständen. Hören Sie, richten Sie ihm einfach aus, daß es mir leid tut. Aber es wäre vielleicht besser gewesen, er hätte mir erklärt, was passiert ist!« Langsam stiegen Wut und Gekränktheit in mir auf, als mir dämmerte, daß er mich absichtlich im Glauben an das Schlimmste gelassen hatte. »Sagen Sie ihm, daß ich ihm die Wagenschlüssel mit der Post schicke!« Damit legte ich auf.

Mit zitternden Händen schob ich das Telefon von mir. Warum hatte er mir nicht die Wahrheit gesagt? Warum hatte er mich in dem Glauben gelassen, die Polizei sei ihm auf den Fersen?

Niedergeschlagen ging ich Chris ins Wohnzimmer voraus, wo ich, jäh aus meinen trüben Gedanken gerissen, wie vom Donner gerührt stehenblieb. Auf dem Teppich lagen die Kleider einer Frau verstreut.

»O Gott, Chris! Du hast Besuch.«

»Volltreffer!« Er zog ein Zigarettenpäckchen aus der Tasche seines Bademantels.

Seltsamerweise stellte ich fest, daß es mir überhaupt nichts ausmachte. »Chris«, sagte ich mit einem schuldbewußtem Lächeln, »ich wollte dir keine Unannehmlichkeiten machen. Ich brauchte nur jemandem, bei dem ich unterkriechen konnte, einen Ort, an dem er mich nicht findet. Morgen fliege ich nach England zurück.«

Ich hörte, wie hinter mir die Tür aufging. Eine große, blonde junge Frau stand, in ein Bettlaken gehüllt, auf der Schwelle und musterte mich schweigend.

Ich seufzte. »Entschuldigen Sie die Störung«, murmelte ich verlegen. »Könnte ich mir nur schnell einen Kaffee machen? Dann verschwinde ich.«

»Unsinn. Du kannst hierbleiben«, widersprach Chris. »Vorausgesetzt, du nimmst mit dem Sofa vorlieb.«

Es stellte sich heraus, daß Maggie sehr nett war. Sie kochte Kaffee für mich und bereitete mir dann ein Lager auf dem Sofa. Ich ließ mich, ohne mich erst auszuziehen, daraufallen und war innerhalb von Sekunden eingeschlafen.

Ich verschlief auch den größten Teil des Fluges nach London und war sogar als ich nach Hause kam noch so müde, daß ich keinen klaren Gedanken fassen konnte.

Mein Glaube an Richard war nicht stark genug gewesen. Am Ende hatte das Mißtrauen gesiegt, und er hatte die Angst in meinen Augen gesehen. Ich wußte nicht einmal, ob er mich je geliebt hatte, aber wenn ja, dann hatte ich ihn durch meine eigene Schuld verloren. Durch meine eigene Schuld würde ich ihm nie wieder unter die Augen treten können, ohne daß uns beiden bewußt wäre, daß ich ihn für ein paar kurze Stunden für einen Mörder gehalten hatte. Und das war ein Wissen, das ich nicht ertragen konnte, das mich nur im Vergessen des Schlafs nicht verfolgen würde.

Als ich endlich wieder in Kingley Farm war, sah ich mich staunend um. War es wirklich erst zwei Tage her, daß ich die kurze Nachricht für Mrs. Dawson gekritzelt, meine Tasche gepackt und das Haus verlassen hatte? Ich versuchte im Geist, die Stunden an den Fingern abzuzählen, und gab schließlich auf.

»Sind Sie das, Miss Kate?« rief Mrs. Dawson aus der

Küche, als käme ich, wie an einem ganz normalen Tag, gerade von einem Ausritt oder aus dem Garten herein. »Ich habe eben Teewasser aufgesetzt, meine Liebe.«

Die Küche war warm und sonnig wie immer, Blumen standen auf dem Tisch, und ein süßer Duft strömte aus der Backröhre; nach dem Alptraum, den ich in den letzten Tagen durchlebt hatte, trieb mir allein das Gefühl, wieder zu Hause zu sein, Tränen der Freude in die Augen.

Aber bevor ich mir Ruhe gönnen konnte, gab es noch etwas für mich zu tun. Ich wartete, bis Mrs. Dawson hinausgegangen war, um Wäsche in der Sonne aufzuhängen, dann griff ich nach dem Telefon.

Eine Sekretärin nahm den Hörer ab. Ja, erklärte sie, Mr. Conway sei im Gutshaus.

»Kate?« Seine Stimme klang ein wenig atemlos. »Gottseidank. Sind Sie wieder zu Hause?«

»Kümmern Sie sich nicht darum, wo ich bin«, sagte ich, unwillkürlich auf der Hut, obwohl es jetzt keine Rolle mehr spielte. »Was ist mit Sara?«

»Sie liegt im Krankenhaus. Ein totaler Nervenzusammenbruch. Die Polizei war hier und hat sie verhört. Aber man überläßt es dir, ob du Anzeige erstatten willst.«

»O nein«, beeilte ich mich zu sagen, dann zögerte ich. »Dave? Haben Sie etwas von Richard gehört?«

Er lachte. »Aber ja. Sie haben angeblich seinen Mercedes entführt!«

Ich fragte mich, was Richard ihm sonst noch erzählt hatte.

»Kate«, fuhr er fort. »Sagen Sie mir bitte, wo Sie sind. Ich möchte mit Ihnen reden.«

»Sie und wer noch?« gab ich zurück. »Ich bin in Schottland, Dave. Richten Sie Richard aus, daß er für den Augenblick vergessen kann, sich mit mir in Verbindung zu setzen, ja?«

Natürlich würde er im Handumdrehen herausfinden,

wo ich wirklich war, wenn er es wollte, aber ich brauchte einen kurzen Aufschub; die Gelegenheit, durchzuatmen, meine Fassung wiederzugewinnen und meine Gedanken zu ordnen.

Richards Gesicht verfolgte mich auch als ich zu den Sümpfen lief, über die Doppelreihen des Stacheldrahtzauns kletterte, der sie umgab, und im goldenen Frieden des englischen Sommers umherwanderte. Aber vielleicht, so dachte ich, würde ich es schaffen, vielleicht konnte ich die Erinnerung an das, was hätte sein können, aus meinen Gedanken verbannen.

So oft dachte ich immer noch an ihn, daß ich, als am Abend das Telefon klingelte, einen Moment lang überzeugt war, er müsse es sein. Fast hätte ich das Klingeln ignoriert, aber dann nahm ich doch den Hörer ab und wartete mißtrauisch, bis sich am anderen Ende jemand meldete.

»Kate? Kate, bist du da? Hallo?« Als ich die vertraute Stimme durch das Knistern der Leitung hörte, atmete ich erleichtert auf.

»Pa! Geht es dir gut?« Ich hatte, wie jeden Tag, am Morgen mit ihm telefoniert.

»Mir geht es ausgezeichnet, Katie. Die Ärzte sind sehr zufrieden mit mir.« Seine Stimme klang kräftig und zuversichtlich. »Aber noch besser ginge es mir, wenn du für ein paar Tage herkommen würdest!«

Das schien mir eine großartige Idee. Fröhlich legte ich den Hörer auf. Ich hatte Chris verloren, es gab keine Zukunft mit Richard für mich; aber ich hatte immer noch meinen Vater.

Als ich endlich in der Klinik ankam, saß er, ein Kissen im Rücken, aufrecht in seinem Bett und sah so blühend aus, wie ich ihn seit Jahren nicht mehr gesehen hatte. Seine Augen strahlten förmlich vor Vergnügen.

Ich drückte ihm einen Kuß auf die Stirn. »Du siehst aus, als wärest du sehr zufrieden mit dir«, bemerkte ich, während ich den riesigen Freesienstrauß, den ich ihm mitgebracht hatte, auf seine Bettdecke legte. »Ich hatte erwarte, dich krank und bleich hier vorzufinden, und statt dessen siehst du aus, als könntest du mich im Tennis ohne Satzverlust schlagen!«

»So fühle ich mich auch«, entgegnete er lächelnd. »Und ich habe eine Überraschung für dich, Katie, mein Liebes«, fuhr er dann fort.

»Oh!« Neugierig sah ich ihn an, aber er grinste nur provozierend. »Nein«, beschied er mich. »Noch nicht. Heute abend.«

Und damit mußte ich mich vorerst zufriedengeben. Am Abend, nachdem ich glücklicherweise noch ein Zimmer im Gasthof ergattert hatte, weil ein anderer Gast unerwartet nicht erschienen war, ging ich wieder zur Klinik und begab mich unverzüglich in das Zimmer meines Vaters. Er saß, in einen neuen seidenen Morgenmantel gekleidet, in einem Sessel neben dem Bett, und auf seinen Knien lag ein kleines Päckchen, das in Goldpapier eingeschlagen und mit einem roten Band umwickelt war. Neugierig betrachtete ich es. »Niemand hat mir gesagt, daß heute Weihnachten ist«, bemerkte ich mit einem Lächeln.

Er strahlte mich an. »Nun, jetzt weißt du es«, erwiderte er. Dann streckte er mir das Päckchen entgegen. »Mach es auf und sieh nach, was darin ist.«

Vorsichtig schüttelte ich es an meinem Ohr. Es klang, als wäre es leer. Mit einem fragenden Blick auf meinen Vater löste ich das Geschenkband und schlug das Papier zurück. Darunter kam eine einfache weiße Schachtel zum Vorschein, in der sich, als ich den Deckel öffnete, nichts weiter befand als ein Briefumschlag. Hinter mir ging die Tür auf, und ich hörte, wie jemand das Zimmer betrat, aber ich war so mit dem Umschlag auf meinen Knien beschäftigt, daß ich mich nicht umdrehte, um zu sehen, wer es war. Während ich den Umschlag aufriß, blickte ich kurz auf und sah den Ausdruck auf dem Gesicht meines Vaters. Er strahlte vor Glück.

Das eng beschriebene Blatt Papier, das ich aus dem Umschlag zog, ergab nicht den geringsten Sinn für mich. »Was ist das?« fragte ich ratlos.

Die Stimme, die mir antwortete, war nicht die meines Vaters.

»Es ist eine Urkunde, die dich zum Kuratoriumsmitglied des Kingley-Naturschutzgebiets macht«, sagte Richard leise vom Fenster her.

Einen Moment lang war ich wie gelähmt, dann drehte ich mich langsam um und sah ihn an. »Woher wußtest du, daß ich hier bin?« fragte ich, als ich endlich die Sprache wiedergefunden hatte.

Ein geheimnisvolles Lächeln spielte um seine Lippen. »Sagen wir, ich habe geraten«, erklärte er.

Mein Vater lachte. »Blödsinn. Er kam zu mir und bat mich, dich anzurufen.«

»Was du auch prompt getan hast?« Entrüstet fuhr ich zu ihm herum.

»Natürlich.« Seine Miene strahlte vor Selbstzufriedenheit.

»Ich habe ihm die ganze Geschichte erzählt, Kate«, warf Richard ein und erhob sich von seinem Platz am Fenster. »Sogar den traurigen Teil meiner Versuche, dich einzuschüchtern und dir Angst zu machen. Ich habe mich bei ihm entschuldigt, und jetzt möchte ich dich ebenfalls um Verzeihung bitten. Ich hätte merken müssen, welche Ängste du meinetwegen ausgestanden hast. Es war unverzeihlich von mir.«

Ich fühlte, daß mir die Hitze in die Wangen stieg. »Ich hatte keine Angst!« brauste ich empört auf.

Sein Lächeln zeigte keine Reue, als er sich leicht verneigte. »Sagen wir, du warst besorgt. Dennoch möchte ich dich um Verzeihung bitten.«

»Das will ich hoffen.« Ich begann mich allmählich von meinem Schock zu erholen. »Du bist der arroganteste, despotischste, skrupelloseste Mensch, der mir je begegnet ist.«

Er lachte. »Ich bekenne mich aller dieser Vergehen schuldig«, sagte er. »Und ich verspreche, daß ich versuchen werde, mich zu bessern.«

»Und du mußt dem Mann erlauben, dich zum Essen auszuführen, Kate«, mischte sich mein Vater ein. »Leider kann ich euch dabei noch keine Gesellschaft leisten, aber ich wage zu behaupten, daß ihr auch ohne mich genügend Gesprächsstoff finden werdet!«

Natürlich hatte er vollkommen recht. Aber es gab noch einige Dinge, die mich so sehr beschäftigten, daß ich stehenblieb, als wir draußen auf dem gepflegten, kiesbestreuten Vorplatz der Klinik ankamen.

»Ich weiß, was du mich fragen willst, Kate«, kam Richard meiner Frage zuvor und nahm meine Hände. »Ich habe Edith gegenüber nie auch nur angedeutet, daß sie etwas so Furchtbares tun sollte. Das mußt du mir glauben. Jacqui hatte am Ende wieder großen Lebensmut gefaßt. Sie hatte sich bereit erklärt, eine Entziehungskur zu machen, und sie war einem Mann begegnet, den sie meiner Ansicht nach hätte lieben können. Für mich war der Tod dieser armen Frau von keinerlei Nutzen!«

Ich glaubte ihm. Aber ich hatte noch eine Frage.

»Und Sara«, begann ich leise. »Ich habe gesehen, wie sie zugerichtet war.«

Der traurige Ausdruck verschwand aus seinen Augen und machte einem boshaften Funkeln Platz. »Hast du immer noch Angst, daß ich dich verprügeln könnte?« Er schob meine Hand liebevoll unter seinen Arm und zog mich zum Wagen. »Nun, ich muß gestehen, daß ich, so sehr sie es auch verdient hätte, nie die Hand gegen sie erhoben habe. Die Blutergüsse, Kate, hat sie sich zugezogen, als sie betrunken gestürzt ist.«

Ich hätte es mir denken können.

»Noch irgendwelche Probleme, Madam?« Damit hielt er mir die Wagentür auf und half mir in meinen Sitz. »Denn wenn es solche gibt, würde ich sie gern jetzt gleich aus der Welt schaffen. Dieses Abendessen wird nämlich weder durch Telefonanrufe noch durch Streitereien oder Transatlantikflüge gestört werden – und auch nicht dadurch, daß du einschläfst und in die Kerzenflammen fällst.« Er bückte sich und schob meinen Rock zurück, damit er sich nicht in der Wagentür verklemmte; ich spürte, wie dabei seine Lippen mein Haar streiften.

Ich tat so, als würde ich angestrengt nachdenken. »Ach ja, eine Sache gibt es noch, die mir Sorgen macht«, murmelte ich dann in gesetztem Ton und hoffte, daß er nicht merkte, wie mein Herz unter seiner Berührung zu klopfen begonnen hatte. »Mir gefällt die Farbe deines Rolls Royce nicht.« Mit großen Augen blickte ich zu ihm auf. »Ganz und gar nicht.«

Einen Schritt zurücktretend, sah er mich prüfend an, dann zuckte er die Schultern. »Ich sehe schon, daß es schwer sein wird, die Dame zufriedenzustellen«, erklärte er munter. »Na schön, wir kaufen zur Hochzeit einen neuen, und du darfst die Farbe aussuchen. Wie gefällt dir das?« Mit diesen Worten ging er um den Leihwagen herum, schob sich in den Fahrersitz und bog auf die Gebirgsstraße ein.

Catherines Katze

Da waren sie wieder. Die Augen. Hoch oben auf dem altmodischen Kleiderschrank in der Ecke ihres Zimmers. Schimmernd in der Dunkelheit. Golden. Geheimnisvoll.

Natürlich wußte sie, daß es nur die Verschlüsse des Koffers waren, die das Licht der Straßenlaterne vor ihrem Fenster reflektierten, aber manchmal, in den langen, schlaflosen Nächten, in denen ihre schmerzenden Lider einfach nicht geschlossen bleiben wollten, sah sie aus den Augenwinkeln in diese Richtung und wußte, daß dort eine große, hungrige Katze lauerte.

Schaudernd zog sie die Daunendecke bis über Mund und Nase hoch, so daß nur noch ihre Augen herausschauten, Augen, die es ihr verweigerten, sich zu schließen. Bald würde sie hören, wie ihre Mutter und ihr Vater zu Bett gingen; die Schritte auf der Treppe, die unterdrückten Stimmen, Gelächter – immer sehr leise, immer rücksichtsvoll, um sie ja nicht aufzuwecken. Es war ein tröstliches Gefühl, sie zu hören, ihre Nähe zu spüren, zu wissen, daß sie sich gleich auf der anderen Seite des Flurs aufhielten. Sie mochte es nicht, wenn sie allein im Obergeschoß war. Dann fühlte sie sich ängstlich, einsam.

Sie hörte, wie die Schlafzimmertür geschlossen wurde. In ein paar Minuten würde sie sich wieder öffnen, und einer von beiden würde ins Badezimmer gehen. Manchmal ließen sie das Badewasser einlaufen, bevor sie die Tür schlossen, und gingen dann zwischen den beiden Räumen hin und her, und manchmal konnte sie ganz schwach den süßen Lavendelduft des Badeöls riechen, das ihre Mutter benutzte. Es beruhigte sie, zu wissen, daß sie in der Nähe waren. Immer in Rufweite, wenn wirklich einmal etwas

Furchtbares passieren sollte. Ihr Blick huschte von dem schmalen Lichtstreifen am Rand ihrer Zimmertür zum Kleiderschrank zurück.

Sie war noch da, die schläfrige Katze; lauernd. Heute schien sie aufmerksamer als sonst – ihre Augen größer. Hastig warf sie einen Blick zum Fenster. Sie wagte kaum, den Kopf zu bewegen, um ja keine Aufmerksamkeit auf sich zu ziehen. Das Licht der Straßenlaterne kam ihr auch heller vor. Kein weicher, gelblicher Schein, sondern ein hartes Blau. Vielleicht war die Birne ausgetauscht worden? Sie sah wieder zu der Katze hinüber und hörte deutlich ein leises Knurren.

Mit vor Angst hämmerndem Herzen rutschte sie tiefer unter die Decke, versuchte sich unsichtbar zu machen, zum Nichts zu schrumpfen. Aber sie wagte nicht, ganz unter die Decke zu schlüpfen. Wenn sie nicht hinsah, würde sie sich vielleicht bewegen – mit einem Satz von ihrem hohen Posten herunterspringen und sie angreifen.

Das hatte sie noch nie getan, aber für alles gab es ein erstes Mal – das hatte ihr Vater zu ihr gesagt.

Sie konnte jetzt hören, wie ihr Schwanz hin und her schlug – ein rhythmisches Wischen auf dem Holz des Kleiderschranks, und dann, in die Stille hinein, ein leises Scharren, als sie ihre Krallen ausfuhr.

»Mami …« Ihr Ruf war kaum mehr als ein Flüstern. Zu groß war ihre Angst, daß *sie* es hören würde. »Mami, kannst du bitte zu mir kommen?«

Wenn sie rief, während ihre Mutter gerade aus dem Badzimmer kam, würde sie sie vielleicht hören und zu ihr eilen; aber angenommen, die Katze sprang ihre Mutter an?

Sie duckte sich noch tiefer und wagte nicht, noch einmal zu rufen; so angestrengt starrte sie in die Dunkelheit, daß ihre Augen schmerzten.

»Frances? Was ist los? Was tust du da drinnen? Bist du

in der Badewanne eingeschlafen?« Die Stimme ihres Vaters hallte aufreizend laut durchs Haus. Sie erstarrte und wartete darauf, daß das Tier sprang, aber es bewegte sich nicht.

Konnte sich nicht bewegen, wie sie sich streng in Erinnerung rief. Schließlich lag da oben nur ein Koffer. Nichts weiter als ein Koffer.

»Frances?« Seine Stimme hatte jetzt einen schärferen, beunruhigten Klang. »Ist alles in Ordnung mit dir?«

Sie hielt den Atem an …

Und hörte die Schritte von nackten Sohlen auf dem Flur, dann wurde die Badezimmertür geöffnet. »Frances!« Der Ruf klang schroff und ein klein wenig ängstlich. »Frances!« Die Stimme war wieder lauter geworden. Er war aus dem Badezimmer in den Flur zurückgekehrt. Es klang, als stünde er direkt vor ihrer Tür. »Frances!« Ein unterdrückter Ruf, aber doch lauter, als würde er direkt in ihr Schlüsselloch hineinsprechen, wollte sie aber nicht wecken. Ihre Augen wanderten automatisch zu der Katze. Sie lag träge und reglos auf ihrem Beobachtungsposten.

»Frances …« Diesmal war es ein Flüstern, aber im selben Moment ging ihre Tür auf – der Lichtstreifen wurde ganz langsam breiter, als die Türleiste mit einem schleifenden Geräusch den Teppichflor streifte. Die Augen der Katze verschwanden.

»Frances, bist du hier?«

»Daddy?« Catherine setzte sich auf. »Daddy, was ist los?«

Zögernd blieb er einen Augenblick stehen, dann tastete er nach dem Lichtschalter neben der Tür. In der plötzlich aufflammenden Helligkeit kniff Catherine die Augen zusammen und blinzelte.

»Ich dachte, Mami wäre hier bei dir«, sagte er schleppend. »Tut mir leid, Kleines, ich wollte dich nicht wecken.«

»Ich habe nicht geschlafen.« Catherine preßte die Decke fester an sich.

»Nein?« Seine Stimme klang plötzlich tonlos.

Sie starrte ihn an. Er trug seinen dunkelblauen Bademantel, seine Beine und Füße waren nackt. Ihr Blick fiel auf seine Beine, und sie wandte die Augen ab. Sie waren sehr weiß und mit schwarzen Haaren bewachsen. »Wo ist Mami?« fragte sie.

Mit einem gequälten kleinen Lächeln streckte er die Hand wieder nach dem Lichtschalter aus.

»Unten. Ich nehme an, sie macht uns einen Kakao. Schlaf jetzt wieder, Kleines. Gott schütze dich. Bis morgen früh.«

Das Licht ging mit einem Klicken aus, und die Tür schloß sich. Das Zimmer war plötzlich in völliges Dunkel getaucht. Starr lag sie da und wagte nicht, sich zu bewegen.

Die Katze öffnete die Augen.

»Frances? Wo bist du, Liebling?« Sie hörte die Stimme ihres Vaters, der hastig die Treppe hinunterlief; das leise Tapsen seiner bloßen Füße auf den einzelnen Stufen. »*Frances!*« Die Angst in seiner Stimme, leiser zwar, aber schärfer, war jetzt deutlich zu hören. »O Gott – bitte Frances, nein. Ich kann ohne dich nicht leben.«

Catherines Finger waren krampfhaft in den Stoff ihrer Decke verkrallt. Sie drückte das Gesicht fest hinein, um die brennenden Tränen aufzuhalten, bevor sie die Wangen herunterlaufen konnten.

Im Haus war jetzt alles still. In ihrem Elend begann sie sich im Bett vor und zurück zu wiegen, Einsamkeit und Angst schlossen sich wie eine Mauer aus Eis um sie.

Auf dem Schrank bewegte sich die Katze kaum merklich. Eine Kralle scharrte über die hölzerne Abschlußborte des Randes, und eine tiefe Kerbe erschien in der verschnörkelten Holzarbeit.

»Frances! Frances, mein Liebling, ich liebe dich! Begreifst du das nicht? Ich liebe dich!«

Catherine erstarrte. Die Stimme hallte, jetzt wieder sehr laut, durch die nächtliche Stille. Aber sie kam nicht aus dem Haus, sondern von draußen. Einen Moment lang blieb sie reglos liegen, dann schob sie die Daunendecke beiseite, schlüpfte aus dem Bett und rannte zum Fenster, wo sie zu ihrem Entsetzen ihren Vater sah, der, noch immer barfuß und im Bademantel, mitten auf der Straße stand. Hinter ihm schwang die Gartentür hin und her, der Weg war deutlich zu sehen im Schein der Straßenlaterne. Die Straße war in beiden Richtungen vollkommen menschenleer. Sein Haar war zerrauft und sein Gesicht in dem kalten blauen Licht vor Schmerz verzerrt.

Sie hielt die Fensterbank so fest umklammert, daß ihre Hände weiß und blutleer waren. So starr war ihre ganze Aufmerksamkeit auf ihren Vater gerichtet, daß sie den weichen Plumps nicht hörte, mit dem die Katze auf dem Teppich landete, wo sie einen Augenblick lang neben dem Bett verharrte. Sie betrachtete die mageren Schultern des Kindes mit einem Ausdruck gleichgültigen, fast akademischen Interesses, dann sprang sie mit einem Satz aufs Bett. Hier drehte sie sich einmal um sich selbst und machte es sich bequem, drapierte eine große Samtpfote lässig über die andere und ließ ihren langen Schwanz seitlich über den Bettrand baumeln. Schläfrig beobachtete sie das Kind, während sich ihre Augen langsam schlossen und ihre Nase bequem auf dem weichen schwarzen Fell einer Pfote ruhte.

Catherine schluckte schwer und drängte die aufsteigenden Tränen zurück, voller Mitgefühl für den Schmerz ihres Vaters, doch unfähig, ihren eigenen auszudrücken.

»Mami?« Ihre Stimme war ein ersticktes Flüstern.

Nach einigen Minuten machte ihr Vater kehrt und ging ins Haus zurück. Im Schein der Lampe konnte sie seine bloßen Füße auf dem körnigen Asphalt erkennen und starrte darauf; gebannt angesichts einer solchen Ungeheuerlichkeit in einem Leben, das ihr bis zu diesem Tag so vollkommen normal und geordnet erschienen war.

Er ließ das Gartentor offen und ging mit müden Schritten auf das Haus zu. An der Haustür angelangt, die mit ihren Blumenmotiven, den blauen und grünen Buntglasintarsien in der Holzfläche über dem Briefkasten, allen anderen Türen in dieser Vorstadtstraße glich, verschwand er aus ihrem Blickfeld.

Catherine rührte sich nicht. Sie hörte, wie er die Haustür hinter sich schloß, und wußte in einem Winkel ihres Herzens, daß er verzweifelt die Stirn dagegen lehnte und weinte.

Sie wagte nicht, sich zu rühren. Ihre Welt war ein Trümmerhaufen. Die Liebe und Sicherheit, in der sie sich ihr ganzes Leben gewiegt hatte, gab es nicht mehr. Die wirkliche Welt, das war die Einsamkeit ihres nächtlichen Zimmers, die hungrige, wütende Katze, die auf dem Schrank lag und auf den richtigen Moment lauerte, um herunterzuspringen.

Mit tränenblinden Augen blickte sie die Straße entlang. Sie war immer noch menschenleer.

»Daddy?« Sie formte das Wort mit den Lippen. Aber sie wußte, daß er nicht kommen konnte. Sie war nicht mehr der Mittelpunkt seiner Welt; sie war in keiner Welt mehr der Mittelpunkt. Er hatte sie vergessen.

Als sie sich endlich, steif vor Kälte und an allen Gliedern zitternd, vom Fenster abwandte, warf sie keinen Blick auf den Schrank; und sie bemerkte auch nicht die schemenhafte schwarze Gestalt, die so viel Platz am Fußende ihres Betts für sich in Anspruch nahm. Statt dessen vergrub sie ihren Kopf unter den Kissen und begann wieder zu weinen. Erst als sie eingeschlafen war und sich im Schlaf ein wenig streckte, spürte sie das Gewicht auf der

Decke dicht bei ihren Füßen, und im tröstlichen Gefühl dieser Wärme, von keinem bewußten Gedanken gewarnt, rutschte sie ein Stückchen tiefer und schmiegte sich behaglich daran.

Sie wußte nicht, wie lange sie geschlafen hatte, als sie das Klappen einer Tür weckte. Die Augen noch verquollen vom Weinen und fest geschlossen, versteifte sie sich.

»Frances?« Die Stimme ihres Vaters, die aus einiger Entfernung an ihr Ohr drang, war heiser vor Erschöpfung.

Leise kroch Catherine aus dem Bett und schlich zur Tür, öffnete sie einen Spaltbreit und spähte hinaus. Im ersten Stockwerk brannten sämtliche Lichter. Von ihrem Lauschposten aus konnte sie den oberen Treppenabsatz sehen und das Geländer dicht bei der Badezimmertür. Im Badezimmer war das Wasser in der Wanne längst kalt geworden. Nur das langsame, monotone Tropfen eines der Wasserhähne unterbrach die Stille.

»Frances? Du bist zurückgekommen?«

Hinter ihr zeigten nur eine große ovale Vertiefung und ein paar schwarze Haare auf der Bettdecke, wo die Katze gelegen hatte.

»Ich konnte es nicht, Freddie.« Die Stimme ihrer Mutter war kaum hörbar.

Catherine schlich zum Treppenabsatz, wo sie sich niederkauerte und durch das Geländer nach unten blickte. Ihre Mutter stand dicht bei der Tür, das Haar naß vom Regen. Wann hatte es zu regnen angefangen? Sie trug ihre alten Jeans, einen dicken blauen Pullover und die rote Wolljacke, mit der Catherine gern Verkleiden spielte, weil sie bei ihr bis auf den Boden reichte. Das Gesicht ihrer Mutter war blaß und angespannt – für Catherines schockierte Augen war es nicht mehr das Gesicht der wunderschönen jungen Prinzessin, die in so vielen ihrer kindlichen Fantasien die Hauptrolle spielte, sondern das einer häßlichen alten Frau.

»Ich möchte mich entschuldigen für die schrecklichen Dinge, die ich gesagt habe.« Frances war nicht weiter ins Haus gekommen. Ihre Hände steckten tief in den Jackentaschen, und sie hatte abwehrend die Schultern hochgezogen. »Es war abscheulich von mir.«

»Aber es war nur die Wahrheit.« Freddie war nicht aufgestanden; er saß mit dem Rücken zu Catherine auf der Treppe und sah zutiefst deprimiert aus. Beide hatten sie Angst, wie Catherine plötzlich erkannte. Sie biß sich auf die Lippen. Ihre Welt fuhr wieder Karussell; Eltern haben nie Angst.

»Ich bin langweilig. Ich bin in meinem Alltagstrott festgefahren. Du hättest es viel besser treffen können als mit mir. Alle denken das.«

»Nein!« Frances schüttelte den Kopf. »Nein, Freddie ...«

»Doch!« Er vergrub das Gesicht in den Händen. »Und ich bin zu alt für dich. Ich wußte es von Anfang an. Aber ich habe dich ... ich liebe dich so sehr.« Hilflos hob er den Kopf.

Catherine biß sich wieder auf die Lippen. Sie preßte das Gesicht dicht an die Geländerstäbe. Der Schmerz ihres Vaters, seine schiere Verzweiflung war für sie greifbar. Ihre Augen wurden schmal, als ihr Blick zu ihrer Mutter wanderte. Zum ersten Mal in ihrem Leben sah sie die Mutter als etwas von ihr Getrenntes – eine bedrohliche, unberechenbare Fremde. Mit feindseliger Aufmerksamkeit musterte sie ihr Gesicht, die blasse, ungeschminkte Haut, die großen, tiefliegenden Augen mit den schlammdunklen Ringen darunter, die schmalen, fast pergamentfarbenen Lippen, die sonst so fröhlich rot und voll waren. Ein winziger Schauder der Abneigung durchlief sie. Frances' Haar hing in unordentlichen Strähnen herunter, von denen das Wasser in ihren Ausschnitt tropfte; sie schob es mit kalten, fast leblosen Fingern beiseite. »Ich glaube, ich gehe nach oben und nehme ein Bad«, sagte sie in freudlosem, niedergeschlagenem Ton.

»Warum bist du zurückgekommen?« Freddie saß immer noch auf der Treppe. Wenn sie hinaufgehen wollte, mußte sie über ihn steigen.

Sie blieb mit hilflos ausgebreiteten Armen stehen. »Wollte er dich nicht haben?« Freddies Stimme hatte plötzlich einen harten Klang.

Ihre Augen ruhten auf ihm, und Catherine sah ohne Mitleid, daß sie in Tränen schwammen. »Ich bin nicht einmal bis zu seinem Haus gekommen.«

Darauf trat ein langes Schweigen ein. Freddie schien nicht zu wissen, was er sagen sollte. Mit eingesackten Schultern saß er auf der Treppe, und Catherine konnte die Schulterknochen sehen, die sich scharf unter dem Frotteestoff seines Bademantels abzeichneten. Sein Hals ragte, mager und verletzlich, aus dem Kragen, und darüber war sein Haar strähnig und zerzaust. Als hätte er den Blick seiner Tochter gespürt, fuhr er sich geistesabwesend mit den Fingern durchs Haar, dann ließ er den Kopf wieder in die Hände sinken. »Du kannst immer noch gehen.«

Sie sog hörbar den Atem ein. »Willst du, daß ich gehe?«

»Nein.« Müde hob er den Kopf. »Nein, natürlich nicht. Aber ich will nicht, daß du bleibst, wenn du unglücklich bist und wenn zwischen uns alles zerbrochen ist.«

»Nichts ist zerbrochen, Freddie. Nichts war gefährdet.« Sie wandte sich wieder zur Haustür und legte die Hand auf den Türknauf; dort blieb sie einen Augenblick liegen und glitt dann ab. Frances lehnte die Stirn an die bleigefaßten Buntglasscheiben, ihre Arme hingen kraftlos an den Seiten herunter. »Ich weiß nicht, was ich tun soll.« Es war wie der Hilfeschrei eines Kindes.

»Bleib. Bitte, bleib. Denk an Catherine.«

Catherines Finger schlossen sich so fest um das Geländer, daß ihr die Hände weh taten.

Frances drehte sich müde um. »Catherine würde mich nicht einmal vermissen. Sie hat dich immer mehr geliebt als mich.«

Einen Moment lang sagte Freddie nichts, dann zuckte er die Schultern. »Das ist doch Unsinn. Sie liebt uns beide.«

»Nein.« Frances schüttelte heftig den Kopf. »Nein. Sie hat mich nie geliebt. Sie ist ein kaltes, liebloses Kind. Manchmal kann ich kaum glauben, daß ich sie geboren habe. Sie wäre viel glücklicher ohne mich. Dann hätte sie dich ganz für sich allein.«

»Frances!« Plötzlich hatte seine Stimme wieder Kraft gewonnen. »Du weißt nicht, was du sagst.«

»Nein?« Frances' Mund verzog sich zu einem eigenartigen, halb höhnischen Lachen. »Willst du, daß ich sie frage?«

Catherine zuckte erschrocken zurück. Ihr war sehr kalt. Auf wackligen Beinen richtete sie sich auf und schlich sich, die Haut kalt wie Eis unter ihrem Baumwollschlafanzug, an der Flurwand entlang zu ihrer Zimmertür.

Im Zimmer war es stockdunkel. Sie hatte schon den halben Raum durchquert, da fiel ihr die Katze ein, und sie warf einen Blick auf den Schrank. Sie war verschwunden. Man konnte die Wand sehen. Da war kein Koffer. Irritiert runzelte sie die Stirn. Hatte ihr Vater den Koffer weggeräumt? Dann hörte sie das leise Knurren.

Ihr Hals war wie zugeschnürt. Langsam wandte sie sich zum Bett um, wo das große schwarze Tier saß. Sie sah seine goldenen, mandelförmigen Augen mit den dunklen Diamantschlitzen und hörte die messerscharfen, ausgefahrenen Krallen, die an den zarten bunten Streifen der Daunendecke rissen. Und sie roch die katzenhafte Wärme seines Fells.

Behäbig erhob sich die Katze, bog ihren Rücken in lässiger Eleganz und sprang vom Bett. Nur einen Meter von ihr entfernt, auf gleicher Schulterhöhe, der erhobene Kopf kaum tiefer als ihrer, stand sie jetzt vor ihr.

Nervös fuhr sich Catherine, den Blick unverwandt auf die Katze gerichtet, mit der Zunge über die Lippen, und das Tier imitierte ihre Mimik, indem es für einen Moment zwei weiße, gekrümmte Fangzähne bleckte.

Dann setzte es sich in Bewegung.

Wie betäubt von ihrer Angst blieb Catherine, wo sie war. Nur mit den Augen folgte sie der Katze, die rundum durch das Zimmer trottete und dann vor ihr stehenblieb und die Nase an ihrer Schulter rieb. Ihre kleine Hand näherte sich vorsichtig der dichten Fellkrause hinter den Ohren des Tiers, und als sie es zu kraulen begann, wurde sie mit einem kaum hörbaren, kehlig vibrierenden Schnurren belohnt.

»Catherine! Wach auf. Du kommst zu spät zur Schule.«

Die Stimme ihrer Mutter schnitt durch ihren Traum wie die Klinge eines Sägemessers. Ein Weilchen blieb sie noch still liegen, dann schlug sie langsam die Augen auf.

Kaltes Sonnenlicht strömte in das Zimmer; auf dem Kleiderschrank lag wie immer der alte Koffer neben dem leeren Rucksack ihres erwachsenen Bruders und einem zerbrochenen Flugdrachen.

Sie drehte sich um und sah ihre Mutter an. Frances war blaß unter ihrem Make-up, sie wirkte müde, aber ansonsten war sie eigentlich wie immer, eilte geschäftig zu der Kommode aus abgebeiztem Kiefernholz, zog die oberen Schubladen auf, nahm saubere Wäsche, Strümpfe und eine frische Bluse heraus und warf die Sachen aufs Bett. »Fünf Minuten. Das Frühstück ist fast fertig!« rief sie und war schon wieder verschwunden.

Catherine setzte sich im Bett auf und schlang, den Koffer im Blick behaltend, die Arme um die Knie. Es war ein Traum. Es mußte ein Traum gewesen sein. Von Anfang bis Ende.

Ohne Begeisterung saß sie vor ihrer Schüssel Cornflakes, während ihr Blick zum Teller ihres Vaters wanderte.

»Wo ist Daddy?«

»Er hat den frühen Zug genommen.« Ihre Mutter zog mit spitzen Fingern zwei fertige Scheiben Brot aus dem Toaster und jonglierte sie in den Toastständer. »Ich fahre dich heute morgen zur Schule.« Abgesehen von dem komischen, undefinierbaren Ausdruck auf ihrem Gesicht war sie ganz die alte – tüchtig, ein wenig ungeduldig, sachlich. Wie immer überflog sie die Schlagzeilen in der Tageszeitung, während sie ihren Pulverkaffee trank und warme Milch aus dem Topf in Catherines Becher goß.

»Mami, bekomme ich ein Kätzchen?« Catherine schraubte den Deckel vom Honigglas und tauchte ihr Messer in die körnigweiche, süße Masse, wohl wissend, daß sie dafür eine verärgerte Zurechtweisung von ihrer Mutter ernten würde, die vorsorglich einen langstieligen Löffel neben das Glas gelegt hatte.

»Was ist, Schatz?« Offensichtlich in die Zeitung vertieft, hatte Frances die Sache mit dem Honig nicht bemerkt.

»Ein Kätzchen. Ich hätte so gern ein Kätzchen.«

»Hm.« Die Antwort war so vage, daß sie kein Ja bedeuten konnte; es war ein reiner Reflex, mehr nicht, und es hieß, daß ihre Mutter nicht zugehört hatte.

»Daddy hat es erlaubt.« Damit setzte sie alles auf eine Karte, was ihr durchaus bewußt war.

»Was?« Frances hob den Kopf und ließ die Zeitung auf den Tisch fallen. »Los jetzt. Du wirst zu spät kommen. Geh dir die Zähne putzen. Beeil dich.« Kein Wort von dem Kätzchen. Nicht ein Wort. »Hast du deinen Ranzen? Vergiß dein Geschichtsbuch nicht. Es liegt noch im Eßzimmer, und deine Ballettsachen liegen im Wäscheschrank.«

Das waren die Dinge, die sie immer sagte. Normale, lästige, fürsorgliche Dinge. Die Dinge, die Mütter immer von sich geben.

Catherine rutschte, noch auf dem letzten Bissen Toast kauend, von ihrem Stuhl. »Also, bekomme ich ein Kätzchen?«

Diesmal hörte ihre Mutter die Frage, und sie runzelte die Stirn. »Nein, natürlich bekommst du kein Kätzchen! Was für eine blödsinnige Idee.«

»Aber Daddy hat gesagt …«

»Es ist mir egal, was Daddy gesagt hat. Ich sage nein. Und jetzt geh und putz dir die Zähne.«

Sehr bedächtig verließ Catherine die Küche und stieg die Treppe hinauf. Im Badezimmer nahm sie ihre rosafarbene Zahnbürste, dann die Zahnpasta von der Ablage. Ausgiebig putzte sie sich die Zähne, spülte den Mund aus und ging über den Flur in ihr Zimmer zurück. Dort holte sie ihren Schulblazer aus dem Schrank und blickte nach oben.

»Mami mag keine kleinen Kätzchen«, sagte sie leise, aber sehr deutlich artikuliert. »Ich glaube, Mami mag auch keine großen Katzen.«

Das Tier hatte den Kopf auf die Pfoten gelegt und beobachtete sie aus trägen Augen. Sein Schwanz, der seitlich über den Rand des Schranks hing, zuckte ganz leicht und strich dabei sacht über das polierte Walnußholz.

Sie konnte es jetzt spüren – den weichen Fellkragen, die lebendige Wärme, die angespannten, stählernen Muskeln, die unter ihren Fingern locker und biegsam wurden, den massiven Schädel an ihrem Gesicht, auf dem tränenheißen Kissen, auf dem sie sich in den Schlaf weinte. Furchtlos blickte sie zu der Katze auf. Es war das erste Mal, daß sie das Tier bei Tageslicht sah. Es war riesengroß; groß genug, um jemanden zu fressen.

Während sie ihren Blazer zuknöpfte, lächelte sie vor sich hin. »Mami mag mich auch nicht«, erklärte sie in lockerem Plauderton. »Weil Daddy mich lieber mag als sie.«

Die Katze blinzelte mit trägem Interesse.

»Catherine!« Sie zuckte zusammen, als sie die Stimme ihrer Mutter im Flur hörte. »Beeil dich jetzt, zum Donnerwetter!«

»Wenn du Hunger hast, könntest du sie vielleicht auffressen, weißt du.« Das murmelte sie hastig, halb ängstlich, halb trotzig vor sich hin, ein letzter Hinweis, bevor sie sich zum Gehen wandte. Als sie die Tür öffnete, warf sie einen Blick zurück. In einem Lichtfleck, den die frühe Morgensonne ins Zimmer warf, hatte sich das schattenhafte Schwarz des Koffers in das warme Walnußbraun von altem Leder verwandelt.

Catherine saß im Klassenzimmer und blickte an ihrer Banknachbarin vorbei aus dem Fenster. Die Sonne schien jetzt mit voller Kraft und heizte den Raum durch die Glasscheiben hindurch auf. Der Lärm der verkehrsreichen Straße drang als gedämpftes, monotones Brummen herein, das sie, im Zusammenspiel mit der Wärme, die von ihrem Pult zurückstrahlte, ganz schläfrig machte. Es war Montag, der Tag, an dem ihre Mutter die Wäsche in dem kleinen Garten hinter dem Haus aufhängte, der Tag, an dem sie in Catherines Zimmer gehen und die Bettwäsche wechseln würde, so daß am Abend, Catherines Lieblingsabend, die Laken und Kissen nach Blumen, Gras und frischer Landluft dufteten.

Ihre Mutter würde allein und völlig arglos mit einem Stapel Bettwäsche in ihr Zimmer gehen, und mit dem Rücken zum Schrank würde sie die Sachen wie immer auf dem kleinen, rüschenbesetzten Hocker vor ihrer Frisierkommode ablegen. Vielleicht fiele ihr Blick dann zufällig auf den kleinen Spiegel, und sie könnte das schwarze Gesicht mit den goldenen, mandelförmigen Augen in dem Moment sehen, in dem das Tier zum Sprung ansetzte – vielleicht aber auch nicht. Vielleicht würde sie überhaupt nicht mehr erfahren, wer oder was sie angegriffen hatte.

»Catherine?«

Sie würden nur noch einen Stapel sauberer Wäsche finden und vielleicht, auf dem Teppich in der Nähe des Betts, ihre silbernen Armreifen.

»Catherine? Was ist los mit dir? Bist du krank?« Miss Pitman hatte das erstickte Keuchen des Kindes gehört und gesehen, daß sich seine Augen mit Tränen gefüllt hatten. Sie legte den Arm um Catherines Schultern und ging neben ihrem Stuhl in die Knie. »Was ist los, Kleines? Was fehlt dir?«

Catherine war kalkweiß, und sie zitterte am ganzen Körper. Die anderen Kinder hatten sich interessiert zu ihr umgedreht. »Ich glaube, sie muß sich übergeben!« rief jemand aus der hintersten Reihe im Brustton der Erfahrung und mit einer gewissen Genugtuung.

»Nein, das muß sie nicht, Edward.« Miss Pitman legte ihre freie Hand auf die Catherines. »Was ist los, Catherine? Fühlst du dich nicht wohl?«

Catherine schüttelte den Kopf. Sie zitterte so sehr, daß sie nicht sprechen konnte.

Für Fälle wie diese gab es eine Verhaltensroutine, und diese wurde jetzt unverzüglich in Gang gesetzt. Die Lehrerin brachte Catherine zum Krankenzimmer, nachdem sie der Klasse das Ehrenwort abgenommen hatte, sich mit einer Abschreibaufgabe zu beschäftigen und mucksmäuschenstill zu sein. Wie immer bei solchen Gelegenheiten hatte sie mit dem Kind noch nicht die nächste Biegung des Korridors erreicht, als im Klassenzimmer ein Höllenspektakel losbrach; aber ausnahmsweise eilte sie diesmal nicht zurück, um die Tür aufzureißen und, ohne auch nur hinsehen zu müssen, wer der Anstifter war, ein Donnerwetter auf den kleinen Edward und seine beiden Kumpane niedergehen zu lassen. Dazu war ihre Sorge um das Kind an ihrer Seite zu groß.

Sie setzte Catherine auf die Liege, und als sie ihr eine erfahrene, kühle Hand auf die Stirn legte, brannte die

Haut darunter wie Feuer. »Was ist los, Catherine? Wo tut es dir weh?«

Unfähig, ein Wort herauszubringen, schüttelte Catherine den Kopf. Deutlich sah sie den zerfetzten Leichnam ihrer Mutter vor sich, ein Arm neben der Frisierkommode, ein Fuß auf dem Bett, wohin ihn die Katze geschleppt hatte, die ihn nun anmutig zwischen ihren samtigen Pfoten hielt und genießerisch, mit halb geschlossenen Augen, an den Zehen leckte. Mrs. Harriman, die Rektorin, die aus ihrer Mathematikstunde geholt worden war, zog die Stirn in nachdenkliche Falten. »Ist bei dir zu Hause etwas passiert, worüber du dir Sorgen machst, Catherine?« Sie beugte sich ein wenig zu Catherine hinunter, legte ihr die Hände auf beide Schultern und sah durch runde, goldgeränderte Brillengläser, die ihre Augen vergrößerten, in diese unglaublich blauen Seen.

Unter krampfhaftem Schluchzen nickte Catherine.

»Du mußt dich jetzt beruhigen und mir erzählen, was los ist, damit ich dir helfen kann. Was ist passiert? Was hat dich so sehr aus der Fassung gebracht?«

»Ich habe etwas getan«, hauchte Catherine mit kaum hörbarer Stimme. »Etwas Schreckliches.«

»Du hast etwas Schreckliches getan, Catherine?«

Die freundliche Autorität, mit der die Rektorin sprach, begann Catherine ein wenig zu beruhigen. Sie holte tief und krampfhaft Luft, ihre heißen Hände walkten die Vorderseite ihres Faltenrocks zu einem feuchten, zerknitterten Lumpen. »Meine Mami ist tot.« Die Worte kamen so leise und undeutlich, daß die beiden Frauen zuerst glaubten, nicht richtig gehört zu haben.

Mrs. Harriman straffte sich sichtlich. »Hast du gesagt, mit deiner Mami ist irgend etwas, Catherine? Aber ich habe sie heute morgen gesehen, als sie dich zur Schule gebracht hat. Sie sah aus, als ginge es ihr gut.«

»Ich habe sie getötet.« Diesmal kamen die Worte deutlicher artikuliert, fast trotzig heraus. »Ich habe sie getötet«, wiederholte sie. »Weil sie mich nicht lieb hat.«

Miss Pitman drehte sich kurz um, nahm einen Stoß Papiertaschentücher von dem Tisch, der am Fenster stand, und drückte sie Catherine in die Hand. »Putz dir die Nase, Kleines, und hör auf zu weinen«, sagte sie in ihrem aufmunterndsten Tonfall. »Natürlich hat dich deine Mutter lieb. Das ist doch Unsinn.« Sie sah ihre Rektorin an und hob fragend eine Braue. »Meinen Sie, wir sollten ihre Eltern anrufen?«

Mrs. Harriman nickte. »Geben Sie ihr etwas zu trinken. Ich bin in einer Minute zurück.«

Es wurde eine lange Minute. Einen Becher Kakao und zwei Kekse später, und nachdem zwei Vertreterinnen in die lehrerlosen Klassen geschickt worden waren, die für Ruhe sorgen sollten, saßen Miss Pitman und Catherine im Krankenzimmer nebeneinander auf der Liege, und stokkend kam endlich die ganze Geschichte heraus.

Miss Pitman lächelte. »Du hast also diesem Panther oder was immer das für ein Tier ist, das auf deinem Schrank wohnt, gesagt, er kann deine Mutter auffressen, weil sie dich nicht mehr lieb hat?«

Catherine nickte.

»Und weil du deine Mutter auch nicht mehr lieb hast?«

Catherine nickte wieder.

»Und du wolltest sie bestrafen?«

Das Nicken war so winzig, daß man es kaum sehen konnte.

»Und jetzt tut es dir leid, daß du der Katze gesagt hast, sie soll deine Mutter auffressen, weil du sie eigentlich doch sehr lieb hast.«

Diesmal war das Nicken nicht zu übersehen, die Augen riesengroß, in verzweifelter Hoffnung starr auf Miss Pitmans Gesicht gerichtet.

Miss Pitman lächelte. »Catherine, deiner Mutter ist bestimmt nichts passiert! Du wirst sehen, daß sie gesund und munter ist. Die Katze weiß, daß du sie in Wirklichkeit lieb hast, und sie weiß auch, daß sie dich sehr lieb hat. Weißt du …« – unsicher, wie weit sie mit ihren tröstenden Erklärungen zu elterlichen Auseinandersetzungen gehen durfte, zögerte sie –, »… wenn sie böse aufeinander sind, sagen Erwachsene manchmal Dinge, die sie nicht so meinen, und für mich klingt es so, als hätten sich deine Mami und dein Daddy ein bißchen gestritten, habe ich recht? Sie wollten bestimmt nicht, daß du ihren Streit hörst. Ich glaube, es würde deiner Mami sehr leid tun, wenn sie wüßte, daß du diese Dinge mitangehört hast, die sie über dich gesagt und überhaupt nicht so gemeint hat.«

»Weiß das die Katze?«

Wieder lächelte Miss Pitman. »Aber ja, die Katze weiß das. Die Katze weiß alles, weil diese alberne alte Katze, glaube ich, nur eine Traumvorstellung in deinem Kopf ist.«

Catherine musterte sie mit ernster Miene. Wie konnte etwas, das in ihrem Kopf war, den Schrank mit seinen scharfen Krallen zerkratzen und ihre Daunendecke zerreißen, wie es die Katze getan hatte?

»Wie dem auch sei …« Miss Pitman hielt ihr noch einmal die Kekspackung hin. »Du wirst gleich sehen, daß es deiner Mami gut geht.«

Die Tür ging auf, und sie hob den Kopf. Sarah Harriman winkte sie, sehr blaß, aus dem Zimmer. Im Korridor zog sie Miss Pitman ein Stück von der Tür weg und redete in aufgeregtem Flüsterton auf sie ein. »Zu Hause ging niemand ans Telefon, darum habe ich den Vater in seinem Büro angerufen. Dort erfuhr ich, daß er ins Krankenhaus gerufen worden war, weil seine Frau einen Unfall hatte.« Mit einem Blick über die Schulter der Kollegin zur geschlossenen Tür des Krankenzimmers senkte sie die Stimme zu einem noch leiseren Flüstern. »Sie glauben, daß sie von irgendeinem Tier angefallen wurde.«

Schweigend sahen sich die beiden Frauen an, bis das Gehörte in Miss Pitmans Bewußtsein gedrungen war und ungläubiges Entsetzen sich in ihrer Miene abzuzeichnen begann. Das Wort, mit dem sie schließlich ihren Gefühlen freien Lauf ließ, war eines, das man im allgemeinen nicht einmal auf einem Schulhof zu hören bekam.

»Das kann man wohl sagen«, pflichtete ihr Sarah bei, ohne mit der Wimper zu zucken.

»Und was machen wir nun?«

»Ist sie schwer verletzt, konnte man Ihnen das sagen?«

»Sie wußten nur, daß Freddie Carter alles liegen- und stehengelassen hat und sofort zu ihr gefahren ist.«

»Rufen Sie lieber im Krankenhaus an.« Miss Pitman biß sich auf die Unterlippe. »Ich gehe zu Catherine zurück.« Unschlüssig zögerte sie einen Augenblick. »Sie hat gesagt, es war eine Katze; eine Katze, der sie gesagt hat, sie soll ihre Mutter auffressen.« Hier machte sie wieder eine kleine Pause. »Ich nehme an, es könnte eine echte Katze gewesen sein – irgendein streunendes Tier, das sie heimlich mit in ihr Zimmer genommen hat?«

Die Augen der Rektorin wurden schmal. »Was meinen Sie damit, es *könnte* eine echte Katze gewesen sein? Was soll es denn sonst gewesen sein?« Sie sahen sich eine Weile an und senkten dann gleichzeitig den Blick. »Gehen Sie zurück zu dem Kind. Stopfen Sie es mit Keksen voll. Bringen Sie es in die Klasse zurück, wenn es sich beruhigt hat. Sagen Sie ihm, seine Mami ist einkaufen gegangen und kann sie vorerst nicht abholen kommen – irgend etwas. Was auch immer. Ich will sehen, was ich in Erfahrung bringen kann.«

Zwei Stunden später kam Freddie, um sein Töchterchen abzuholen. Bevor man ihn zu ihr ließ, bat ihn Sarah Harriman in ihr Arbeitszimmer.

»Wie geht es Ihrer Frau?« Sie betrachtete prüfend sein

Gesicht und stellte fest, daß er zwar müde aussah und daß ihn offensichtlich etwas belastete, daß er aber keineswegs vor Verzweiflung am Boden zerstört war. Innerlich seufzte sie erleichtert auf, bevor er noch den Mund aufgemacht hatte.

»Soweit ganz gut. Sie behalten sie über Nacht dort. Sie hat ein paar tiefe Kratzer abbekommen, aber zum größten Teil sind es nur oberflächliche Verletzungen. Allerdings hat sie einen ziemlichen Schock erlitten.«

»Wissen Sie denn, was es war?«

Hinter ihrem Schreibtisch drehte sie nervös einen Stift zwischen den Fingern.

»Die Polizei glaubt, daß es eine streunende Katze gewesen sein muß, die irgendwie ins Haus gelangt ist, aber es war keine Spur von ihr zu finden, als wir dort waren, um nachzusehen.«

»Eine streunende Katze …« Sarah nickte gedankenverloren.

Ihr Blick war auf die Schreibtischunterlage gesenkt. »Ich verstehe.« Jetzt hob sie den Kopf und atmete tief durch. »Es kann sein, daß Catherine sie ins Haus gelockt hat. Sie hat uns vorhin ein paar Dinge erzählt, aber sie war offensichtlich sehr aufgeregt.«

Auf der Heimfahrt betrachtete Freddie das Gesicht seiner Tochter aus den Augenwinkeln. Es war noch ein wenig verquollen von dem Weinkrampf, der sie geschüttelt hatte, nachdem er ihr erzählt hatte, was passiert war, und ihm fiel nicht zum ersten Mal ihre herzzerreißende Ähnlichkeit mit Frances auf.

»Wir fahren jetzt nach Hause und trinken eine Tasse Tee, und später gehen wir ins Krankenhaus und besuchen Mami, in Ordnung?« schlug er mit einem aufmunternden Lächeln vor. Während er, als sie in ihre Straße einbogen, herunterschaltete, überlegte er, wie ein so kleines Kind wie Catherine wohl mit den Schuldgefühlen und Selbstvorwürfen fertig werden würde, wenn sie wirklich, wie Mrs. Harriman zu glauben schien, etwas über die Katze wußte.

Catherine nickte. Je näher sie ihrem Haus kamen, um so stiller wurde sie.

»Was ist los, mein Schatz? Du brauchst keine Angst zu haben.« Er parkte vor dem Haus und ergriff ihre Hände. »Die Polizei hat das Haus von oben bis unten abgesucht. Das Tier ist verschwunden.« Genauso wie das Blut. Er hatte es eigenhändig aufgewischt, bevor er losgefahren war, um Catherine abzuholen. Eine Minute lang sah er sie forschend an, dann wandte er sich ab und blickte durch die Windschutzscheibe in die Ferne. Er machte keine Anstalten, auszusteigen. »Das Tier muß sich ins Haus geschlichen haben, als Mami die Wäsche aufgehängt hat. Oder ...« – er zögerte – »... hast du sie hereingelassen, Cathie? Hast du ihr Milch gegeben oder irgend etwas?« Die Polizisten hatten die schwarzen Haare auf Catherines Bettdecke gefunden und die tiefen Absprungkerben oben am Schrank entdeckt, von wo aus die Katze auf Frances' Rücken gesprungen war. Die Kratzer auf ihren Schultern waren entsetzlich tief.

Es war ein Rätsel geblieben, wohin die Katze verschwunden war. Frances hatte sie nicht gesehen. Sie hatte das Tier, das sich in ihren Rücken verkrallt hatte, schreiend von sich geschleudert, war aus dem Zimmer gerannt und die Treppe mehr hinuntergestürzt als -gelaufen, und dann hatte sie sich, zitternd und hysterisch vor Angst, in der Küche eingeschlossen. Vor dort hatte sie die Nachbarin angerufen, bevor sie zusammengebrochen war. Die Nachbarin hatte nur einen Blick auf ihre bewußtlose, blutüberströmte Freundin geworfen und umgehend einen Krankenwagen und die Polizei gerufen. Es war keine Tür gewaltsam geöffnet worden, und kein Fenster stand mehr als einen Spalt breit offen, aber die Katze war eindeutig verschwunden.

»Niemand ist böse auf dich, Liebes. Du konntest nicht wissen, daß sie bösartig ist. Ich bin nur froh, daß sie dich nicht auch verletzt hat.« Er nahm sie in die Arme, und sie schmiegte sich ein wenig getröstet an seine Brust. »So war es doch, nicht wahr? Du hast sie ins Haus gelassen?«

Catherine schüttelte den Kopf.

»Nein?« Mit einem Stirnrunzeln sah er auf sie hinunter. Wieder schüttelte sie den Kopf. »Sie lebt schon immer hier. In meinem Zimmer.« Sie wartete darauf, daß ihr Vater etwas sagte, und als er schwieg, holte sie tief Luft und begann zu erzählen.

Als sie mit ihrer Geschichte fertig war, starrte sie blicklos durch die Windschutzscheibe ins Leere. Lange Zeit sagte er nichts, und nach einer Weile tastete sie zaghaft nach seiner Hand.

»Daddy?« Sie hatte furchtbare Angst.

Als er ihr das Gesicht zuwandte, stand ein so tiefer Kummer in seinen Augen, daß sie den Blick abwenden mußte. »Es tut mir leid«, flüsterte sie. »Es tut mir so leid.«

»Liebling, ich bin derjenige, dem es leid tun muß. Ich und Mami. Wir wußten nicht, daß du uns zugehört hast. Wir hatten ja keine Ahnung.« Er biß sich auf die Lippen und machte immer noch keine Anstalten, aus dem Wagen zu steigen. Es war, als hätte er Angst, ins Haus zu gehen.

Dann seufzte er. »Hör zu – du mußt mir glauben. Du mußt. Mami hat dich genauso lieb wie ich, und unsere Liebe ist so groß und so tief wie ein See, in dem Berge versinken könnten.« Es gelang ihm, ein Lächeln zustandezubringen. »Sie hat nur deshalb gesagt, sie würde dich nicht besonders lieben und du würdest sie nicht lieben, weil sie wußte, wie sehr sie mich damit ärgern konnte! Erwachsene tun so etwas manchmal, weißt du. Nur, um sich gegenseitig auf die Palme zu bringen. Es ist so etwas wie ein Spiel. Dann vertragen sie sich, und alles ist wieder gut. Sie wissen, daß die Dinge, die sie gesagt haben, nicht wirklich ernst gemeint waren.«

Wenn das nur die Wahrheit war. O Gott, bitte, laß es wahr sein.

Die Hand, mit der er die ihre streichelte, war eiskalt und zitterte kaum merklich. Sie kehrte die Geste um, indem sie seine Hand mit ihren kleinen, heißen Handflächen umschloß und versuchte, ihn zu trösten.

»Ich wollte nicht, daß ihr etwas passiert. Ehrlich.«

»Das weiß ich doch, Cathie, es ist nicht deine Schuld. Die Katze hat dir nicht richtig zugehört. Ganz bestimmt, so war es.«

Aber auch wenn er das sagte, ganz sicher war er sich nicht.

Endlich im Haus, gab er ihr mit Käse überbackenen Toast, den sie vor dem Fernseher essen durfte, und sagte nichts, als sie sich weigerte, ihr Zimmer zu betreten, bis er es nach ungefähr einer Stunde nicht mehr aushielt. Er faßte sie bei der Hand. »Komm, wir gehen nach oben und sehen nach.«

Sie schüttelte den Kopf.

»Doch. Wie müssen in deinem Zimmer nachsehen, eine Nachtbeleuchtung für dich besorgen, damit du nie wieder Angst vor der Dunkelheit zu haben brauchst, und einen Blick auf diesen blöden alten Koffer werfen.«

Er lag da, wo er immer lag, oben auf dem Kleiderschrank. Eine Weile standen sie nebeneinander und sahen ihn schweigend an, dann zog Freddie den Hocker von der Frisierkommode zum Schrank. »Halt ihn für mich fest, damit ich nicht damit umkippe.«

»Vorsicht!« Ihr Mund fühlte sich trocken an vor Angst.

»Ich passe schon auf«, beruhigte er sie mit einem Lachen.

Auf den Zehenspitzen stehend, reckte er den Arm in

die Höhe und zog an dem abgewetzten Ledergriff. Der Koffer rührte sich nicht vom Fleck. Als er das zweitemal daran zog, wurde ihm bewußt, daß er ihn über die schmale, dekorative Holzblende, die den oberen Abschluß der Schrankfront bildete, würde heben müssen. Eine Weile widersetzte sich der Koffer noch seinen Bemühungen, dann hatte er ihn endlich freigerüttelt und wuchtete ihn, überrascht über sein Gewicht, über den Schrankrand nach unten. »Dieser alte Koffer hat meinem Vater gehört«, erklärte er, während er ihn auf den Boden legte und sich vor die schweren Messingverschlüsse hinkniete. »Er hat ihn rund um den Erdball begleitet. Sieh dir die Aufkleber an.« Besorgt sah er zu ihr auf. »Du brauchst keine Angst zu haben, Cathie. Das Ding ist leer.«

Die Hände krampfhaft hinter dem Rücken verschränkt, das Gesicht kalkweiß, wich sie einen Schritt zurück.

Ihr Vater kämpfte jetzt mit den Verschlüssen, zog sie, sicher, daß sie nicht verschlossen waren, mit Gewalt zurück, bis sie endlich, einer nach dem anderen, aufschnappten.

Er starrte auf den Deckel. Die Angst des Kindes hatte ihn angesteckt. Plötzlich hatte er kein Bedürfnis mehr, den Koffer zu öffnen.

Ein völlig irrationales Gefühl sagte ihm, daß die Katze darin war. Aber wie konnte das sein?

»Wenn wir das Ding auf den Dachboden gebracht haben, wo es hingehört, fahren wir Mami besuchen, in Ordnung?« Lächelnd sah er zu ihr auf.

Sie nickte beklommen.

»Ich glaube, wir erzählen ihr nichts von alledem, einverstanden, Kleines?« fuhr er behutsam fort. »Es ist ein besonderes Geheimnis zwischen uns beiden. Die arme Mami glaubt, daß es nur eine blöde verwilderte Katze war, die sich aus dem Garten hereingeschlichen hat. Ich glaube, das ist auch besser so, meinst du nicht?«

Aber Catherine meinte auch, daß die Katze eine Art Bestrafung war für das, was sie getan hatte. Sie beobachtete gebannt seine Hand, die über den Deckel strich.

»Siehst du das schöne alte Leder? Darum ist der Koffer so schwer. Wir können froh sein, daß die Koffer heute so leicht sind. Früher waren alle Koffer so, es sei denn, sie waren aus Pappe.« Seine Hand wanderte über die Kofferoberfläche und verharrte bei jedem der zerschlissenen Aufkleber. »Sieh nur. Indien. Burma. China. Wieviele Erinnerungen in dem Koffer stecken müssen.« Er biß sich auf die Lippen. Alles Länder, in denen große Katzen frei durch die Wildnis streiften.

Mit einem tiefen Atemzug hob er den Deckel an, der, als er langsam aufging, nichts weiter preisgab als einen abgewetzten, verblichenen Innenbezug und ein bißchen alten Plunder. Fahrkarten, eine Haarnadel, ein alter Briefumschlag. Das Kofferinnere roch nach altem Leder, Staub und muffigem, längst vergessenem Eau de Cologne.

Lange blickten Catherine und ihr Vater auf den offenen Koffer hinunter, dann ließ er den Deckel zufallen. Keiner von beiden hatte das schwarze Büschel Haare gesehen, daß sich in einem der Schnallengurte verfangen hatte.

Nachdem er die Dachbodenleiter heruntergezogen hatte, schleppte Freddie den Koffer hinauf, wo er ihren Blicken entzogen war, dann stieg er wieder nach unten und zog die Bodenklappe hinter sich zu.

»Gut so?« Er klopfte sich den Staub von den Handflächen. »Jetzt gehen wir Mami besuchen. Und ich glaube, sie hat eine Idee, die dir gefallen wird«, fügte er lächelnd hinzu. Im Krankenhaus hatte sich Frances mit Vorwürfen gequält, weil sie am Morgen so unwirsch mit Catherine umgesprungen war; sie hatte immer das kleine, traurige Gesichtchen vor sich gesehen und die Tränen, die sie auf dem Schulweg so tapfer hinuntergeschluckt hatte. Sie wollte alles in ihrer Macht Stehende tun, um ihr Verhalten dem Kind – und ihm – gegenüber wiedergutzumachen.

»Da Mami im Augenblick nicht sehr viel von Katzen hält, könnte ich mir vorstellen, daß es etwas mit einem kleinen Hund zu tun hat.«

Catherine stieß einen unterdrückten Freudenschrei aus, doch mitten auf der Treppe blieb sie stehen und warf einen Blick über die Schulter zurück. Offensichtlich hatte ihr Vater das klickende Geräusch der Krallen auf der Bodenklappe und das leise angriffslustige Knurren nicht vernommen, aber, wenn sie es sich genau überlegte, vielleicht hatte auch sie selbst es sich nur eingebildet.

Das Gesicht im Fenster

Sie hörten es beide im selben Moment. Irgendwo im ersten Stock wurde eine Tür zugeschlagen, dann ertönten eilige Laufschritte.

Mike stand wortlos auf und griff nach dem Schürhaken. Mit einem Blick auf Tessa legte er warnend den Finger auf die Lippen. »Warte hier«, flüsterte er. »Diesmal erwische ich sie.« Dann ging er auf Zehenspitzen zur Tür und öffnete sie.

Im Eingangsflur war es dunkel. Vorsichtig tastete er sich zur Treppe und stieg hinauf, blieb aber sofort stehen, als unter seinem Gewicht eine Stufe knarrte.

Kreidebleich folgte ihm Tessa, so leise sie konnte, in den Flur, wo sie atemlos wartend in die Dunkelheit der Treppe hinaufstarrte. Es dauerte eine ganze Weile, bis sie registrierte, daß die Haustür ganz leicht hin und her schwang.

Mit einem Schlag gingen im ersten Stock sämtliche Lichter an. »Also los, kommt heraus. Ich weiß, daß ihr hier seid!« rief Mike energisch.

Tessa schnappte nach Luft, aber alles blieb totenstill.

Einen Augenblick später tauchte er oben am Geländer auf. »Nichts zu sehen!« rief er. »Absolut nichts. Ich verstehe das nicht.«

»Hast du im Dachgeschoß nachgesehen?« fragte sie mit bebender Stimme.

»Ich habe sogar in den Wäscheschrank geschaut. Da ist nichts. Kein Mensch.«

»Die Haustür stand schon wieder offen, Mike.«

Er kam, den Schürhaken noch in der Hand, eilig die Treppe herunter, nahm das Schloß in Augenschein, ließ es auf- und zuschnappen und fuhr prüfend mit der Hand über den Türpfosten. »Ich verstehe das nicht. Es müssen Kinder aus der Gegend sein, die ihren Unfug treiben. Vielleicht ist eins von ihnen irgendwie an einen Schlüssel gekommen. Jedenfalls muß dieser Unsinn aufhören, wer immer dahinterstecken mag. Ich verschließe die Tür jetzt und kaufe morgen einen Riegel. Und diesmal rufe ich die Polizei an.«

Während er telefonierte, stand Tessa hinter ihm und biß sich auf die Knöchel.

»Wahrscheinlich haben Sie recht mit Ihrer Vermutung, daß es Kinder sind, Sir«, erklärte der diensthabende Beamte, nachdem Mike den Sachverhalt geschildert hatte. »Wir haben viel Ärger mit ihnen, und wenn Ihr Haus, wie Sie sagen, eine Weile leerstand, haben sie wahrscheinlich eine Möglichkeit gefunden, hineinzugelangen und darin zu spielen. Vielleicht ging das monatelang so, ohne daß es jemand bemerkt hat.«

»Was hat er gesagt?« wollte Tessa wissen, nachdem Mike den Hörer aufgelegt hatte.

»Er nimmt an, daß es Kinder sind«, entgegnete er. »Sie schicken morgen jemand vorbei.«

In der Nacht fiel Neuschnee und verdeckte alle Spuren, die die Eindringlinge möglicherweise hinterlassen hatten, so daß der Mann von der Kripo, der eintraf, als Mike und Tessa eben ihr Frühstück beendeten, nicht die Spur eines Hinweises finden konnte, wer es gewesen sein mochte.

»Es ist ein komisches Gefühl, findest du nicht?« bemerkte Tessa mit einem leisen Schauder. »Zu wissen, daß jemand in deinem Haus herumspaziert. Mir gefällt der Gedanke nicht.«

»Du bedauerst hoffentlich nicht, daß wir hierher gezogen sind, Tess?« Mike hatte den Polizisten hinausbegleitet und kam jetzt mit einem Armvoll Feuerholz zurück. Er warf die Scheite in den Korb neben der Tür und stampfte den Schnee von seinen Sohlen.

»Natürlich nicht. Ich liebe das Haus. Eigentlich liegt es gar nicht so einsam – es ist nur wegen des Schnees, daß alles so still wirkt.« Sie öffnete das Fenster, um die Decke mit den Frühstückskrümeln auszuschütteln. »Mike! Da draußen steht jemand. Am Tor«, stieß sie leise hervor. »Komm her und sieh dir die Leute an.«

Er trat mit ein paar schnellen Schritten hinter sie und blickte ihr über die Schulter. Vor dem Tor standen zwei Männer. Einer der beiden zeigte gerade zum Dach des Hauses.

»Sie sehen eher aus wie potentielle Käufer und nicht wie Einbrecher«, murmelte Mike nachdenklich. »Vielleicht wissen sie nicht, daß es schon verkauft ist. Das ist die Gelegenheit Tessa. Wir könnten es auf der Stelle und mit saftigem Gewinn weiterverkaufen.« Mit einem verschmitzten Lächeln sah er sie an.

»Niemals!« Sie faltete das Tischtuch zusammen und legte es in die Schublade. »Komm vom Fenster weg, Mike. Sie werden denken, du beobachtest sie!«

»Aber das tue ich doch auch.« Er öffnete das Fenster wieder und beugte sich hinaus. »Hallo! Kann ich Ihnen helfen?« Man konnte seinen Atem in der kalten Luft sehen.

Der größere der beiden Männer hob grüßend die Hand und stapfte durch den zugeschneiten Vorgarten zum Haus. Über dem aufgestellten Kragen seiner Schaffelljacke war sein Gesicht gerötet vor Kälte.

»Wann sind Sie eingezogen? Als ich das Haus das letzte Mal gesehen habe, stand es leer.« Seiner Stimme war zwar eine Spur von Verärgerung anzuhören, aber sein Gesicht wirkte freundlich und offen, was Tessa als beruhigend empfand.

»Erst vor einer Woche«, entgegnete Mike. »Ich fürchte, Sie kommen zu spät, wenn Sie es kaufen wollten.«

Der Mann lachte. »Kaufen eigentlich weniger. Eher leihen. Dürfen wir ins Haus kommen und es Ihnen erklären?«

Mike zog eine Braue hoch. »Das wäre das Beste. Die Tür ist dort drüben.« Er deutete zur Seite des Hauses.

Drei Minuten später saßen die beiden Besucher am Küchentisch, und Tessa hatte noch eine Kanne Kaffee gemacht. Der Mann mit den geröteten Wangen stellte sich als Pete Sanders vor. »Wir suchen ein kleines georgianisches Haus wie dieses als Außendrehort für einen Film – Teil einer Fernsehserie. Dieses hier schien uns ideal. Hübsch, alt, gepflegt, keine störenden Strom- oder Telefonleitungen in der näheren Umgebung und, so dachte ich zumindest, unbewohnt!« Ein gewinnendes Lächeln begleitete seine Worte.

Der andere sah sich in der Küche um. »Ist das Haus nicht sehr groß für zwei Personen?« Aus seiner Frage sprach eher Neugier als Unhöflichkeit.

Tessa lächelte. »Wir möchten im nächsten Jahr eine kleine Pension hier betreiben – oder zumindest Bed and Breakfast anbieten.«

Sanders nickte. »Bestens geeignet für diesen Zweck, würde ich sagen. Also – Die Sache ist die, ich habe nicht viel Zeit. Für die Szenen, die ich drehen will, muß Schnee liegen. Wenn Sie einverstanden wären, könnte ich die Crew so schnell wie möglich herbringen, denn ich habe gehört, daß der Schnee nicht liegenbleibt, und mein Budget reicht nicht für die Kunstschneevariante. Normalerweise lassen wir den Leuten mehr Zeit, sich zu entscheiden, aber in diesem Fall liegen die Dinge anders.« Er setzte wieder sein gewinnendes Lächeln auf.

Mike sah Tessa fragend an. Ihre Augen glänzten.

»Nur zu«, erklärte er. »Es wird sicher lustig werden. Wie Sie gesagt haben, stehen die Nachbarn bei diesem Wetter nicht gerade Schlange vor unserer Tür. Zumindest …« Hier unterbrach er sich. Er war im Begriff gewesen, vom Besuch des vergangenen Abends zu erzählen – das dritte Mal, daß sie die Geräusche im Haus gehört hatten –, überlegte es sich aber anders.

Sanders hatte bereits seine Notizen aus der Tasche gezogen. »Sie beide dürfen sich nicht blicken lassen, mehr brauchen Sie nicht zu tun. Das Haus soll vollkommen leer sein, und der Held, der übrigens von Jim Dixon gespielt wird«, dabei warf er Tessa einen vielsagenden Blick zu, »geht über den Torweg auf das Haus zu – wir werden die vorhandenen Fußspuren verwischen müssen –, dann klopft er, geht um das Haus herum, blickt zu den Fenstern hinauf, klopft noch einmal, geht zur Straße zurück, schwingt sich auf sein Pferd und reitet davon.«

»Das ist alles?« Mikes Stimme klang enttäuscht.

»Das ist alles.«

»Die Fernsehstudios sind offensichtlich nur zwanzig Kilometer von hier entfernt«, erklärte Mike, nachdem er die beiden Männer zu ihrem Wagen gebracht hatte. »Deshalb kannte Pete auch das Haus. Er hat schon seit einer Ewigkeit ein Auge darauf geworfen und nur noch auf Schnee gewartet. Ansonsten ist die Serie mehr oder weniger abgedreht, habe ich erfahren. Sie soll bald ausgestrahlt werden. Und – sie werden uns etwas für unsre Gefälligkeit bezahlen!«

Tessa setzte sich ihm gegenüber an den Tisch. »Ich finde die Vorstellung spannend, unser Haus auf dem Bildschirm zu sehen. Das ist eine gute Werbung für unsere Pension … Mike, wo gehst du hin?«

Er hatte nach seiner Jacke gegriffen.

»Ich habe versprochen, die leeren Kisten rund um das Haus wegzuräumen und den Wagen in die Scheune zu fahren. Sie werden in weniger als zwei Stunden hier sein. Er meinte zwar, seine Leute könnten das machen, aber mir ist es lieber, ich räume selbst auf.« Er hauchte ihr einen Kuß auf den Scheitel und eilte hinaus.

Plötzlich war es sehr still in der Küche. Sie hörte die knarrenden Dielen im oberen Stockwerk, als Mike herumlief und Möbel verrückte.

Aber Mike war doch draußen. Er war erst vor einer Sekunde zur Tür hinausgegangen.

Tessas Herz hämmerte plötzlich vor Angst. Sie eilte zur Küchentür und in den Flur hinaus. Durch die offenstehende Haustür fiel das gleißende, vom Schnee reflektierte Licht auf den Fußboden und die Treppe. Mike mußte aus irgendeinem Grund wieder hereingekommen und nach oben gegangen sein.

Im Haus herrschte jetzt wieder Totenstille. Sie schloß die Tür und begann zögernd die Treppe hinaufzusteigen.

»Mike?« Auf dem Treppenabsatz blieb sie stehen und spähte in den Flur. Von Mike war nichts zu sehen.

Dann hörte sie von draußen, wie der Wagen angelassen wurde und der Motor stotternd in Gang kam. Vom Flurfenster aus konnte sie sehen, daß Mike am Steuer saß und bei noch halb offenstehender Fahrertür das Gaspedal durchtrat, bis rund um den Wagen blaue Abgasschwaden aufstiegen. Er wendete den Wagen und fuhr ihn rückwärts in die Scheune, deren schweres Doppeltor er verschloß, bevor er durch den Garten zur Haustür zurücklief.

Sie sah sich nervös um. »Ist hier jemand?« rief sie mit unsicherer Stimme, aber die Stille im Haus hatte ihr bereits verraten, daß die Zimmer hier oben alle leer waren.

Hastig lief sie wieder die Treppe hinunter. »Du hast die Haustür offengelassen, Mike. Du weißt doch, daß es schnell kalt wird im Haus.«

Er kramte in der Schublade des Küchentischs. »Das war nicht ich. Ich habe nur den Wagen weggefahren. Ein Scharnier an der Scheunentür ist so locker, daß es bald abfällt. Hast du meinen großen Schraubenzieher gesehen?« Unwirsch knallte er die Schublade zu und begann in dem

Durcheinander von Werkzeugen auf der Fensterbank zu suchen.

»Mike, die Haustür war gerade eben wieder offen, und ich habe jemanden im oberen Stockwerk gehört. Wenn du es nicht warst, wer war es dann?« Tessa schluckte nervös.

Schließlich drehte er sich zu ihr um. »Im oberen Stockwerk? Bist du sicher?«

»Das habe ich dir doch gerade gesagt.«

»Unverschämte Bande! Am hellichten Tag!« Er nahm eine schwere Zange von der Fensterbank und ging mit entschlossener Miene zur Tür.

Tessa folgte ihm. »Ich habe die Haustür zugemacht«, flüsterte sie. »Sie stand sperrangelweit offen.«

Er eilte, immer zwei Stufen auf einmal nehmend, die Treppe hinauf und riß die erste Tür auf. Der Raum war leer. Ebenso wie alle anderen.

»Niemand hier«, verkündete er, während er die Badezimmertür schloß.

»Sieh oben nach«, flüsterte sie. Im Dachgeschoß, in dem noch keine Möbel standen, war es dämmrig.

Sie sah ihm vom Flur des ersten Stocks aus nach, als er nach oben lief. Nach wenigen Minuten kam er zurück. »Nein, nichts. Es muß der Wind gewesen sein. Vielleicht ist die Haustür durch den Luftzug aufgeflogen, als ich die Hintertür geöffnet habe.«

Wenig überzeugt folgte sie ihm ins Erdgeschoß. »Ich habe gehört, wie jemand Möbel verrückt hat.«

»Vielleicht knarrende Dielen. In alten Häusern gibt es immer seltsame Geräusche. Wir haben uns nur noch nicht daran gewöhnt. Vielleicht waren all die Dinge, die wir gehört haben, nichts weiter als das – die Geräusche des Hauses.« Er zuckte die Schultern. »Hör zu, Tess, ich muß mich beeilen und die Kisten im Hof wegräumen. Sonst kommt Sanders mit seinem Aufnahmeteam, oder wie sie das nennen, hier an, und wir sind nicht fertig mit den Vorbereitungen.«

Tessa sah ihm von der Tür aus eine Weile zu, dann ging sie ins Haus zurück und zum Telefon. »Mr. Forbes? Hier ist Tessa Gordon. Erinnern Sie sich? Sie haben uns das alte Pfarrhaus verkauft. Haben Sie die Schlüssel zufällig noch anderen Interessenten überlassen, irgend jemandem, der sie vielleicht nicht zurückgegeben hat?« Es knisterte in der Leitung, und sie konnte sich lebhaft vorstellen, wie sich der alte Mr. Forbes entrüstet an seinem Schreibtisch aufrichtete.

»Natürlich erhalten alle Interessenten die Schlüssel, Mrs. Gordon. Aber sie wurden auch alle wieder in meinem Büro abgegeben. Und nachdem Ihr Mann das Haus gekauft hatte, haben wir ihm selbstverständlich sämtliche Schlüssel ausgehändigt. Darf ich fragen, warum Sie das wissen wollen?«

Sie lächelte trotz ihrer Nervosität in sich hinein. »Nun, um ehrlich zu sein, Mr. Forbes, wir glauben, daß mehrmals jemand im Haus war – jemand, der ganz offen durch die Haustür hereinspaziert kam. Wer immer es war, er muß von irgendwoher einen Schlüssel haben.«

Einen Moment lang war es still in der Leitung, dann hörte sie Mr. Forbes' dünne, zittrige Stimme. »Haben Sie jemanden gesehen, Mrs. Gordon?«

»Das nicht, warum?«

»Ich dachte nur. Wurde die Polizei informiert?«

»Ja. Heute morgen war ein Beamter hier.«

»Ich verstehe.« Er räusperte sich. »Mrs. Gordon, an Ihrer Stelle würde ich diesen Zwischenfällen nicht allzu viel Gewicht beimessen. Ich … äh … tja, ich glaube mich zu erinnern, daß der Pfarrer, der alte Mr. Somerset, mir gegenüber ähnliche Vorfälle erwähnt hat. Er … nun, er schien der Meinung zu sein, daß es eine vollkommen natürliche und … äh … harmlose Erklärung dafür gab.«

»Wie meinen Sie das?« Tessa runzelte die Stirn. »Wollen Sie damit sagen, er hat irgend jemandem den Schlüssel gegeben und diesem Jemand erlaubt, im Haus ein und aus zu gehen?«

»Nein, das nicht gerade. Hören Sie, Mrs. Gordon, Sie müssen mich jetzt entschuldigen, draußen wartet ein Kunde. Darf ich irgendwann in der nächsten Woche bei Ihnen vorbeischauen, wenn ich in Ihrer Gegend bin? Vielleicht kann ich Ihnen die Sache erklären.«

Irritiert starrte sie auf den Hörer in ihrer Hand. Er hatte aufgelegt.

»Klingt ganz so, als ob er wüßte, was das alles zu bedeuten hat«, bemerkte Mike später, während sie hastig ein Sandwich in der Küche aßen. »Ich hoffe nur, es ist nicht etwas, das er uns hätte sagen sollen, bevor wir uns zum Kauf entschlossen haben. Er ist ein komischer alter Kauz, dieser Forbes. Übrigens habe ich gehört, daß er und Pfarrer Somerset dicke Freunde waren.«

Gespannt beobachteten sie die Ankunft des Fernsehteams. Sie waren beeindruckt, wieviele Menschen für die Dreharbeiten dieses einen Nachmittags benötigt wurden. Ihre Begeisterung erhielt einen Dämpfer durch die Tatsache, daß man sie aufforderte, das Feuer im Küchenherd auf der Stelle auszumachen, aber eine Einladung in die fahrbare Kantine, die im Gefolge der Autos, Transporter und des Pferdehängers vorgefahren war, söhnte sie mit dieser kleinen Unannehmlichkeit aus.

»Also, kein heimlicher Blick aus dem Fenster«, belehrte sie Sanders, während die Kamera am Tor in Aufstellung gebracht wurde. »Überhaupt – warum schauen Sie nicht von hier draußen zu? Hier können Sie alles viel besser sehen.«

Staunend beobachteten sie, wie ihr Haus unter den geübten Händen seiner Leute wieder das einsame, verkommen wirkende Aussehen annahm, das sie im Laufe der letzten Wochen mit so viel Mühe verändert hatten.

Als endlich alle Vorbereitungen getroffen und auch die letzten Fußspuren im Schnee verwischt waren, senkte sich Stille über die Menschenschar am Drehort.

»Es ist wirklich ein hübsches Haus«, flüsterte Mike, während sich Jim Dixon in seinem schmucken Regency-Kostüm auf den eleganten Rappen schwang, den man aus dem Pferdehänger geholt hatte, und vor laufender Kamera zum Gartentor ritt.

Der Schnee glitzerte in der Sonne und warf helle Reflexe auf die Fenster. Plötzlich erstarrte Tessa. »Mike, sieh doch, da oben. Das Zimmer am Ende des Flurs … Da ist jemand!«

Mike blickte suchend zum Haus hinüber. »Wo?«

»Da! Da!« Sie zeigte auf die Stelle. »Schnell, sag ihnen, sie sollen die Kamera anhalten. Das muß er sein! Wir müssen ihn zur Rede stellen!«

Ihre Stimme war vor Aufregung schrill geworden. Steve und sein Produktionsassistent Dave sahen mit gerunzelter Stirn zu ihnen herüber. Die Kamera wurde angehalten, und Jim zügelte sein Pferd.

»Stimmt etwas nicht?« fragte er und lächelte dabei auf Tessa herunter.

»Da ist jemand. Da oben«, entgegnete sie, indem sie auf das Haus deutete.

Alle Blicke folgten ihrem ausgestreckten Zeigefinger, aber am Fenster war niemand.

»Möchten Sie, daß ein paar von den Jungs mit Ihnen im Haus nachsehen?« fragte Dave, an Mike gewandt. »Nur tun Sie Pete den Gefallen und gehen Sie durch die Hintertür! Machen Sie bloß keine neuen Fußspuren, ja?«

Tessa biß sich auf die Lippen. »Ich bin sicher, daß ich ein Gesicht gesehen habe«, flüsterte sie Mike zu, während drei Männer der Crew im weiten Bogen um die Scheune herum zur Hintertür des Hauses gingen.

»Vielleicht war es eine optische Täuschung – es gibt so viele Lichtreflexe an den Fensterscheiben.« Mike lächelte ihr beruhigend zu. »Mach dir keine Sorgen. Wenn jemand im Haus ist, werden sie ihn finden.«

Sie fanden niemanden, und Tessa verkroch sich mit schamroten Wangen hinter Mikes Rücken, von wo aus sie schweigend den Rest der Dreharbeiten beobachtete.

Als die letzten Teile der Ausrüstung verpackt waren und die Autos und Transporter endlich davonrollten, wurde es bereits dunkel. Müde gingen Mike und Tessa ins Haus zurück, entfachten das Feuer in der ausgekühlten Küche neu und zogen die Vorhänge zu, so daß sie den in abendliches Zwielicht getauchten Vorgarten, der jetzt kreuz und quer mit matschigen Fußspuren übersät war, nicht mehr sehen konnten.

»Tee?« Tessa füllte den Kessel an der Spüle und schaltete ihn ein, während Mike vor dem Herd kniete und Späne auf die aufzüngelnden Flammen legte.

Von den Filmleuten hörten sie nichts mehr, bis eines Abends das Telefon klingelte. Mike nahm das Gespräch entgegen. Er blieb lange verschwunden, und nach einer Weile sah Tessa von ihrem Buch auf und lauschte, während sie geistesabwesend in die Flammen starrte. Sie hörte, wie er oben auf und ab wanderte.

Als er schließlich wieder auftauchte, hatte er einen rätselhaften Ausdruck in den Augen.

»Was ist los?« Das Buch fiel unbeachtet in ihren Schoß.

»Das war Pete Sanders«, erklärte er leise. »Er hat angerufen, um uns zu sagen, wann die Serie ausgestrahlt wird.« Nach einer kurzen Pause fuhr er fort: »Da war noch etwas anderes. Er sagt, an einer Stelle des Filmmaterials ist deutlich das Gesicht zu sehen, das du am Fenster entdeckt hast.«

Tessa hielt den Atem an. »Der Einbrecher, meinst du?«

»Nein.« Er schüttelte den Kopf. »Nein. Offensichtlich hatten wir recht mit unserer Vermutung. Es war ein Kind. Ein kleines Mädchen.«

Tessa starrte ihn entgeistert an. »Ein kleines Mädchen?«

Er nickte. »Im letzten Zimmer im Dachgeschoß. Dort hast du das Gesicht doch auch gesehen, oder?«

»Das stimmt. Was für ein freches Gör! Wie, um alles in der Welt, kommt sie ins Haus? O Mike …« Ihr war plötzlich ein Gedanke gekommen. »Heißt das, sie müssen die Aufnahmen noch einmal machen?«

»Nein. Dazu ist keine Zeit. Sie können die Stelle herausschneiden«, erklärte er. »Aber es ist doch irgendwie seltsam, daß wir niemanden entdecken konnten.«

Nach einer Weile setzte er sich wieder neben sie. »Wir sollten vielleicht noch einmal eine Runde durchs Haus machen. Ich hatte mir eine Bande flegelhafter Teenager vorgestellt, die da oben heimlich Hasch rauchen oder sowas, aber doch kein kleines Mädchen!«

»Ich dachte, du warst gerade oben«, bemerkte sie, während sie ihr Buch wieder aufschlug.

»Jetzt gerade? Nein, ich war am Telefon.«

Eine Sekunde lang sahen sie sich wortlos an, dann erhob sich Mike widerstrebend. »Ich habe auch die Haustür überprüft. Sie muß diesmal einen anderen Weg ins Haus gefunden haben. Komm mit.«

Im hell erleuchteten Eingangsflur zeigte sich, daß die Tür fest verschlossen und verriegelt war. Einen Moment lang blickten sie zur Treppe, dann stiegen sie langsam, Seite an Seite, die Stufen hinauf.

Systematisch durchsuchten sie das erste Stockwerk, und am Ende standen sie vor der schmalen Treppe, die zum Dachgeschoß führte. »Na los, wir müssen nachsehen«, flüsterte sie. Ihre Stimme klang eigenartig belegt.

Mike ging voraus, Tessa folgte dicht hinter ihm. Oben angelangt, stieß er die erste Tür auf und schaltete das

Licht ein. Die nackte Glühbirne, die kaum merklich schaukelte, spiegelte sich in der dunklen Fensterscheibe. Aber in dem Zimmer war niemand. Und auch im nächsten nicht.

Vor der letzten Tür flüsterte er: »Hier muß es sein.«

Er riß die Tür mit einem Ruck auf und schaltete im nächsten Moment das Licht ein.

Der Raum war leer. Sie traten ein und sahen sich nach allen Seiten um. Es war ein kleines Zimmer mit einem quadratischen Giebelfenster. Wie in den anderen Räumen des Hauses gab es eine breite, niedrige Fensterbank, und in die Nische neben dem Kamin war ein Schrank eingebaut. Das Zimmer roch muffig und unbewohnt.

Sie schauten in jeden Winkel.

»Das muß ein Kinderzimmer gewesen sein«, bemerkte Tessa. »Sieh dir die Tapete an.« Sie öffnete die quietschenden Türen des Wandschranks und spähte ins Innere. Auf dem verstaubten Schrankpapier lagen ein paar Porzellanscherben, und auf einer der oberen Borde entdeckte sie ein Stoffbündel. Sie reckte sich danach.

»Mike, sieh dir das an!«

Mike war gerade damit beschäftigt, den Fensterriegel zu begutachten. Er wandte sich um.

»Sieh nur. Eine echt viktorianische Puppe. Ist sie nicht wunderschön?«

Das wächserne Porzellangesicht war fein bemalt, zerschlissene blaue Bänder hielten die Korkenzieherlocken zusammen.

»Wie ist sie bloß hierhergekommen? Ich bin sicher, daß sie vorher nicht da war.« Sie hielt die Puppe in den Schein der Lampe und betrachtete sie eingehend.

»Vielleicht gehört sie dem kleinen Mädchen am Fenster«, bemerkte Mike lachend. »Komm, laß uns gehen. Es ist kalt hier oben. Im Augenblick ist eindeutig niemand hier.«

Tessa war im Begriff, ihm zu folgen, als sie plötzlich auf

die Puppe in ihrer Hand hinuntersah und von einem Schauder ergriffen wurde.

Sie ging zum Fenster und setzte sie vorsichtig in eine Ecke der Fensterbank. »Ich glaube, ich lasse sie lieber hier«, sagte sie.

Dann folgte sie Mike zur Tür und sah sich ein letztes Mal um, bevor sie das Licht ausknipste. Die Puppe war auf der Fensterbank zur Seite umgekippt.

Es war sehr still im Haus. Mike war mit dem Wagen in die Stadt gefahren, und Tessa saß in der schwach beleuchteten Küche an der Nähmaschine. Das kleine Arbeitslicht warf einen öligen Schein auf die Falten des dunkelroten Vorhangs, den sie gerade nähte. Schließlich erhob sie sich steifbeinig, schaltete das Radio ein und machte sich einen Kaffee. Anschließend setzte sie sich wieder an ihre Näharbeit. Sie konzentrierte sich ganz auf das muntere Summen des Elektromotors und den kleinen warmen Lichtfleck auf ihren Fingern, die den Stoff unter der Nadel führten; langsam merkte sie, wie sie sich entspannte.

Das Kind mußte durch einen Spalt in der Küchentür gelugt haben. Sie hörte ein unterdrücktes Kichern, und als sie erschrocken den Stuhl auf den Terrakottafliesen zurückschob, vernahm sie hastige Schritte, die vor ihr die Treppe hinaufflohen. Sie riß die Tür auf und spähte in den Eingangsflur. Die Haustür war verschlossen und verriegelt.

Tessa rannte, so schnell sie konnte, die Treppe hoch. Auf dem Treppenabsatz hielt sie inne. Vom Dachgeschoß her war kein Laut zu hören. Ohne lange nachzudenken stieg sie die zweite Treppe hinauf und ging schnurstracks auf das Kinderzimmer am Ende des Flurs zu.

Der Raum war leer. Zögernd sah sie sich um. Die Puppe lag jetzt in einem Winkel des Zimmers auf dem Boden.

»Bist du da?« rief sie. »Komm schon. Ich tu dir nichts. Ich will nur mit dir reden.«

Sie ging durch das Zimmer und hob die Puppe auf. Auf ihrem flachsblonden Haar saß ein kleiner Kranz aus Gänseblümchen. Sie waren echt, ein Hauch von zartem Rosa lag auf den schmalen Blütenblättern. Sie trat mit der Puppe in der Hand ans Fenster und sah hinaus. Im Garten lag immer noch zentimeterhoch der Schnee.

In diesem Augenblick begriff sie. Als sie sich jetzt umwandte, zitterten ihre Hände. »Du wohnst hier, nicht wahr?« sagte sie in fragendem Ton. »Du bist gar kein Kind aus dem Dorf.«

Ihr Blick fiel auf die Gänseblümchen in ihrer Hand, und sie steckte sie wieder im Haar der Puppe fest. Um sie herum war es still.

Unten auf der Straße fuhr ein Wagen vor. Mit gerunzelter Stirn überlegte sie, wer der Besucher wohl sein konnte, und dann sah sie Mr. Forbes, den Immobilienmakler, der steifbeinig auf der Fahrerseite ausstieg.

Sie legte die Puppe vorsichtig aus den Händen und ging hinunter, um dem Makler die Tür zu öffnen.

Jetzt wußte sie, warum er die heimliche Besucherin des Pfarrers früher nicht erwähnt hatte – und was er ihr erzählen würde. Und sie hoffte, daß er den Namen der kleinen kannte.

Plötzlich fragte sie sich, ob Pete Sanders das Stück Film aufbewahrt hatte, auf dem das Gesicht am Fenster zu erkennen war. Hoffentlich. Denn das war vielleicht ihre einzige Chance, das tote Kind jemals von Angesicht zu Angesicht sehen zu können.

Quellenverzeichnis

STIMMEN DER VERGANGENHEIT/Distant Voices
erschien erstmals 1994 in »Woman's Weekly«.

DER ENTENJÄGER/The Duck Shoot Man

FROST/Frost

OBE/OBE

INSELSCHATTEN/Island Shadows
erschien erstmals 1996 in »Sunday Post«.

DER SPIELZEUGSOLDAT/The Toy Soldier
erschien erstmals 1996 in »Woman's Weekly«.

DAS SCHICKSAL DES PHÖNIX/The Fate Of The Phoenix
erschien erstmals 1993 in »Woman's Weekly«.

ROSMARIN UND THYMIAN/Rosemary and Thyme

EINE FAMILIENANGELEGENHEIT/A Familiy Affair
erschien in »Rio«.

CATHERINES KATZE/Catherine's Cat

DAS GESICHT IM FENSTER/A Face At The Window

HEYNE BÜCHER

Barbara Erskine

Die bewegenden und anrührenden Geschichten der Erfolgsautorin Barbara Erskine spiegeln die zahlreichen Facetten der Liebe.

»Barbara Erskine ist ein außergewöhnliches Erzähltalent.«
THE TIMES

Die Herrin von Hay
01/7854

Die Tochter des Phoenix
01/9720

Mitternacht ist eine einsame Stunde
01/10357

Der Fluch von Belheddon Hall
01/10589

Tanz im Mondlicht
01/10984

Das Gesicht im Fenster
01/10985

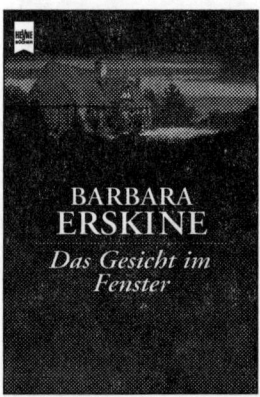

01/10985

HEYNE-TASCHENBÜCHER

**Catherine
Cookson**

Von ihren fesselnden
Romanen wurden weltweit
bereits mehr als 100
Millionen Exemplare verkauft.
Catherine Cookson ist eine
der erfolgreichsten
Schrifstellerinnen der Welt!

01/10878

Das ertrotzte Glück
01/9089

Das Glück zeigt Risse
01/9534

Der Himmel so hoch
01/10093

Erbin aus Leidenschaft
01/10292

Ein schwerer Weg
01/10369

Die Straße der Hoffnung
01/10520

Eine eigenwillige Lady
01/10572

Der einsame Mann
01/10633

Im Herzen der Familie
01/10634

Der Mann am Fluß
01/10766

Heimkehr ins Herrenhaus
01/10878

Im Wandel der Liebe
01/13018

HEYNE-TASCHENBÜCHER

Mary Ryan

Faszinierende und engagierte
Romane der Autorin von
›Grünes Feuer‹.

Schattentanz
01/9874

Grünes Feuer
01/10287

Drei Frauen
01/10829

Wiedersehen in Florenz
01/13086

01/13086

HEYNE-TASCHENBÜCHER